É. DE LA BÉDOLLIÈRE.

SÉBASTOPOL

HISTOIRE
DE LA GUERRE D'ORIENT

TROISIÈME SÉRIE ILLUSTRÉE

PAR JANET-LANGE

ORNÉE D'UNE

CARTE DE LA CRIMÉE AVEC UN PLAN DE SÉBASTOPOL

PAR A. H. DUFOUR.

PRIX : **1** FRANC **30** CENTIMES.

PARIS,

PUBLIÉ PAR GUSTAVE BARBA, LIBRAIRE-EDITEUR,

RUE DE SEINE, 31.

45.

ÉMILE
DE LA BÉDOLLIÈRE
ILLUSTRÉ
PAR JANET-LANGE.

GUSTAVE BARBA, ÉDITEUR.
BEST ET HOTELIN, GRAVEURS.

SÉBASTOPOL

HISTOIRE
DE LA
GUERRE D'ORIENT

TROISIÈME SÉRIE

AVEC CARTE DE LA CRIMÉE ET LE PLAN DE SÉBASTOPOL

PAR

A. H. DUFOUR.

CHAPITRE PREMIER.

Préambule. — Exposé des causes de la guerre.

De nombreux ouvrages ont paru sur la guerre d'Orient; des écrivains compétents ont à l'envi consacré leurs talents à la narration des événements accomplis, à la description géographique du théâtre de la guerre, à l'histoire des nations qui y sont engagées, à la biographie des personnages que ce grand conflit met en relief. Au moment où la campagne de 1854 s'achève, il nous a semblé qu'il était indispensable de donner un complément à tant de publications diverses. Depuis qu'elles ont été mises au jour, des faits nouveaux et glorieux se sont produits; il importe de les retracer, de réunir dans un récit homogène des documents épars, de présenter le tableau des dernières et plus importantes opérations des armées belligérantes. Résumons d'abord aussi succinctement que possible les scènes principales de ce drame gigantesque, dont les proportions ont grandi chaque jour, et dont le dénoûment est encore imprévu.

D'anciennes discussions se renouvellent, au commencement de 1853, entre les catholiques et les schismatiques grecs, à propos de la possession des sanctuaires de la terre sainte. Le czar Nicolas intervient en faveur de ses coreligionnaires; son ambassadeur extraordinaire, le prince Menschikoff, amiral et ministre de la marine russe, arrive à Constantinople le 28 février, et demande d'un ton menaçant que la Porte Ottomane maintienne les priviléges du clergé du rite grec, qui seront placés par un traité spécial sous la protection de la Russie.

Ainsi se trouvait transformée une question religieuse en question politique.

La Porte Ottomane comprend que la concession d'un pareil protectorat compromettrait son indépendance et affaiblirait son autorité. Elle le déclare, le 26 mai, par l'organe de son ministre des affaires étrangères, Réchid-Pacha, aux représentants de France, d'Angleterre, d'Autriche et de Prusse. Elle ajoute qu'elle n'a jamais songé à apporter la moindre restriction aux immunités dont jouissent ses sujets grecs, qu'elle n'a point d'intentions hostiles, mais qu'en présence des préparatifs militaires de la Russie, elle se croit obligée, par prudence et par précaution, de prendre à son tour des dispositions de défense.

Menschikoff s'éloigne, et le 31 mai le comte de Nesselrode, chancelier de l'empereur de Russie, annonce que les troupes de son *auguste maître* vont envahir le territoire turc. « Ce n'est pas, dit-il, pour faire la guerre, c'est pour avoir des garanties matérielles jusqu'au moment où le gouvernement ottoman donnera à la Russie les sûretés morales qu'elle a vainement demandées depuis deux ans. » En effet, le 3 juillet, une armée commandée par le prince Gortschakoff passe le Pruth et occupe les provinces danubiennes.

L'Occident s'était ému. Dès le 20 mars, la France, engagée par le traité du 13 juillet 1841 à maintenir l'intégrité de l'empire ottoman, avait envoyé dans l'archipel grec la flotte de la Méditerranée. Le 2 juin, l'ordre parvient à la flotte anglaise qui stationnait à Malte de se rendre immédiatement près des Dardanelles. En même temps, les ambassadeurs de France, d'Angleterre, d'Autriche et de Prusse, réunis en conférence à Vienne, cherchent les bases d'un accommodement; mais leurs propositions n'arrêtent pas les hostilités.

Dans le courant d'octobre 1853, la Sublime Porte déclare la guerre à la Russie.

Cent cinq mille hommes d'infanterie turque, quinze mille du contingent égyptien, dix mille zaltiés ou gendarmes à cheval, douze mille Albanais irréguliers, douze régiments de cavalerie régulière, quarante batteries d'artillerie, se massent en Roumélie sous les ordres d'Omer-Pacha, qui inaugure glorieusement la campagne par la victoire d'Oltenitza (3 novembre). En Asie, les armes turques sont moins heureuses; un corps de troupes, organisé par Sélim-Pacha, enlève aux Russes le fort de Chekvétil (28 octobre); mais le général de division Ali-Pacha est battu à Akhalzick, le 26 novembre, par le prince Andronnikoff, et le généralissime Abdi-Pacha, attaqué le 2 décembre par le prince Beboutoff, près du village de Basch-Radik-Laz, laisse sur le champ de bataille une partie de son artillerie.

La guerre éclate aussi sur mer. Sous prétexte que des bâtiments turcs vont continuellement sur les côtes d'Abasto pour soulever les peuplades soumises à la Russie, le vice-amiral russe Nakimoff entre dans la baie de Sinope avec six vaisseaux, dont trois de premier rang, deux frégates et trois bateaux à vapeur. Il surprend l'escadre turque, à l'ancre dans le port, la foudroie, en coule bas les onze vaisseaux, bombarde la ville, massacre quatre mille cinq cents hommes, et se retire aussi glorieux que s'il eût noblement triomphé dans une lutte à forces égales.

Un cri d'indignation retentit d'un bout de l'Europe à l'autre. Réchid-Pacha, au nom du sultan Abd-ul-Medjid, fait appel à la sollicitude efficace de la France et de l'Angleterre; et le 3 janvier 1854 les escadres des deux nations franchissent le Bosphore pour prendre possession de la mer Noire. Le 6 janvier, Omer-Pacha venge ses concitoyens massacrés à Sinope en chassant les Russes de Tzitati ou Citate.

Les Russes avaient là quinze bataillons d'infanterie, deux régiments de cavalerie, plus deux escadrons des hussards de Paskiewistch et cinq escadrons de Cosaques, le tout sous le commandement du général Aurep. Pour entretenir les communications entre le village de Tzitati et Kalafat, trois autres bataillons avaient été poussés jusqu'au village de Pojana. Tzitati était occupé par quatre bataillons d'infanterie russe, douze pièces de canon, les deux escadrons de hussards Paskiewistch et les cinq escadrons de Cosaques. Derrière ce village les Russes avaient construit une redoute.

Le village est attaqué par six bataillons d'infanterie, douze pièces de canon et deux régiments de cavalerie, ayant à leur tête Ismaïl-Pacha. Le reste des troupes turques, consistant en cinq bataillons d'infanterie, dix pièces et un régiment de cavalerie, se poste devant le village sous les ordres de Mustapha-Pacha.

La cavalerie russe plie au premier choc; l'infanterie résiste et n'est délogée du village qu'après un combat de trois heures. Pendant que les Turcs donnent l'assaut, un autre détachement russe de neuf bataillons d'infanterie, seize canons et deux régiments de cavalerie vient attaquer le corps de Mustapha-Pacha. Celui-ci exécute un changement de front en arrière en s'adossant de plus près au village, et dirige contre l'ennemi le feu de son artillerie. Trop maltraités par la canonnade pour conserver leur position, les Russes s'avancent à portée de fusil. Ce mouvement leur est fatal; le feu bien dirigé de l'infanterie turque, aidé par la mitraille, produit de tels ravages dans la ligne ennemie, que forcée de battre en retraite, elle se met bientôt à fuir en désordre, pressée par l'infanterie, qui s'est élancée à sa poursuite. Sans la nuit et la fatigue des troupes turques, qui avaient marché ce jour-là et les jours précédents, elle eût été mise dans une déroute complète.

La perte des Turcs est évaluée à trois cents morts et sept cents blessés : parmi ces derniers sont Ismaïl-Pacha et Mustapha-Pacha, trois colonels et cinq chefs de bataillon.

La perte des Russes, d'après les relations les plus exactes, est de trois mille morts, y compris quatre colonels, trois chefs de bataillon et au moins soixante officiers. Plus de deux cents chariots portant

chacun quatre ou cinq blessés sont envoyés à Krajowa et Slatina, outre les soldats blessés légèrement, qui sont dirigés à pied sur Krajowa. Au nombre des blessés se trouvent le général Orloff, deux colonels et sept chefs de bataillon; un autre colonel n'a pu être retrouvé. Trois wagons de munitions avec beaucoup de bagages, cinq cents fusils, soixante épées d'officiers et cinq cents chevaux, la plupart blessés, sont les trophées de cette journée. Plusieurs croix de Saint-Georges parent la poitrine des soldats d'Omer-Pacha, et le général Orloff meurt de ses blessures.

Le lendemain, les Russes sont chassés d'une île du Danube où ils voulaient établir des fortifications. A la fin du mois de janvier 1854, un quart au moins des quatre-vingt-sept mille hommes de leur armée avait été détruit par la guerre, les fièvres et le typhus.

Cependant les puissances occidentales ne désespèrent pas de renouer la chaîne rompue des négociations. La conférence de Vienne a lancé un protocole; l'empereur Napoléon III, dans une lettre autographe du 29 janvier, demande à l'empereur Nicolas de ne pas laisser au sort des armes et aux hasards de la guerre ce qui peut être décidé par la raison et par la justice. Le cabinet de Saint-Pétersbourg refuse toute transaction. Que l'Autriche et la Prusse, qui croient voir le ménager, s'en tiennent encore aux memorandums, aux ultimatums, aux remontrances diplomatiques; la France et l'Angleterre vont résolument tirer l'épée.

Les ambassadeurs des deux pays auprès du czar, le général de Castelbajac et sir Henry Seymour, sont rappelés le 16 février. Les armements déjà commencés prennent une extension considérable; les embarquements de troupes se multiplient. L'infanterie anglaise, les grenadiers, les cold-stream-guards, les highlanders partent de Southampton ou de Plymouth. Les tirailleurs de Vincennes descendent le Rhône pour se rendre à Toulon; les soldats éprouvés des garnisons d'Algérie se concentrent à Oran, où des bâtiments les attendent; la marine impériale se charge de transporter l'infanterie; l'administration de la guerre pourvoit au transport de la cavalerie, de l'artillerie, des équipages, du matériel. Elle nolise trois cent cinquante-quatre navires, qui peuvent recevoir six mille cinq cents chevaux et un matériel de plus de quatorze mille tonnes. Toutes les dispositions sont prises pour embarquer à Marseille douze à quinze cents chevaux par semaine.

Le gouvernement français prend des mesures pour que la marine française puisse figurer sans trop de désavantage à côté de celle de ses nouveaux alliés. En soixante-dix jours on arme ou on met en état de prendre la mer six vaisseaux : le *Suffren*, le *Marengo*, le *Trident*, le *Duperré*, l'*Alger* et la *Ville de Marseille*; une frégate à voiles, la *Zénobie*; six frégates à vapeur, l'*Asmodée*, le *Canada*, la *Pandore*, le *Labrador*, l'*Albatros* et le *Panama*; deux avisos à vapeur, la *Mouette* et le *Météore*. On transforme en vaisseau mixte le vaisseau à voiles le *Souverain*. Les travaux de réparation de la *Belle Poule*, de la *Capricieuse*, du *Chaptal*, du *Narval*, de l'*Ulloa*, de l'*Infernal*, du *Fulton*, du *Brandon* et de l'*Euménide* sont accomplis avec autant de succès que de célérité. De nombreux envois de vivres, de rechanges, d'approvisionnements de toute nature sont dirigés sur Constantinople et la mer Noire pour ravitailler la flotte aux ordres du vice-amiral Hamelin, à laquelle s'est réunie l'escadre de l'Océan. Le 24 février, le vice-amiral Parseval-Deschesnes est appelé au commandement d'une escadre de dix vaisseaux, quatorze frégates, quinze corvettes à voiles ou à vapeur. Le même jour, l'amiral Charles Napier reçoit celui de l'escadre anglaise de la Baltique, composée de dix-huit voiles et portant huit mille huit cent cinquante-sept hommes, avec huit cent quatre-vingt-dix-sept canons.

L'armée française d'Orient est constituée par décret du 11 mars; le maréchal Leroy de Saint-Arnaud en est le général en chef; les trois divisions sont placées sous les ordres des généraux Canrobert, Bosquet et Napoléon; la brigade de cavalerie et la division de réserve sous ceux des généraux d'Allonville et Forez.

Le 13 mars, l'amiral Napier prend congé de la reine Victoria, et part pour la Baltique, où le vice-amiral Parseval-Deschesnes s'apprête à le rejoindre. Le 20, la convention suivante est conclue entre la France, l'Angleterre et la Porte Ottomane :

« Sa Majesté la reine du royaume uni de la Grande-Bretagne et de l'Irlande et Sa Majesté l'empereur des Français ayant été invités par Sa Hautesse le sultan à repousser l'agression que Sa Majesté l'empereur de toutes les Russies a dirigée contre le territoire de l'empire ottoman et l'indépendance du trône du sultan, et Leurs Majestés étant intimement convaincues que l'existence de l'empire ottoman dans ses limites actuelles est essentielle à l'équilibre politique européen, et en conséquence, Leurs Majestés ayant consenti à donner à Sa Hautesse le sultan le secours qu'elle leur avait demandé dans ce but, Leurs Majestés et Sa Hautesse le sultan ont jugé convenable de conclure un traité, afin de fixer leurs vues d'après ce qui précède, et de déterminer le mode et la manière dont elles fourniront au sultan le secours dont il s'agit.

» Dans ce but, Leurs Majestés ont nommé leurs plénipotentiaires (les ambassadeurs de France et d'Angleterre), et le sultan, son ministre des affaires étrangères, qui, après s'être communiqué leurs pouvoirs respectifs, trouvés parfaitement en règle, sont convenus de ce qui suit :

« Art. 1er. Sa Majesté la reine de la Grande-Bretagne et Sa Majesté l'empereur des Français ayant déjà donné l'ordre, sur le désir du sultan, à de fortes divisions de leurs flottes de se rendre à Constantinople pour assurer au territoire et au pavillon ottomans la protection que pourraient exiger les circonstances, Leurs Majestés prennent par le présent traité l'engagement ultérieur de coopérer, dans une plus grande extension, avec Sa Hautesse le sultan, à la protection du territoire ottoman en Europe et en Asie contre l'agression de la Russie, en fournissant dans ce but à Sa Hautesse le sultan un nombre de troupes suffisant.

« Les troupes de débarquement seront envoyées par Leurs Majestés sur tels points du territoire ottoman qui paraîtraient convenables. Sa Hautesse le sultan s'engage à ce que les troupes françaises et anglaises de débarquement qui seraient envoyées par Leurs Majestés reçoivent le même accueil et soient traitées avec le même respect que les forces navales françaises et anglaises qui, depuis quelque temps, sont déjà employées dans les eaux de la Turquie.

« Art. 2. Les hautes parties contractantes s'engagent réciproquement à se communiquer sans perte de temps toute proposition que l'une d'elles recevrait directement ou indirectement de la part de l'empereur de Russie, relativement à la cessation des hostilités, à un armistice ou à la paix. Et en outre, Sa Hautesse le sultan s'engage à ne conclure aucun armistice et à n'entamer aucune négociation pour la paix, ou de conclure aucun préliminaire de paix avec la Russie sans la connaissance et l'assentiment des autres hautes parties contractantes.

« Art. 3. Aussitôt que le but du traité actuel sera atteint par la conclusion du traité de paix, Leurs Majestés la reine d'Angleterre et l'empereur des Français prendront des mesures immédiates pour retirer leurs forces de terre et de mer qui ont été employées pour atteindre l'objet du traité actuel, et toutes les forteresses et positions sur le territoire ottoman qui seront occupées temporairement par les forces de l'Angleterre et de la France seront rendues aux autorités de la Sublime Porte. »

Malgré cette convention, malgré ces mouvements militaires, la guerre n'est pas encore déclarée ; c'est le 27 mars seulement qu'elle est officiellement annoncée au corps législatif de France et au parlement britannique.

CHAPITRE II.

Passage du Danube. — Combat de Tortokaï. — Entrée des Russes dans la Dobrutscha. — Proclamation du prince Gortschakoff. — Conférence de Vienne. — Protocole du 9 avril 1854. — Manifeste de l'empereur Nicolas. — Réfutation des arguments du cabinet de Saint-Pétersbourg.

La Russie avait prévenu l'Europe. A la sommation qui lui a été faite d'évacuer les principautés moldo-valaques, elle a répondu en ordonnant à ses soldats de passer le Danube.

Le 12 mars, une colonne russe, composée de six bataillons d'infanterie, huit canons et un détachement de cavalerie, fait une reconnaissance contre une île située en face de Tortokaï et occupée par mille bachi-bouzouks ou fantassins irréguliers. Dans la nuit du 12 au 13, le commandant de Tortokaï reçoit un renfort composé d'un bataillon et demi d'infanterie, d'une compagnie des excellents tirailleurs nouvellement formés et de trois pièces de canon.

Le 13, une colonne russe de seize bataillons d'infanterie, d'un régiment de cavalerie et de vingt-quatre canons de tout calibre se met en marche pour s'emparer de l'île ; toute l'artillerie s'avance avec quatre bataillons sur le bord du bras du Danube qui sépare l'île de la rive gauche. Les Russes y ouvrent un feu général d'artillerie et d'infanterie, et le reste de la colonne s'arrête hors de portée des canons ottomans. Leur projet est de forcer à se taire l'artillerie et l'infanterie ottomanes, qu'ils croient aussi peu nombreuses que la veille, et d'établir un pont pour prendre l'île d'assaut. Ils jettent leurs pontons ; mais l'artillerie turque en détruit deux ou trois et ruine le pont en construction. L'infanterie russe se jette alors dans le fleuve pour gagner l'île à la nage ; mais la rapidité et la profondeur des eaux rendent la tentative inutile. Ils se retirent en laissant environ deux mille cinq cents morts ou blessés. Voyant l'insuccès de leur attaque, ils attendent des renforts pour le renouveler ; et, revenant avec des forces supérieures, ils franchissent le Danube, repoussent les Turcs, cernent Matchin et Isatcha, et pénètrent dans la Dobrutscha, dont le prince Gortschakoff essaye de se concilier les habitants par une proclamation. Il débute par dire : « Nous ne venons pas chez vous comme ennemis. Continuez vos occupations paisibles. Nous ne marchons que contre les Turcs barbares, pour les forcer par notre puissance à vous traiter, vous et vos frères chrétiens, d'une manière plus conforme à l'humanité.

« Ces barbares ayant refusé d'écouter les exhortations de notre saint et tout-puissant czar, et s'étant laissé séduire par des *chrétiens* impies à un aveugle entêtement, maintenant ils éprouvent le juste courroux de notre saint et tout-puissant czar, et nous ne finirons notre sainte lutte que lorsque nous aurons exécuté notre résolution et écrasé sous nos pieds les ennemis de notre maître. »

Dans la même proclamation, on défend aux habitants de la Dobrutscha, sous les peines les plus sévères, de faire ouvertement ou secrètement cause commune avec les Turcs. « Voyez, leur dit-on, la Moldavie et la Valachie, si heureuses sous le gouvernement russe qu'elles maudissent la Turquie et quiconque soutient sa cause ! »

On leur recommande en outre de montrer le plus grand respect pour tout fonctionnaire ou militaire russe ; et enfin, le prince Gortschakoff exprime l'espoir qu'avec l'aide de Dieu les armes russes triompheront et que les habitants de la Dobrutscha ne cesseront pas d'appeler sa bénédiction sur les armes de la Russie.

L'arrogance et la duplicité du czar ne déterminent pas l'Autriche et la Prusse à sortir de leur neutralité. Seulement, à la demande des deux puissances belligérantes, celles qui persistent à rester immobiles fixent le terrain sur lequel il est possible de s'entendre avec les autres. La conférence de Vienne se réunit pour entendre la lecture des pièces qui établissent que l'état de guerre déjà déclaré entre la Russie et la Sublime Porte existe entre la Russie d'une part et la France et l'Angleterre de l'autre. Les représentants des quatre puissances, MM. Bourqueney, Westmoreland, Buol-Schauestein et Arnim signent, le 9 avril 1854, un protocole par lequel il est reconnu :

Que c'est pour une cause juste, pour la défense des intérêts généraux de l'Europe que la France et l'Angleterre sont armées ;

Que les quatre gouvernements restent unis dans le double but : de maintenir l'intégrité territoriale de l'empire ottoman, qui est et qui demeure la condition *sine qua non* de toute transaction destinée à rétablir la paix entre les puissances belligérantes, et dont le fait de l'évacuation des principautés danubiennes est et restera une des conditions essentielles ; de consolider dans un intérêt si conforme aux sentiments du sultan, et par tous les moyens compatibles avec son indépendance et sa souveraineté, les droits civils et religieux des chrétiens sujets de la Porte ;

Que les quatre gouvernements s'engagent à rechercher en commun les garanties les plus propres à rattacher l'existence de cet empire à l'équilibre général de l'Europe ;

Que les quatre gouvernements s'engagent enfin réciproquement à n'entrer dans aucun arrangement définitif avec la cour impériale de Russie ou avec toute autre puissance qui serait contraire aux principes énoncés ci-dessus sans en avoir délibéré en commun.

Isolées dans l'action, la France et l'Angleterre se lient par une convention d'alliance signée à Londres le 10 avril. Elle est ratifiée par les deux gouvernements contractants, et paraît le 23 avril dans le *Moniteur* français ainsi formulée :

« Leurs Majestés l'empereur des Français et la reine du royaume uni de la Grande-Bretagne et d'Irlande, décidées à prêter leur appui à Sa Majesté le sultan Abd-ul-Medjid, empereur des Ottomans, dans la guerre qu'elle soutient contre les agressions de la Russie, et amenées en outre, malgré leurs efforts sincères et persévérants pour maintenir la paix, à devenir elles-mêmes parties belligérantes dans une guerre qui, sans leur intervention active, eût menacé l'existence de l'équilibre européen et les intérêts de leurs propres États, ont, en conséquence, résolu de conclure une convention destinée à déterminer l'objet de leur alliance ainsi que les moyens à employer en commun pour le remplir, et nommé à cet effet pour leurs plénipotentiaires :

» Sa Majesté l'empereur des Français, le sieur Alexandre Colonna, comte Walewski, grand officier de l'ordre impérial de la Légion d'honneur, grand-croix de l'ordre de Saint-Janvier des Deux-Siciles, grand-croix de l'ordre du Danebrog du Danemark, grand-croix de l'ordre du Mérite de Saint-Joseph de Toscane, etc., etc., son ambassadeur près Sa Majesté Britannique ;

» Et Sa Majesté la reine du royaume uni de la Grande-Bretagne et d'Irlande, le très-honorable George-Guillaume-Frédéric, comte de Clarendon, baron Hyde de Hindon, pair du royaume uni, conseiller de Sa Majesté Britannique en son conseil privé, chevalier du très-noble ordre de la Jarretière, chevalier grand-croix du très-honorable ordre du Bain, principal secrétaire d'État de Sa Majesté Britannique pour les affaires étrangères ;

» Lesquels s'étant réciproquement communiqué leurs pleins pouvoirs, trouvés en bonne et due forme, ont arrêté et signé les articles suivants :

» Art. 1er. Les hautes parties contractantes s'engagent à faire ce qui dépendra d'elles pour opérer le rétablissement de la paix entre la Russie et la Sublime Porte sur des bases solides et durables et pour garantir l'Europe contre le retour des regrettables complications qui viennent de troubler si malheureusement la paix générale.

» Art. 2. L'intégrité de l'empire ottoman se trouvant violée par l'occupation des provinces de Moldavie et de Valachie et par d'autres mouvements des troupes russes, Leurs Majestés l'empereur des Français et la reine du royaume uni de la Grande-Bretagne et d'Irlande se sont concertées et se concerteront sur les moyens les plus propres à affranchir le territoire du sultan de l'invasion étrangère, et à atteindre le but spécifié dans l'article 1er. Elles s'engagent, à cet effet, à entretenir selon les nécessités de la guerre, appréciées d'un commun accord, des forces de terre et de mer suffisantes pour y faire face, et dont des arrangements subséquents détermineront, s'il y a lieu, la qualité, le nombre et la destination.

» Art. 3. Quelque événement qui se produise en conséquence de l'exécution de la présente convention, les hautes parties contractantes s'obligent à n'accueillir aucune ouverture ni aucune proposition tendante à la cessation des hostilités, et à n'entrer dans aucun arrangement avec la cour impériale de Russie sans en avoir préalablement délibéré en commun.

» Art. 4. Animées du désir de maintenir l'équilibre européen, et ne poursuivant aucun but intéressé, les hautes parties contractantes renoncent d'avance à retirer aucun avantage particulier des événements qui pourront se produire.

» Art. 5. Leurs Majestés l'empereur des Français et la reine du royaume uni de la Grande-Bretagne et d'Irlande recevront avec empressement dans leur alliance, pour coopérer au but proposé, celles des autres puissances de l'Europe qui voudraient y entrer.

» Art. 6. La présente convention sera ratifiée, et les ratifications seront échangées à Londres dans l'espace de huit jours.

» En foi de quoi les plénipotentiaires respectifs l'ont signée et y ont apposé le sceau de leurs armes.

» Fait à Londres, le dix avril, l'an de grâce mil huit cent cinquante quatre.

» *Signé* WALEWSKI. — *Signé* CLARENDON. »

Le czar Nicolas, à la justice près, ressemble à l'homme juste d'Horace ; il est inébranlable dans ses desseins. Loin de se rendre aux arguments invoqués contre lui, il continue à rejeter sur les deux grandes puissances occidentales l'initiative du différend qui trouble la paix de l'Europe. Il s'affuble du manteau de la religion, veut nous assassiner avec un fer sacré, et dit à ses sujets dans un manifeste du 11 avril :

« Par la grâce de Dieu,

» Nous, Nicolas Ier, empereur et autocrate de toutes les Russies, roi de Pologne, etc., etc :

» A tous nos fidèles sujets savoir faisons :

» Dès l'origine de notre différend avec le gouvernement turc, nous avons solennellement annoncé à nos fidèles sujets qu'un sentiment de justice nous avait seul porté à rétablir les droits lésés des chrétiens orthodoxes sujets de la Porte Ottomane.

» Nous n'avons pas cherché, nous ne cherchons pas à faire de conquêtes, ni à exercer en Turquie une suprématie quelconque qui fût de nature à excéder l'influence appartenant à la Russie en vertu des traités existants.

» A cette époque déjà, nous avons rencontré de la méfiance, puis bientôt une sourde hostilité de la part des gouvernements de France et d'Angleterre, qui s'efforçaient d'égarer la Porte en dénaturant nos intentions. Enfin, à l'heure qu'il est, l'Angleterre et la France jettent le masque, envisagent notre différend avec la Turquie comme n'étant qu'une question secondaire, et ne dissimulent plus que leur but commun est d'affaiblir la Russie, de lui arracher une partie de ses possessions, et de faire descendre notre patrie de la position puissante où l'avait élevée la main du Très-Haut.

» Est-ce à la Russie orthodoxe de craindre de pareilles menaces ?

» Prête à confondre l'audace de l'ennemi, déviera-t-elle du but sacré qui lui est assigné par la divine providence ? Non !... La Russie n'a point oublié Dieu. Ce n'est pas pour des intérêts mondains qu'elle a pris les armes : elle combat pour la foi chrétienne, pour la défense de ses coreligionnaires opprimés par d'implacables ennemis.

» Que toute la chrétienté sache que la pensée du souverain de la Russie est aussi la pensée qui anime et inspire toute la grande famille du peuple russe, ce peuple orthodoxe, fidèle à Dieu et à son Fils unique Jésus-Christ notre Rédempteur.

» C'est pour la foi et la chrétienté que nous combattons.

» *Nobiscum Deus, quis contra nos?*

» Donné à Saint-Pétersbourg le onzième jour du mois d'avril de l'an de grâce mil huit cent cinquante-quatre, et de notre règne le vingt-neuvième.

» *Signé* NICOLAS. »

Le chancelier de Russie, le comte de Nesselrode, veut aussi, dans une longue et diffuse déclaration, mettre le bon droit du côté de son *auguste maître* ; mais il est victorieusement réfuté par un article du *Moniteur* qui prend une à une toutes les erreurs avancées par l'organe du cabinet de Saint-Pétersbourg.

« D'abord, dit *le Moniteur*, le gouvernement russe se demande à quel titre l'Angleterre et la France prétendaient exiger l'évacuation des principautés du Danube. Personne n'ignore combien leur sommation était fondée en droit : les puissances signataires des actes de Vienne l'ont elles-mêmes reconnue pour telle. Les cabinets de Paris et de Londres agissaient en cette occasion en vertu des traités, et leur conduite avait l'approbation des autres gouvernements.

» Comment, dit la déclaration du cabinet russe, évacuer les principautés, sans que l'ombre même des conditions auxquelles l'empe-

reur avait subordonné la cessation de cette occupation eût été remplie par le gouvernement ottoman?... Mais les conditions qu'exigeait la Russie étaient manifestement injustes, et la conférence de Vienne avait formellement confirmé en ce point le jugement de l'Europe.

» La déclaration ajoute que les armées russes ne pouvaient évacuer les principautés au fort d'une guerre que le gouvernement ottoman avait déclarée le premier... Les rôles ne sauraient être plus étrangement intervertis. L'invasion de deux provinces de l'empire turc était aux yeux du monde entier un acte de guerre. Si l'on a engagé la Porte à ne point en faire un cas de guerre, c'est que, malgré le caractère agressif des actes de la Russie, l'on espérait encore de la part de cette puissance un retour à la modération et à l'équité.

» La Russie n'est pas mieux fondée à rejeter sur les deux puissances maritimes l'initiative des provocations. C'est une chose jugée ; et puisque le cabinet de Saint-Pétersbourg nous rappelle à ce sujet son mémorandum du 18 février dernier, nous pouvons à notre tour le renvoyer à l'ensemble des documents qui, en Angleterre comme en France, ont si bien mis cette question hors de doute, qu'aucun des deux gouvernements n'a cru devoir un instant s'occuper de ce mémorandum tant de fois réfuté à l'avance. L'initiative des actes de guerre en ce qui concerne la Porte, comme celle des provocations en ce qui touche les puissances maritimes, appartient exclusivement à la puissance qui a envahi les principautés du Danube ; et tel est l'avis de l'Europe entière.

» La déclaration du cabinet russe fait remarquer que l'occupation n'avait point empêché les déclarations de s'ouvrir, et qu'elle n'en eût pas arrêté la poursuite, « si les puissances n'avaient brusquement, » sans raison valable, changé les bases qu'elles lui avaient elles-mêmes » données dans la première note concertée à Vienne. » Les puissances avaient en effet posé des principes qui, loyalement admis, auraient pu alors résoudre le différend ; mais le commentaire que la note dont il s'agit a reçu de M. le comte de Nesselrode est venu attester que le cabinet russe ne les acceptait qu'en y attachant une signification très-différente de la pensée de la conférence de Vienne, ainsi que l'ont reconnu tous les gouvernements représentés dans cette conférence. C'est donc la Russie elle-même qui a changé les bases de la négociation et forcé les grandes puissances à en rechercher d'autres.

» D'après la déclaration du cabinet russe, nous serions moins respectueux que lui-même pour l'indépendance de la Porte ; et l'une des preuves qu'il en donne, c'est que le gouvernement ottoman a renoncé par un traité à faire la paix sans ses alliés. En prenant cet engagement, la Porte ne fait que contracter une obligation réciproque, sur le pied d'une parfaite égalité, et conforme d'ailleurs à l'usage constant, général, du droit des nations, lorsque plusieurs s'associent pour poursuivre par les armes un même but.

» La Porte, ajoute le cabinet russe, va être forcée de souscrire à un « engagement qui étendrait à tous ses sujets l'égalité des droits » civils et politiques. » Cette assertion, loin d'être fondée, nous donne l'occasion de constater d'une manière frappante quelle est entre la Russie et les puissances occidentales la différence des procédés dans leurs relations avec l'empire ottoman. La Russie a prétendu stipuler avec la Porte, soit dans un traité, soit au moyen d'une note, le maintien des libertés des sujets du sultan. Les autres puissances n'ont pas eu un seul instant la pensée d'exiger de la Porte un engagement semblable, ni sous forme de traité, ni sous forme de note. Elles n'ont, il est vrai, négligé aucune occasion de suggérer à la Porte les mesures qui leur paraissaient les plus propres à améliorer la condition des chrétiens de l'empire turc ; mais elles n'ont pu songer à restreindre la souveraineté du sultan, lorsque, au contraire, elles s'armaient pour la défendre contre les prétentions qui la menaçaient.

» C'est à l'Europe, non aux deux puissances, continue le gouvernement russe, de « décider si l'équilibre européen court effective» ment les dangers qu'on prétend dériver pour elle de l'excessive » prépondérance attribuée à la Russie. » Sur ce point, le but du cabinet russe est déjà rempli. Ce sont les grandes puissances de l'Europe, et non la France et l'Angleterre seulement, qui ont signé les actes de Vienne, et ces actes déclarent hautement que la position prise par la Russie sur le Danube met l'équilibre général en péril.

» Selon le cabinet de Saint-Pétersbourg, ce seraient au contraire la France et l'Angleterre qui exerceraient aujourd'hui sur l'Europe une pression de nature à inquiéter toutes les neutralités. Tout le monde sait cependant que, bien loin de manifester aucune inquiétude, les neutres applaudissent au contraire à l'attitude prise par les deux puissances maritimes, et qu'en ce moment même, de tous les points du monde, ils les remercient de la récente déclaration qui vient de consacrer l'ensemble des principes sous lesquels ils avaient cherché vainement jusqu'à ce jour à abriter leur liberté en temps de guerre.

» Enfin le gouvernement russe pense que l'isolement où on veut, dit-il, le jeter ne ferait que livrer le monde à une prépondérance plus dangereuse que ne pourrait être la sienne. Ce gouvernement oublie qu'aucune des grandes puissances ne poursuit, comme la Russie, des avantages exclusifs et ne réclame de rôle à part. Loin de permettre à une prépondérance quelconque de s'établir, une action commune exerçant à quatre est pour tous les Etats un gage de sécurité et d'impartialité. Les influences qui concourent au but que l'on se propose se font un juste contre-poids, et garantissent d'avance à l'Europe que l'intérêt général qui a rapproché les quatre puissances ne cessera pas un instant de dominer leurs résolutions, et sera seul écouté au dénoûment.

On peut juger par les observations qui précèdent de l'esprit du nouveau document publié par le gouvernement russe. »

CHAPITRE III.

Mouvement des flottes dans la mer Noire. — Affaire du *Furious*. — Lettre du général Osten-Sacken. — Explications données par le capitaine du *Furious*. — Lettre des amiraux Hamelin et Dundas. — Bombardement d'Odessa. — Détails sur les pertes causées au port Impérial. — Croisière de la flotte anglo-française sur les côtes de Crimée et de Circassie. — Ordre du jour du vice-amiral Hamelin.

On discute en Occident, on agit déjà en Orient.

Dans la soirée du 10 avril les escadres française et anglaise de la primer à M. l'amiral Dundas sa surprise d'entendre assurer que, du port d'Odessa, on ait fait feu sur la frégate *Furious*, couverte d'un pavillon parlementaire.

» A l'arrivée du *Furious*, deux coups de canon à poudre ont été tirés, par suite desquels le navire hissa son pavillon national et s'arrêta hors de la portée du boulet; aussitôt il en partit une embarcation sous pavillon blanc dans la direction du môle, où elle fut reçue par l'officier de service, qui, à la question de M. l'officier anglais, répondit que le consul d'Angleterre était déjà parti d'Odessa. Sans autre pourparler, le canot reprit la direction du navire; mais il allait le rejoindre, lorsque la frégate, au lieu de l'attendre, s'avança dans la direction du môle, laissant le canot à sa gauche, et s'approcha des batteries à portée de canon. Ce fut alors que le commandant de la batterie du môle, fidèle à sa consigne d'empêcher tout navire de guerre ennemi de franchir la distance du tir, se crut en devoir de faire feu, non plus sur le parlementaire qui a été respecté jusqu'au bout de sa mission, mais sur un bâtiment ennemi qui s'avançait trop près de terre après avoir reçu, par les deux coups à poudre, l'intimation de s'arrêter.

Les batteries russes avaient tiré sur elle sept coups de canon à boulet.

mer Noire, sous le commandement du vice-amiral Hamelin et de lord Dundas, ont reçu l'ordre de commencer les hostilités, et ont témoigné leur joie par une illumination de tous les vaisseaux. Quelques jours auparavant, le 8 avril, la frégate à vapeur anglaise *le Furious* était rendue à Odessa pour réclamer les consuls et ceux de nos nationaux qui pouvaient désirer sortir de la ville. Malgré le pavillon parlementaire qu'avait arboré son embarcation, les batteries russes avaient tiré sur elle sept coups de canon à boulet au moment où elle quait de quitter le quai et les autorités maritimes. C'était un procédé presque sans exemple dans l'histoire des guerres des nations civilisées; aussi les flottes alliées prennent-elles la résolution de châtier les coupables.

Cinq frégates à vapeur anglaises et quatre frégates à vapeur françaises jettent l'ancre, le 20 avril, à trois milles à l'est d'Odessa. Le gouverneur général de cette ville, le baron Osten-Sacken, s'efforce de détourner le coup qui le menace en envoyant au vice-amiral lord Dundas la lettre suivante :

« Odessa, 14 avril 1854.

» L'aide-de-camp général baron d'Osten-Sacken croit devoir ex-

» Cette simple exposition des faits, tels qu'ils ont été rapportés à Sa Majesté l'Empereur, doit détruire d'elle-même la supposition, d'ailleurs inadmissible, que dans les ports de Russie on ne respecte pas le pavillon parlementaire, dont l'inviolabilité est garantie par les lois communes à toutes les nations civilisées.

» *Signé* baron D'OSTEN-SACKEN. »

Les vice-amiraux français et anglais, avant d'ouvrir le feu sur le port d'Odessa, croient devoir prendre des informations. William Loring, capitaine du vapeur anglais *le Furious*, reçoit communication de la missive d'Osten-Sacken et y répond par une dénégation formelle :

« A bord du *Furious* devant Odessa, 21 avril 1854.

» AMIRAL,

» J'ai soigneusement lu la lettre du gouverneur d'Odessa au sujet du feu que les batteries de cette place ont fait sur le pavillon parlementaire le 8 avril.

» Son contenu est entièrement faux (*untrue*).

» En cette circonstance, le bâtiment de Sa Majesté placé sous mon commandement atteignit Odessa à la pointe du jour et vers cinq heures cinquante minutes. A quatre ou cinq milles de distance, les couleurs anglaises et le pavillon parlementaire furent hissés.

» C'est seulement vingt minutes au moins après (à six heures un quart environ) que deux coups de canon à poudre furent tirés de la batterie.

» Considérant ces coups de canon comme une invitation de ne pas m'avancer davantage, je fis stopper immédiatement et mettre la barre en grand à bâbord.

» Depuis ce moment jusqu'au retour de l'embarcation, les roues ne firent pas un tour, et le bâtiment dérivait peu à peu, par suite d'une brise modérée de nord-ouest, qui soufflait du côté de la terre.

» L'arrière était tourné vers la quarantaine, et j'eus soin de m'abstenir d'ouvrir les sabords du premier pont et de toute manœuvre qui pût faire supposer la moindre intention hostile de ma part.

» Sept coups de canon furent tirés. Le premier était évidemment dirigé sur l'embarcation, alors à environ un mille du rivage, et il tomba à soixante ou soixante-dix yards près d'elle, qui se trouvait dans le sud de la ligne entre la batterie et le bâtiment.

» Les autres se succédèrent de près et peuvent avoir été dirigés soit contre l'embarcation, soit contre le bâtiment, parce qu'ils étaient plus dans la ligne droite de cette direction.

» Le lieutenant Alexander, une fois au môle, demanda à voir le consul anglais : on lui dit qu'il n'était pas là ; qu'il était trop bonne heure, qu'on allait envoyer chercher le capitaine de port, et on l'invita à regagner son navire. Il demanda si le consul anglais était encore à Odessa. Il lui fut répondu par l'officier de garde de retourner à son navire ; et une personne qui était là comme interprète anglais ajouta qu'il ne lui était pas permis de dire rien de plus.

» Pendant tout ce temps, les couleurs anglaises et le pavillon parlementaire étaient déployés bien en évidence à bord du bâtiment et de son embarcation.

» Ce que j'atteste ici peut être corroboré par le témoignage de l'officier de garde, le mécanicien en chef, le mécanicien de garde et par tout homme du bâtiment.

» Je suis, etc.

» WILLIAM LORING, *capitaine R. N.* »

Les capitaines de bâtiments marchands mouillés en rade d'Odessa confirment cette déposition. Il ne reste plus aux commandants des escadres combinées qu'à sommer le gouverneur général d'Odessa de donner réparation de l'insulte dont il a été le complice. La lettre ci-dessous lui est adressée :

« Devant Odessa, le 21 avril 1854.

» MONSIEUR LE GOUVERNEUR,

» Attendu que la lettre de Votre Excellence, datée du 14 avril, et qui ne nous est parvenue que ce matin, n'expose que des allégations erronées pour justifier l'inqualifiable agression dont les autorités d'Odessa se sont rendues coupables à l'égard d'une de nos frégates et de son embarcation portant toutes deux pavillon parlementaire ;

» Attendu que, malgré ce pavillon, les batteries de cette ville ont tiré plusieurs boulets, tant sur la frégate que sur l'embarcation au moment où cette dernière venait de quitter les quais du môle, où elle était arrivée avec confiance ;

» Les deux vice-amiraux commandant en chef les escadres combinées d'Angleterre et de France se croient en droit d'exiger une réparation de Votre Excellence ;

» En conséquence, tous les bâtiments anglais, français et russes actuellement mouillés près de la forteresse ou des batteries d'Odessa devront être remis sur-le-champ aux deux escadres combinées.

» Si, au coucher du soleil, les deux vice-amiraux n'ont point reçu de réponse ou n'en ont reçu qu'une négative, ils se verront obligés d'avoir recours à la force pour venger le pavillon d'une des escadres combinées de l'insulte qui lui a été faite, quoique les intérêts de l'humanité les portent à n'adopter qu'avec regret cette résolution dernière dont ils rejettent la responsabilité sur qui de droit.

» Recevez, etc.

» *Signé* HAMELIN, DUNDAS. »

La ville d'Odessa était défendue par quatre batteries qui ont été établies vers le commencement de l'année 1854 et qui étaient placées :

La première, de douze pièces de canon, sur le môle du port de quarantaine, défendant l'entrée de la grande rade ;

La seconde, de six pièces de canon, à droite du grand escalier qui descend du boulevard à la mer, défendant l'entrée du port de quarantaine ;

La troisième, à gauche du même escalier, placée de manière à croiser son feu avec celui de la seconde ;

La quatrième, sur le quai du port de pratique.

Outre ces quatre batteries, on en avait établi trois autres : l'une de l'autre côté du golfe d'Odessa, au village russe de Dofnoftra ; les deux autres au sud.

Le 21 avril au soir, le général Osten-Sacken n'ayant fait aucune réponse à la sommation des vice-amiraux, l'attaque est résolue pour le lendemain. Dans la matinée du 22, entre six et sept heures, les

deux frégates françaises *le Vauban*, capitaine d'Herbingben, et *le Descartes*, capitaine Darricau, réunies aux deux frégates anglaises *le Tiger*, capitaine Gifard, et *le Sampson*, capitaine Jones, arrivent à neuf ou dix encablures de distance devant la batterie du port Impérial, qui leur envoie un premier coup de canon ; les frégates lui ripostent vivement : mais le calibre de nos bouches à feu étant plus fort que celui des batteries de l'ennemi, nos coups sont plus sûrs que les siens. Pendant que cette première lutte s'engage, le vaisseau anglais *le Sans-Pareil* mouille avec la corvette à vapeur *le Highflyer* à la limite extrême de la portée de canon des batteries, non pour prendre part au combat, mais pour servir au besoin d'appui aux frégates engagées. Au même instant, la frégate à vapeur française *le Mogador*, capitaine de Wailly ; la frégate à vapeur anglaise *la Terrible*, capitaine Cleverty ; *le Furious*, capitaine Loring, et *la Rétribution*, capitaine Drummond, s'approchent du lieu de l'action pour y prendre part lorsque le signal leur en aura été fait par les amiraux.

Le feu dure depuis une heure et demie, lorsque la frégate *le Vauban* reçoit trois boulets rouges dont un brise quelques rayons de ses roues à aubes ; et les autres mettent le feu dans sa muraille à vent ; les pompes sont mises en jeu pour éteindre l'incendie, mais vainement : un des boulets rouges a pénétré entre maille et brûle intérieurement la muraille de la frégate à petit feu. Le capitaine de vaisseau comte Bouët-Willaumez, chef d'état-major de l'escadre, qui se tient à bord du *Caton* pour suivre sur les lieux toutes les phases de l'affaire et aviser aux cas urgents, arrive alors à bord du *Vauban*, qui a stoppé, et prescrit au commandant de cette frégate de quitter momentanément le théâtre de l'action et d'aller mouiller au milieu des escadres afin d'en recevoir les secours nécessaires.

Peu de temps après, la seconde division de quatre frégates à vapeur reçoit l'ordre de venir soutenir les trois premières frégates engagées, ce qu'elles commencent à effectuer avec vigueur vers dix heures et demie. Les obus des sept frégates tombent comme grêle sur la batterie du port Impérial, sur les magasins et navires qu'il renferme, et des symptômes d'incendie commencent même à se manifester sérieusement. Des batteries établies sur les hauteurs d'Odessa joignent leurs feux à celui des pièces du port Impérial. Non loin des frégates, six chaloupes anglaises se rapprochent de ce port dans la partie nord-ouest du môle, où l'ennemi n'a pas établi de bouches à feu, et lancent cent force fusées à la Congrève.

Les marins anglais concentrent leur feu sur la partie militaire de la ville russe, sur ses établissements de guerre, maintenant la ville marchande en dehors de la lutte, et épargnant toute atteinte aux bâtiments de commerce ainsi qu'à la propriété des neutres.

Il est midi : *le Vauban*, qui a éteint son incendie, vient de quitter les escadres pour rallier les autres frégates à vapeur anglaises et françaises ; elles rivalisent d'ardeur et d'habileté dans leur tir, auquel prend même part momentanément la corvette à vapeur française *le Caton*, capitaine Pothuau.

A une heure l'incendie est complètement déclaré dans les magasins et casernes du port Impérial, dont les toitures s'écroulent en flammes. Presque au même instant, la poudrière de la batterie de ce port saute en l'air aux acclamations réitérées des matelots des deux nations.

L'œuvre de destruction du port Impérial marche rapidement sous les coups redoublés des frégates, qui profitent du désordre occasionné à terre par l'explosion de la poudrière pour s'avancer de deux encablures et foudroyer plus promptement une quinzaine de petits bâtiments russes renfermés dans la darse. Comme elles se rapprochent ainsi des batteries du port de commerce, les bouches à feu de ce port, qui avaient cessé un instant de tirer, recommencent alors sur nos frégates un feu assez vif auquel vient se joindre celui des mortiers établis sur les hauteurs d'Odessa. Mais les frégates n'en accélèrent pas moins leur œuvre de destruction, et c'est à qui manœuvrera et canonnera le mieux, tantôt en combattant à l'ancre, tantôt en combattant sous vapeur. Dans ce cercle de plus en plus resserré, où se meuvent neuf bâtiments à vapeur, pas une fausse manœuvre ne se fait remarquer. Un instant le feu d'une partie de ces frégates change de direction : c'est pour forcer à la retraite une batterie de campagne que l'ennemi a établie à leur droite sur la plage, dont s'étaient approchées les chaloupes lançant les fusées à la Congrève. A quatre heures, cette batterie, mise en déroute par les obus des frégates, se replie dans l'intérieur après avoir été cause de l'incendie qu'allument ses obus dans quelques maisons d'un village.

Le soir, la destruction du port est complète ; les établissements de l'amirauté russe sont dévastés : les trente mille hommes de la garnison d'Odessa, les soixante-dix canons de sa forteresse et de ses batteries n'ont pu sauver le port d'un désastre mérité.

Les pertes éprouvées par la Russie dans l'affaire d'Odessa furent précisées dans un rapport ultérieur du vice-amiral Hamelin au ministre de la marine. « Je n'avais pu, dit-il, constater que celles visibles du pont de nos bâtiments ; or comment apprécier exactement, soit à bord des navires combattants, soit à bord des vaisseaux qui les voyaient combattre, le ravage que nos projectiles avaient opéré au milieu des rangs ennemis ou dans l'arsenal lui-même ?

» Nous avions bien vu et entendu une poudrière sauter et les navires s'enflammer pêle-mêle au milieu de cet arsenal, dont les casernes et magasins incendiés s'écroulaient successivement, dont les canons et affûts gisaient démantelés sur la tête du môle. Pendant trois nuits consécutives les flammes de l'incendie n'avaient pas cessé de briller sur ces débris ; mais tels étaient les seuls résultats généraux que nous avions pu constater.

» Aujourd'hui il n'en est pas de même, et je puis, grâce à des renseignements puisés à bonne source et provenant d'une personne digne de foi qui se trouvait à Odessa même pendant l'attaque et y est restée depuis, donner à Votre Excellence les détails que sollicite sa dépêche du 24 mai. Voici donc quels sont les dommages éprouvés par le port Impérial d'Odessa et ce qu'il renfermait à la suite de l'attaque du 22 avril.

» Parmi les dix bouches à feu qui défendaient, les unes l'entrée, les autres la tête du môle, ces dernières ont été complétement démantelées : c'est ce que nos bâtiments à vapeur avaient en vue et ce qui leur a permis d'approcher du port Impérial pour y détruire magasins et bâtiments russes.

» La poudrière, construite pour les besoins de la batterie du môle, a sauté, explosion qui a tué ou blessé la presque totalité des hommes qui armaient cette batterie. Le magasin du gouvernement, qui contenait tous les objets de matériel pour l'usage des paquebots à vapeur de l'État dans la mer Noire, a été entièrement consumé. Une caserne construite pour les Cosaques a eu le même sort, ce qui a entraîné la perte d'un assez grand nombre de cavaliers et de chevaux ; il en a été de même d'un grand magasin renfermant des grains et fourrages.

» Le môle lui-même, atteint par de nombreux boulets, a été grandement endommagé. Bref la batterie de campagne de quatre bouches à feu de 16, qui avait tenté de se mesurer avec l'artillerie de nos frégates, a été presque complétement détruite, hommes et chevaux.

» Le port Impérial contenait cinquante-trois bâtiments à voiles, trois à vapeur et cinq machines à draguer. Des trois bâtiments à vapeur, l'un, le Dniester, en fer et de quarante chevaux, appartenant au gouvernement, après avoir reçu plusieurs boulets dans sa coque et sa carène a coulé, et s'est rempli en moins de cinq minutes. On a vainement essayé de le relever. Un autre bâtiment à vapeur en fer, le Luba, a coulé après avoir reçu seize boulets dans la partie avant de sa carène. On considère sa mise à flot comme impraticable. Un troisième vapeur, de quatre-vingt-dix chevaux, l'Audia, a coulé, mais il a été relevé depuis, à ce qu'il paraît.

» Des cinq machines flottantes à draguer, la plus neuve a été entièrement détruite ; elle a coulé le premier jour, et l'on n'a aucun espoir de la remettre à flot : les quatre autres machines à draguer ont éprouvé des avaries plus ou moins considérables.

» Des cinquante-trois bâtiments à voiles qui étaient dans le port d'Odessa, l'un, le Nicolas Ier, d'environ six cents tonneaux, a été consumé par les flammes ; deux bricks ont été complétement brûlés, ainsi qu'une goélette chargée de charbon de Newcastle qu'elle allait transporter à Ismaïl. Le reste de ces navires, qui étaient des caboteurs russes de diverses grandeurs, ont été plus ou moins endommagés par les boulets, et la plupart ont coulé.

» Quant aux pertes en hommes supportées par l'ennemi, il a fallu, pour pouvoir les apprécier, recourir à des sources particulières, le gouvernement russe s'étant abstenu d'en publier officiellement le chiffre. Il résulte de ces informations que le nombre des tués et blessés n'est pas inférieur à deux cents.

» Votre Excellence n'avait pas besoin de ces renseignements pour rester convaincue d'avance que les renseignements renfermés dans mes rapports antérieurs étaient plutôt au-dessous de la vérité qu'au-dessus. Peut-être n'en peut-on pas dire autant de ceux du général ennemi, surtout en ce qui concerne la mise hors d'état prétendue de je ne sais combien de nos frégates à vapeur à la suite de cet engagement. Votre Excellence le sait, aucune de nos frégates, de nos corvettes à vapeur, n'ayant reçu un seul boulet dans sa machine ou ses chaudières, n'a été empêchée de suivre les escadres, et, chose singulière, pas un de nos hommes n'a été tué ou blessé par les projectiles de l'ennemi alors que les nôtres faisaient ravage dans ses rangs, dans sa flottille et dans son arsenal.

» Quant au désordre qui régnait dans l'arsenal au début de l'affaire, il m'a été de nouveau affirmé ; ce qui explique, comme j'ai eu l'honneur de l'écrire à Votre Excellence, que les autorités d'Odessa aient combattu sans pavillon, et cependant des couleurs russes s'arboraient assez fréquemment sur les édifices de la douane et de la quarantaine. »

Quatre jours après le bombardement du port Impérial d'Odessa, les vents ayant passé au nord, les deux escadres mettent à la voile et se dirigent vers les côtes ouest de la Crimée. Dans la matinée du 28 avril le Descartes, en chassant en avant des escadres, fait rencontre d'un brick anglais, qui, capturé la veille par une frégate russe, a été abandonné par cette dernière au seul aspect lointain des escadres. Le Furious et la corvette à vapeur le Caton se détachent pour explorer la baie au sud d'Eupatoria, et, tout en accomplissant leur mission, capturent quatre bâtiments russes sous les yeux de la garnison de cette citadelle.

Dans la journée du 29 les escadres combinées font route vers l'entrée du port de Sébastopol dans l'espoir de décider l'ennemi à secouer sa torpeur. Les amiraux Hamelin et Dundas prescrivent à deux vaisseaux de se tenir hors de vue des terres de la Crimée afin de tromper la flotte russe sur les forces qu'elle peut avoir à combattre. L'occasion s'offre à elle de se relever de l'échec d'Odessa ; mais elle s'obstine à rester immobile sur ses ancres. Pour la tenir en respect, dix-sept vaisseaux anglo-français continuent à croiser en vue de Sébastopol pendant que l'Agamemnon, vaisseau à vapeur anglais portant le pavillon du contre-amiral Lyons, le vaisseau à vapeur français le Charlemagne, les frégates à vapeur le Mogador et le Vauban et cinq bâtiments à vapeur anglais vont attaquer et détruire les établissements russes du littoral de la Crimée et de la Circassie.

Là comme à Sébastopol l'ennemi esquive le combat. Les Circassiens, commandés par le célèbre chef du Daghestan, Schamyl, peuvent d'un moment à l'autre descendre de leurs montagnes et culbuter dans la mer les garnisons des quinze forteresses disséminées sur la côte. D'autre part la division navale aux ordres du contre-amiral Lyons peut impunément bombarder ces forteresses. Les Russes les abandonnent, en détruisent les remparts et ne conservent que celles d'Anapa et Rujach-Bay. Redoute-Kalé, qu'ils avaient eu l'intention de garder, est évacué sur une simple sommation des alliés.

Les résultats obtenus par l'escadre de la mer Noire sont résumés dans un ordre du jour de l'amiral Hamelin lu aux équipages et affiché au grand mât de chaque vaisseau.

« Le vice-amiral, commandant en chef, témoigne sa satisfaction à l'escadre sur la manière dont elle a rempli ses devoirs pendant le cours de cette dernière croisière, qui n'a pas été sans quelque lustre pour nos armes. Le port Impérial d'Odessa réduit en cendres ainsi que tout ce qu'il renfermait, l'ennemi défié dans Sébastopol et n'osant pas en sortir, les bâtiments du commerce russe capturés en mer ou sur les rades ouvertes, les quinze forts que la Russie avait échelonnés depuis un demi-siècle sur le littoral de la Circassie abandonnés par elle en prévision de nos attaques prochaines, enfin le pavillon russe chassé de cette mer Noire où il prétendait dominer en maître, tels sont les premiers résultats obtenus par nos vaisseaux ou par les bâtiments à vapeur opérant sous leur égide.

» Un autre fait non moins remarquable a été constaté : c'est que les dix-neuf vaisseaux des deux escadres combinées ont navigué de compagnie pendant plus d'un mois avec un ensemble parfait ; c'est qu'enveloppés par des brumes épaisses et presque continuelles ils ont croisé durant vingt jours devant Sébastopol sans qu'il s'en soit suivi aucun accident de mer, aucune séparation, tant était grande l'attention de chacun à veiller aux mouvements des amiraux et les signaux qui avaient pour objet d'arriver à ce résultat.

» Le vice-amiral commandant en chef s'est empressé de signaler au gouvernement de l'empereur les titres nouveaux que l'escadre venait ainsi d'acquérir à la confiance du pays. »

CHAPITRE IV.

Siége de Silistrie. — Belle réponse de Mussa-Pacha au maréchal Paskiewitsch. — Formation du camp de Gallipoli. — Ordre du jour du 20 avril. — Arrivée des généraux Canrobert et Napoléon. — Conseil de guerre du 12 mai. — Répression de l'insurrection grecque. — Déclaration du roi Othon. — Circulaire du ministre de l'intérieur d'Athènes. — Croisière de la subdivision navale du contre-amiral le Barbier de Tinan. — Jonction de l'escadre de l'Océan avec celle de la Méditerranée. — Organisation du service de l'armée navale de la mer Noire.

La Russie a donc été déjà contrainte de s'incliner sur mer devant la supériorité des alliés. Avant qu'elle l'éprouve sur terre, elle veut du moins assurer à ses troupes une position favorable. Un vieux général qui a pris part à la campagne de France en 1814, le prince Paskiewitsch, est nommé commandant supérieur de l'armée russe du Danube, forte de quarante mille hommes. Elle est dirigée vers les monts Balkans ; mais il faut préalablement qu'elle s'empare de Silistrie, la plus importante des places de la rive droite. Les Russes ne parviennent à investir cette place qu'après des combats réitérés et meurtriers.

En arrivant devant Silistrie le prince Paskiewitsch demande au gouverneur, Sali-Pacha, une entrevue, qui a lieu en présence de deux attachés d'ambassade, l'un Français, l'autre Anglais. Le prince déclare au gouverneur qu'il a reçu de l'empereur de Russie l'ordre de prendre Silistrie à tout prix, et qu'il vaut mieux par conséquent traiter immédiatement de la reddition de la place que de verser le sang inutilement. On se sépare sans rien conclure; mais les attachés d'ambassade ont cru remarquer certains signes d'intelligence entre le général russe et le gouverneur. Le lendemain Sali-Pacha est remplacé par Mussa-Pacha, qui dit au généralissime ennemi : « Vous avez reçu l'ordre de prendre à tout prix Silistrie; quant à moi, j'ai reçu celui de le défendre à tout prix. »

L'espoir d'être bientôt secourus double le courage des Ottomans. A cent cinquante mille hommes massés dans les Balkans ou dans la vallée du Danube doivent s'adjoindre cinquante mille Français et trente mille Anglais. Chaque jour arrivent en Orient de nouveaux renforts.

Les troupes anglo-françaises, à mesure qu'elles débarquent sur le sol ottoman, sont concentrées à Gallipoli. Les officiers et les hommes nécessaires à l'administration logent seuls dans la ville ; les troupes sont campées au dehors. La partie du camp voisine de Gallipoli est réservée au génie ; la suivante, établie à Boquenne (la Fontaine secrète), est occupée par les chasseurs de Vincennes ; la troisième et la majeure partie du camp, destinée au grand corps d'infanterie et

union et cordialité dans la vie des camps, dévouement absolu à la cause commune dans l'action.

« La France et l'Angleterre, autrefois rivales, sont aujourd'hui amies et alliées ; elles ont appris à s'estimer en combattant ensemble ; elles sont maîtresses des mers ; les flottes approvisionneront l'armée pendant que la disette sera dans le camp ennemi.

» Les Turcs, les Egyptiens ont su tenir tête aux Russes depuis le commencement de la guerre. Seuls, ils les ont battus dans plusieurs rencontres ; que ne feront-ils pas, secondés par vos bataillons ? »

Les généraux Canrobert et Napoléon sont déjà partis pour Constan-

Le prince Napoléon Bonaparte, général commandant la troisième division de l'armée d'Orient.

aux zouaves, est à une distance de deux lieues de la ville dans un endroit appelé Boyardi-Convousson, sur une colline du haut de laquelle on aperçoit d'un côté le golfe de Samos, de l'autre la mer de Marmara.

Les Anglais s'installent près d'un village appelé Boulair, où leur état-major s'établit. Sur le bord de la mer un détachement des troupes du sultan dresse ses tentes blanches autour de la tente verte d'un pacha. L'activité, la gaieté, les saillies des soldats français étonnent les graves musulmans : ils voient avec stupéfaction leurs auxiliaires improviser des baraques, ouvrir des cafés et des restaurants, établir des hôpitaux, creuser des fossés pour l'écoulement des eaux, déblayer le port et élargir les quais. La France et l'Angleterre, avant de combattre pour les musulmans, les initient à la civilisation européenne.

Le 20 avril le maréchal Saint-Arnaud, après avoir pris possession du commandement en chef, met à l'ordre du jour, au quartier général de Marseille, une proclamation dans laquelle il dit aux soldats : « Dans quelques jours vous partirez pour l'Orient ; vous allez défendre des alliés injustement attaqués et relever le défi que le czar a jeté aux nations de l'Occident. De la Baltique à la Méditerranée l'Europe applaudira à vos efforts et à vos succès.

» Vous combattrez côte à côte avec les Anglais, les Turcs, les Egyptiens. Vous savez ce que l'on doit à des compagnons d'armes :

tinople. Celui-ci y arrive le 1er mai, à bord du *Roland*, que saluent de vingt et un coups de canon les bâtiments de guerre français, anglais et américains qui se trouvent dans le port. Le sultan met le palais de Defterdar-Bournou, ancienne résidence de la sœur du sultan, à la disposition du prince, qu'il reçoit à l'entrée du salon d'honneur, contrairement aux usages établis qui lui permettaient de l'attendre assis, et auquel il rend sa visite, en dépit des règles de la vieille étiquette musulmane.

Le 29 avril, le maréchal Saint-Arnaud s'embarque à bord de la corvette à vapeur le *Berthollet*.

Tous les généraux alliés sont réunis sur la terre d'Orient ; ils vont se concerter et prendre des mesures pour barrer le passage à l'armée russe. Le 12 mai ils tiennent à Varna un conseil de guerre, auquel sont appelés Riza-Pacha ministre de la guerre, Omer-Pacha, les amiraux Hamelin et Dundas. Il est décidé que l'armée française, moins la division du prince Napoléon, se rendra par terre de Gallipoli à Andrinople, d'où elle se portera ensuite sur Schumla et sur Silistrie. Toutefois, comme le mouvement de l'armée française ne saurait être exécuté qu'avec une certaine lenteur, les généraux en chef tombent d'accord que les quinze mille Anglais qui campent à Scutari et la division du prince Napoléon, formant ensemble un effectif de vingt-sept mille hommes, seront transportés par mer à Varna.

Un détachement de l'armée anglo-française est chargé de pacifier la Grèce. Unis aux Russes par la religion, les Hellènes s'en sont faits les instruments; et le roi Othon a favorisé le développement d'une insurrection qui a dévasté l'Épire, la Thessalie et la Macédoine. Des pirates, munis de papiers que le gouvernement grec a lui-même délivrés, ont parcouru l'Archipel et attaqué indistinctement les navires de toutes les nations. Dans les rues d'Athènes, on a insulté les Français sous les yeux d'une police impassible. Une démonstration énergique arrête brusquement ce mouvement et met fin aux illusions d'Othon, qui rêvait la couronne de Byzance. Le 25 mai, l'escadre commandée par le vice-amiral Bruat amène au Pirée huit mille hommes d'infanterie française et le 74° de ligne anglais. Quatre mille hommes débarquent sous les ordres du général Forez, et escortent à Athènes MM. Forth-Rouen et Wysse. Ces deux représentants des puissances alliées entrent dans la salle du trône, et le roi Othon se résigne à prendre devant eux l'engagement solennel d'observer à l'égard de la Turquie une stricte et complète neutralité. Il renvoie des ministres qui faisaient cause commune avec les insurgés, et, par ses

protéger notre indépendance nationale, compromise par une politique irréfléchie; vous ferez comprendre que ces soldats ont été envoyés par les deux puissances bienfaitrices qui ont créé le royaume hellénique, et qu'ils sont frères de ceux qui ont si généreusement combattu pour notre indépendance; vous affirmerez que le gouvernement actuel se propose essentiellement de faire revivre l'empire des lois, et, en entretenant des rapports d'amitié avec les puissances étrangères, d'épargner au pays les maux dont il était menacé.

» La loi donne au pouvoir des moyens suffisants pour réprimer la calomnie. Mais ayant la conscience de sa force, et inspiré de sentiments bienveillants, le gouvernement se bornera à la combattre par son respect inviolable pour la loi, par sa sollicitude pour les intérêts de la nation, et par ses efforts incessants pour mériter l'estime de l'étranger à l'aide de la bonne foi, pour inspirer au peuple, au moyen d'une bonne administration, cette confiance dans les institutions et ce respect de la justice qui sont la meilleure garantie du bonheur des peuples et de la puissance des États.

Prends ceci, tu me le rendras le jour où je te donnerai en échange la croix de la Légion d'honneur.

ordres, son nouveau ministre de l'intérieur trace en ces termes aux préfets et sous-préfets de Grèce la ligne politique qu'il faut suivre :

« Des tentatives que je n'appellerai que malheureuses ont exposé notre indépendance nationale aux plus graves dangers.

» Grâce aux impénétrables décrets de la Providence, grâce à la bienveillance des deux puissances bienfaitrices, notre patrie a encore été sauvée au moment même où elle semblait se précipiter dans l'abîme.

» Cependant la malveillance, indifférente aux circonstances critiques où se trouve la nation, redoute l'affermissement et le retour de l'ordre, qui, en fortifiant le pouvoir et en facilitant l'accomplissement de sa tâche bienfaisante, ne saurait qu'être fertile en heureux résultats.

» Habile à dénaturer la vérité et toujours prête à exploiter la crédulité des plus simples, elle s'applique infatigablement à ébranler par mille bruits mensongers le respect dû à l'autorité et à agiter les esprits dans les provinces; espérant par là rendre impossible toute amélioration matérielle et morale sous un gouvernement pour lequel elle n'éprouve aucune sympathie.

» Les faits se sont chargés et se chargeront toujours de répondre aux inventions de la malignité, si féconde qu'elle soit.

» Toutefois, il est de notre devoir d'éclairer l'opinion et de mettre la vérité à la portée de toutes les classes du peuple. Vous direz que la présence de l'armée alliée ne saurait avoir d'autre objet que de

» Telle est la mission de l'armée alliée, tel est le but de la politique intérieure du ministère actuel. Veuillez présenter à vos administrés l'une et l'autre sous leur véritable jour. Le peuple grec, avec la perspicacité qui le caractérise, comprendra sans peine le but de toutes ces manœuvres astucieuses, de toutes ces insinuations perfides, et ne tardera pas à déjouer par sa sagacité les coupables projets des perturbateurs de l'ordre public. »

Les bandes armées ne tardent pas à se disperser; le contre-amiral le Barbier de Tinan a mission de réprimer la piraterie dans l'Archipel. Sa subdivision navale se compose de la frégate mixte la Pomaré, de la corvette la Sérieuse; des bricks le Mercure, l'Olivier, le Cerf; de la frégate à vapeur le Gomer; des corvettes le Pluton et le Chaptal; des avisos à vapeur le Héron, le Prométhée, la Mégère, le Narval, le Solon et la Salamandre. Les brigands qui infestent les mers de Grèce sont immédiatement poursuivis. Le Chaptal part du Pirée le 4 juin, saisit une bombarde armée de fusils, de pistolets et d'un petit canon en fer, et se réunit à la hauteur des îles Fourni au Wasp, aviso anglais à hélice. Les deux bâtiments, agissant de concert, capturent un certain nombre de bateaux engagés dans les rochers le long de la côte de Samos; les compagnies de débarquement, lestement jetées à terre, font prisonniers douze hommes armés, qui sont remis avec les bateaux capturés au gouverneur de Maratro-Campo, port situé à l'ouest de l'île de Samos.

Le 8 juin, le *Chaptal* et le *Wasp* se portent sur la côte nord-est de Nicaria; ils y brûlent en arrivant deux bateaux et une bombarde; huit ou dix bâtiments mouillés sur divers points de la côte sont fouillés avec soin; ceux qui sont reconnus suspects sont pris et remis au gouverneur de Tigani.

A peine arrivés au mouillage des Magasins, les deux croiseurs sont instamment priés par le gouverneur de se porter à l'est de Samos, où plusieurs pirates ont été signalés; malgré leurs fatigues précédentes, les officiers et l'équipage du *Chaptal* se rendent à ce désir : ils passent la nuit dans les embarcations et reviennent le lendemain matin, 9 juin, avec le bateau du fameux pirate Moro. Ce bateau avait été aperçu caché dans les rochers à sept mille de Tigani; un examen attentif y fait découvrir des indices certains de la présence des pirates. L'équipage de la chaloupe du *Chaptal* saute alors à terre, se déploie en tirailleurs et fouille les rochers; le repaire des bandits est trouvé, et une fusillade bien nourrie accueille les Français. Au bruit des détonations, l'équipage du canot-major du *Chaptal* accourt au secours de celui de la chaloupe, et, malgré l'avantage de leur position, les pirates, débusqués en un clin d'œil, prennent la fuite devant nos marins dans toutes les directions, assez maltraités par les fusils de rempart et laissant leur butin entre nos mains.

Le lendemain, des détachements du *Chaptal* et du *Wasp* font une nouvelle descente sur ce point et saisissent de nouvelles marchandises pillées sur un navire turc, auquel le *Chaptal* a pu les rendre.

Cette petite tournée, rapidement accomplie par les deux croiseurs alliés, a produit le meilleur effet sur le commerce pacifique, qu'elle rassure, et sur les pirates, qu'elle frappe d'un salutaire effroi.

Devenue disponible, l'escadre de l'Océan est réunie à celle de la Méditerranée. Cette dernière comprend neuf vaisseaux : le *Friedland*, le *Valmy*, la *Ville de Paris*, le *Henri IV*, le *Bayard*, le *Charlemagne*, l'*Iéna*, le *Jupiter*, le *Marengo*; la frégate la *Belle Poule*, la *Panthère*, armée en transport-magasin; les frégates à vapeur le *Mogador*, le *Descartes*, le *Vauban*, le *Cacique*, le *Magellan*, le *Sané*; la corvette à vapeur le *Caton*; les avisos à vapeur la *Mouette* et le *Dauphin*. L'escadre du vice-amiral Bruat se compose des vaisseaux le *Montebello*, le *Napoléon*, le *Jean Bart*, le *Suffren*, l'*Alger*, la *Ville de Marseille*; de la frégate à vapeur le *Caffarelli*; des corvettes le *Roland* et le *Primanguet*. En outre, dix-sept frégates et corvettes à vapeur restent armées dans le port de Toulon, prêtes à prendre la mer au premier signal. Quatorze vaisseaux de ligne entièrement neufs, dont sept à hélice, ont été mis à flot et doivent former une quatrième escadre dite de réserve.

Aux termes de la dépêche dite ministérielle du 20 mai, qui prescrit la fusion des deux escadres, l'armée navale de la mer Noire, formée de quinze vaisseaux et de quatorze frégates, corvettes ou avisos, est constituée sous les ordres immédiats et directs du plus ancien des vice-amiraux, le vice-amiral Hamelin, commandant en chef. Le vice-amiral Bruat en devient le commandant en second. Les contre-amiraux Charner et Lugeol continuent à y commander en second.

M. le comte Bouët-Willaumez prend le titre et les fonctions de chef d'état-major de cette armée navale;

M. Michelin, le titre et les fonctions de commissaire d'armée;

M. l'abbé Cresp, le titre et les fonctions d'aumônier supérieur d'armée;

M. Marrouin, le titre et les fonctions de médecin en chef d'armée.

Le service général de l'armée navale de la mer Noire sera donc centralisé par l'état-major général placé près le vice-amiral commandant en chef. Toutefois, pour assurer l'exécution de certains détails de ce service, l'armée sera divisée en deux escadres. La première, placée sous les ordres directs du vice-amiral commandant en chef, se composera du vaisseau-amiral la *Ville de Paris*, du *Jupiter*, du *Henri IV*, du *Valmy*, de l'*Iéna*, du *Marengo*, du *Friedland* et du *Charlemagne*.

La deuxième escadre, en restant placée sous les ordres directs du commandant en chef, sera plus particulièrement surveillée par le vice-amiral commandant en second, en ce qui touche l'exécution de ses ordres. Elle se composera des vaisseaux le *Montebello*, le *Napoléon*, le *Jean Bart*, le *Suffren*, l'*Alger*, la *Ville de Marseille* et le *Bayard*.

CHAPITRE V.

Traité austro-prussien du 10 avril. — Article additionnel. — Armement de l'Autriche. — Traité du 12 mars entre la France, l'Angleterre et la Porte Ottomane. — Nouveau protocole de la conférence de Vienne. — Conférence de Bamborg.

En Occident, on continue à négocier. A l'exemple de la France et de l'Angleterre, l'Autriche et la Prusse posent les bases de leur politique dans un traité d'alliance offensive et défensive.

« Sa Majesté l'empereur d'Autriche et Sa Majesté le roi de Prusse, voyant avec un profond regret la stérilité des efforts qu'ils ont tentés jusqu'ici pour prévenir l'explosion d'une guerre entre la Russie d'un côté, et d'un autre côté la Turquie, la France et la Grande-Bretagne; se souvenant des obligations morales qu'elles ont contractées par les signatures données au nom des deux puissances (l'Autriche et la Prusse) au protocole de Vienne; prenant en considération le développement des mesures militaires de plus en plus étendues prises par les parties contendantes, et les dangers qui en résultent pour la paix de l'Europe; convaincues qu'il appartient à l'Allemagne, si étroitement unie à leurs Etats, de remplir une haute mission au début de cette guerre, afin de prévenir un avenir qui ne pourrait qu'être fatal au bien-être général de l'Europe,

» Ont résolu de s'unir pour toute la durée de la guerre qui a éclaté entre la Russie d'un côté, et de l'autre la Turquie, la France et la Grande-Bretagne, par une alliance offensive et défensive, et ont nommé leurs plénipotentiaires pour conclure cette alliance et pour en régler les conditions, savoir :

» Sa Majesté l'empereur d'Autriche,

» Son conseiller intime actuel et quartier-maître général de l'armée, général Henri, baron de Hess, commandeur de l'ordre autrichien de Marie-Thérèse, grand-croix de l'ordre autrichien de Léopold, chevalier de l'ordre prussien de l'Aigle noir, etc., etc.

» Et son conseiller intime actuel et chambellan Frédéric, comte de Thun-Hohenstein, grand-croix de l'ordre autrichien de Léopold et chevalier de l'ordre prussien de l'Aigle rouge, son envoyé extraordinaire et son ministre plénipotentiaire près le roi de Prusse;

» Et Sa Majesté le roi de Prusse,

» Son ministre, président du conseil et ministre des affaires étrangères, Othon-Théodore, baron de Manteuffel, chevalier de l'ordre prussien de l'Aigle rouge de première classe, orné de feuilles de chêne et de couronne, grand-croix de l'ordre autrichien de Saint-Etienne;

» Lesquels, après s'être communiqué leurs pleins pouvoirs et les avoir échangés, sont convenus des points suivants :

» Art. 1er. Sa Majesté Impériale, Royale et Apostolique et Sa Majesté le roi de Prusse se garantissent réciproquement la possession de leurs territoires allemands et non allemands, de telle sorte que toute attaque dirigée contre le territoire de l'un d'eux, de quelque côté qu'elle vienne, sera considérée comme une entreprise hostile dirigée contre le territoire de l'autre.

» Art. 2. En même temps les hautes parties contractantes se considèrent comme obligées de protéger les droits et les intérêts de l'Allemagne contre toute espèce d'atteinte, et se regardent comme tenues à une défense commune contre toute attaque faite sur une partie quelconque de leur territoire, même dans le cas où l'une d'elles, par suite d'un accord avec l'autre, se verrait forcée de passer à l'action pour protéger les intérêts allemands.

» Dans le cas spécifié plus haut, et lorsqu'il y aura lieu de prêter le secours promis, il y sera pourvu au moyen d'une convention spéciale qui sera considérée comme une partie intégrante du présent traité.

» Art. 3. Pour donner aux conditions de l'alliance offensive et défensive toute la garantie et toute la force nécessaires, les deux grandes puissances allemandes s'engagent à entretenir, en cas de besoin, une partie de leurs forces sur un pied complet de guerre aux époques et sur les points qui seront ultérieurement fixés. On s'entendra sur l'étendue de ces forces et sur le moment où elles seront mises en activité, ainsi que sur le mode suivant lequel il sera pourvu à leur établissement aux points indiqués.

» Art. 4. Les hautes parties contractantes inviteront tous les Etats de la confédération à accéder au présent traité, en leur faisant observer que les obligations fédérales prévues par l'acte final du congrès de Vienne s'étendront, pour ceux qui y accéderont, aux stipulations que le traité actuel sanctionne.

» Art. 5. Pendant la durée du présent traité, ni l'une ni l'autre des hautes parties contractantes ne pourra conclure avec quelque puissance que ce soit aucune alliance qui ne serait pas dans un accord parfait avec les bases posées dans le présent traité.

» Art. 6. La présente convention sera, aussitôt que possible, communiquée réciproquement de part et d'autre pour recevoir la ratification des deux souverains.

» Fait à Berlin, le 20 avril 1854.

» *Signé* baron OTHON-THÉODORE MANTEUFFEL.
» *Signé* HENRI, baron DE HESS.
» *Signé* FRÉDÉRIC THUN. »

Le traité austro-prussien est accompagné d'un long article additionnel, plus important peut-être que le traité même :

« Conformément à l'article 2 de la convention conclue aujourd'hui entre Sa Majesté le roi de Prusse et Sa Majesté l'empereur d'Autriche, et en vertu duquel une entente plus explicite devait avoir lieu sur l'éventualité de l'action de l'une des parties contractantes pour la défense des territoires de l'autre,

» Leurs Majestés n'ont pu se dissimuler qu'une occupation prolongée des territoires du sultan sur le bas Danube par les troupes russes mettrait en danger les intérêts politiques, moraux et matériels de toute la confédération germanique, ainsi que ceux de leurs Etats, et cela d'autant plus à mesure que la Russie étendra ses opérations mili-

...nes contre la Turquie. Les cours d'Autriche et de Prusse s'unis-
sent dans le désir d'éviter autant que possible toute participation à
la guerre qui a éclaté entre la Russie d'un côté et la France, l'Angleterre et la Turquie de l'autre, et en même temps d'aider au rétablissement de la paix générale. Les deux cours regardent surtout
comme un puissant élément de pacification les explications données
récemment par le cabinet de Saint-Pétersbourg à Berlin, dans lesquelles la Russie paraît considérer la cause primitive de l'occupation des principautés comme écartée par des concessions récemment faites et dans beaucoup de points accomplies en faveur des
chrétiens sujets de la Porte, et les deux cours déploreraient profondément que ces éléments de pacification ne reçussent pas de réali-
sation ultérieure. Elles espèrent donc que les réponses qu'on attend
à Saint-Pétersbourg aux propositions de Berlin faites le 8 de ce mois
(avril) offriront les garanties nécessaires d'une prompte sortie des
troupes russes du territoire turc. Dans le cas où ces espérances seraient déçues, les plénipotentiaires susnommés (suivent les noms
comme dans le traité) sont convenus de l'engagement spécial désigné
par l'article 2 du traité.

» *Article unique*. L'Autriche adressera de son côté à la cour impériale de Russie des ouvertures ayant pour but d'obtenir de Sa Majesté
l'empereur de Russie qu'il veuille bien donner les ordres nécessaires
pour suspendre tout nouveau mouvement en avant de son armée sur
le territoire ottoman, et aussi pour obtenir de Sa Majesté des garanties complètes pour la prochaine évacuation des principautés danubiennes. De son côté, le gouvernement prussien appuiera avec énergie
ces propositions.

» Si, contrairement à toutes les espérances, les réponses de la cour
de Russie étaient de nature à ne point donner une sécurité complète
au sujet des deux points ci-dessus mentionnés, alors, dans le but d'arriver à ce résultat, l'une des parties contractantes adoptera des mesures en vertu des stipulations de l'article 2 du traité conclu aujour-
d'hui, qui porte que toute attaque contre le territoire de l'une ou de
l'autre des deux parties contractantes devra être repoussée par l'autre
à l'aide de tous les moyens militaires qui sont à sa disposition.

» Toutefois, une action offensive des deux parties contractantes ne
sera déterminée que par l'incorporation des principautés ou par une
attaque ou passage de la ligne des Balkans par la Russie.

» Le présent arrangement sera soumis à la ratification des souverains simultanément avec le traité.

» Berlin, le 20 avril 1854.

> » *Signé* OTHON, baron DE MANTEUFFEL.
> » *Signé* HENRI, baron DE HESS.
> » *Signé* F. DE THUN. »

De peur d'être pris au dépourvu, le gouvernement autrichien ordonne la levée de quatre-vingt-quinze mille recrues et la concentration de corps de troupes sur le bas Danube, aux points les plus
rapprochés du théâtre de la guerre. Le 16 mai, l'empereur d'Autriche
fait connaître ses volontés à son ministre de l'intérieur par cette
lettre autographe :

» Mon cher baron de Buch, la tournure menaçante des circonstances politiques en général, les corps de troupes considérables qui
par suite des troubles de l'Orient sont mis en mouvement sur les
frontières de mon empire, et en particulier la circonstance que des
concentrations de troupes ont lieu sur les frontières de l'Est et du
Nord, rendent nécessaire l'adoption de mesures dans le but de prémunir la monarchie contre toutes les éventualités, et offrant en même
temps toutes garanties pour préserver les intérêts de mon empire
gravement menacés par ce regrettable conflit et assurer la position
qui lui convient comme puissance européenne.

» Par cette considération, j'ai ordonné de renforcer les forces militaires dans les provinces sud-est et nord-est de l'empire; et à cette
fin j'ai jugé nécessaire d'ordonner une levée de recrues de quatre-
vingt-quinze mille hommes. En vous chargeant de vous mettre en
rapport avec le commandant général de mon armée pour régler tout
ce qui se rattache à mon ordre, je sens le besoin d'exprimer combien
j'ai la conviction que mes fidèles sujets donneront, dans l'exécution
de cette mesure, de même que dans tout ce que j'ordonnerai pour la
sûreté de mon empire et pour la garantie durable de son honneur et
de ses intérêts, de nouvelles preuves de leur dévouement et de leur
empressement à faire tous les sacrifices inspirés par le fidèle sentiment patriotique, ainsi qu'ils l'ont fait dans tous les temps.

> » FRANÇOIS-JOSEPH. »

Ces actes paraissant dans les journaux allemands, les gouvernements de France et d'Angleterre ne peuvent se dispenser de faire
également appel à l'opinion publique. Un traité d'alliance, destiné à
garantir l'intégrité et l'indépendance de l'empire ottoman, a été signé le 12 mars. Les ratifications respectives en sont échangées le
1er mai. Il est rendu exécutoire par un décret du 23 mai, qui en révèle
en même temps la rédaction définitive.

« Sa Majesté l'Empereur des Français et Sa Majesté la Reine du
royaume-uni de la Grande-Bretagne et d'Irlande, ayant été invités
par Sa Majesté Impériale le Sultan à l'aider à repousser l'agression
dirigée par Sa Majesté l'Empereur de toutes les Russies contre les territoires de la Sublime Porte Ottomane, agression par laquelle l'intégrité de l'Empire ottoman et l'indépendance du trône de Sa Majesté
Impériale le Sultan se trouvent menacées; et Leursdites Majestés étant
pleinement persuadées que l'existence de l'Empire ottoman, dans ses
limites actuelles, est essentielle au maintien de la balance du pouvoir
entre les États de l'Europe, et ayant, en conséquence, consenti à
donner à Sa Majesté Impériale le Sultan l'assistance qu'il a demandée
dans ce but, il a paru convenable à Leursdites Majestés et à Sa Majesté Impériale le Sultan de conclure un traité afin de constater leurs
intentions, conformément à ce qui précède, et de régler la manière
d'après laquelle Leursdites Majestés prêteront assistance à Sa Majesté
Impériale le Sultan.

» Dans ce but, Leursdites Majestés et Sa Majesté Impériale le Sultan ont nommé pour être leurs plénipotentiaires, savoir:

» Sa Majesté l'Empereur des Français, M. le général de division
comte Baraguey-d'Illiers, vice-président du sénat, grand-croix de
l'ordre impérial de la Légion d'honneur, etc., etc., etc., son ambassadeur extraordinaire et plénipotentiaire près la Porte Ottomane;

» Sa Majesté la Reine du royaume-uni de la Grande-Bretagne et
d'Irlande, le très-honorable Stratford, vicomte Stratford de Redcliffe, pair du royaume-uni, conseiller de Sa Majesté Britannique en
son conseil privé, chevalier grand-croix du très-honorable ordre du
Bain, son ambassadeur extraordinaire et plénipotentiaire près la Porte
Ottomane;

» Et Sa Majesté Impériale le Sultan, Mustapha-Réchid-Pacha, son
ministre des affaires étrangères;

» Lesquels, après s'être réciproquement communiqué leurs pleins
pouvoirs, trouvés en bonne et due forme, sont convenus des articles
suivants :

» ART. 1er. Sa Majesté l'Empereur des Français et Sa Majesté la Reine
du royaume-uni de la Grande-Bretagne et d'Irlande, ayant déjà, à la
demande de Sa Majesté Impériale le Sultan, ordonné à de puissantes
divisions de leurs forces navales de se rendre à Constantinople, et
d'étendre au territoire et au pavillon ottomans la protection que permettraient les circonstances, Leursdites Majestés se chargent, par le
présent traité, de coopérer encore davantage avec Sa Majesté Impériale le Sultan, pour la défense du territoire ottoman en Europe et
en Asie, contre l'agression russe, en employant à cette fin tel nombre
de leurs troupes de terre qui peut paraître nécessaire pour atteindre
ce but; lesquelles troupes de terre Leursdites Majestés expédieront
aussitôt vers tels ou tels points du territoire ottoman qu'il sera jugé
à propos; et Sa Majesté Impériale le Sultan convient que les troupes
françaises et anglaises, ainsi expédiées pour la défense du territoire
ottoman, recevront le même accueil amical et seront traitées avec la
même considération que les forces navales françaises et britanniques
employées depuis quelque temps dans les eaux de la Turquie.

» ART. 2. Les hautes parties contractantes s'engagent, chacune de
son côté, à se communiquer réciproquement, sans perte de temps,
toute proposition que recevrait l'une d'elles de la part de l'empereur
de Russie, soit directement, soit indirectement, en vue de la cessation des hostilités, d'un armistice ou de la paix; et Sa Majesté Impériale le Sultan s'engage, en outre, à ne conclure aucun armistice et
à n'entamer aucune négociation pour la paix ou à ne conclure aucun
préliminaire de paix ni aucun traité de paix avec l'empereur de Russie, sans la connaissance et le consentement des hautes parties contractantes.

» ART. 3. Dès que le but du présent traité aura été atteint par la
conclusion d'un traité de paix, Sa Majesté l'Empereur des Français
et Sa Majesté la Reine du royaume-uni de la Grande-Bretagne et
d'Irlande, prendront aussitôt des arrangements pour retirer immédiatement toutes leurs forces militaires et navales employées pour
réaliser l'objet du présent traité, et toutes les forteresses ou positions
dans le territoire ottoman qui auront été temporairement occupées
par les forces militaires de la France et de l'Angleterre seront remises aux autorités de la Sublime Porte Ottomane dans l'espace de
quarante jours, ou plus tôt, si faire se peut, à partir de l'échange des
ratifications du traité par lequel la présente guerre sera terminée.

» ART. 4. Il est entendu que les armées auxiliaires conserveront la
faculté de prendre telle part qui leur paraîtrait convenable aux opérations dirigées contre l'ennemi commun, sans que les autorités ottomanes, soit civiles, soit militaires, aient la prétention d'exercer le
moindre contrôle sur leurs mouvements; au contraire, toute aide et
facilité leur seront prêtées par ces autorités, spécialement pour leur
débarquement, leur marche, leur logement ou leur campement, leur
subsistance et celle de leurs chevaux, et leurs communications, soit
qu'elles agissent ensemble, soit qu'elles agissent séparément.

» Il est entendu, de l'autre côté, que les commandants desdites
armées s'engagent à maintenir la plus stricte discipline dans leurs
troupes respectives, et feront respecter par elles les lois et les usages
du pays.

» Il va sans dire que les propriétés seront partout respectées.

» Il est, de plus, entendu de part et d'autre, que le plan général
de campagne sera discuté et convenu entre les commandants en chef
des trois armées, et que si une partie notable des troupes alliées se

trouvait en ligne avec les troupes ottomanes, nulle opération ne pourrait être exécutée contre l'ennemi sans avoir été préalablement concertée avec les commandants des forces alliées.

» Finalement, il sera fait droit à toute demande relative aux besoins du service, adressée par les commandants en chef des troupes auxiliaires, soit au gouvernement ottoman, par le canal de leurs ambassades respectives, soit d'urgence, aux autorités locales, à moins que des objections majeures, clairement énoncées, n'en empêchent la mise à exécution.

» Art. 5. Le présent traité sera ratifié, et les ratifications seront échangées à Constantinople dans l'espace de six semaines, ou plus tôt si faire se peut, à partir du jour de la signature.

» En foi de quoi, les plénipotentiaires respectifs l'ont signé et y ont apposé le cachet de leurs armes.

» Fait en triple, pour un seul et même effet, à Constantinople, le douze mars mil huit cent cinquante-quatre.

» Signé : Baraguey-d'Illiers. Stratfort de Redcliffe. Réchid. »

Il devient essentiel de concilier des conventions en apparence incompatibles, de mettre en relief l'accord intentionnel des puissances qui font des sacrifices d'hommes et d'argent avec celles qui restent l'arme au bras : c'est l'affaire de la conférence de Vienne. Les représentants de la France, de l'Angleterre, de l'Autriche et de la Prusse, signent un protocole destiné à relier la convention anglo-française et le traité austro-prussien aux engagements pris dans le protocole du 9 avril. Ce nouveau protocole consacre le maintien de l'unité de vues et d'efforts entre les quatre puissances, fondé sur la connaissance qu'elles se sont mutuellement donnée des engagements pris entre la France et la Grande-Bretagne d'une part, l'Autriche et la Prusse de l'autre. La convention anglo-française pour une guerre actuelle se trouve ainsi rattachée au traité austro-prussien pour la guerre éventuelle. L'intégrité et l'évacuation par les Russes du territoire de l'empire ottoman restent le but commun et constant des quatre cabinets, et ils donnent une nouvelle preuve de leur ferme intention de concerter leurs efforts pour l'atteindre.

La déclaration collective de la Prusse et de l'Autriche est communiquée à la Diète germanique le 24 mai. Le même jour, sur l'invitation de la Bavière, les plénipotentiaires du Hanovre, de la Saxe, du Wurtemberg, de Bade, de la Hesse-Électorale, de la Hesse-Darmstadt et de Nassau se réunissent dans la petite ville de Bamberg. Le but de leur conférence est, non pas d'examiner s'il faut accepter ou rejeter le traité d'alliance austro-prussien, mais seulement de délibérer sur la forme de l'accession à ce traité, et sur les instructions que les petits États d'Allemagne doivent donner à leurs représentants près de la Diète germanique. Le 30 mai les plénipotentiaires des petits États germaniques prennent la résolution d'accéder au traité austro-prussien, non par une décision commune de la Diète fédérale qui exigerait l'unanimité de tous les gouvernements allemands, mais au moyen d'une déclaration collective. Les États de Thuringe ont formé de leur côté une réunion à Weimar pour s'entendre sur une autre déclaration collective du même genre.

CHAPITRE VI.

Arrivée des troupes anglo-françaises à Varna. — Transformation de la ville. — Camp d'Aladyn. — Entrée de la 2ᵉ division française à Andrinople. — Route de la 3ᵉ division de Gallipoli à Varna. — Inscriptions sur les rochers. — Ordre du jour du prince Napoléon. — Grande revue du 17 juin. — Le sultan Abd-ul-Medjid et les dames françaises. — Rénovation des mœurs musulmanes. — Formation de deux brigades de bachi-bouzoucks. — Création du corps des spahis d'Orient. — Envoi d'un détachement de gendarmes en Orient. — Fonctions du grand prévôt et du prévôt.

La conférence de Bamberg donne lieu à plusieurs notes, dépêches et communications; mais comment s'y intéresser longtemps quand tous les yeux sont tournés vers Silistrie, que les Turcs défendent avec héroïsme, et vers Varna, qui va devenir le quartier général des armées alliées?

Conformément aux décisions prises au conseil de guerre du 12 mai, les 1ʳᵉ et 2ᵉ divisions françaises, les divisions anglaises commandées par le duc de Cambridge et par sir George Brown débarquent dans cette ville. Là comme à Gallipoli les Français changent en quelques jours l'aspect des principales rues. Les vieilles murailles sans fenêtres qui les bordaient s'ouvrent pour faire place à des boutiques où l'on trouve non-seulement tout ce qui est nécessaire à la vie, mais encore certains objets de luxe. Dans ces rues où naguère régnait un silence si morne, on entend à chaque pas des éclats de rire auxquels se mêle le bruit des dominos sur le marbre des cafés nouvellement ouverts. Des marchands de vin, des cantinières venues d'Alger, d'Oran, de Constantine, de Marseille, de Toulon, se sont établis dans des baraques construites exprès et dans des boutiques où ils vendent des liqueurs, de l'eau-de-vie, des vins de France et des vins du pays à des prix qui ne sont pas trop exagérés. Les gens du pays ont trouvé l'exemple bon et l'ont suivi : des guirlandes de saucissons allemands,

des langues sèches, des jambons fumés, des pots de conserves marinées s'étalent sur les rayons et pendent aux solives d'un vieux khan turc où l'on n'eût trouvé, il y a quelques jours, qu'un assortiment complet des insectes les plus répugnants. Un magasin vide, lessivé, blanchi, décoré de quelques riantes peintures, devient le *Restaurant de l'Armée d'Orient pour MM. les officiers et sous-officiers.* On donne aux rues des noms que l'on peint en lettres noires sur des planches de sapin, de sorte que l'étranger peut trouver son chemin et n'est plus condamné à errer, sans savoir où il va, à travers un labyrinthe de ruelles, comme il arrive généralement dans les cités turques. On a la rue Ibrahim, la rue Yusuf, la rue de l'Hôpital, le Corso, la rue des Postes françaises. Les sapeurs et les mineurs élèvent des jetées, établissent des quais; les compagnies du génie, les zouaves et les chasseurs procèdent à la construction d'un débarcadère qui manquait au port.

Un camp anglais se forme auprès de Varna, au pied de la colline d'Aladyn. « Jamais, dit une lettre écrite par un officier de la division de sir Brown, jamais soldats ne plantèrent leurs tentes dans un endroit plus agréable. Sur la rive opposée du lac qui baigne les prairies situées au pied du côteau, le sol forme une sorte d'amphithéâtre couvert de magnifiques bouquets de bois entrecoupés de pelouses d'un gazon si vert et en apparence si bien entretenu, qu'involontairement on cherche et on se dit : « Il doit sûrement y avoir quelque noble habitation au milieu de ces beaux arbres. » Quand le voyageur est sorti des plaines sablonneuses et des prairies monotones qui s'étendent à l'ouest presqu'à deux ou trois milles de Varna il rencontre une suite de beaux paysages au-dessus desquels se dessinent dans le lointain les sommets onduleux de plusieurs chaînes de montagnes. L'aspect du pays est varié; le chemin, qui n'est guère qu'un sentier tracé par le passage des cavaliers et des voituriers, traverse tantôt de riches campagnes, tantôt des buissons et d'épais fourrés. Les bouquets de bois et de brillantes nappes d'eau se montrent çà et là à peu de distance de la route.

» Des cigognes parcourent les airs en longues files dans les prairies et font une guerre acharnée aux grenouilles. Quant à celles-ci, elles sont innombrables, et leurs concerts de nuit et de jour feraient les délices d'un érudit classique tout plein des souvenirs d'Aristophane; jamais il n'aurait trouvé plus belle occasion de vérifier jusqu'à quel point le comique grec a poussé l'harmonie incontestable dans le chœur fameux que le nom seul des grenouilles rappelle à tous les amateurs du théâtre antique. Des aigles planent au milieu des nuages, cherchant pour s'abattre dessus et s'en régaler le cadavre de quelque cheval mort, car le noble oiseau ne dédaigne pas la charogne; tandis que des vautours, des milans et de grosses buses rasent la plaine, faisant la chasse aux lièvres, aux perdrix, et parfois à un gibier beaucoup moins distingué et que l'on désigne plus communément sous le nom de vermine. Mais l'air a aussi de plus gracieux et de plus harmonieux habitants : de jolis oiseaux dont le plumage unit toutes les nuances de l'or à l'éclat de l'émeraude, des piverts magnifiques, des geais, des grosbecs font retentir les buissons de leurs cris et de leurs gazouillements. De temps en temps le rossignol y joint sa plainte, sa mélodie à laquelle répond un charmant petit chanteur à tête noire, rouge sous le ventre, bleu à la naissance des ailes, voltigeant sans cesse, en quête de quelques mouches, et qui, dès qu'il en a attrapé et mangé une, se penche à l'extrémité d'une branche et célèbre sa victoire par une délicieuse ariette exécutée de la façon la plus brillante. Des merles, des grives font aussi leur partie dans ce concert, auquel se mêlent par moments des oiseaux de toutes sortes, de toutes couleurs, volant en bandes nombreuses et fuyant d'arbre en arbre. »

Le général Bosquet, à la tête de l'avant-garde de la 2ᵉ division française, entre le 9 juin à Andrinople, seconde ville de l'empire turc. Une population immense, Turcs, Grecs, Arméniens, femmes et enfants, parés d'habits de fête, se groupent sur le passage des chasseurs à pied, des chasseurs d'Afrique et de l'infanterie de ligne. Le gouverneur, Rustem-Pacha, s'avance à la rencontre du commandant français; l'archevêque et le clergé arménien le haranguent, et Sélim-Pacha, aide de camp d'Omer-Pacha, vient au-devant de lui pour l'accompagner jusqu'à Schumla. Le reste de la 2ᵉ division rejoint l'avant-garde le 16 juin; et après quelques jours de repos elle s'achemine joyeusement vers les Balkans, soutenue dans les fatigues de la marche par la perspective des combats.

La 3ᵉ division française quitte Gallipoli pour Constantinople. C'est au bataillon de chasseurs de Vincennes qu'est échue la rude tâche de frayer la route; et il s'en acquitte avec autant de zèle que d'entrain. Après avoir déblayé les passages les plus difficiles, les pionniers, pour laisser un monument graphique de leurs efforts, tracent en lettres majuscules sur les rochers, des inscriptions telles que celles-ci : *Route impériale de Constantinople; nº 1 : — A la mémoire de la Russie, morte en couche d'une grande route pour Stamboul!!! — Train de plaisir pour Moscou et Saint-Pétersbourg,* etc. La division arrive le 17 à Constantinople et se loge hors de la ville, autour de la caserne de Daout-Pacha. Les zouaves qui en font partie excitent au plus haut degré la surprise du peuple, qui se demande pourquoi les francs habillent leurs soldats à l'orientale, tandis que les Orientaux donnent à leurs troupes le costume européen.

Au moment où les troupes font halte, l'ordre du jour suivant leur est adressé par leur général :

« Officiers, sous-officiers et soldats de la troisième division de l'armée d'Orient !

» Vous êtes les premiers soldats français qui depuis les croisades faites votre entrée dans ce pays. L'apparition de nos aigles à Constantinople restera un grand fait dans l'histoire et un grand souvenir pour chacun de vous.

» Par votre discipline, par votre respect pour les mœurs et les usages d'un peuple ami dont vous venez défendre les foyers contre une agression injuste, vous vous honorerez.

» L'Europe a les yeux fixés sur vous. Vous vous rendrez digne de la haute mission que l'Empereur vous a confiée. »

La 3e division est passée en revue le 17 juin sur le vaste plateau qui s'étend entre l'hôpital de Maltépé et la caserne de Rami-Tchiflick. Toutes les hauteurs voisines sont garnies de milliers de spectateurs indigènes ou européens. Le 19e bataillon de chasseurs à pied, le 2e régiment de zouaves et le régiment d'infanterie de marine forment une première ligne qui appuie sa droite à l'hôpital et sa gauche à la caserne. La seconde ligne se compose des 10e et 22e léger ; l'artillerie, le service administratif et l'escadron de spahis viennent en troisième ligne.

Les brigades sont commandées par les généraux Monet et Thomas ; le prince Napoléon, qui a la direction des manœuvres, est accompagné de son premier aide de camp le colonel Nesmes-Desmarets, des capitaines Roux et Ferri Pisani, aides de camp, et du capitaine David, officier d'ordonnance. Le maréchal de Saint-Arnaud assiste à la revue sans en ordonner les mouvements.

Les troupes françaises défilent par bataillons serrés en masse, devant le sultan Abd-ul-Medjid ; à leur suite marche une brigade turque, formée d'un régiment d'infanterie, d'un régiment de cavalerie et d'une batterie d'artillerie.

Après le défilé, M. de Saint-Arnaud présente au sultan la maréchale et la femme du général Yusuf, qui se trouvent près du champ de manœuvres en calèche découverte. C'est la première fois, depuis la fondation de l'empire ottoman, qu'un sultan ose parler en public et faire un gracieux accueil à des femmes chrétiennes. Il y a plus, le successeur des califes offre et son palais et ses jardins de Thérapia à mesdames de Saint-Arnaud, d'Allonville et Yusuf. Qu'en diront les vieux croyants ? Mais déjà ils ont vu à Schumla, sans frémir d'horreur, Omer-Pacha donner le bras à sa jeune femme en inspectant une batterie. Leurs préjugés invétérés s'évanouissent, leurs usages séculaires s'en vont ; un des principaux effets de l'expédition d'Orient sera de modifier profondément les vieilles mœurs des spectateurs de Mahomet.

Le 18 juin commence l'embarquement de la 3e division et des troupes anglaises qui restent campées à Scutari. Par suite d'une convention passée entre la Sublime Porte et le gouvernement français, une brigade ottomane, composée d'un régiment d'infanterie, d'un régiment de cavalerie et de 20 pièces de canon, est attachée à la division du prince Napoléon ; et 4,000 bachi-bouzouks ou fantassins irréguliers passent sous les ordres et à la solde de la France et seront commandés par le général Yusuf.

Pareil arrangement est conclu avec le gouvernement anglais. Le colonel Beatson commande les bachi-bouzouks faisant partie de l'armée anglaise.

Pour compléter l'organisation de l'armée française d'Orient, un décret du 14 juin autorise la formation d'un corps provisoire de cavalerie légère indigène sous le nom de *corps de spahis d'Orient*. Ce corps sera divisé en régiments, dont le nombre pourra s'élever, suivant les besoins du service et les ressources du recrutement, jusqu'à huit. Chaque régiment, commandé par un lieutenant-colonel, comprendra quatre escadrons.

Les autres dispositions, relatives à l'organisation, à la solde, à l'habillement, à l'armement de ce corps, seront réglées provisoirement par le maréchal commandant en chef de l'armée d'Orient, conformément aux instructions du ministre de la guerre.

Le corps de spahis d'Orient sera successivement réduit ou même licencié en totalité selon les circonstances.

On attache en outre à l'armée d'Orient, en exécution du décret du 1er mars 1854, un détachement de gendarmes composé de militaires de la 1re légion de ce corps. Leur présence ne sera pas inutile ; car d'après le décret précité la gendarmerie à l'armée surveille les délits, poursuit et arrête les coupables, veille au maintien de l'ordre. Elle n'est employée au service d'escorte et d'ordonnance que dans le cas de la plus absolue nécessité.

Le commandant de la gendarmerie d'une armée reçoit le titre de grand prévôt, le commandant de gendarmerie d'une division celui de prévôt.

Les attributions du grand prévôt embrassent tout ce qui est relatif aux crimes et délits commis dans l'arrondissement de l'armée ; son devoir est aussi de protéger les habitants du pays contre le pillage et toute autre violence. Les prévôts ont les mêmes attributions chacun dans l'arrondissement de la division à laquelle il est attaché. Le grand prévôt ou le prévôt, dès qu'il a eu connaissance d'un crime ou d'un délit, commence les informations nécessaires.

Dans le cas de flagrant délit entraînant peine afflictive ou infamante, il se transporte immédiatement sur les lieux ; il y opère la saisie des pièces de conviction et y dresse procès-verbal de toutes les dépositions et de tous les renseignements qu'il peut recueillir. Il fait procéder à la recherche et à l'arrestation des prévenus, et, dans ce dernier cas, il les fait conduire devant le général commandant la division à laquelle ils appartiennent. Il donne aux commissaires impériaux et aux rapporteurs près les conseils de guerre tous les documents que ceux-ci lui demandent et qu'il est en son pouvoir de leur procurer.

Le grand prévôt a une garde à son logement ; dans les marches et dans les tournées il est escorté de deux brigades de gendarmerie. Un prévôt, dans le même cas, est accompagné d'une brigade.

La gendarmerie a, dans ses attributions spéciales, la police relative aux individus non militaires, aux marchands, aux vivandiers et aux domestiques qui suivent l'armée.

Le grand prévôt reçoit et examine les demandes des personnes qui désirent exercer une profession quelconque à la suite de l'armée ; il accorde des permissions et délivre des patentes à celles qui justifient de leur bonne conduite et qui offrent toutes les garanties pour le genre d'industrie auquel elles veulent se livrer.

Le prévôt fait conduire devant lui les individus qui seraient trouvés à la suite des troupes sans en avoir l'autorisation. Il les condamne, s'il y a lieu, à une amende de 50 fr., et les renvoie de l'armée ; sans préjudice de plus fortes peines, s'il est reconnu qu'ils s'y sont introduits avec de mauvaises intentions.

La gendarmerie veille à la bonne qualité des liquides et des denrées alimentaires vendus à l'armée par les marchands ou vivandiers. Elle vérifie les poids et mesures.

Le grand prévôt condamne à des amendes dont aucune ne peut excéder 100 fr. Ces amendes sont versées dans une caisse publique, et l'emploi en est réglé ultérieurement d'une manière officielle et régulière.

Les prévôts ont la surveillance des prisons.

Dans les marches, la gendarmerie suit les colonnes, arrête les pillards et fait rejoindre les traînards ; elle fournit des détachements aux équipages pour y maintenir une police sévère, mais elle n'y sert jamais à titre d'escorte.

Indépendamment du service qu'elle est appelée à faire aux armées comme force publique, la gendarmerie peut être organisée en bataillons, escadrons, régiments ou légions pour faire partie des brigades de l'armée active.

CHAPITRE VII.

Notice sur Mussa-Pacha. — Suite du siége de Silistrie. — Héroïsme des défenseurs de la redoute d'Arab-Tabia. — Assaut du 28 mai. — Mutilations barbares. — Les chercheurs de balles. — Mort de Mussa-Pacha. — Triste situation de l'armée russe.

Jusqu'à ce jour les Turcs ont seuls soutenu la lutte. De son quartier général de Schumla, Omer-Pacha a si habilement dirigé les opérations défensives, que les Russes n'ont point fait un pas en avant.

Mussa-Pacha les tient en échec devant Silistrie. Né à Salonique en 1810 d'une famille de commerçants, il est entré de bonne heure au service et est parvenu rapidement au grade de général de division président du comité d'artillerie. C'est un homme de haute taille, d'une constitution robuste, d'un caractère énergique. Probe et désintéressé, il est pur de toute dilapidation ; il a commencé la rédaction d'un code militaire dont voici un article : « Tout commandant de place ou de forteresse qui capitulera avant quarante jours de tranchée ouverte sera fusillé. » Il est secondé par un excellent officier d'artillerie, le colonel Grach, Prussien au service de la Turquie depuis huit ans.

La tranchée des assiégeants a été ouverte le 19 mai ; ils dirigent surtout leurs coups contre trois redoutes détachées : Iklani-Tabia, Ordon-Tabia et Arab-Tabia. Douze batteries russes tirent sans cesse contre ce dernier fort, mais les Arabes qui le gardent s'y maintiennent ; et quand le canon ouvre ses brèches, ils remplacent par des murailles vivantes, hérissées de fer, les remparts qui s'écroulent autour d'eux. Lorsque le saillant d'Arab-Tabia a sauté par l'effet de la mine ils creusent des trous où ils s'enterrent et restent, en se relevant de douze heures en douze heures, le genou droit en terre, le fusil appuyé sur le genou gauche, le doigt sur la détente, l'œil fixé sur l'ennemi et prêts à faire feu.

Dans un seul assaut, celui du dimanche 28 mai, les Russes sont repoussés trois fois. La première, ils surprennent la garnison, franchissent le fossé d'Arab-Tabia, et montent confusément sur le parapet par les embrasures ; mais ils sont rejetés dans le fossé, où la mitraille les décime. Ils se reforment, s'avancent en battant la charge, et reculent devant le feu des batteries ottomanes. La troisième fois, au lieu de marcher uniquement sur l'aile gauche du retranchement, ils se présentent de front et sont culbutés par les Albanais et les Égyptiens, qui poussent, en signe de victoire, les cris de : *Allah il Allah !* (Il n'y a de Dieu que Dieu !)

Les assiégés n'ont, dans ce combat, que soixante-cinq tués et cent douze blessés ; les Russes ont près de deux mille morts ou blessés. Le lendemain, 29 mai, des bachi-bouzouks et autres soldats irréguliers sortent de Silistrie, dépouillent les cadavres amoncelés et leur tranchent la tête. Le 30 mai, pour mettre un terme à ces hideuses mutilations, Mussa-Pacha ordonne de déployer un pavillon blanc et de porter les morts russes dans leur camp. Il blâme la conduite des irréguliers qui ont cru obtenir une récompense proportionnée au nombre des têtes qu'ils avaient coupées, mais il promet un salaire de 20 paras (10 centimes) à quiconque ramassera des projectiles ennemis. L'appât de ce mince salaire suffit pour décider une masse d'enfants à exposer leur vie en courant après les débris de grenades éclatées, les boulets perdus qui roulent, les balles qui se sont amorties contre les remparts.

Le 2 juin, l'artillerie russe tonne toute la journée. L'intrépide Mussa-Pacha est assis en dehors de sa maison près de la porte de Stamboul. Il s'apprête à remercier Dieu du succès des armes turques et à courir ensuite affronter de nouveaux dangers, mais un éclat de grenade l'atteint dans les reins, il est renversé, et succombe douze minutes après. L'armée ottomane regrette en lui un général expérimenté, courageux et loyal, et le sultan Abd-ul-Medjid assurera une pension de trente mille piastres à la veuve et aux six enfants que laisse sans ressources la mort de cet homme de bien.

De leur côté, les assiégeants perdent plusieurs généraux : entre autres le général Schilder, qui, frappé d'un boulet le 13 juin en surveillant les travaux d'une mine, meurt au bout de quelques jours des suites de sa blessure.

Paskiewitsch veut tenter un coup décisif avec de grandes masses ; il rassemble dans le rayon de Silistrie près de cent mille hommes et une formidable artillerie ; mais ses efforts sont infructueux. Décimées par les Turcs, ses troupes sont encore victimes du climat insalubre de la Dobrutscha. Dans les solitudes de cette péninsule, le sol, formé de sables grisâtres, ne retient pas l'eau ; et les soldats sont obligés de se contenter de celle qu'ils tirent de quelques misérables puits avec des câbles d'écorce. Aucun ombrage ne les garantit de l'ardeur du soleil ; pour aller trouver l'ombre, il faut gravir les montagnes boisées qui s'élèvent au nord de la presqu'île. Le choléra, la peste, le typhus et les fièvres exercent leurs ravages parmi l'armée russe, et elle n'en est point dédommagée par le succès. Les chances en diminuent pour elle ; Hali-Hassan-Pacha jette des renforts dans la place ; six régiments de cavalerie et trois batteries d'artillerie sortent de Schumla pour les rejoindre ; le bruit se répand que les Anglo-Français approchent. Pour éviter de livrer bataille dans des conditions désavantageuses les Russes lèvent brusquement, le 28 juin, le siège d'une ville devant laquelle ils ont perdu quinze mille hommes, et quittent précipitamment la rive gauche du Danube. Le pays qu'ils abandonnent présente l'aspect de la plus affreuse dévastation. Les villages sont complétement déserts. Les meubles des habitants, les instruments d'agriculture en bois, la charpente des toits, ont servi à chauffer les cuisines des bivouacs moscovites. La terre est bouleversée, couverte de débris. Il ne reste pas un arbre dans un rayon de quatre kilomètres autour de Silistrie. Les cadavres et les immondices sont amoncelés dans les fossés, jetés dans les citernes pour en corrompre l'eau potable. La ville de Silistrie est criblée de boulets ; il n'y a pas une seule maison qui n'en ait reçu deux ou trois, car, pendant les trente-neuf jours de siège, les Russes ont tiré plus de 92,000 coups de canon.

Leur mouvement était d'ailleurs depuis longtemps prémédité. Dès le milieu du mois de mai, le corps russe du général Liprandi quittait Krajowa ; mais sa retraite, partielle et incertaine, s'opérait en quelque sorte avec tâtonnement. Comme ces manœuvres rétrogrades coïncidaient avec la concentration des troupes alliées à Gallipoli, il est permis de croire que les armées du czar, craignant de ne pouvoir résister sur le Danube aux Anglais, aux Turcs et aux Français réunis, songeaient à se replier sur la Bessarabie.

Les premiers symptômes d'évacuation avaient donné lieu à des manifestations non équivoques de satisfaction parmi les Valaques, et les autorités russes ne l'ignoraient pas ; mais, feignant néanmoins de croire que de pareils bruits étaient de nature à alarmer profondément les populations, le baron de Budberg, administrateur de la Valachie, avait choisi cette supposition bien gratuite pour prétexte de sa déclaration. « Rassurez-vous, leur avait-il dit, les troupes russes n'abandonneront pas votre territoire. La Petite-Valachie n'est évacuée que provisoirement, la seconde ne le sera jamais. »

Toutefois la retraite continua ; Liprandi, au lieu de diriger ses magasins soit au midi sur le Danube, soit à l'est sur Bukarest, les portait au nord de Slatina à Fokschani. Les malades et les blessés étaient de leur côté enlevés aux hôpitaux de Bukarest et transportés à Jassi. Enfin, le commissariat de guerre, qui depuis le commencement de l'occupation était établi dans la capitale de la Valachie, fut lui-même transféré dans celle de la Moldavie.

Maintenant les Russes ne dissimulent plus leurs projets ; ils tournent le dos aux Balkans et s'éloignent à marches forcées en suivant la route de Ployesti et de Kimpina. La chaleur est telle qu'en arrivant dans cette dernière ville un corps de six mille hommes se trouve réduit à trois mille. Le reste a succombé à l'excessive fatigue, aux coups de soleil, aux congestions cérébrales ; les morts et les mourants jalonnent le chemin.

CHAPITRE VIII.

Mouvement de l'armée anglo-française. — Ordre du jour du maréchal Saint-Arnaud. — Abnégation des soldats turcs. — Forces des alliés et des Russes. — Combat de Giurgievo. — Mesures contre les mécontents de Bukarest. — Rescrit impérial. — Évacuation de la Valachie. — Lettre du prince Gortschakoff au prince Kantacuzène pour lui recommander les malades et les blessés russes. — Indigne conduite du général Aurép envers la milice moldo-valaque de Bouzéo. — Dévastations commises par les Russes.

Au mouvement en arrière des Russes correspond un mouvement en avant des alliés. Aussitôt qu'on apprend à Varna la levée du siége de Silistrie, on envoie des détachements de cavalerie anglaise en éclaireurs ; on active le débarquement d'une partie de la 4e division de l'armée française d'Orient, que l'escadre de l'amiral Bruat vient d'amener de Gallipoli. En un seul jour, neuf mille hommes sont mis à terre sous les murs de Varna. Le concours empressé que l'armée a trouvé dans la marine inspire à M. le maréchal Saint-Arnaud l'ordre du jour suivant :

« Varna, 1er juillet 1854.

» *Ordre général.*

» SOLDATS !

» Pour vous rapprocher de l'ennemi, vous venez de mettre en quelques jours cent lieues de plus entre la France et vous. Depuis que vous l'avez quittée, votre activité, votre énergie, ont été à la hauteur des difficultés qu'il fallait vaincre ; mais vous ne les auriez pas dominées sans le concours dévoué que vous a offert la marine impériale.

» Les amiraux, les officiers, les marins de nos ports et de nos flottes se sont voués à la pénible mission de transporter vos colonnes à travers les mers. Vous les avez vus livrés aux plus durs travaux pour réaliser des opérations d'embarquement et de débarquement souvent répétées, et nous pouvons dire qu'ils se sont disputé l'honneur de hâter la marche de nos aigles.

» Témoin de cette loyale confraternité des deux armées, je saisis avec bonheur l'occasion qui s'offre à moi de lui rendre hommage ; j'irai demain porter solennellement aux flottes des amiraux Hamelin et Bruat des remerciments auxquels j'ai voulu associer chacun de vous et qui s'adresseront à la marine impériale tout entière.

» *Le maréchal de France, commandant en chef*
» *l'armée d'Orient,*

» SAINT-ARNAUD. »

Une revue des 1re, 3e et 4e divisions de l'armée a lieu, le 6 juillet, au camp de Kestride, près Varna. Omer-Pacha y assiste, et il observe en connaisseur la belle tenue de ses auxiliaires. Ceux-ci voient avec douleur le mauvais état de l'équipement de l'armée ottomane ; mais ils n'en ont que plus d'admiration pour son courage et son dévouement. « Recevez-vous des vivres ? demandent des Français à des lanciers turcs. — Oui, nous en recevons. — Etes-vous contents ? — Oui. — Quels vivres vous donne-t-on ? — Du pain. — Et après ? — *Rien que du pain : le sultan ne peut faire davantage.* — Avez-vous une solde ? — Oui. — Quelle est-elle ? — 28 piastres (5 fr. 60 c.) par mois. — La touchez-vous régulièrement ? — *Nous n'avons rien reçu depuis neuf mois, le sultan ne peut nous payer.* » Quoi de plus touchant que cette patriotique abnégation !

Omer-Pacha dispose de forces considérables ; il commande en personne 70,000 hommes ; quinze mille combattants sont postés aux environs de Kalarasch et de Giurgievo ; 25,000 Anglo-Français marchent vers Routschouk. Le corps de Méhémet-Pacha, fort de 25,000 hommes, opère séparément dans la Dobrutscha. Quant aux Russes, ils sont au nombre de 120,000 hommes, savoir : 36,000 aux ordres du prince Michel Gortschakoff, 36,000 de la division des généraux Baumgartner, Danneberg, Sawonioroff et Chruleff ; 40,000 commandés par le général Liprandi.

Le 5 juillet, à quatre heures du matin, deux compagnies turques passent le Danube à l'île Mokano, en aval de Giurgievo ; elles ne rencontrent qu'une escouade de Cosaques, qui prend la fuite à l'approche des embarcations. Une batterie russe de quatre canons, élevée à Smurda, sur la rive gauche du fleuve, ne pouvait empêcher la prise de possession de l'île, puisque son feu n'en atteignait pas le rivage. A midi, trois bataillons d'infanterie avaient improvisé dans l'île de Mokano une petite redoute sur laquelle ils avaient placé quatre pièces de canon.

Le commandant du corps d'armée de Rutschuck, Hassan-Halil-Pacha, trompé par de faux rapports et croyant que les Russes ont évacué Giurgievo, se décide, le 6 juillet, à passer le Danube en face Slobozie et à occuper l'île de Ramadan entre Slobozie et Giurgievo.

Le 7, à neuf heures du matin, il lance sur l'île de Ramadan huit petites chaloupes portant environ deux cents hommes sous les ordres de Beïram-Pacha et de Béher-Pacha. Ces deux cents hommes sont reçus par le feu d'un bataillon du 39ᵉ régiment de la 10ᵉ division et le soutiennent seuls pendant une demi-heure jusqu'à ce qu'un nouveau renfort leur permette de s'avancer dans l'île en chassant ce bataillon.

Les Russes, qui croyaient à un débarquement à l'île Mokano, y avaient concentré toutes leurs forces. Bientôt, d'ailleurs, huit bataillons d'infanterie, 4 pièces de campagne, quatre escadrons de uhlans et quatre escadrons de hussards sortent successivement de Giurgievo et viennent prendre part au combat sous le commandement du général Villebois et du général Seymonoff.

Mais en même temps neuf bataillons d'infanterie et un bataillon de chasseurs, sous les ordres d'Ali-Pacha et de Méhémet-Marali-Pacha se trouvent réunis. Trois fois les Russes les attaquent à la baïonnette pour les rejeter dans le Danube, mais trois fois ils sont vigoureusement repoussés.

Un bataillon turc, qui avait été débarqué à l'extrémité ouest de l'île, donne en plein contre une redoute de quatre canons dont la mitraille les écrase, pendant qu'ils sont pris en flanc par quatre escadrons de uhlans. Deux fois ils attaquent vigoureusement la redoute, mais ils sont repoussés. Ce bataillon, ne pouvant faire sa jonction avec les troupes de la droite, qui de leur côté entourées de Russes se battaient à l'arme blanche, engagent une lutte presque corps à corps. La voix des officiers n'est plus écoutée, les soldats s'élancent à la baïonnette sans attendre le commandement. A sept heures du soir une dernière charge repousse les Russes jusqu'au milieu de l'île, et alors ils commencent leur mouvement de retraite. A huit heures le feu avait complètement cessé et les Turcs se retranchaient sur les bords du Danube.

La perte des Russes, durant cette journée, a été énorme; elle est évaluée à cinq mille hommes, morts et blessés compris. La perte des Turcs est de cinq cent sept tués et de six cent cinq blessés.

La nouvelle de ce combat répand la terreur dans Bukarest. L'administrateur de la Valachie, le général baron Budberg, ordonne aux archivistes de tous les ministères valaques de mettre leurs archives en paquets, afin qu'on puisse les enlever à chaque instant. Devant chaque bâtiment contenant des archives il y a un piquet de Cosaques, et chaque employé qui en sort est fouillé avec soin pour voir s'il n'emporte pas quelque pièce.

Les habitants qu'on soupçonne de faire des vœux contre le czar sont persécutés et incarcérés. Le chancelier Nesselrode, dans un rescrit impérial adressé au baron Budberg, se plaint du mauvais vouloir que manifestent les Valaques, surtout les boyards, vis-à-vis de troupes qui sont entrées, dit-il, dans les principautés pour délivrer celles-ci du joug des Turcs. Invoquant, suivant son habitude, les intérêts du ciel, M. de Nesselrode ajoute:

« Sa Majesté le czar ne croit pas en vérité, dans les circonstances actuelles, que ceux qui professent la même religion que l'Empereur Orthodoxe puissent être soumis à un autre gouvernement qu'un gouvernement chrétien. Si les Valaques ne comprennent pas cela parce qu'ils sont trop sous l'influence de l'Europe, adonnée à de fausses croyances, le czar ne peut renoncer néanmoins d'accomplir la mission que le ciel lui a confiée comme chef des chrétiens orthodoxes, de savoir soustraire pour toujours de la souveraineté ottomane ceux qui professent la véritable religion chrétienne, c'est-à-dire la religion grecque.

» Cette pensée occupe le czar depuis le commencement de son règne glorieux, et le moment est arrivé où Sa Majesté mettra à exécution le projet qu'il a conçu depuis longtemps, quoi qu'en puissent dire les Etats impuissants de l'Europe adonnés aux fausses croyances. Nous sommes avec Dieu, et Dieu est avec nous, et la victoire est de notre côté. Sa Majesté le czar ordonne que vous, monsieur le baron, vous fassiez des remontrances sévères aux boyards et aux fonctionnaires supérieurs de la Valachie pour leur conduite déloyale à l'égard de nos troupes.

» Le temps viendra bientôt où ces Valaques insoumis, qui ont excité au plus haut point le mécontentement de Sa Majesté, payeront chèrement leur déloyauté. Soyez très-sévère, monsieur le baron, contre ces Valaques anarchiques; plus vous serez sévère, mieux cela vaudra. Telle est la volonté de Sa Majesté le czar. »

Le noble baron n'a pas le temps de se conformer à cette consigne. Quelques jours plus tard l'évacuation de la Valachie est résolue, et l'administrateur des principautés l'annonce à la population par cette proclamation mensongère :

« Bucharest, le 26 juillet.

» Sa Majesté l'empereur de toutes les Russies, roi de Pologne et protecteur des principautés de Moldavie et de Valachie, protecteur de tous ceux qui confessent la foi grecque orthodoxe, a résolu de faire quitter aux troupes impériales, pour un terme très-court, les contrées insalubres du Danube pour les retirer dans les terrains plus sains des montagnes.

» L'ennemi a cru, dans son étroitesse de vues, que nous reculions parce que nous avions peur de lui, et a cherché à nous attaquer pendant la marche de nos vaillants soldats. Mais à peine le prince Gortschakoff, commandant en chef, eut-il ordonné à ses troupes de repousser l'ennemi, que celui-ci s'enfuit honteusement en abandonnant ses armes et ses munitions, que nos troupes emportent avec elles.

» Lorsque la saison sera plus favorable, nous reviendrons à vous en armes pour vous délivrer pour toujours de ces Turcs barbares. Notre retraite se fera avec précaution et sans précipitation, afin que l'ennemi ne puisse croire que nous fuyons devant lui. »

Deux autres actes émanant du prince Gortschakoff sont rendus publics : l'un est un rescrit par lequel il transmet la gestion des affaires publiques au conseil administratif du pays; l'autre est une lettre adressée au président de ce conseil, le prince Kantacuzène, pour lui recommander les blessés et les malades qui ne peuvent être transportés. « J'ignore, dit-il, par quelles troupes sera occupée la capitale de la Valachie. Cependant, à quelque nation qu'elles appartiennent, je suis persuadé que je puis, en toute confiance, remettre entre leurs mains le sort des soldats russes malades et blessés, et qu'ils seront traités non-seulement d'après les lois de l'humanité, mais encore qu'ayant en vue les soins particuliers dont les blessés de Sinope ont joui en Russie, d'après les ordres de Sa Majesté l'empereur mon auguste maître, ainsi que les soins que, de mon côté, j'ai voués aux prisonniers, malades et blessés tombés entre les mains des troupes confiées à mon commandement, Votre Excellence voudra bien s'appliquer dans le cas présent à ne pas se départir d'une juste réciprocité. En recommandant à votre loyauté ces malades et blessés, je vous prie d'agréer l'assurance de ma considération très-distinguée. »

Les Russes se retirent par trois routes parallèles en se dirigeant vers le Sereth, petite rivière qui descend des monts Carpathes et coule parallèlement au Pruth; ils laissent à sec le trésor de la principauté; c'est avec les caisses de la vestiairie, des monastères, des communes, qu'ils payaient les fournitures; mais les transports, le bois, le charbon, le foin, la paille étaient fournis par réquisition. Des districts entiers ont été dévastés, les paysans mis en fuite et les bestiaux enlevés. La Russie avait imposé aux deux principautés une dette de près de quatorze millions de francs pour l'entretien de ses troupes sur le pied de guerre pendant l'occupation de 1848-49-50-51. Cette somme a été prise par les généraux de l'armée russe dans la dernière occupation.

On avait forcément incorporé la milice valaque dans les troupes russes. Le général Aurep, qui commande l'arrière-garde pendant la retraite, passe à Bouzeo, et, rassemblant la garnison de cette place, invite les officiers et les soldats à le suivre. — Non, non! s'écrient d'un commun accord les officiers et les soldats à l'exception de trois.

— Puisque vous refusez, je vous somme de livrer vos armes! dit le général Aurep.

Le colonel valaque, M. Vladoïano, répond qu'il n'a pas d'instructions de son chef. Le général Aurep dissimule son dépit et invite les soldats à un banquet. Ils mettent leurs fusils en faisceau, déposent leurs casques et leurs gibernes, et se rendent à l'endroit où les tables ont été dressées. A leur retour tout a disparu, et, pour mettre le comble à cette indigne perfidie, des Cosaques dépouillent de leurs vêtements ceux dont on vient d'enlever les armes!

Cependant Omer-Pacha, à la tête de quatre-vingt-treize mille soldats, suit l'ennemi avec la prudence dont il a donné tant de preuves depuis l'ouverture de la campagne. Il est précédé dans sa marche d'escadrons de cavalerie et de bachi-bouzouks. Les Russes ne se montrent nulle part. Depuis Giurgievo jusqu'à la rivière d'Argis, dont les Russes ont brûlé les ponts après l'avoir franchie, on ne rencontre pas un être humain, pas un animal domestique; rien n'atteste que ces contrées aient été habitées par une population nombreuse et active. Les paysans ont fui dans les montagnes et dans les bois en emportant tout ce qu'ils ont pu soustraire à la rapacité de l'ennemi. Les villages restent complètement déserts. Dans l'intérieur des cabanes, les cheminées, les poêles sont renversés, les toits effondrés; la pluie a changé ces habitations, remplies de fumier, en repaires que dédaignerait une bête fauve pour un abri contre l'orage.

De Leuci à Aufa, on aperçoit quelques arpents couverts de maïs à moitié foulé dans la terre par le sabot des chevaux. On devine que le cultivateur ne pense plus à venir réclamer au sol sa récolte; un silence sépulcral règne en maître absolu sur ces contrées; rien ne se meut, rien ne s'agite; parfois seulement, du fond des broussailles, surgit la tête hâve et amaigrie d'un déserteur qui se jette à genoux devant le Turc et implore sa protection et un morceau de pain.

Le même aspect de désolation frappe les yeux des détachements anglo-français qui sont sortis de Varna. Dans la ville de Mangalia, les maisons sont fermées ou démolies; quelques vieilles femmes effarées, quelques Turcs errent seuls dans les rues obstruées par des décombres. Ce n'est que le 28 juillet, après avoir franchi les fortifications romaines, connues sous le nom de murailles de Trajan, que l'avant-garde aperçoit enfin des Cosaques.

Les bachi-bouzouks, à la solde de la France, conduits par le capitaine du Preuil, les chargent avec ardeur. Emporté par son courage, le capitaine se trouve un moment environné d'ennemis; sept coups de lance lui font des blessures heureusement légères; toutefois il ne peut tarder à succomber dans une lutte inégale; mais ses compagnons d'armes le dégagent et mettent les Cosaques en déroute. Le réorganisateur du corps des bachi-bouzouks, le général Yusuf, promet la croix de la Légion d'honneur à celui qui a le plus efficacement contribué à la délivrance du capitaine du Preuil. Pour produire une impression durable sur la troupe à demi barbare qu'il est chargé de discipliner, Yusuf enlève sa plaque de grand officier de la Légion d'honneur et la remet au bachi-bouzouk en disant : « Prends cette décoration, tu ne me la rendras que le jour où je te donnerai la croix de la Légion d'honneur. C'est la récompense du dévouement et de la bravoure que vous avez montrés toi et tes soldats. »

Un second engagement a lieu le même jour entre les Cosaques et une brigade de bachi-bouzouks commandée par M. de Sérière, capitaine d'état-major. Un des régiments de cette brigade, sous les ordres de M. Benner, officier sorti du 7e de ligne, se porte en avant, fait replier trois cents Cosaques; mais il en rencontre un fort escadron qui le ramène, jusqu'à ce que le second régiment, accourant à son secours, l'aide à disperser les ennemis.

La marche continue au milieu des ruines. Un militaire qui faisait partie de l'expédition, M. Maurice, a tracé de ce pays dévasté

celle son sable. Voilà l'œuvre des Russes! Qu'ont donc fait aux habitants des plaines du Don les habitants des déserts de la Bulgarie? Et c'est un caprice, une erreur du czar qui a bouleversé tant d'existences! Eh bien! cette désolation, ce carnage, cette destruction de l'homme par l'homme, il faut à tout prix l'arrêter. Contre les barbares la guerre est sainte. Il la faut grande et terrible pour amener la paix.

» J'ai noté une émigration de familles bulgares fuyant leur village quand elles nous virent établis aux environs. C'était à six lieues de Varna. L'endroit s'appelait Samenlck. Notre bivouac était établi dans une immense clairière simulant un carré dont chaque face touchait presque la lisière du bois. A vingt-cinq pas s'enfonçait dans les taillis un chemin qui venait du village. Pendant une heure ce chemin se couvrit de voitures d'émigrants. Quel curieux et touchant tableau!

» Chaque famille a deux voitures attelées de bœufs; tout le mobilier y est entassé : dans l'une les vêtements, dans l'autre les meubles. Toute la famille accompagne. Le père, Bulgare au cou bronzé et nu, au bonnet de laine brune épaisse enfoncé jusqu'aux yeux, ouvre la

Mort de Mussa-Pacha.

le tableau saisissant que nous allons reproduire. « Depuis Mangalia, dit-il, nous n'avons vu que des villages détruits, brûlés par l'ennemi. La place des maisons se reconnaît aux monceaux de pierres; les jardins, les chemins disparaissent sous les mauvaises herbes. Le premier de ces villages que j'aie visité s'appelle Relikoï. Ce n'est qu'une ruine. Çà et là des restes de poutres brûlées indiquent que les barbares se sont chauffés aux débris des cabanes. Autour gisent des squelettes de bêtes à cornes. Les puits sont comblés. Un seul reste ouvert; au fond nagent des restes sans nom; l'eau qu'on tire est infecte; des corps humains y ont été jetés. Je me suis penché sur ce désolant tombeau : un serpent en sillonnait la noire surface. Deux tourterelles ont leur nid dans un creux où manque une pierre.

» Une maison pourtant a conservé son toit : c'est sans doute qu'habita le chef des ravageurs. Sur une poutre sont tracés à la craie quelques mots russes en mauvaise écriture vulgaire. Une date indiquait que ces ruines ont six mois! Depuis, que sont devenus les habitants? Les uns, morts en défendant leurs foyers, ont eu pour sépulture la cendre de leurs maisons ou l'eau des puits qu'ils ont creusés; les autres fuient et s'exilent. Les enfants chercheront en vain les restes de leurs pères et les cigognes les branches de leurs nids.

» Sur la paix et le bonheur de ce village le vent du désert amon-

marche et conduit l'attelage. La charrette suit pesamment et grince sur ses essieux comme si elle se plaignait pour tous.

» L'aîné, jeune homme ou jeune fille, conduit le second attelage, voiture plus petite. Derrière vient la mère, qui marche gravement et veille à la fois sur les richesses de la famille et sur les enfants groupés autour d'elle. Les jeunes filles de douze ans portent les tout petits enfants sur leur dos, comme les pauvres bohémiennes, ou bien elles portent sur l'épaule une longue tige d'érable, le support de la tente qui abritera la famille dans le bois. Les autres enfants piétinent autour de la mère et regardent avec étonnement la ville immense (le camp français) qui s'est élevée soudain dans la plaine où le matin encore ils ne voyaient que leurs troupeaux.

» Ces voitures sont recouvertes de nattes; si la natte manque et laisse à découvert la pauvre fortune de la maison, c'est qu'une bonne vieille femme, trop âgée pour suivre la colonne, a pris place sur les hardes. Certaines familles n'ont plus de chef, la fille aînée le remplace en tête du convoi. Les jeunes gens généralement sont absents. Il y a dans ces groupes de la tristesse et quelque chose de patriarcal.

» Le visage des émigrants n'exprime pas l'effroi. Ces gens voient des étrangers qui prennent place chez eux, ils se retirent; c'est la résignation de la servitude. En quittant le foyer, les liens de famille se resserrent. Chaque membre, jeune ou vieux, a sa fonction. La

Paris. Typographie Plon frères, rue Garancière, 8.

emme, compagne courageuse, donne la force aux enfants ; la fille aînée leur donne l'exemple. C'est une scène digne d'un bon pinceau. »

CHAPITRE IX.

Travaux d'Omer-Pacha. — Entrée de l'avant-garde turque à Bucharest. — Joie des Valaques. — Le général Schilder et les tables tournantes. — Le prince Paskiewitsch tué en effigie. — Entrée d'Omer-Pacha à Bucharest. — Réponse du généralissime au métropolitain. — Adresse de la jeunesse valaque.

N'ayant pas à combattre, Omer-Pacha s'occupe de réorganiser : il établit à Giurgiewo huit redoutes et une enceinte continue.

Trois camps turcs sont formés à Negoechti, à Obilechti et à Colentina. Le général en chef exige que ses soldats payent comptant tout ce dont ils ont besoin. En ce qui concerne les logements, le quartier-maître délivre dans chaque localité des bons qui sont acquittés par le caissier de chaque détachement.

Le 7 août l'avant-garde ottomane, forte de trois mille hommes, la plupart de cavalerie, entre dans la capitale de la Valachie. Bucharest est en fête : le peuple, qui a souffert de la pesanteur des impôts et de la cherté des subsistances, espère un meilleur avenir.

Les barrières de la ville sont gardées moitié par les Turcs et moitié par la milice valaque. Tous les autres postes sont occupés par cette dernière, sur laquelle on peut compter, car elle est justement

Le maréchal Baraguey-d'Hilliers.

Pour faciliter les mouvements des troupes ottomanes, des détachements jettent sur le grand bras du Danube, à Roustchouck, un pont de 1,368 mètres de longueur, véritable chef-d'œuvre de construction militaire. Omer-Pacha en fait l'inauguration avec une solennité propre à frapper les esprits de ces peuples encore primitifs. On élève à la tête du pont un magnifique arc de triomphe pavoisé des couleurs de France, d'Angleterre et de Turquie. Le généralissime arrive en grand uniforme, portant la plaque et le grand cordon de la Légion d'honneur, et montant un admirable cheval noir tout caparaçonné d'or. Un immense état-major le suit, composé de Français, d'Anglais, de Turcs, d'Autrichiens et même de Prussiens. Il parcourt tout le pont, passant entre deux rangs de pontonniers anglo-français qui forment la haie. Vingt-quatre pièces de canon tonnent sur l'autre rive. De vastes tentes ont été préparées. Deux somptueux banquets attendent, l'un les officiers, l'autre les soldats. Les Français et Anglais fraternisent toute la journée le verre en main. Voilà comment l'illustre maréchal ottoman célèbre à la fois le passage de son armée sur le territoire valaque et la conquête de la science sur le Danube par la construction d'un pont.

irritée contre les Russes, qui l'auraient forcée à les suivre sans la crainte d'une manifestation populaire.

Les boyards se dédommagent de la contrainte qui leur a été imposée et jugent sans ménagement les envahisseurs qu'ils ont trop longtemps subis. Ils maudissent le général Budberg, constamment tyrannique envers ses subordonnés ; ils se plaignent de la rudesse du prince Gortschakoff, en reconnaissant qu'il a le sentiment de la justice ; ils s'égayent au souvenir du général Schilder, grand partisan des tables tournantes, qui employait parfois son état-major à faire la chaîne pendant huit heures de suite, tandis qu'il consignait sur son portefeuille les révélations de la table.

Halim-Pacha, commandant l'avant-garde, veille au maintien de la plus stricte discipline. Dans la journée du 8 août un soldat turc aperçoit dans la boutique d'un cordonnier le portrait du prince Paskiewitsch. A cette vue sa tête s'exalte : il arme son pistolet et tue en effigie le généralissime moscovite. Il y avait à ce méfait des circonstances atténuantes ; néanmoins le coupable est puni de la bastonnade et des arrêts pour atteinte au droit de propriété.

Omer-Pacha fait le 22 août son entrée triomphale à Bucharest. Dès huit heures du matin, plus de trois mille voitures marchant à la file sur une étendue de plusieurs kilomètres vont au-devant du généralissime. Une foule immense de piétons s'échelonne sur la route de Bucharest à Magureli. Hommes et femmes portent des bouquets ; tous les jardins ont été mis à contribution. A dix heures on aperçoit les dorobanz ou gendarmes valaques de l'avant-garde, un escadron de lanciers turcs vient à leur suite et précède une voiture attelée de huit chevaux, dans laquelle est Omer-Pacha vêtu d'une tunique bleue étincelante de broderies d'or, portant au cou le portrait du sultan entouré de diamants et en sautoir le grand cordon de la Légion d'honneur. A sa gauche est placé le président du conseil administratif de Valachie, le prince Constantin Cantacuzène paré d'un uniforme bleu brodé d'argent et chamarré de décorations, parmi lesquelles on remarque le grand cordon de la Couronne de Fer. La figure d'Omer-Pacha est rayonnante : accueilli par de chaleureux applaudissements, il envoie de tous côtés des baisers à la mode turque, et de la rue, des fenêtres on répond à chaque salut par des avalanches de bouquets. Autour de sa voiture se presse un état-major dans les rangs duquel figurent tous les ministres valaques, les officiers d'ordonnance du prince Stirbey, les pachas Saïd, Halim, Achmed, Mehmed, Zadig, etc. ; le chef du divan, Hamazan-Effendi, puis Skander-Bey, etc., etc. ; puis encore plusieurs officiers anglais et français. Deux escadrons de lanciers et deux régiments d'infanterie valaque ferment ce cortège éblouissant d'or et de pierreries. Toutefois, au milieu de tant de splendeurs, se distingue par son humilité même le 3ᵉ régiment d'infanterie valaque, dépouillé à Bunzeo par les ordres du général Aurep. On a donné à ces braves et malheureux soldats de nouveaux uniformes : ils portent une veste brune fort simple, mais propre, et le casque en cuir bouilli qu'ils portaient a été remplacé par le fez ottoman.

Après le cortège défilent douze mille hommes de troupes ottomanes, cavalerie et infanterie, qu'Omer-Pacha a amenés avec lui et auxquels sont mêlés un peloton de soldats anglais et un peloton de soldats du génie français que la foule acclame énergiquement.

Omer-Pacha s'arrête devant une tente qui lui a été préparée. Le métropolitain de Bucharest, interprète du clergé et des boyards, vient le complimenter. « Au nom du padischah, répond le général, je vous remercie des assurances que vous venez de donner de la fidélité et de l'attachement des Roumains au trône de leur souverain légitime.

» Sa Majesté Impériale sera bien charmée de voir justifiée la confiance qu'elle a toujours mise dans le peuple roumain, et sa sollicitude paternelle ne cessera de s'étendre aussi sur ce pays et de travailler au bonheur de ses habitants.

» Pour ce qui regarde ma personne, je vous remercie également de la confiance avec laquelle vous êtes venus au-devant de moi, Je vous ferai seulement remarquer que ce n'est pas la première fois que je me trouve dans vos murs et que je n'ai jamais douté de la fidélité et de l'attachement de la nation valaque. Aussi m'empresserai-je de déposer aux pieds du trône du sultan ces témoignages de la loyauté de vos sentiments.

» Les preuves de sympathie que vous avez données aux troupes placées sous mon commandement sont comprises et appréciées par elles, et elles sauront s'en rendre dignes par leur conduite et par leur discipline. Au reste, je ferai tout ce qui est en mon pouvoir pour avancer le bonheur de votre brave et fidèle nation. »

Une députation de la jeunesse valaque s'avance à son tour et remet à Omer-Pacha une adresse ainsi conçue :

« ALTESSE,

» Libres d'exprimer les sentiments de sympathie et de gratitude envers leur auguste suzerain, les Roumains ont salué avec la plus vive joie l'entrée de l'armée impériale à Bucharest. La présence de Votre Altesse parmi nous et l'appui de son armée victorieuse nous font espérer que nos souffrances vont cesser et que la nation roumaine va enfin jouir de ses anciens droits, privilèges et institutions garantis par les hatti-shériffs de la Sublime-Porte. Nous croyons, en venant présenter à Votre Altesse cette humble supplique, remplir un double devoir envers notre auguste suzerain et envers le pays.

» Jusqu'ici le protectorat russe n'a eu pour la Roumanie d'autres avantages que de la désorganiser et d'étouffer chez elle tout élément de prospérité. Aujourd'hui une ère nouvelle commence pour nous, En repoussant l'envahisseur, la Sublime Porte vient de nous prouver une fois de plus que sa haute sollicitude n'a pas cessé de veiller aux destinées de ce pays, à la conservation de ses droits et à l'inviolabilité de son territoire. C'est pourquoi ses fidèles Roumains croiraient manquer à un devoir sacré si en présence des événements ils restaient dans l'inaction.

» Nous exprimons donc un vœu général du pays en suppliant humblement Votre Altesse d'épuiser toutes les ressources militaires des principautés. Jusqu'à l'accomplissement définitif du noble but que se propose notre auguste suzerain, tout ce qui est en âge ou capable de porter les armes dans ce pays serait heureux et fier de combattre à côté de l'armée ottomane, qui, sous le commandement de Votre Altesse, vient de se couvrir d'une gloire éternelle. »

Les fleurs pleuvent de nouveau. Des étudiants de l'école d'agriculture présentent des couronnes au général, qui remonte en voiture pour aller passer une revue de l'armée turque et roumaine Colintina et se rendre de ce point à Cotroceni, où son quartier général est préparé. La multitude l'escorte en lui jetant des fleurs et criant avec enthousiasme : *Vive le sultan! vive Omer-Pacha!*

Les Turcs ont repris possession de la Valachie ; mais ils n'y seront pas longtemps seuls.

Une armée autrichienne va les suivre.

Pour expliquer cette intervention il est nécessaire de revenir sur le passé et d'exposer la série de négociations diplomatiques qui l'ont amenée.

CHAPITRE X.

Histoire des négociations qui précèdent l'occupation des principautés par les Autrichiens. — Convention du 15 juin entre l'Autriche et la Porte. — Armements de l'Autriche. — La Russie refuse d'évacuer les Principautés.

En refusant de suivre les puissances occidentales sur le champ de bataille, l'Autriche s'est réservé le rôle de médiatrice, d'arbitre du sort des nations. Considérant l'occupation des Principautés comme un obstacle à la pacification de l'Europe, elle a, par une note du 3 juin 1854, sommé la Russie de les évacuer. Le gouvernement de Berlin a consenti à envoyer au cabinet de Saint-Pétersbourg une dépêche dans le même sens, tendant à provoquer la suspension des opérations de l'armée russe et l'évacuation aussi prompte que possible de la Moldo-Valachie.

L'immense importance de ces deux documents nous engage à les reproduire en entier.

Au comte Esterhazy, ambassadeur d'Autriche à Saint-Pétersbourg.

« Vienne, le 3 juin 1854.

» En présence de la grande crise qui tient l'Europe dans une attente pleine d'anxiété, l'empereur, notre auguste maître, a résolu de s'adresser une fois encore aux sentiments magnanimes de l'empereur Nicolas, en l'invitant à peser l'urgente nécessité d'aviser à un moyen de mettre un terme à un état de choses si menaçant pour toutes les positions et pour tous les intérêts.

» Il est impossible de se dissimuler que l'occupation des deux principautés du Danube par les troupes russes a été une des principales causes du développement inquiétant que la querelle actuelle a pris et qu'à cette heure encore c'est cette mesure qui a fait échouer à l'origine toutes les tentatives à l'aide desquelles on a cherché à frayer la voie à une solution pacifique. Par le silence qu'elle a gardé sur la sommation de la France et de l'Angleterre tendant à l'évacuation de ces principautés, la Russie s'est mise en état de guerre avec les deux puissances occidentales, et par là elle a donné à la lutte une extension nouvelle et si grande, qu'il est impossible de prévoir les conséquences funestes qui peuvent en résulter.

» L'empereur Nicolas ne saurait se dissimuler non plus à quel point les intérêts de l'empire autrichien, qui se confondent sous beaucoup de rapports avec ceux de l'Allemagne, ont déjà souffert jusqu'à présent sous le rapport politique, commercial et industriel de cette occupation prolongée. Il est également évident que ces maux doivent augmenter en proportion de l'extension plus grande qui sera donnée au théâtre de la guerre.

» Dans cette situation sérieuse des choses, l'empereur, notre auguste maître, pénétré des devoirs que les intérêts de ses peuples lui imposent, s'est vu obligé d'accepter, par le protocole dont copie est annexée, des engagements à l'accomplissement desquels il ne saurait se soustraire.

» L'empereur de Russie, en pesant toutes ces considérations, saura apprécier l'importance que l'empereur, notre auguste maître, doit attacher à ce que les armées russes n'étendent pas plus loin leurs opérations dans les pays situés au delà du Danube, et que, de son côté, il fournisse des indications positives sur l'époque précise et, nous l'espérons, pas trop éloignée, où il sera mis un terme à l'occupation des principautés.

» L'empereur Nicolas, nous n'en doutons pas, veut la paix. Il avisera par conséquent aux moyens de faire cesser un état de choses qui tend tous les jours davantage à devenir pour l'Autriche et l'Allemagne une source intarissable de calamités. Il ne voudra point, par une durée indéterminée de cette occupation, ou en rattachant l'évacuation à des conditions dont l'accomplissement serait indépendant de notre volonté, imposer à l'empereur François-Joseph le devoir impérieux d'aviser lui-même aux moyens de sauvegarder les intérêts que la situation actuelle compromet si gravement.

» Ayez la bonté, monsieur le comte, en donnant lecture de la présente dépêche au comte de Nesselrode et en lui en remettant copie, de faire ressortir le prix particulier que nous attachons à recevoir de lui les déclarations promptes et précises qui nous rassurent sur nos propres intérêts et en même temps puissent servir à mettre fin aux horreurs de la guerre.

» Agréez, etc.   *Signé DE BUOL.* »

« Berlin, le 12 juin.

» Le cabinet de Vienne vient de nous communiquer la dépêche dont copie est annexée, et que le comte de Buol, d'après les ordres de l'empereur, a adressée à l'envoyé autrichien à Saint-Pétersbourg pour qu'il en donne lecture au comte de Nesselrode et lui en laisse copie. Nous retrouvons dans cette dépêche, au sujet de l'occupation des principautés par les troupes russes, des vues qui, ainsi que mes précédentes communications ont pu vous le faire prévoir, sont partagées par le roi, notre auguste maître. C'est avec un profond regret que Sa Majesté a vu échouer jusqu'à présent tous les efforts que son cabinet a faits pour mettre un terme à un état de choses qui est non-seulement une des principales raisons de la lutte actuelle qui excite les inquiétudes de plus en plus grandes, mais dont les tristes conséquences doivent nécessairement grandir en raison de sa durée et de son extension plus considérable.

» Lorsque dans une situation qui touche de si près à tant de positions et à tant d'intérêts, Sa Majesté l'empereur d'Autriche s'est adressé encore une fois aux sentiments élevés de Sa Majesté l'empereur de Russie, afin de prévenir les dangers imminents d'un plus grand développement, le roi, notre auguste maître, ne peut qu'accorder tout son appui à cette démarche du cabinet autrichien.

» D'après les ordres de Sa Majesté, je vous prie en conséquence, monsieur le baron, de porter également à la connaissance du comte de Nesselrode le protocole du 9 avril, dont copie est jointe, et d'exprimer à Son Excellence notre confiance que Sa Majesté l'empereur Nicolas n'y verra que des motifs de soumettre à une appréciation impartiale le haut prix que, de même que l'empereur François-Joseph, le roi, notre auguste maître, doit attacher à ce que les armées russes n'étendent pas plus loin leurs opérations dans les pays transdanubiens, et qu'un terme qui ne soit pas trop éloigné soit mis à l'occupation des principautés par ses armées.

» Le roi ne peut se séparer de la conviction que son auguste beau-frère, dans sa sagesse, n'a qu'à suivre une voie conforme à ses propres intérêts comme à ses précédentes déclarations pour ramener les questions en litige par les assurances qui répondent à la juste sollicitude des cours de Berlin et de Vienne sur un terrain qui offre des points de départ pratiques, afin d'en acheminer une solution satisfaisante, en abrégeant et en circonscrivant l'action guerrière de part et d'autre.

» Notre auguste maître espère donc que la présente démarche trouvera près de Sa Majesté l'empereur de Russie un accueil conforme aux sentiments qui l'ont dictée, et que la réponse que nous attendons, ainsi que le cabinet de Vienne, avec le haut intérêt qu'exige son importance, sera de nature à soustraire le roi aux douloureuses nécessités que lui imposeraient ses devoirs et ses engagements.

» Ayez la bonté, monsieur le baron, de communiquer la présente dépêche à M. le chancelier de l'empire, et agréez, etc.

» Signé DE MANTEUFFEL. »

Mais si la Russie cède, qui occupera le territoire abandonné? Ce sera une armée autrichienne; le cabinet de Vienne s'est fait assurer ce droit par une convention conclue à Bogad-gi-Keny, le 14 juin, entre Moustapha-Réchid-Pacha, ex-grand vizir, ministre des affaires étrangères de la Sublime Porte, et le baron Charles de Bruck, internonce d'Autriche auprès du sultan. Dans le préambule de cet acte, l'empereur François-Joseph reconnaît que l'existence de l'empire ottoman dans ses limites actuelles est nécessaire au maintien de l'équilibre des États d'Europe, et que nommément l'évacuation des principautés danubiennes est une des conditions de l'intégrité de l'empire. De plus, il se déclare prêt à concourir par les moyens à sa disposition aux mesures propres à assurer le but du concert établi entre les cabinets et les hautes cours représentées à la conférence de Vienne.

De son côté, le sultan accepte l'offre du concours amical de l'empereur d'Autriche.

François-Joseph promet d'épuiser tous les moyens de négociation et autres pour obtenir l'évacuation des principautés danubiennes par l'armée étrangère qui l'occupe, et d'employer même en cas de besoin le nombre de troupes nécessaires pour atteindre ce but. Il appartiendra, pour ce cas exclusivement, au commandant en chef impérial de diriger les opérations de son armée. Celui-ci aura toutefois soin d'informer en temps utile le commandant en chef de l'armée ottomane de ces opérations.

L'empereur d'Autriche prend l'engagement de rétablir, d'un commun accord avec le gouvernement ottoman, dans les Principautés, autant que possible, l'état de choses légal tel qu'il résulte des privilèges assurés par la Sublime Porte pour l'administration de ces pays. Les autorités locales ainsi reconstituées ne pourront, toutefois, étendre leur autorité jusqu'à vouloir exercer un contrôle sur l'armée impériale.

La cour impériale d'Autriche s'engage, en outre, à n'entrer vis-à-vis de la cour impériale de Russie dans aucun plan d'accommodement qui n'aurait pas pour point de départ les droits souverains du sultan et l'intégrité de son empire.

Dès que le but de la présente convention aura été atteint par la conclusion d'un traité de paix entre la Sublime Porte et la cour impériale de Russie, l'empereur d'Autriche prendra aussitôt des arrangements pour retirer, dans le plus bref délai possible, ses forces du territoire des Principautés. Les détails concernant la retraite des troupes autrichiennes formeront l'objet d'une entente spéciale avec la Sublime Porte.

Le gouvernement de l'Autriche exprime l'espoir que les autorités du pays occupé temporairement par les troupes impériales leur prêteront toute aide et facilité tant pour leur marche, leur logement et leur campement, que pour leur subsistance et celle de leurs chevaux, et pour leurs communications. Le gouvernement autrichien s'attend pareillement à ce que l'on fera droit à toute demande relative aux besoins du service adressée par les commandants autrichiens, soit au gouvernement ottoman par l'internonce impérial à Constantinople, soit directement aux autorités locales, à moins que des raisons majeures n'en rendent la mise à exécution impossible. Il est entendu que les commandants de l'armée impériale veilleront au maintien de la plus stricte discipline parmi leurs troupes, et respecteront et feront respecter les propriétés, de même que les lois, le culte et les usages du pays.

Cette convention exposant le gouvernement autrichien sinon à la guerre, du moins à des démonstrations militaires, il porte à trois cent mille soldats l'effectif de son armée. La direction des 3e et 4e corps, qui durent être échelonnés des frontières de la Dalmatie à celles de la Bukowine, est confiée au feld-zeugmeister baron de Hess, un des plus vieux généraux de l'Autriche. Né à Vienne en 1788, attaché dès l'âge de dix-sept ans au régiment de Giulay en qualité d'enseigne, il était reçu lieutenant d'état-major en 1809. Il se distingua à la bataille de Wagram et dans les campagnes de 1813 et de 1814. Major à la fin de l'année 1815, lieutenant-colonel et commissaire militaire à Turin en 1822, il obtint le grade de colonel en 1829 et en 1831 fut quartier-maître du corps d'armée mobile de la haute Italie. Nommé feld-maréchal en 1842 il devint six ans après chef de l'état-major de l'armée d'Italie. C'est à lui qu'est dû le plan de la marche sur Mantoue et Vicence en 1848 et celui de la courte campagne de 1849 qui se termina par la bataille de Novare.

Le feld-maréchal-lieutenant baron de Kellner, aide de camp général de l'empereur, est délégué pour remplir les fonctions du ressort du premier aide de camp général dans le quartier général du commandant en chef de la 3e et de la 4e armée.

À l'état-major du général en chef sont attachés le colonel comte de Gallenberg, second aide de camp général.

Le feld-maréchal-lieutenant de Hauslab, en qualité de directeur de l'artillerie de campagne;

Les majors de Hohenforst et Fischer, en qualité d'officiers d'ordonnance;

Le colonel Rossbacher, de l'état-major général, en qualité de chef du bureau des opérations militaires au quartier général;

Le général major de Nagy est désigné pour diriger les travaux de la chancellerie des opérations militaires de la seconde section, en cas d'absence ou d'empêchement du général de Hess.

Le baron de Hess annonce sa nomination aux troupes par un ordre du jour empreint de cet esprit de soumission aveugle qui caractérise la plupart des Autrichiens. « L'empereur, dit-il, a daigné me confier, par sa haute décision du 21 juin, le commandement des 3e et 4e armées stationnées près de la frontière occidentale de son empire. Cherchant à me rendre digne de la confiance de mon empereur et seigneur par le dévouement le plus illimité à son auguste personne et à son service, à réaliser ses intentions suivant mes forces et avec l'expérience d'une vie militaire de près de cinquante ans, je compte, avec la plus entière assurance, sur le vieil et inépuisable esprit qui a toujours animé notre armée, sur cet esprit de discipline, d'ordre, de bravoure et de sacrifice, qui distingue si glorieusement le soldat et l'officier autrichiens, ainsi que sur l'intelligence et la persistance des chefs supérieurs dans l'exécution de leurs obligations, mais surtout sur l'excellente direction que donneront aux troupes messieurs les commandants d'armée et de corps d'armée, que je vois à leur tête avec une confiance entière, et qui, j'en suis convaincu, seront mes soutiens fidèles et actifs dans toute circonstance, comme d'anciens et éprouvés compagnons d'armes et de combats. »

Le quartier général du feld-zeugmeister est établi près de Czernowitz dans la Bukowine, au centre des deux quartiers généraux des deux corps, Lemberg et Hermanstadt; de là les troupes impériales peuvent s'avancer par Czernowitz vers la Pruth au point où il touche la frontière nord de la Moldavie et vers la frontière ouest de cette principauté par le Sereth, la Surzawa et le Czik-Szered.

Impatiemment attendue, la réponse du cabinet de Saint-Pétersbourg paraît le 29 juin, contenue dans une lettre que le comte de Nesselrode adresse au prince Gortschakoff, envoyé de Russie à Vienne. « L'Autriche, dit l'organe des volontés du czar, nous engage à mettre un terme à la crise actuelle en évitant de pousser plus loin nos opérations transdanubiennes; elle nous représente quel la prolongation et l'extension de la lutte sur le Danube compromettent les intérêts autrichiens et allemands; elle prétend que l'occupation des Principautés a été la cause principale de la guerre; il devait donc en résulter que cette occupation venant à cesser, la guerre cesserait par le fait même. Le cabinet de Vienne est-il en mesure de nous donner cette assurance?

» Le cercle de la guerre, ajoute l'interprète du czar, s'est démesurément agrandi. Les Principautés ne sont plus pour nous qu'une position militaire, la seule où, poussant l'offensive, il nous reste quelques chances de rétablir l'équilibre en notre faveur. Si nous les évacuons, quelle sécurité l'Autriche peut-elle nous offrir? Nous serons à la merci de nos ennemis, affaiblis moralement et matériellement par un sacrifice en pure perte. En prenant auprès des puissances occidentales l'engagement d'amener l'évacuation finale des Principautés, le cabinet de Vienne n'a pu s'interdire de mettre la Russie en état de procéder à l'évacuation avec honneur et sécurité pour elle. Qu'il veuille bien nous dire quelles garanties il peut nous donner, et le czar, par déférence pour les vœux et les intérêts de l'Allemagne, sera disposé à entrer en négociation sur l'époque précise de l'évacuation.

» Notre auguste maître veut la paix, dit en terminant le chancelier moscovite; il ne veut-ni prolonger indéfiniment l'occupation des Principautés, ni les incorporer à ses États, encore moins renverser l'empire ottoman. Sous ce rapport, il ne fait aucune difficulté de souscrire aux trois principes déposés dans le protocole du 9 avril.

1° *Intégrité de la Turquie.* Elle ne sera pas menacée par le czar tant qu'elle sera respectée par les puissances qui occupent en ce moment les eaux et le territoire du sultan.

2° *Évacuation des Principautés.* La Russie est prête à y procéder moyennant les sécurités convenables.

3° *Consolidation des droits des chrétiens en Turquie.* Le czar est prêt à concourir à la garantie européenne de ces droits, si ses coreligionnaires conservent leurs anciens priviléges en en acquérant de nouveaux.

» Ainsi, pour peu qu'on veuille la paix sans arrière-pensée qui la rende impossible, il ne sera pas difficile d'y arriver sur cette triple base ou du moins d'en préparer la négociation au moyen d'un armistice. »

CHAPITRE XI.

Objections faites à la réponse du czar par les gouvernements de France et d'Angleterre. — Opinion de l'Autriche et de la Prusse. — Communication du traité austro-prussien à la diète germanique. — Adhésion presque unanime de la confédération.

Les puissances occidentales jugent cette réponse insuffisante. Le 22 juillet, M. Drouyn de Lhuys envoie à l'ambassadeur de France à Vienne, M. de Bourqueney, une dépêche dans laquelle M. de Nesselrode est pris au défaut de sa cuirasse. « La Russie, dit le ministre des affaires étrangères, persiste à rejeter sur les puissances occidentales la responsabilité d'une crise qu'elle a seule provoquée; elle s'en prend à la forme de leur sommation et voit dans une démarche que ses actes avaient rendue nécessaire la cause déterminante de la guerre. C'est oublier un peu trop vite la série des longues et laborieuses négociations qui ont rempli l'année dernière; ce n'est pas tenir assez de compte des avertissements multipliés que la France et l'Angleterre avaient fait, sous toutes les formes, parvenir au cabinet de Saint-Pétersbourg; c'est, enfin, ne vouloir pas s'avouer que, du jour où les armées russes avaient envahi les Principautés du Danube, la paix était tellement compromise que les efforts les plus loyaux, les plus patients n'ont pu la sauver.

» Le cabinet de Saint-Pétersbourg adhère aux principes posés dans le protocole du 9 avril; mais la présence des troupes russes sur le sol ottoman enlève déjà à cette déclaration la plus grande partie de sa valeur. L'évacuation des Principautés est, en effet, la condition première de l'intégrité de l'empire turc, et le fait de leur occupation constitue une violation flagrante du droit européen. La crise qui trouble le monde, je le répéterai d'autant plus que l'on cherche à le contester, dérive du passage du Pruth, et la Russie ne peut plus aujourd'hui subordonner aux exigences d'une position dans laquelle elle s'est mise de propos délibéré la réparation préalable d'un acte que l'opinion générale a condamné. Je ne comprend pas, je l'avoue, ce que M. le comte de Nesselrode a voulu dire en annonçant que l'intégrité de l'empire ottoman *ne sera point menacée par la Russie tant qu'elle sera respectée par les puissances qui occupent en ce moment les eaux et le territoire du sultan.* Quelle parité existe-t-il entre l'envahisseur et le protecteur? En quoi la présence des troupes alliées, réclamée par la Sublime Porte, autorisée par un acte diplomatique dont les effets doivent cesser d'un commun accord, a-t-elle une analogie quelconque avec l'entrée violente de l'armée russe sur le territoire ottoman? »

Après avoir rétorqué les arguments de M. de Nesselrode et les vagues assurances qu'il donne des dispositions pacifiques de *son au-*

guste maître, M. Drouyn de Lhuys ajoute qu'après avoir fait des sacrifices considérables, les puissances alliées ne s'arrêteront pas en chemin avant d'avoir la certitude de n'être pas obligées de recommencer la guerre. Il n'indique pas les conditions particulières qu'elles mettront à la paix et qui dépendent des éventualités, mais il fait connaître, au nom du gouvernement français, les garanties qui lui paraissent indispensables pour rassurer l'Europe contre le retour d'une nouvelle et prochaine perturbation.

La Russie a profité du droit exclusif de surveillance que les traités lui conféraient sur les rapports de la Moldavie et de la Valachie avec la puissance suzeraine, pour entrer dans ces provinces comme s'il se fût agi de son propre territoire.

Sa position privilégiée sur l'Euxin lui a permis de fonder dans cette mer des établissements et d'y développer un appareil de forces navales qui par le manque de tout contre-poids, sont une menace perpétuelle pour l'empire ottoman.

La possession sans contrôle de la principale embouchure du Danube par la Russie a créé à la navigation de ce grand fleuve des obstacles moraux et matériels qui affectent le commerce de toutes les nations.

Enfin, les articles du traité de Kutchuk-Kaïnardji relatifs à la protection religieuse sont devenus, par suite d'une interprétation abusive, la cause originelle de la lutte que soutient aujourd'hui la Turquie.

Il faut apporter d'importantes modifications sur tous ces points à l'état qui a précédé la guerre, ou, pour parler le latin de la diplomatie, au *statu quo ante bellum*; l'intérêt de l'Europe exigerait donc, suivant le gouvernement français, dont M. Drouyn de Lhuys est l'organe:

1° Que le protectorat exercé jusqu'ici par la cour impériale de Russie sur les Principautés de Valachie, de Moldavie et de Servie cessât à l'avenir, et que les priviléges accordés par les sultans à ces provinces dépendantes de leur empire fussent, en vertu d'un arrangement conclu avec la Sublime Porte, placés sous la garantie collective des puissances;

2° Que la navigation du Danube, à ses embouchures, fût délivrée de toute entrave et soumise à l'application des principes consacrés par les actes du congrès de Vienne;

3° Que le traité du 13 juillet 1841 fût revisé de concert par les hautes parties contractantes, dans un intérêt d'équilibre européen et dans le sens d'une limitation de la puissance de la Russie dans la mer Noire;

4° Qu'aucune puissance ne revendiquât le droit d'exercer un protectorat officiel sur les sujets de la Sublime Porte à quelque rite qu'ils appartiennent, mais que la France, l'Autriche, la Grande-Bretagne, la Prusse et la Russie se prêtassent leur mutuel concours pour obtenir de l'initiative du gouvernement ottoman la consécration et l'observance des priviléges religieux des diverses communautés chrétiennes et mettre à profit, dans l'intérêt réciproque de leurs coreligionnaires, les généreuses intentions manifestées par S. M. le sultan sans qu'il en résultât aucune atteinte pour la dignité et l'indépendance de sa couronne.

M. Drouyn de Lhuys termine en déclarant que le document émané du cabinet de Saint-Pétersbourg ne change absolument rien aux situations respectives et qu'il ne servira même qu'à les dessiner davantage. Puisque la Russie en est encore à faire connaître ses intentions d'une façon pratique et positive, la France et l'Angleterre persistent dans leur attitude de puissances belligérantes; et puisque les Principautés n'ont point été évacuées, la Prusse et l'Autriche jugeront sans doute que les obligations résultant du traité du 20 avril et fortifiées en ce qui concerne le cabinet de Vienne par son accord particulier avec la Sublime Porte subsistent dans leur intégrité et sont arrivées à leur échéance.

Les observations du gouvernement britannique sont aussi concluantes et conçues dans des termes analogues. Le comte de Clarendon, ministre des affaires étrangères d'Angleterre, les adresse à la même date du 22 juillet au comte de Westmoreland, ambassadeur anglais près la cour de Vienne. Lord Clarendon répond que le passage du Pruth est la cause première de la crise qui trouble la paix européenne; que la Russie aggrave la situation en faisant d'un armistice la condition *sine quá non* de sa retraite; que l'assentiment du czar aux principes puisés dans le protocole du 9 avril est illusoire; enfin que les puissances sont en droit d'exiger d'importantes garanties. Seulement, afin de rendre la définition plus saisissante, la dépêche française contenait une rédaction de ces garanties par articles, qu'on ne trouve pas dans la dépêche anglaise.

L'Autriche se montre moins ferme, moins sévère que la France et l'Angleterre dans ses appréciations.

Le comte de Buol essaye, pour nous servir d'une expression vulgaire mais très-applicable, de prendre le czar par les sentiments. Les instructions qu'il adresse en date du 9 juillet au comte Valentin Esterhazy, ambassadeur autrichien à Saint-Pétersbourg, sont remplies d'aménité, de déférence et de bon vouloir. La Russie a demandé que l'évacuation des provinces danubiennes eût pour conséquence la suspension générale des hostilités; que l'Autriche lui offrît l'assurance qu'elle ne serait pas poursuivie sur le territoire évacué et que les puissances n'emploieraient pas leurs forces devenues disponibles à attaquer le littoral asiatique ou européen. « Nous devons regretter sincèrement, répond M. de Buol, que la cour de Russie, en opposition avec les observations que nous avions cru devoir lui adresser, ait jugé devoir attacher à l'acceptation de notre proposition une condition qui évidemment ne dépend pas de notre volonté. Mais comme dans tous les cas la demande de la Russie n'est pas à notre avis sans un côté équitable et que Sa Majesté notre auguste maître attache un grand prix à ce que le dernier moyen qui semble propre à amener une entente soit épuisé, le cabinet impérial s'efforcera d'utiliser cette communication auprès des puissances maritimes, d'autant plus que dans son ensemble elle nous paraît renfermer le désir sincère que l'on parvienne à un arrangement. »

M. de Buol recommande ensuite au comte Esterhazy de faire comprendre au chancelier de l'empire russe que l'Autriche, malgré ses tentatives de conciliation, est obligée de maintenir dans toute son étendue la demande de l'évacuation. Dans le cas où les dernières propositions du czar ne rencontreraient pas l'accueil qu'elle désire auprès des puissances occidentales, il termine par cette phrase alambiquée :

« En vous acquittant de la présente communication auprès de M. le comte de Nesselrode, faites-lui comprendre bien clairement que, nonobstant la pensée conciliatrice qui nous a inspiré cette tentative auprès des cabinets de Paris et de Londres, nous sommes obligés de maintenir dans toute son étendue la demande adressée par nous à la Russie dans le cas où l'idée proposée par cette cour ne rencontrait pas auprès des puissances maritimes l'accueil que nous désirons. Faites du reste remarquer aussi que la position que nous avons prise dans la question ne nous permet pas d'exercer une influence directe sur les opérations militaires de ces puissances, et qu'en conséquence notre action doit se borner à leur recommander de prendre en mûre considération les conséquences que leurs décisions pourraient entraîner et à leur représenter que tous les gouvernements sont également appelés à réunir leurs efforts pacifiques en faisant tous les sacrifices compatibles avec leur honneur et avec leurs intérêts.

» En vous autorisant, monsieur le comte, à donner communication de la présente dépêche à M. le chancelier de l'empire, je reste, etc.

» *Signé :* Buol. »

Dans une dépêche longue et passablement diffuse, adressée le 31 juillet aux ministres autrichiens de Paris et de Londres, M. de Buol se demande si les ouvertures de la Russie sont réellement inacceptables. « Quel a été, dit-il, le but constant des efforts communs des puissances, si ce n'est le rétablissement d'une paix solide et durable? Nous entendons par là une paix qui en rétablissant les droits de la Porte donne à l'Europe des garanties contre le retour de perturbations pareilles à celles qui l'ébranlent si profondément dans ce moment. L'importance des intérêts qui se rattachent à ce but est si grande, que nous sommes convaincu qu'aucune puissance ne voudrait s'exposer au reproche d'avoir négligé un moyen quelconque qui pût nous en rapprocher. A cause de cela les puissances belligérantes se feront sans doute un devoir d'examiner mûrement et consciencieusement les questions pour voir si la rédaction de la réponse du cabinet de Saint-Pétersbourg ne contient pas quelque germe de conciliation qui permettrait de préparer une pacification définitive.

» La Russie ne fait pas de difficulté de souscrire aux principes qui ont été déposés dans le protocole de Vienne du 9 avril, dans ce sens qu'elle déclare vouloir conserver l'intégrité de la Porte et être prête à évacuer les Principautés à condition d'avoir les sûretés convenables, et enfin à participer à la consolidation des droits des chrétiens de la Turquie en prenant part à la garantie européenne sous laquelle ces droits devraient être placés selon les vues du cabinet de Saint-Pétersbourg, en y comprenant les principes du rite grec non uni. Cette triple base pouvait, comme le pense la cour de Russie, servir de point de départ à des négociations de paix qui seraient précédées d'une suspension générale des hostilités.

» Outre ces trois points que la Russie se déclare prête à accepter, le protocole du 9 avril en contient, à la vérité, encore un quatrième par lequel les gouvernements signataires se sont obligés à rechercher en commun les garanties les plus propres à rattacher l'existence de l'empire ottoman à l'équilibre général de l'Europe. Le cabinet de Saint-Pétersbourg n'ayant pas donné d'explications sur cet objet, nous ne savons pas quelles sont ses intentions à cet égard. Mais il nous paraît indubitable que l'acceptation complète, sans réserve, des trois premiers points permettrait de faire un grand pas pour la solution de la question soulevée par le quatrième point.

» Quoi qu'il en soit, si les puissances belligérantes croyaient pouvoir accepter les déclarations de la Russie comme bases d'une négociation par laquelle on pourrait arriver à une paix durable, nous ne doutons pas qu'elles ne soient, comme nous, d'avis que l'évacuation des Principautés doit prendre la première place dans l'ordre chronologique et être la mesure préliminaire de toute entente; si cette condition indispensable est accomplie, si la Russie donne son assenti-

ment au principe de l'intégrité de l'empire ottoman et de la protection européenne des droits des chrétiens dans la Turquie, surtout si cette protection est complétement conforme aux stipulations du protocole du 9 avril, il s'offre par là, si je ne me trompe, des éléments de pacification dont j'espère que les puissances belligérantes apprécieront suffisamment l'importance et qui auront un grand poids au point de vue des résolutions importantes qu'elles devront prendre et que nous attendons avec une vive impatience.

» Recevez, etc.

» *Signé* Buol. »

A Berlin on pense comme à Vienne; on est même plus favorablement disposé pour le czar. Le président du cabinet de Berlin, M. de Manteuffel, se montre satisfait, presque touché de la réponse de la Russie. En se déclarant disposé à conclure un armistice préalable, elle a complétement renoncé au caractère exceptionnel en vertu duquel elle prétendait jusqu'ici pouvoir occuper les Principautés. Elle ne considère plus cette occupation que comme une position militaire, et elle est prête à y renoncer si on lui garantit certaines sûretés militaires. Sans déterminer les modalités, elle s'en réfère à l'équité des cabinets. N'est-ce pas un procédé dicté par la sagesse et l'honneur militaire?

Tel est le langage que tient M. de Manteuffel, le 24 juillet, dans une dépêche aux ministres autrichiens de Londres et de Paris, le comte de Bernstorff et le comte de Brandebourg, en leur recommandant de faire partager les vues du cabinet prussien aux puissances près desquelles ils sont accrédités. « Nous nous flattons, dit-il, de l'espoir que le cabinet de Londres (ou celui de Paris) pèsera avec calme et impartialité les dernières ouvertures de la Russie, et quel que soit le jugement qu'il en porte, il y trouvera des motifs suffisants pour formuler de son côté les points dont il croit pouvoir faire dépendre une entente ultérieure et pour contribuer en même temps par là à faire ressortir les intentions réelles des différents gouvernements et le but que l'on se propose d'atteindre par la guerre.

» Nous nous croyons d'autant plus en droit de nous abandonner à cette espérance que la réponse russe, en tant qu'elle a rapport au protocole de Vienne du 9 avril, que les cabinets de Berlin et de Vienne avaient communiqué à celui de Saint-Pétersbourg, ne permet pas de douter de l'intention sincère de ce cabinet d'accéder aux trois principes qui y sont posés, savoir: ceux de l'intégrité de la Turquie, de l'évacuation des Principautés et de la consolidation des droits civils et religieux de tous les sujets chrétiens de la Porte, lesquels principes forment en soi la substance des garanties que ledit protocole recommande à la sollicitude des puissances dans le but de rattacher plus solidement encore l'existence de cet empire à l'équilibre général de l'Europe. »

Malgré leur dissidence d'opinion, l'Autriche et la Prusse s'accordent à maintenir leur traité d'alliance dont nous avons donné le texte. Elles l'ont soumis, le 20 juillet, à la Diète germanique, en exprimant le désir qu'une manifestation constitutionnelle de la volonté de la Confédération fournisse une ferme garantie pour l'union de tous les gouvernements de l'Allemagne au milieu des dangers de l'état actuel du monde. La Diète se rassemble, le 24 juillet, en séance extraordinaire. La commission chargée d'examiner les propositions des deux puissances propose que la Confédération adhère au traité en se réservant le droit de prendre des résolutions ultérieures au sujet des mesures que nécessiterait cette adhésion.

On recueille les voix; le représentant du Mecklembourg combat seul les conclusions du rapporteur. Il se dit satisfait de l'entente qui règne si heureusement entre les cabinets de Prusse et d'Autriche; mais il pense que le contenu de la convention conclue le 20 avril entre les deux grandes puissances allemandes outre-passe les prescriptions de l'acte fédéral, et que pour cette raison la Diète germanique ne peut pas adhérer à ce traité; c'est pourquoi l'envoyé du Mecklembourg se prononce contre l'adhésion.

M. de Scherff, envoyé du roi des Pays-Bas pour le grand-duché de Luxembourg et pour le duché de Limbourg, déclare, au nom de son gouvernement, adhérer audit traité pour ce qui concerne le grand-duché de Luxembourg; en revanche, il dit que le Limbourg, en qualité de province intégrante du royaume des Pays-Bas, lequel est disposé à observer la plus stricte neutralité, ne peut prendre que l'attitude qui serait prise par cet État. L'envoyé du roi de Danemark pour les duchés de Holstein et de Lauenbourg annonce qu'il ne peut voter, attendu qu'il est sans instruction de son gouvernement; mais il ajoute toutefois que ce dernier approuve pleinement l'attitude prise par la Prusse et par l'Autriche, et que les duchés de Holstein et de Lauenbourg ne le céderont en rien à leurs autres confédérés dans l'accomplissement de leurs devoirs fédéraux. Les envoyés de tous les autres États adhèrent sans condition à la convention du 20 avril.

L'assemblée adopte à la presque unanimité cette importante résolution :

« La Diète germanique, considérant que S. M. l'empereur d'Autriche et S. M. le roi de Prusse ont communiqué à la haute Confédération allemande le traité d'alliance offensive et défensive du 20 avril en l'invitant à y accéder; prenant en considération et reconnaissant les motifs qui ont porté les deux hautes puissances d'Autriche et de Prusse à conclure ce traité et à le communiquer à l'organe constitué de la Confédération; se rappelant sa haute mission de protéger les intérêts communs de l'Allemagne contre toute lésion, même en dehors du territoire de la Confédération; guidée par le vœu de mettre en œuvre l'union, la fidélité et la force allemandes pour le bien de la patrie commune en accédant audit traité, arrête, en se fondant sur l'article 2 de l'acte fédéral et les articles 1, 35 et 47 de l'acte final du Congrès de Vienne :

» 1. La Diète accède, au nom de la Confédération germanique, au traité conclu entre l'Autriche et la Prusse, à l'effet de former une alliance offensive et défensive pour la durée de la guerre qui a éclaté entre la Russie d'une part, la Porte, l'Angleterre et la France de l'autre, traité dont voici la teneur…, ainsi qu'à l'article additionnel de l'article 2 dudit traité dont voici la teneur…, en prenant acte de la présente déclaration et étant convenu que S. M. l'empereur d'Autriche et S. M. le roi de Prusse rempliront les obligations qui leur incombent en vertu de l'article 1 de l'acte fédéral au moyen de toute leur puissance allemande et non allemande.

» 2. Les mesures nécessaires pour l'exécution de la présente résolution formeront l'objet d'une résolution spéciale. La commission nommée dans la séance du 24 mai est chargée de les préparer et de se mettre en rapport dans ce but avec la commission militaire… »

Quand le résultat du vote est proclamé, M. de Prokesch-Osten, envoyé d'Autriche et président de la Diète germanique, félicite l'assemblée d'une décision qui fournit un nouveau témoignage de l'union des États allemands dans des complications sérieuses. « Unie de forces et de volonté, dit-il, l'Allemagne est en état de sauvegarder efficacement de toutes parts ses intérêts et ses droits. La résolution qui vient d'être prise assure à la Confédération germanique l'influence qui lui est due dans toutes les négociations relatives à la solution de la question orientale. »

CHAPITRE XII.

Irritation du czar. — Mission du prince Gortschakoff. — Évacuation des Principautés sans conditions. — Retraite des Russes. — Préparatifs militaires de la Russie. — Notes du 8 août. — Occupation des Provinces danubiennes par l'Autriche.

Les reproches de l'Autriche, ceux même de la Prusse, bien qu'adoucis par des ménagements, exaspèrent l'empereur Nicolas, qui se croyait sûr de la fidélité d'anciens alliés auxquels il a rendu d'éminents services. « Sur quoi donc compter désormais, s'écrie-t-il dans » les premiers transports de sa colère, si l'empereur d'Autriche et le » roi de Prusse manquent aux sentiments les plus honorables et les » plus chers? L'Autriche emploie contre moi toutes les ressources de » son habileté traditionnelle; elle entraîne la Prusse, je le sais; mais » quelle ingratitude! Le roi de Prusse et l'empereur d'Autriche ont » donc oublié tout ce qu'ils me doivent. Sans moi, sans mes armées, » ils auraient cessé de régner l'un et l'autre; seul je les ai sauvés » contre tous. Mais, est-ce qu'ils croient que tout est fini et qu'ils » sont en sûreté? Si je ne pensais qu'à ma vengeance, je laisserais » faire leurs ennemis, et ce ne serait pas long; ils payeraient cher le » mal qu'ils me font, et qu'ils veulent me faire. L'empereur d'Au» triche m'annonce une déclaration de guerre : je n'irai pas au-de» vant, je l'attendrai. Mais qu'il sache bien que si je veux rester dans » les Principautés, nul ne m'en fera sortir. La guerre, la véritable » guerre, la grande guerre, n'est pas encore commencée; elle com» mencera bientôt si on m'y force, et l'on se trouvera en face d'une » armée de cinq cent mille hommes; nous verrons alors. »

Tout à coup il se ravise; son envoyé extraordinaire à Vienne, le prince Gortschakoff, frère puîné de celui qui commande sur les bords du Danube, déclare que le czar ne croit pas à la possibilité d'une guerre entre l'Autriche et la Russie; qu'il désire la paix ou au moins que l'Autriche en prépare les voies; qu'il a déjà accédé en partie aux demandes de l'Autriche et qu'il est disposé à y accéder complètement plus tard; qu'il évacuerait la Valachie en ce moment pour faire preuve de ses bonnes dispositions, mais qu'il ne peut évacuer la Moldavie, ignorant si l'armée anglo-française ne poursuivra pas son armée en retraite. Il demande donc, pour évacuer la Moldavie, qu'on lui garantisse que les provinces danubiennes ne seront occupées par aucune des puissances avec lesquelles il se trouve en guerre.

C'est évidemment demander l'impossible. Nicolas se résigne et par des raisons à la fois politiques et stratégiques, consent à l'évacuation pure et simple des Principautés. Par cette marque de déférence il espère détacher l'Autriche de l'alliance anglo-française ou du moins lui rendre moins facile une rupture ouverte avec la Russie. Il donne du repos à ses troupes découragées par des échecs; il les éloigne d'un pays insalubre où elles sont moissonnées par les maladies et exposées à toutes les privations, pour les rapprocher de leur centre d'approvisionnements; enfin il les concentre sur les rives du Pruth dans une position militairement bonne, qui leur permet de

faire face à l'Autriche comme à la Turquie et de couvrir au besoin la Crimée.

La grande retraite commence le 2 août et s'opère par cinq points, Lipkani, Skuliani, Lentcheni, Leowa et Woleni. D'après les ordres du général Osten-Sacken la Moldavie devra être complètement évacuée à la fin d'août. Le 4, le général Liprandi, à la tête de l'avant-garde du corps russe du Danube, quitte son quartier général de Fokschang et passe le Pruth. Le général Luders reste à Galatz pour couvrir les flancs de l'armée, l'artillerie, les équipages de pont, les bagages suivent les routes frayées; le reste des troupes marche à travers les steppes sans être inquiété par les Turcs, mais si cruellement frappé par le choléra, qu'entre Oursitcheni et Obileschki on compte vingt et un villages transformés en hôpitaux.

En dehors de l'évacuation des Principautés, les mouvements de la Russie continuent à être menaçants. L'arrière-ban de tous les Cosaques de l'empire est appelé sous les armes. Cette armée, qui s'avance à marches forcées, se compose de Cosaques européens, sibériens et caucasiens, et des régiments de Baskirs. Les Cosaques européens comprennent les pulks du Don, ceux de la mer Noire, d'Astrakan, de la petite Russie, de la mer d'Azoff, du Danube, de l'Ural, de Stawropol et de Mescheria, qui forment un total de 60,000 chevaux. Les pulks d'Orenbourg, de Sibérie, de Tobolsk, Tomsk, Feniseisk, Irkustsek, Sebaikil, Jakusk, de la Tartarie, de Charazai, Tenginsk, sont au nombre de 40,000 chevaux; les Cosaques du Caucase, c'est-à-dire les pulks caucasiens du Kuban, du Volga, de Stawropol, de Gor, Greben, Masdock, Kislar et Coper, forment un effectif de 10,000 chevaux; le contingent des Baskirs est de 15,000 chevaux.

En présence de ces préparatifs les puissances occidentales comprennent la nécessité de formuler de nouveau en commun les conditions préalables à toute reprise des négociations. Des notes concertées entre le comte de Buol et les ministres de France et d'Angleterre à Vienne sont solennellement échangées le 8 août. Elles constatent qu'il résulte des pourparlers confidentiels échangés entre les cours de Vienne, de Paris et de Londres, conformément au passage du protocole du 9 avril dernier, par lequel l'Autriche, la France et la Grande-Bretagne se sont, en même temps que la Prusse, engagées à rechercher les moyens de rattacher l'existence de l'empire ottoman à l'équilibre général de l'Europe : que les trois puissances pensent également que les rapports de la Sublime Porte avec la cour impériale de Russie ne pourraient pas être rétablis sur des bases solides et durables :

1° Si le protectorat exercé jusqu'à présent par la cour impériale de Russie sur les principautés de Valachie, de Moldavie et de Servie ne cesse pas à l'avenir, et si les priviléges accordés par les sultans à ces provinces dépendantes de leur empire ne sont pas placés sous la garantie collective des puissances en vertu d'un arrangement à conclure avec la Sublime Porte, et dont les dispositions régleraient en même temps toutes les questions de détail;

2° Si la navigation du Danube, à ses embouchures, n'est point délivrée de toute entrave et soumise à l'application des principes consacrés par les actes du Congrès de Vienne;

3° Si le traité du 13 juillet 1841 n'est pas revisé de concert par toutes les parties contractantes dans un intérêt d'équilibre européen;

4° Si la Russie ne cesse de revendiquer le droit d'exercer un protectorat officiel sur les sujets de la Sublime Porte, à quelque rite qu'ils appartiennent, et si la France, l'Autriche, la Grande-Bretagne, la Prusse et la Russie ne se prêtent leur mutuel concours pour obtenir de l'initiative du gouvernement ottoman la consécration et l'observance des priviléges religieux des diverses communautés chrétiennes, et mettre à profit, dans l'intérêt commun de leurs coreligionnaires, les généreuses intentions manifestées par S. M. le sultan, sans qu'il en résulte aucune atteinte pour sa dignité et l'indépendance de sa couronne.

Chacun des plénipotentiaires est en outre autorisé à déclarer que son gouvernement, tout en se réservant de faire connaître en temps utile les conditions particulières qu'il pourrait mettre à la conclusion de la paix avec la Russie, et d'apporter à l'ensemble des garanties ci-dessus spécifiées telle modification que la continuation des hostilités rendrait nécessaire, est décidé, pour le moment, à ne discuter et à ne prendre en considération aucune proposition du cabinet de Saint-Pétersbourg qui n'impliquerait point de sa part une adhésion pleine et entière aux principes sur lesquels il est déjà tombé d'accord avec les deux autres puissances.

Par une note du 12 août, que le comte Esterhazy, ambassadeur d'Autriche à Saint-Pétersbourg, communique au comte de Nesselrode, l'Autriche recommande au czar ces propositions; la Prusse elle-même adopte les quatre bases. Le 13 août, M. de Manteuffel écrit à M. le baron de Werther, ambassadeur à Saint-Pétersbourg, que les ouvertures du cabinet de Berlin n'ont reçu aucune réponse directe ni de Paris ni de Londres; qu'il ne peut se dissimuler que la manière dont les gouvernements de France et d'Angleterre apprécient les déclarations russes diffère essentiellement de la sienne, et qu'elle n'est guère de nature à lui offrir un point de départ commun; enfin qu'après s'être bien pénétré de l'ensemble des quatre conditions demandées, il n'y voit rien d'incompatible avec ce que le cabinet de Saint-Pétersbourg s'est déjà déclaré prêt à admettre comme point de départ d'un arrangement pacifique.

» En effet, ajoute M. de Manteuffel, le czar lui-même se sera convaincu de la nécessité d'obvier à l'avenir aux inconvénients et aux dangers qui pour la Russie comme pour le repos de l'Europe s'attachaient aux institutions qui formaient le droit public des principautés danubiennes et de la Servie, et la sollicitude éclairée de Sa Majesté Impériale pour ces pays ne méconnaîtra pas les avantages et les bienfaits que pourra leur assurer une garantie collective de leurs priviléges par les puissances européennes.

» La libre navigation du Danube ne saurait que répondre aux véritables intérêts du commerce russe, et, bien que les entraves auxquelles elle est assujettie aux embouchures de ce fleuve ne soient point encore entièrement écartées, l'esprit élevé de l'Empereur et les déclarations réitérées de son cabinet ne laissent point de doute sur leur ferme intention d'y mettre une prompte fin.

» Quant aux priviléges des sujets chrétiens du sultan, ce n'est pas seulement en adoptant le protocole du 9 avril que Sa Majesté Impériale s'est déclarée d'accord avec le principe d'une sollicitude solidaire et collective des puissances pour le sort de nos coreligionnaires. Mais la même pensée avait déjà présidé aux ouvertures que le cabinet de Saint-Pétersbourg avait faites à ce sujet, il y a quelque temps, à Berlin; et comme l'indépendance et la souveraineté du sultan ont été si souvent et si hautement proclamées comme conformes aux vues de l'empereur, Sa Majesté ne voudra pas refuser son concours aux efforts réunis des puissances pour concilier l'amélioration du sort des rayas chrétiens avec les intérêts du gouvernement ottoman, en assurant à ce dernier l'initiative dont il a besoin pour maintenir son indépendance et sa dignité.

» Enfin, le traité du 13 juillet 1841 a été le résultat de conjonctures tellement particulières, que sa révision par toutes les puissances contractantes ne saurait, en principe, rencontrer des difficultés; et la Russie, comme puissance limitrophe de la mer Noire, semble même spécialement appelée à l'examen des importantes questions qui s'y attachent. »

Par ces considérations générales, le roi de Prusse appuie de toutes ses forces la demande de l'Autriche, et désire de tous ses vœux que le cabinet accepte comme base d'une négociation ultérieure les quatre garanties que l'Autriche a formulées d'accord avec les cabinets de Paris et de Londres.

Tant d'obsessions trouvent le czar inflexible. Sans attendre sa réponse le gouvernement autrichien, conformément à la convention qu'il conclue avec la Porte, se dispose à occuper les Principautés. Le baron de Hess annonce aux habitants de la Valachie et de la Moldavie qu'il va venir parmi eux pour éloigner les calamités de la guerre et amener les bénédictions de la paix; il les invite à recevoir les troupes impériales avec confiance, en promettant qu'elles la mériteront par une conduite excellente. En revanche, il attend de la population ordre et la tranquillité, et des autorités tous les secours nécessaires au logement et à l'approvisionnement de l'armée, pour les besoins de laquelle des indemnités seront immédiatement payées.

En même temps un commissaire spécial de la Sublime Porte répand dans les Principautés la proclamation que voici:

« VALAQUES!

» Sa Majesté Impériale le sultan, notre gracieux souverain, dans sa haute et paternelle sollicitude envers tous ses sujets sans distinction aucune, s'est plu à vous donner un nouveau témoignage de sa bienveillance en daignant me nommer son commissaire impérial dans la principauté de Valachie pour veiller à votre bien-être et rétablir l'ordre, qui a été malheureusement troublé par l'injustice et par l'arbitraire du gouvernement russe.

» En vous faisant part de cette gracieuse détermination de Sa Majesté Impériale, je m'empresse de vous faire connaître ce qui suit:

» La Sublime Porte ayant conclu une convention spéciale avec le gouvernement de Sa Majesté Impériale et Royale Apostolique, comme elle en avait préalablement conclu avec les gouvernements de France et de la Grande-Bretagne, je dois vous informer que, selon la teneur du susdit acte, des forces militaires autrichiennes entreront provisoirement dans les deux principautés. La présence de ces troupes en Valachie ne doit nullement vous inquiéter, puisqu'elles y entrent comme appartenant à une des puissances amies et alliées de la Sublime Porte; elles ne vous seront aucunement à charge, puisqu'elles payeront exactement et en argent comptant tout ce dont elles auront besoin de faire l'achat dans le pays.

» Les Russes ayant définitivement quitté les Principautés, l'état précédent du pays doit être rétabli.

» Les anciens priviléges et immunités sont et seront toujours maintenus, et vous verrez encore par là que le maintien de ces priviléges n'est dû nullement aux traités qui sont déjà annulés, mais bien à la sollicitude bienveillante et paternelle de Sa Majesté Impériale le sultan, notre souverain, dont l'honneur et la gloire y sont profondément intéressés.

» Valaques, votre pays a bien souffert; mais sous l'égide protectrice de notre gracieux souverain tout va y rentrer dans son état normal. En attendant que les circonstances en permettent un plus heureux développement, vous devez continuer à obéir aux lois qui vous régissent, et à conserver pour elles ce sentiment de respect qui est si indispensable au bonheur et à la prospérité d'un pays. A cette condition rien ne sera plus facile et plus doux que de maintenir l'ordre et la tranquillité publics, auxquels notre auguste souverain m'a chargé de veiller avec soin.

» Je place toute ma confiance dans vos sentiments de dévouement et de fidélité à Sa Majesté Impériale, notre bien-aimé souverain, et dans votre légitime affection au pays qui vous a vus naître.

» *Le commissaire impérial ottoman, général de division,*

» DERVISCH. »

Sous la direction supérieure du baron de Hess, le feld-maréchal-lieutenant Corononi est chargé de commander l'armée d'occupation. Après avoir envoyé le colonel Kalik auprès d'Omer-Pacha pour combiner les premiers mouvements, le feld-maréchal-lieutenant franchit les frontières, le 22 août, par le défilé de la Tour-Rouge (Rothen-Thurm), à la tête de deux brigades parties d'Hermanstadt. D'autres détachements entrent en Valachie par Prediala et Botza, et en Moldavie par Bistritz.

L'empereur Nicolas essaye de donner le change à ses sujets sur l'occupation autrichienne. Dans un ordre du jour qu'on lit à tous les corps d'armée russes, et notamment à la garnison d'Odessa, le 13 août, il annonce :

« Qu'il a ordonné, dans sa haute sagesse, aux troupes de Moldavie et de Valachie d'en sortir pour se tourner du côté où le danger est le plus grand ;

» Qu'afin de protéger les Principautés contre une invasion de l'armée turque, l'ancien allié de la Russie s'est engagé à les occuper en attendant. »

Cette interprétation ne mérite pas un examen sérieux ; mais, de fait, la présence des Autrichiens dans la Moldo-Valachie suspend les hostilités entre le Danube et les Balkans. Nous pouvons tourner nos regards vers la mer Baltique, où les opérations, après avoir longtemps langui, ont pris un grand développement.

CHAPITRE XIII.

Forces anglaises dans la Baltique. — Combat de Gamla-Karleby.

Nous sommes obligé de nous reporter à l'époque même de la déclaration de guerre. La flotte anglaise de la Baltique se composait alors de trente-sept vaisseaux : dix vaisseaux de ligne à hélice, cinq vaisseaux de ligne à voiles, onze frégates et corvettes à hélice, onze frégates et sloops à roues et à aubes. Elle reçut des renforts qui portaient le nombre total des navires à quarante-neuf, jaugeant ensemble 85,454 tonneaux, montés par 22,000 hommes, et armés de 2,344 canons.

Le vice-amiral sir Charles Napier partagea ses forces en trois divisions, commandées par le contre-amiral Chads montant l'*Edinburgh*; le contre-amiral Corry montant le *Neptune*; le contre-amiral Plumridge montant le *Léopard*. La première croisa près du golfe de Livonie; la seconde en vue du port de Riga; la troisième à l'entrée du golfe de Finlande, en observation devant Sweaborg, où se tenait une partie de la flotte russe de la Baltique.

Ce fut le 4 avril qu'on apprit la déclaration de guerre. Le vaisseau amiral anglais le *Duc de Wellington* se pavoisa pour la célébrer, et les équipages de tous les navires, échelonnés dans les gréements, poussèrent trois formidables hourras. Leur ardeur belliqueuse ne trouva pas d'abord à s'exercer, et en l'absence de tout vaisseau russe, ils durent se contenter d'agir contre les postes russes de la côte.

Vers la fin de mai une division de quatre frégates et de deux corvettes, conduite par le contre-amiral Plumridge, vint croiser sur les côtes de Finlande. Le 6 juin, l'*Odin* et le *Vulture*, jetaient l'ancre dans la baie de Gamla-Karleby, et les embarcations étaient détachées sous les ordres de Charles Wyse, premier lieutenant du *Vulture*. Il portait le pavillon parlementaire, et s'adressant à un indigène qui se qualifiait de bourgmestre, il demanda qu'on lui livrât tout ce qui appartenait à l'empereur de Russie, en ajoutant qu'à cette condition la ville et les propriétés particulières seraient respectées. Le bourgmestre répondit qu'il n'avait point d'instructions à cet effet. M. Wyse exprima le désir de parler au gouverneur; ne pouvant rien obtenir, il retournait à son bord, lorsque les soldats embusqués dirigèrent sur les embarcations un feu de mousqueterie et de pièces de campagne. Les Anglais ripostèrent immédiatement; mais les assaillants étaient en force dans des positions bien choisies, protégés par des maisons ou par des bois, et le lieutenant du *Vulture* voyant ses hommes accablés d'un feu meurtrier, donna le signal de la retraite, pendant laquelle la chaloupe à roue du vaisseau fut détruite par le feu ennemi. Comme il n'y avait que treize pieds d'eau à la partie la plus profonde de la baie, il fut impossible à *l'Odin* et au *Vulture* d'approcher de Gamla-Karleby assez pour prendre leur revanche. Le *Vulture* avait eu un homme tué et un blessé ; *l'Odin* trois officiers et trois marins tués, et quinze blessés.

Heureusement la suite de cette croisière ne répondit pas au début. A Brateshead, la division du contre-amiral Plumridge détruisit en six heures, sans pertes ni opposition, quatorze navires, une quantité énorme de bois de construction, et dix mille barils de goudron, dont l'incendie produisit des colonnes de flammes de deux à trois cents pieds de hauteur. De Brateshead, le contre-amiral se rendit à Uléaborg, ville de six mille âmes, et chef-lieu d'un des gouvernements de la Finlande. Le premier lieutenant du *Léopard*, avec trois cent cinquante hommes seulement, prit possession de la ville sans coup férir. Une partie de la population s'était enfuie ; les habitants qui restaient apportèrent du bœuf, des pommes de terre et autres provisions, qu'on leur paya sans marchander. Le gouverneur russe ne refusa point de

noms : les vaisseaux *l'Austerlitz*, *l'Hercule*, le *Jemmapes*, le *Tage*, le *Breslaw*, le *Du Guesclin*, *l'Inflexible*, le *Duperré*, le *Trident* ; les frégates *l'Andromaque*, la *Sémillante*, la *Vengeance*, la *Poursuivante*, la *Virginie*, la *Zénobie*, la *Psyché*, *l'Algérie* ; les frégates-transports la *Licorne*, *l'Infatigable* ; le brick *le Beaumanoir* ; les frégates à vapeur *l'Asmodée* et le *Darien* ; les corvettes le *Phlégéton*, le *La Place*, le *Soufleur* ; les avisos à vapeur le *Milan*, le *Lucifer*, *l'Aigle*, le *Brandon*, le *Fulton*, le *Daim*.

On trouve dans une lettre d'un témoin oculaire, adressée au *Moniteur de la Flotte*, sur la jonction des deux escadres, des détails si complets et si pleins d'intérêt, qu'il serait difficile de ne pas les citer textuellement :

« Il était deux heures du matin quand l'escadre française reconnut pour la première fois les terres de Russie. La brise mollissait beaucoup. A une faible distance un phare se dessinait sur le fond gris du ciel, il n'était pas allumé. Sur toute la côte, depuis la déclaration de

Population des îles d'Aland.

répondre aux questions qui lui furent adressées ; il consentit même à servir de guide à trois capitaines qui avaient débarqué, et qui pendant plus d'une heure se promenèrent avec lui sans escorte et sans autres armes que leurs pistolets. Malgré la neige, qui empêchait les progrès du feu, le détachement anglais brûla en douze heures seize navires et des approvisionnements considérables. La population assista à cette dévastation comme à un spectacle, et les femmes surtout parurent observer avec une vive curiosité les procédés qu'employaient les marins pour incendier les bâtiments.

Du 5 mai au 10 juin, le contre-amiral Plumridge détruisit quarante-six navires, tant à flot qu'en chantier, jaugeant ensemble onze mille tonneaux ; environ cinquante mille barils de poix et de goudron, des madriers, des planches, des voiles, des approvisionnements de toute sorte pour les constructions navales, d'une valeur de quatre cent mille livres sterling, huit millions de monnaie française. Il eut à lutter contre des rochers et des bancs de sable sans nombre, incorrectement indiqués sur les cartes, et jusqu'au 30 mai il fut souvent arrêté par les glaces.

Pour procéder à des opérations plus importantes, on attendait la flotte française aux ordres du vice-amiral Parseval-Deschênes. Ce ne fut que dans la nuit du 11 juin qu'elle entra dans le golfe de Finlande. Elle comprenait trente et un bâtiments, dont voici les

guerre, les feux sont partout éteints et les balises enlevées. Au point du jour, le relèvement plaça l'escadre à environ huit milles au N.-E. du phare, indiquant en même temps dans sa direction l'entrée de Port-Baltique.

» Le ciel, ce jour-là, fut d'une pureté remarquable, mais le soleil peu ardent. Il est loin d'être dans ces parages aussi vif qu'en France à pareille époque de l'année ; le burnous et le caban sont encore de saison et le seront pendant toute la campagne, car le thermomètre, qui descend parfois jusqu'à six degrés au-dessous de zéro, dépasse rarement treize degrés. On distinguait facilement à la lunette la petite ville de Port-Baltique groupée autour de son clocher, à l'est d'une baie et sous l'abri d'un fort. Son port était désert, mais une coque de grand navire, avec bas-mâts seulement, révéla bientôt une batterie flottante mouillée en avant sur rade pour défendre l'approche.

» La panique et la terreur se répandirent parmi les habitants lorsqu'à leur réveil ils aperçurent l'escadre naviguant majestueusement sur trois colonnes, les vapeurs éclairant la marche ; mais l'amiral Parseval-Deschênes, qui avait hâte de rejoindre ses alliés, se dirigea au N.-N.-E., et ils se rassurèrent. On pensait n'être pas éloigné de l'escadre anglaise, car les croiseurs qu'on avait rencontrés dans les eaux de Gothland avaient indiqué la baie de Barosund comme point du rendez-vous général. Malheureusement un calme désespérant sur-

prit l'escadre au milieu du golfe. Elle mit en panne, et chacun aussitôt explora l'horizon avec la longue-vue.

» La largeur du golfe en cet endroit n'atteint pas neuf lieues ; on
apercevait facilement les deux rives également basses, demi-noyées,
et bordées de hauts sapins dont les tiges élancées, couronnées d'une
chevelure en parasol, plongeaient leur ombre dans la transparence
de l'eau et prenaient à cette distance une taille gigantesque. Pas un
souffle, pas une voile ne troublaient au loin la surface du golfe, qui
semblait dormir ; aussi le soir on put distinguer dans le sud, malgré
les roches du rivage, les blanches maisons et les tours de Revel, que
frappait d'un dernier éclat le soleil couchant. La nuit, la première
qu'on passait au milieu des forts russes, fut admirable.

» Le lendemain fut une journée d'émotion. L'escadre était sous
voiles à neuf heures, cherchant à s'élever dans le vent qui venait du
nord, lorsqu'on signala dans l'est une escadre de forts navires à vapeur faisant route sur elle. Peu d'instants après l'horizon tout entier
sembla couvert de vaisseaux. La brume qui se levait dévoilait au

un nouveau salut. Les musiques anglaises jouaient de tous côtés l'*air
de la reine Hortense*, et les musiques françaises jouaient le *God save
the queen*. La jonction des escadres était noblement consommée. Le
cœur du brave amiral Parseval-Deschênes, qui avait si admirablement conduit son escadre, devait battre de joie et de bonheur !

» La baie de Barosund, où les escadres sont mouillées, comprend
une étendue d'environ six milles de longueur sur sept à huit de largeur ; sa profondeur moyenne est de dix-sept brasses et le fond est
très-sain, mais le contour est parsemé de roches à fleur d'eau d'un
granit très-dur et polies par les vagues. Plusieurs de ces rochers forment des îlots assez étendus où l'on trouve une végétation fort triste :
quelques petits sapins, des bruyères, une herbe rare, mais que peuvent apprécier les amateurs de la chasse, du lièvre et du canard.
L'une de ces roches possède un phare au pied duquel sont construites
quelques maisons.

» Les habitants de ces lieux ont fui laissant désertes leurs pauvres
cabanes bien propres, bien tenues, leurs filets, leurs vêtements pen-

Prise de possession du fort de Bomarsund par l'amiral Parseval-Deschênes.

nord le mouillage de l'escadre anglaise. Plus de vingt navires de
guerre y stationnaient en ligne. L'escadre française elle-même formait une colonne de dix-huit voiles évoluant avec ordre, et elle avait
en face d'elle, parfaitement distincts, huit superbes vaisseaux à hé-
lices, qui d'une marche rapide couraient sur elle toutes voiles ser-
rées, jetant au vent de longues et épaisses lignes de fumée.

» Les deux vaisseaux de tête venaient de reconnaître mutuellement leurs grades. *Le Duc de Wellington*, la merveille des chantiers
d'Angleterre, guidait la division à vapeur portant le pavillon de vice-
amiral. Ordre à l'armée française aussitôt d'arrêter sa marche, car
on était à l'entrée des passes où se dirigeait l'escadre à vapeur.
Comme par un mouvement électrique les deux escadres échangent
alors leurs pavillons en tête du grand mât et le canon français salue
le premier ses alliés. L'amiral Parseval s'était empressé par courtoisie de devancer l'amiral anglais ; Napier confondit son salut avec celui des Français, et même une seconde salve de dix-sept coups
partit encore du milieu de sa ligne d'un des vaisseaux aux couleurs
françaises : c'était l'*Austerlitz*. Jamais on ne vit spectacle plus beau,
plus grand, plus émouvant !

» Cependant la division à vapeur anglaise continuait à défiler lentement et avec ses huit vaisseaux devant l'amiral français. Les deux
commandants en chef venaient encore d'échanger de leurs pavillons

dus aux murs et abandonnés. Ce sont des pêcheurs. Leur aisance
s'explique par le voisinage d'Helsingfors, qui n'est qu'à sept lieues
de cet endroit. Les deux amiraux ont adressé à leurs escadres des
ordres du jour pour recommander aux marins que ces habitations et
celles qui se trouveront sur tout le littoral soient respectées. Les
pauvres Finlandais, en apprenant cette mesure prise depuis l'arrivée
des Français, se sont montrés rassurés et reconnaissants.

» Du sommet de ce phare on distingue à la longue-vue la forteresse, le port et les vaisseaux russes mouillés. On en compte sept,
plus des frégates, corvettes et autres bâtiments.

» Les Anglais ont voulu par cette originalité qui leur est propre
que le czar ne perdît pas le souvenir de leur passage : ils ont gravé
les noms de tous leurs vaisseaux sur les vitres du phare.

» Vue de cette élévation, la rade où mouille la flotte offre un coup
d'œil magnifique. Plus de cinquante navires y sont à l'ancre, offrant
d'une extrémité à l'autre de la baie une masse imposante de coques
et de mâts de toute dimension, environ trois mille bouches à feu,
des lignes de batteries qui se croisent, s'alignent, se confondent en
tous sens. Dans les intervalles partent des vapeurs qui sillonnent la
rade ou des embarcations pavoisées qui voltigent à la rame et à la
voile à toute heure de la journée.

» Les musiques qui jouent, le clairon, le tambour qui anime

le soir la danse des matelots anglais, et par-dessus cette scène, semblant couronner l'armée au repos, les nobles couleurs de France et d'Angleterre flottant ensemble; puis parfois les équipages sur toutes les vergues, les hourras qui retentissent, le canon qui tonne et enfin la fumée, qui, comme un rideau, enveloppe subitement et dérobe toute la rade, c'est là un spectacle admirable, sublime dont rien ne peut donner l'idée! »

CHAPITRE XIV.

Forces navales russes dans la mer Baltique. — Liste de ses vaisseaux et frégates.

Les deux escadres réunies dans la Baltique présentaient un effectif total de trente vaisseaux à voiles ou à vapeur et cinquante frégates, corvettes et bâtiments de rang inférieur tant à voiles qu'à vapeur. La Russie pouvait leur opposer trente et un vaisseaux, cinquante-deux frégates et bâtiments de rang inférieur et cent trente chaloupes canonnières. D'après des renseignements exacts elle avait à Cronstadt, à Helsingfors ou dans d'autres ports les navires dont voici la nomenclature :

VAISSEAUX DE LIGNE : *Russie*, 120 canons; *Empereur Pierre Ier*, 120 canons; *Saint-Georges*, 112 canons; nom inconnu, 112 canons; *Emgeiten*, 84 canons; *Krasnol*, 84 canons; *Gunule*, 84 canons; *Pultawa*, 84 canons; *Prochor*, 84 canons; *Vladimir*, 84 canons; *Volga*, 84 canons; *Viborg* (à hélice), 84 canons; *Impératrice Alexandra*, 84 canons; *Narva*, 74 canons; *Bérézina*, 74 canons; *Brienne*, 74 canons; *Borodino*, 74 canons; *Smolensko*, 74 canons; *Arsis*, 74 canons; *Finlande*, 74 canons; *Katzbach*, 74 canons; *Hézéchiel*, 74 canons; *Audren*, 74 canons; *Kulm*, 74 canons; *Ingermanland*, 74 canons; *Gimófa-Azofa*, 74 canons; *Sisoï*, 74 canons; *Vilagos*, 74 canons; *Natron-Meaga*, 74 canons; *Fère-Champenoise*, 74 canons, et *Michaël*, 74 canons.

FRÉGATES A VAPEUR : *Kamschatka*, 450 chevaux, 16 canons; *Grosachi*, 400 chevaux, 6 canons; *Ruric*, 300 chevaux, 6 canons; *Chabroi*, 300 chevaux, 6 canons; *Bogatir*, 300 chevaux, 6 canons; *Diana*, 200 chevaux, 6 canons; *Hercule*, 200 chevaux, 6 canons; *Olaf*, 450 chevaux, 16 canons; *Smiloi*, 400 chevaux, 12 canons, et *Gremiaschi*, 400 chevaux, 6 canons.

BATIMENTS A VOILES : *Alexander-Newski*, frégate de 58 canons; *Constantine*, frégate de 54 canons; *Cesarewitch*, frégate de 44 canons; *Césarewna*, frégate de 44 canons; *Amphitrite*, frégate de 44 canons; *Castor*, frégate de 44 canons; trois frégates écoles de tir, à fond plat; *Ajax*, corvette ou brick de 20 canons; *Palinure*, corvette ou brick de 20 canons; *Paris*, corvette ou brick de 20 canons; *Philoctète*, corvette ou brick de 20 canons; *Prince de Varsovie*, corvette ou brick de 20 canons; *Navarin*, corvette ou brick de 20 canons; *Dwina*, corvette ou brick de 20 canons; *Oliwutza*, corvette ou brick de 20 canons; nom inconnu, corvette ou brick de 20 canons; nom inconnu, corvette ou brick de 20 canons; nom inconnu, corvette ou brick de 20 canons; quinze schooners ou transports; cinquante canonnières anciennes et quatre-vingts canonnières neuves.

Indépendamment des chiffres des canons inscrits sur les états de la marine impériale russe, tous ces vaisseaux de ligne ou frégates ont des canons sur les passavants du pont supérieur, de sorte que le vaisseau de 110 canons en porte réellement de 120 à 126, celui de 84 du 90 à 94, celui de 74 de 84 à 86, et les frégates de 44 ont de 50 à 60 pièces.

Nous avons tenu à énumérer minutieusement, sans omettre la moindre corvette, les forces navales des Russes afin de mieux faire ressortir l'excès de prudence qui les retint inactives sous la protection des citadelles de la Baltique. Elles avaient, outre la supériorité du nombre, l'immense avantage de connaître par une longue pratique la navigation spéciale des mers, dont leurs adversaires ignoraient les détails.

Néanmoins, comme elles évitaient le combat, les amiraux Napier et Parseval-Deschênes durent chercher d'autres moyens de se mesurer avec l'ennemi. N'étant pas en état d'attaquer la formidable citadelle de Cronstadt, ils dirigèrent leurs entreprises contre les places des îles d'Aland.

Ce groupe d'îles, situé entre la Suède et la Finlande dans le golfe de Bothnie, se compose de sept îles occupant une superficie de six kilomètres carrés. Il fait partie de l'archipel connu par les Finlandais sous le nom d'*Ahvennänmaa* et qui ne comprend pas moins de quatre-vingts îlots habités et de deux cents inhabités. Le nom suédois de l'île principale, *Aland* ou *Oland*, signifie *pays des rivières*. C'était jadis, du moins suivant les traditions nationales, le chef-lieu d'un petit État indépendant. Elle porte dans ses armoiries, sur un champ d'azur, un élan à la course ayant un anneau passé autour du cou. Le sceau du bailli représente le roi de Norvége Olaff II le Saint, assis sur son trône, revêtu des ornements royaux, portant la couronne en tête, la hache d'armes de la main droite et le globe royal de la main gauche.

Le climat du pays est chaud pendant l'été, au mois d'août le thermomètre s'élève souvent à vingt ou vingt-cinq degrés centigrades; mais les soirées et les nuits sont fraîches, et l'hiver est d'une rigueur excessive. Tous les ans, depuis les premiers jours du mois de novembre jusque vers la fin d'avril, le pays est soumis à une température très-rude qui varie en moyenne de vingt à vingt-cinq degrés centigrades au-dessous de zéro, et qui dépasse souvent trente degrés. La mer gèle, et les communications sur la glace avec la Finlande sont très-actives. Plusieurs officiers russes prisonniers ont déclaré qu'il leur était arrivé souvent d'aller de Bomarsund à Saint-Pétersbourg en traîneau, en faisant étape et en campant sur la glace; et il existe encore dans l'île des vieillards qui se rappellent parfaitement avoir vu, en 1800, un corps de cavalerie russe de cent quinze mille hommes venant de la Finlande, traverser sur la glace le golfe de Bothnie pour se rendre à Aland. Cependant, tandis que la partie finlandaise du golfe de Bothnie gèle invariablement tous les ans, celle qui se trouve du côté de la Suède ne gèle jamais entièrement. Cette circonstance est favorable à la Russie, qui, pendant les six mois d'hiver, entretient ainsi des communications directes avec ses possessions d'Aland.

Le sol d'Aland est peu fertile, il ne produit guère que des bouleaux, des sapins, des frênes rabougris. Les bestiaux y sont rares et chétifs, les bois ne recèlent point de gibier; les poissons de mer ou d'eau douce sont peu abondants. C'est en somme un pays déshérité, qui, loin d'offrir des ressources à une armée ou à une flotte, peut à peine nourrir ses huit ou dix mille habitants.

Une particularité commune à ces latitudes nouvelles pour nos marins, c'est la longueur des jours à une certaine époque de l'année. Depuis le 21 avril jusqu'au 22 août, il n'y a pas de nuit close à l'île d'Aland. Le 28 août, le commencement du crépuscule a lieu à minuit quinze minutes, le lever du soleil à quatre heures trente-deux minutes; par conséquent, la durée du crépuscule du matin est de quatre heures onze minutes, et un crépuscule succède à l'autre.

L'hiver, les jours sont courts et les nuits longues, ce qui augmente la tristesse du pays.

Le jour de l'année le plus court, le soleil se lève à neuf heures dix-huit minutes et se couche à deux heures quarante-deux minutes. Sa durée est, par conséquent, de cinq heures vingt-quatre minutes.

Echancrée au nord par les flots du golfe de Bothnie, au sud par les flots de la Baltique, l'île d'Aland se trouve ainsi comme étranglée à son milieu et divisée en deux parts d'inégale grandeur, reliées entre elles par un isthme étroit.

La baie qui s'ouvre au midi de cet isthme offre un bon mouillage, avec un fond de vingt, trente, et même cinquante brasses d'eau. Elle est protégée par la citadelle de Bomarsund, dont la muraille semi-circulaire longe le bord de la mer, et montre par cent huit embrasures ses deux rangées de canons. Six mille ouvriers ont été employés à construire cette enceinte de granit, qui peut abriter sous ses canons soixante-mille hommes. Sur les coteaux qui dominent le principal ouvrage de défense s'élèvent deux forts armés chacun de vingt canons : le fort Noltich au nord, et le fort de Tzée au sud. Le sommet d'une colline qui les sépare sert de station télégraphique. Un autre fort de moindre importance est placé dans la baie, sur la petite île de Presto.

Les amiraux décident l'attaque de cette forteresse, et, le 21 juin, trois frégates à vapeur anglaises, l'*Hécla*, l'*Odin* et le *Valorous*, sous la direction du capitaine Hall, lancent sur ses murs, pendant plusieurs heures, une immense quantité de bombes et autres projectiles. Deux batteries à fleur d'eau sont démontées, des magasins de provisions et de marchandises réduits en cendres. Les assaillants ne perdent que quatre hommes, et l'*Hécla* seul éprouve quelques avaries : sa coque est trouée de sept boulets, un de ses tambours est traversé; mais une bombe qui tombe sur le pont est ramassée et jetée à la mer avant qu'elle éclate par un jeune midshipman nommé Lucas.

Bomarsund est bombardé pour la deuxième fois les 26 et 27 juin par quatre navires anglais; mais, pour s'emparer de la place, il est indispensable d'avoir des troupes de débarquement, aussi le gouvernement français s'occupe-t-il d'en rassembler.

CHAPITRE XV.

Camp de Saint-Omer. — Troupes qui doivent le composer. — Corps expéditionnaire de la Baltique. — Biographie du général Baraguey-d'Hilliers.

Vers la fin du mois de juin, l'Empereur décrète qu'il sera formé aux environs de Boulogne et de Saint-Omer un camp dont il sera le commandant en chef, ayant pour chef d'état-major général le général de division Rolin. Ce camp réunira trois corps d'armée, qui seront ainsi composés :

1er corps d'armée.

Commandant en chef, M. le général de division comte de Schramm. 1re division d'infanterie (général Renault). — 1re brigade (général de Liniers) : 8e bataillon de chasseurs, 15e léger, 23e de ligne; — 2e brigade (général Chapuis) : 4e et 56e de ligne.

2e division d'infanterie (général de Courtigis). — 1re brigade (général de Géraudon) : 15e bataillon de chasseurs, 1er léger, 55e de ligne ; — 2e brigade (général d'Exéa) : 2e et 53e de ligne.

Division de cavalerie (général de Grammont). — 1re brigade (général Esterhazy) : 2e et 8e hussards ; — 2e brigade (général de Forton) : 3e et 5e chasseurs.

2e corps d'armée.

Commandant en chef, M. le général de division Gues-Viller.

1re division d'infanterie (général Borrelli). — 1re brigade (général de Noüe) : 13e bataillon de chasseurs, 3e léger, 29e de ligne ; — 2e brigade (général Fririon) : 5e et 33e de ligne.

2e division d'infanterie (général Ladmirault). — 1re brigade (général Esterhazy-Ladislas) : 11e bataillon de chasseurs, 12e léger, 13e de ligne ; — 2e brigade (général de Leyritz) : 16e et 22e de ligne.

Division de cavalerie (général Reyau). — 1re brigade (général de Planhol) : 2e et 6e lanciers ; — 2e brigade (général Gaudin de Villaine) : 1er et 8e dragons.

3e corps d'armée (réserve).

Commandant en chef, M. le général de division Carrelet.

1re division d'infanterie (général Lafontaine). — 1re brigade (général Duchaussoy) : 18e bataillon de chasseurs, 17e léger, 24e léger ; — 2e brigade (général Lioux) : 4e et 34e de ligne.

2e division d'infanterie (général de Chasseloup-Laubat). — 1re brigade (général Grobon) : 16e bataillon de chasseurs, 6e léger, 69e de ligne ; — 2e brigade (général Bougourg de Lamarre) : 33e et 44e de ligne.

Division de cavalerie (général Grant). — 1re brigade (général A. de Noüe) : 1er et 2e cuirassiers ; — 2e brigade (général Ney de la Moskowa) : 5e et 7e cuirassiers).

Le camp doit se diviser en trois périodes :

1° Du 15 juillet au 15 août : Manœuvres par brigades et divisions d'infanterie.

2° Du 15 août au 15 septembre : Manœuvres des corps d'armée.

3° Du 1er septembre à la levée du camp : Manœuvres d'armée.

Le génie, l'intendance, le 4e escadron du train des équipages militaires, rivalisent d'activité pour l'achèvement et l'aménagement de ces camps, où doivent, le 15 juillet, être réunis cent mille hommes. Vingt-cinq régiments d'infanterie et cinq bataillons de chasseurs à pied viennent occuper le long de la côte les plateaux d'Ambleteuse, d'Houvault, de la Pointe-aux-Pics, d'Equihem et d'Helfaut. Trois régiments de cavalerie campent près de ce dernier village ; trois autres sont casernés à Saint-Omer et à Aire, ou répartis dans les deux cantons de Saint-Omer et dans le canton d'Aire.

Quatre autres régiments sont cantonnés sur deux lignes partant de Saint-Omer et se dirigeant l'une vers Etaples, en suivant la vallée de la Canche, l'autre vers Calais, en suivant la vallée de l'Aa.

Vingt-cinq batteries d'artillerie montées (2,140 chevaux) sont groupées autour de Boulogne, dans un rayon de 30 à 40 kilomètres ; Cinq batteries à cheval (1,370 chevaux), campées à Helfaut, les autres près Saint-Omer ;

Dix batteries à pied et du parc (1,190 chevaux), placées d'Hesdin à Fauquembergues.

Dans les premiers jours de juillet, les régiments qui ne sont pas casernés terminent leur baraquement, élèvent leurs murs de terre et de bois, les couvrent de chaume, dressent des colonnes, tracent des rues qu'ils nomment rue d'Austerlitz, rue Friedland, rue de la Grande-Armée, etc., et dessinent des parterres autour de leurs cabanes. Les côtes de la Manche, ordinairement désertes, maintenant couvertes d'une colonie de soldats, présentent le spectacle le plus pittoresque et le plus animé.

C'est parmi ces soldats que l'on choisit les deux brigades du corps expéditionnaire de la Baltique. La première, sous les ordres du général d'Hugues, se compose du 12e bataillon de chasseurs à pied, du 2e léger et du 3e de ligne ; la deuxième brigade, sous les ordres du général Grésy, comprend les 48e et 51e régiments de ligne. La 1re compagnie de sapeurs-mineurs du 1er bataillon du 1er régiment du génie, la 4e batterie du 1er régiment d'artillerie et un détachement de la 14e batterie du même régiment sont attachés à la division expéditionnaire.

La direction du génie est confiée au général Niel, membre du comité des fortifications.

Le général Baraguey-d'Hilliers est nommé commandant en chef du corps expéditionnaire de la Baltique.

Né à Besançon le 6 septembre 1795, Achille Baraguey-d'Hilliers est fils d'un militaire, dont il a de bonne heure imité l'exemple. Dès le 1er juillet 1806, encore enfant, il s'inscrivait sur les contrôles du 4e régiment de dragons. Il fit ses études au Prytanée, d'où il sortit sous-lieutenant. Il gagna le grade de capitaine pendant la campagne de Russie, et il était aide de camp du maréchal Marmont à Leipsick, où il eut le poignet gauche emporté par un boulet le 18 octobre 1813. Baraguey-d'Hilliers n'était que capitaine à la fin de l'Empire. Il entra dans le 2e régiment d'infanterie de la garde royale, et gagna le grade de major en 1823 pendant l'expédition d'Espagne.

A l'époque de la révolution de juillet 1830, il était lieutenant-colonel d'un des régiments qui eurent l'honneur de participer à la prise d'Alger. Nommé à son retour colonel et gouverneur de l'école militaire de Saint-Cyr, il se distingua par le zèle qu'il mit à déjouer un complot formé par quelques élèves, de complicité avec Guinard. Maréchal de camp en 1836, lieutenant général en 1843, il fut appelé à gouverner la province de Constantine depuis le mois de février 1843 jusqu'au mois de janvier 1844. Les Arabes l'avaient surnommé le *bon-dru* (le manchot), et le redoutaient comme un homme d'une inflexible sévérité.

Il commandait en 1848 la division militaire de Besançon, et fit une vive opposition aux commissaires du gouvernement provisoire. 31,933 suffrages l'envoyèrent siéger à l'assemblée constituante comme représentant du département du Doubs. Il s'y montra constamment hostile aux tendances républicaines, et présida la réunion de la rue de Poitiers.

En 1849, Baraguey-d'Hilliers eut le commandement en chef de l'armée de la Méditerranée, et fut envoyé le 10 novembre, en mission temporaire auprès du pape. Le 4 mai 1852, il fut placé à la tête des troupes de la 3e division militaire. Aux élections de l'assemblée législative, il fut réélu par 34,191 votants. Lorsque la guerre d'Orient éclata, il était ambassadeur extraordinaire près de la Porte Ottomane. Quand le gouvernement du sultan, au mois de mai 1854, voulut expulser du territoire turc les sujets hellènes qui lui faisaient ombrage, Baraguey-d'Hilliers demanda qu'on désignât nominativement les personnes inoffensives qui ne seraient pas soumises à la mesure générale. Il y eut entre le divan et lui une discussion momentanée qu'explique la note ci-dessous, que nous extrayons du *Moniteur* du 10 mai :

« Quelques journaux ont parlé d'un conflit qui se serait élevé entre le général Baraguey-d'Hilliers et la Porte Ottomane, et par suite duquel l'ambassadeur de France aurait menacé de quitter Constantinople avec le personnel de sa légation. Le gouvernement n'a point reçu de détails suffisants pour être fixé sur le caractère de ce conflit. Il sait seulement, par une dépêche télégraphique du 28 avril, qu'il n'y a point eu d'interruption de rapports entre l'ambassade de l'Empereur et la Porte Ottomane. Il paraît que l'incident dont il s'agit se serait produit à l'occasion des exceptions que comportait la mesure prise par le gouvernement ottoman pour l'expulsion des sujets hellènes établis sur le territoire turc.

» Il appartenait au divan de juger quels étaient ceux dont la présence pouvait ou non offrir des dangers. Si, en cette circonstance, le gouvernement de l'Empereur avait à faire entendre un conseil, c'était de ne point transformer en question religieuse une question de sûreté publique. Tel est le sens des instructions qu'il a envoyées à Constantinople. »

Dans le même numéro, le *Moniteur* annonce que le général Baraguey-d'Hilliers est appelé en France pour avoir, sous les ordres de l'Empereur, un commandement important au camp de Saint-Omer.

CHAPITRE XVI.

Arrivée d'une escadre anglaise à Calais. — Revue au camp de Boulogne. — Allocution de l'Empereur. — Départ du corps expéditionnaire de la Baltique.

Une escadre anglaise doit venir prendre à Calais le corps expéditionnaire ; elle est sous les ordres du commodore Grey, qui arbore son pavillon à bord de *l'Hannibal*, vaisseau à hélice, de 91 canons. Les autres bâtiments sont : *l'Alyiers*, de 91, à hélice ; le *Royal William*, de 120 ; le *Saint-Vincent*, de 101 ; le *Termagant*, de 24, à hélice ; le *Gladiator*, de 6, et le *Sphinx*, également de 6 canons. Pour concourir avec eux au transport du personnel, du matériel et des approvisionnements, le ministre de la marine française désigne le *Tilsitt* et le *Saint-Louis*, vaisseaux de 90 canons ; la *Cléopâtre* et la *Sirène*, frégates de 50 canons, l'*Asmodée*, frégate à vapeur de 450 chevaux ; le *La Place*, corvette à vapeur de 400 chevaux ; la *Reine Hortense*, corvette à vapeur de 320 chevaux ; le *Laborieux*, corvette à vapeur de 220 chevaux ; le *Cassini*, corvette à vapeur de 220 chevaux ; le *Goëland*, aviso à vapeur de 200 chevaux ; le *Cocyte*, aviso à vapeur de 160 chevaux ; le *Fulton*, aviso à vapeur de 160 chevaux ; l'*Ariel*, aviso à vapeur de 120 chevaux ; le *Daim*, aviso à vapeur de 120 chevaux ; le *Corse*, aviso à vapeur de 120 chevaux ; le *Favori*, bâtiment à voiles ; le *Lévrier*, bâtiment à voiles ; le *Myrmidon*, bâtiment à voiles ; et six chalands.

Aussitôt que les préparatifs sont achevés et que l'heure du départ peut être fixée, Napoléon III se rend au camp de Boulogne. Le 12 juillet, à dix heures du matin, revêtu du costume de général de division, il monte à cheval, accompagné du général Rolin et du colonel Fleury, ses aides de camp, pour passer la revue du corps expéditionnaire et des autres troupes, qui occupent déjà le vaste emplacement du camp. Sur le plateau de Vimereux est rangée la division expéditionnaire. L'empereur en parcourt le front au pas ; puis, rassemblant les généraux de l'état-major au centre d'un immense carré formé par les régiments, il fait appeler les officiers, sous-officiers et soldats désignés pour recevoir des décorations ou des médailles militaires. Après la distribution des récompenses, il adresse aux troupes l'allocution suivante :

« SOLDATS !

» La Russie nous ayant contraints à la guerre, la France a armé cinq cent mille de ses enfants! L'Angleterre a mis sur pied des forces considérables. Aujourd'hui, nos flottes et nos armées, unies pour la même cause, vont dominer dans la Baltique comme dans la mer Noire. Je vous ai choisis pour porter les premiers nos aigles dans ces régions du Nord. Des vaisseaux anglais vont vous y transporter, fait unique dans l'histoire, qui prouve l'alliance intime de deux grands peuples et la ferme résolution des deux gouvernements de ne reculer devant aucun sacrifice pour défendre le droit du plus faible, la liberté de l'Europe et l'honneur national!

» Allez, mes enfants! l'Europe attentive fait ouvertement ou en secret des vœux pour votre triomphe. La patrie, fière d'une lutte où elle ne menace que l'agresseur, vous accompagne de ses vœux ardents; et moi, que des devoirs impérieux retiennent encore loin des événements, j'aurai les yeux sur vous, et bientôt en vous revoyant je pourrai dire : Ils étaient les dignes fils des vainqueurs d'Austerlitz, d'Eylau, de Friedland, de la Moskowa. Allez! Dieu vous protége! »

Cette proclamation a été imprimée d'avance, et des exemplaires en sont immédiatement distribués aux soldats.

Après le défilé, Napoléon se rend avec son cortège au camp d'Honvault, où est établie la division du général Regnault. Cette division, diminuée du 51e régiment de ligne qui a passé au corps expéditionnaire, se compose en ce moment d'une compagnie du génie, du 8e bataillon de chasseurs à pied, du 15e léger, des 23e et 41e de ligne. Elle travaille avec ardeur à terminer son campement sous des baraques en pisé, recouvertes de chaume, où les soldats seront très-convenablement logés.

Dans la soirée toute la division expéditionnaire se met en marche pour Calais où elle doit s'embarquer. Le même jour, à dix heures et demie du soir, l'escadre anglaise, mouillant dans la rade de Calais, salue de vingt et un coups de canon le drapeau tricolore, et de treize coups de canon le pavillon du contre-amiral de Lapierre. Pour qu'elle soit complète, on attend encore les navires anglais le Termagant, frégate à hélice; le Sphinx et le Gladiator, corvettes à aubes; le Prince, grand steamer de la compagnie générale, qui doit porter deux mille cinq cents hommes; et les transports à voiles Clifton, Belgravia, Herefordshire, Julia, Fox, Colombia.

La rade et le port de Calais présentent l'aspect le plus animé; les étrangers et la population de la ville s'y portent en foule pour jouir du spectacle émouvant de l'embarquement de l'armée.

Le 13 juillet, Napoléon III quitte Boulogne à une heure et demie et arrive à Calais à quatre heures. Une heure après, il visite dans le port les avisos à vapeur le Corse et le Cocyte, à bord desquels il est reçu par les lieutenants Foullioy et Dubuisson. Le soir, on signale l'approche d'une partie des bâtiments français mandés par le ministre de la marine. Le Tilsitt entre avec le Saint-Louis, la Sirène, la Cléopâtre remorquée par le Goëland; le Fulton portant les chevaux de l'état-major; et six bâtiments de commerce chargés de vivres et de poudre remorqués par le Daim, le Cocyte, etc.

Toutes les dispositions sont prises de concert entre le contre-amiral de Lapierre, l'amiral anglais Berkeley et le commodore Grey, commandant l'escadre anglaise, pour que l'embarquement des troupes et de tout ce qui est nécessaire à l'expédition soit entièrement accompli dans deux ou trois jours.

Les troupes de la division expéditionnaire sont logés, partie dans la ville, partie sur les dunes et sur les glacis de la citadelle, à l'endroit même où campaient Edouard III et ses chevaliers en 1347, quand ils enlevèrent Calais à la France. Dans la matinée du 14 juillet, Napoléon III sort de la ville par la porte Royale, longe les quais et vient inspecter les bivouacs du 3e régiment de ligne et du 12e bataillon de chasseurs à pied.

L'embarquement du matériel commence dans la matinée. A deux heures, l'empereur s'embarque pour aller visiter l'escadre anglaise; il est accompagné du maréchal Vaillant, ministre de la guerre, des généraux Baraguey-d'Hilliers et Rolin, du colonel Fleury, du commandant de Meneval et du maire de Calais. L'amiral de Lapierre et plusieurs officiers de marine montent à bord de l'aviso le Corse chargé d'accompagner la Reine Hortense. Tous les navires du port et de la rade sont pavoisés, les matelots en ligne sur les vergues et le pavillon de la France au grand mât.

La Reine Hortense sort du port au bruit d'une salve d'artillerie, des acclamation des marins anglais et français, et de celles de la foule qui encombre la jetée. L'escadre anglaise, rangée en demi-cercle dans la rade, à trois milles environ du port, répond à ce signal par le feu de tous ses canons.

En approchant du vaisseau l'Hannibal, où tous les officiers supérieurs sont réunis autour du commandant Grey, Napoléon III descend dans un canot avec le général Baraguey-d'Hilliers et les autres personnes de sa suite. Le capitaine Exelmans, commandant de la Reine Hortense, se met au gouvernail, et seize marins vigoureux ramen pour aborder le vaisseau amiral. Mais la marée montante est à son plus haut degré d'élévation, la mer houleuse, le courant violent, le vent contraire. Le Corse vient au secours du canot et le remorque jusqu'à l'Hannibal. L'empereur monte à bord, s'entretient avec le commodore Grey, et après avoir adressé des félicitations aux officiers anglais sur l'excellente tenue du vaisseau, il regagne son canot au milieu des hourras des matelots.

Ainsi fut officiellement organisé le départ des dix mille hommes du corps expéditionnaire. Dès le lendemain, les premiers détachements s'embarquent. Pour se prémunir contre les rigueurs du climat de la Baltique, chaque soldat emporte une épaisse couverture de laine. On a délivré des gobelets de fer-blanc propres à chauffer de l'eau, à raison d'un gobelet par deux hommes. Chaque groupe de quatre hommes a reçu quatre bâtons et quatre pièces de toile pour en faire, au besoin, des tentes, dont les bâtons seront la charpente et les pièces de toile la toiture.

Le 16, le Myrmidon et de nombreux bateaux de pêche transportent des poudres, des boulets, des bombes de 22 kilogrammes, des obus et des boulets creux, pour canons à la Paixhans; un parc de siège tout entier, composé de pièces de 16, de mortiers et d'obusiers de 24. Le signal d'appareiller est donné dès la première heure du jour; et vers neuf heures du matin on ne distingue plus, à l'horizon, dans le nord, que les hautes voilures déjà un peu confuses des quatre vaisseaux de ligne anglais, et la courbe des fumées de quelques bâtiments à vapeur déja entièrement disparus. C'est le pavillon français qui domine sur la rade, où quelques frégates et corvettes anglaises stationnent à côté des deux vaisseaux français le Tilsitt et le Saint-Louis et au milieu des frégates et corvettes françaises.

Par compensation, le 18 juillet l'escadre française reçoit de nouveaux renforts : le Laborieux, le Cassini et la belle frégate la Cléopâtre, qui vient de passer quarante mois dans les mers de Chine. Sept bricks et goëlettes arrivent du Havre portant des vivres pour la flotte de la Baltique : le chargement de l'un d'eux se compose entièrement de sucre et de café.

Le ciel est resplendissant; des milliers de spectateurs encombrent les jetées et les quais. Ils se rangent pour laisser passer les derniers détachements du 51e régiment de ligne et trois compagnies du 12e de chasseurs, qu'escorte la musique municipale de Calais. Ils se répartiront sur les corvettes françaises le Fulton, le Christophe Colomb, le Cocyte; sur les corvettes anglaises le Lucifer et le Lézard. Les clairons retentissent, la musique militaire exécute des airs guerriers, les drapeaux des régiments flottent à l'arrière des bâtiments qui les emportent, et des applaudissements se prolongent d'un bout à l'autre des jetées.

Un accident attriste la fin de cette journée. Une amarre attachée à l'un des poteaux de la jetée de l'Est a dans un mouvement fait tomber la femme d'un ancien militaire, qui se casse la jambe gauche. Un accident plus grave avait marqué la journée du 16 juillet : dans un transbordement de matériel, trois marins anglais avaient été atteints mortellement par une pièce de bois.

Dans l'après-midi du 19 on achève d'embarquer les artilleurs et ce qui reste du 3e de ligne. Enfin le 20 juillet, à neuf heures quarante minutes du matin, le général en chef du corps expéditionnaire part avec la Reine Hortense.

CHAPITRE XVII.

Les îles d'Aland. — Instructions données au commandant des troupes russes stationnées en Finlande. — Visite d'un aide de camp du czar à Bomarsund. — Le pilote Sederling.

L'empereur Nicolas a depuis longtemps prévu que les îles d'Aland seront menacées, et il a pris des mesures pour les conserver. Ces îles sont le complément nécessaire du territoire de la Finlande. On se souvient qu'en 1808 le czar Alexandre désapprouva les préliminaires de paix que ses officiers avaient signés avec les généraux suédois, parce qu'ils laissaient à la Suède les îles d'Aland. Il ne crut la conquête achevée que lorsqu'il eut pris possession de ces îles, qui relient la Finlande à la Suède et sont jetées comme un pont entre cette ancienne province suédoise et le royaume.

Le successeur d'Alexandre attache d'autant plus d'importance à la possession d'Aland, qu'il est le créateur de la forteresse de Bomarsund. C'est lui qui en 1832, étant grand maître du génie impérial, a décidé l'établissement de la citadelle de Bomarsund au fond de la baie de Lumpar; c'est par ses ordres qu'on a construit à grands frais ce double rang de casemates, ces murailles de deux cent cinquante-quatre mètres de long, dont l'épaisseur est d'un mètre quatre-vingt centimètres, ces embrasures encadrées de briques, ces tours de granit, dont on doit porter le nombre à dix, et qui seront reliées plus tard par une enceinte continue, car l'intention de la Russie est de donner à Bomarsund une puissance supérieure à celle de Sweaborg et de Cronstadt.

Aussi dès le 22 mars 1854 Nicolas Ier a fait adresser des instrucions spéciales à M. Turugelm, lieutenant-colonel du bataillon de hasseurs de Finlande de la garde impériale, commandant en chef es troupes stationnées en Finlande :

« Helsingfors, 10 (23) mars 1854.

» Sa Majesté l'empereur considérant que dans les circonstances politiques actuelles les îles d'Aland peuvent, plus que les autres points de la Finlande, être exposées aux entreprises de l'ennemi, et que, par suite de ces entreprises, les communications entre ces îles peuvent être interrompues pendant quelque temps, a daigné ordonner de désigner provisoirement pour les îles d'Aland un adjoint au gouverneur d'Abo, chargé d'aider ce dernier dans le gouvernement desdites contrées. Dans le cas où les communications seraient interrompues, ledit adjoint aurait les pouvoirs d'un chef civil et agirait conformément aux instructions générales établies par les gouverneurs. A cet effet, Sa Majesté l'empereur a daigné, sur ma recommandation, vous nommer au poste d'adjoint du gouverneur d'Abo aux îles d'Aland, en ajoutant à vos appointements actuels, pour le temps que durera votre mission, un traitement additionnel qui sera prélevé sur les fonds de Finlande et qui sera de 1,750 roubles argent par an.

» En même temps Sa Majesté l'empereur a daigné ordonner de placer sous votre commandement un sous-officier et deux simples soldats pris dans chaque compagnie de chasseurs des bataillons de Finlande et de grenadiers de la garde impériale. Ces hommes seraient chargés de vous aider, en cas d'une descente de l'ennemi dans les îles d'Aland, à stimuler les habitants, à repousser les attaques et à défendre le pays.

» Après avoir pris les arrangements nécessaires pour remplir les ordres du souverain, je vous invite à vous rendre immédiatement à votre nouveau poste et à vous occuper, aussitôt après votre arrivée sur les lieux, de l'administration du pays, en quoi vous vous guiderez d'après les instructions établies d'avance par l'empereur.

» Je crois indispensable de vous recommander l'exécution des mesures suivantes :

» 1° De visiter en personne les îles principales d'Aland et d'en faire l'inspection au point de vue militaire; d'imaginer les moyens de défense de ces contrées en général, et en particulier des points qui méritent le plus de fixer l'attention et qui peuvent, plus que les autres, être exposés aux entreprises de l'ennemi.

» Lors de cette inspection vous ne négligerez pas de vous mettre en rapport avec les habitants du pays en général, et de connaître leur manière de penser et l'esprit dont ils seront animés. Vous devez surtout chercher à vous mettre en rapport avec les hommes qui exercent quelque influence sur le peuple, tant ceux pris dans le peuple que ceux pris parmi les pasteurs (protestants) ou autres. A l'aide de ces hommes vous tâcherez d'agir sur les habitants en stimulant en eux les sentiments du dévouement envers le gouvernement : pour gagner leur confiance, vous tâcherez de vous initier à leur position et à leurs affaires privées.

» On vous recommande en même temps de porter votre attention sur la nécessité de stimuler l'esprit guerrier des habitants des îles d'Aland. Ceci est de la plus grande importance, vu la position isolée de ces îles à l'égard des côtes du continent. En cherchant à inspirer aux Alandais la confiance dans leurs propres forces, vous leur rappellerez leurs devoirs sacrés envers la personne de l'empereur. Faites-leur sentir la nécessité et les avantages de la défense de leurs propres familles.

» 2° Je vous prie de porter votre attention sur les communications entre les îles et les côtes de la terre ferme en hiver, et en été sur les communications dans l'intérieur des îles.

» 3° En particulier vous porterez votre attention sur les points qui peuvent offrir à l'ennemi des facilités de débarquement. A cet égard il est à propos de remarquer qu'une côte rocailleuse, entourée de récifs et de rochers sous l'eau, lors même qu'il y aurait assez d'eau, est très-défavorable pour un débarquement, surtout en temps de marée, de même les bas-fonds de sable ou d'argile sont très-défavorables, parce qu'ils ne permettent pas à l'ennemi de soutenir à l'aide des batteries de ses vaisseaux les troupes destinées au débarquement, excepté les points de ce genre, tous les autres présentent des facilités pour le débarquement. C'est pourquoi portez votre attention sur les points où l'ennemi peut débarquer, et prenez à temps toutes les mesures possibles pour faire échouer son entreprise.

» 4° C'est à vous à décider s'il conviendra de transporter, en cas de nécessité, les habitants d'une île sur une autre.

» 5° L'archipel d'Aland, comme tout groupe d'îles, offre cet avantage pour la défense, qu'on peut presque sur chaque point être informé à temps de l'approche de l'ennemi. Dans tous les cas, il faut exercer une vigilance infatigable surtout si, par suite de la translation des habitants d'une île sur une autre, quelques-unes de ces îles se trouvent sans habitants.

» 6° Il faut également que vous fixiez dès ce moment, dans l'intérieur des îles, les points sur lesquels on peut opposer à l'ennemi une résistance plus opiniâtre; vous examinerez s'il n'y a pas de moyens de fortifier ces points à l'aide des ressources locales.

» 7° Sous ce rapport, comme sous tous les autres, vous serez en communications continuelles avec le commandant de la forteresse d'Aland et vous vous prêterez mutuellement toute espèce d'appui.

» 8° Pour armer les habitants dans le cas où cela paraîtrait convenable, il sera mis à votre disposition 500 carabines de dragon prises dans le bataillon de grenadiers ainsi que 500 pouds de plomb et 3,000 pierres à fusil. Vous pourrez en même temps prendre dans les magasins de la forteresse d'Aland jusqu'à 70 pouds de poudre. En distribuant les armes parmi les habitants, je vous prie de faire attention à qui vous les donnerez.

» 9° Pour l'entretien des soldats des bataillons de Finlande, et des grenadiers de la garde impériale, il vous sera expédié la somme de 1,000 roubles argent, et, indépendamment de cela, une somme extraordinaire pour des dépenses spéciales, telles que louage de petits bateaux pour vos voyages et tournées, ainsi que pour les voyages des hommes placés sous votre commandement, etc.

» 10° Dans le cas où l'ennemi s'emparerait d'une ou de plusieurs îles, on laisse à votre jugement le soin d'organiser des détachements de partisans sous le commandement de chefs locaux ou de sous-officiers des bataillons de chasseurs, le soin de construire des brûlots, si cela peut s'exécuter; de faire des éclaircies dans les îles, de détruire les routes, ponts, passages et habitations; d'organiser les incendies des forêts; en un mot, de tenter tout ce qui peut faire du mal à l'ennemi.

» Dans tous les cas, vous me ferez des rapports par l'intermédiaire du gouverneur d'Abo à la première occasion; et en cas d'événements importants, par des exprès. Vous vous mettrez également en rapport avec notre flotte ou escadre, si elle se trouve dans le voisinage des îles, en ayant soin que vos communications ne soient point interceptées en route.

» *Signé* le lieutenant général KOKASOWSKI.

» Pour le chef d'état-major :

» *Signé* le lieutenant général NORDENSTAM. »

Dans le courant de juillet, un aide de camp du czar, accompagné d'un officier de la marine impériale, trompant la surveillance des croiseurs anglais et français, a pénétré dans l'île d'Aland sous les habits d'un pêcheur de Finlande. Pendant deux nuits il a examiné avec soin les travaux de la forteresse, la tour construite en avant sur l'île de Presto, et les passes qui de la baie de Ledsund, située au sud de l'île d'Aland, conduisent à la baie de Lumpar, au nord de laquelle s'élève Bomarsund. De retour à Saint-Pétersbourg, cet inspecteur a déclaré que la place, bien attaquée, ne résisterait pas à un siége en règle, mais que les difficultés de navigation étaient si grandes, que les bâtiments d'un rang inférieur devraient seuls arriver, et que les vaisseaux, principalement ceux à voiles, ne pourraient pas franchir des passes si dangereuses et dont l'hydrographie était inconnue des Français et des Anglais. Sur ces données, le czar s'est dispensé d'augmenter la force de Bomarsund, et il n'y a placé qu'environ deux mille cinq cents soldats sous les ordres du général Bodisco, vétéran presque octogénaire. Il est vrai que Nicolas semble croire, et qu'il essaye de persuader à ses sujets qu'un Russe vaut plusieurs Anglais ou Français. Il a permis à un journal quasi-officiel de Saint-Pétersbourg, l'*Invalide russe*, de représenter un simple pilote, armé d'une carabine, tenant tête pendant plusieurs heures à un bateau à vapeur anglais au milieu d'une grêle de balles et même de boulets. Suivant l'étrange récit de l'*Invalide*, « le pilote Sederling était parti le 1er juillet de l'île de Rensker dans un petit bateau. Un steamer ennemi commence à lui donner la chasse à coups de canon. *Neuf boulets passent au-dessus de la tête du pilote.* Le steamer ayant touché une roche sous-marine, s'arrêta; mais il envoya immédiatement à la poursuite du pilote deux chaloupes armées d'un équipage double dont la moitié ramait, tandis que l'autre tirait des coups de fusil. Les balles sifflaient autour du pilote, mais il ne tarda pas à gagner le vent sur les Anglais. Respirant plus à l'aise, *Sederling saisit alors sa carabine et envoya deux balles aux Anglais, qui lui répondirent par des salves et cessèrent de le poursuivre.* »

En dépit de ces fanfaronnades, les alliés bloquent étroitement tous les ports du golfe de Finlande sans que les escadres moscovites osent s'aventurer hors de leur retraite de Cronstadt ou de Sweaborg. Tranquillement installés dans la baie de Ledsund, d'où ils sortent et où ils rentrent impunément, les marins anglais et français peuvent opérer des sondages, baliser à loisir les étroits canaux des îles d'Aland, et pousser des reconnaissances jusqu'à Bomarsund. Ils en sont si près, qu'un officier de la corvette à hélice le *Blenheim* écrit au journal anglais le *Times* le 23 juillet :

« Bomarsund a une grande et longue batterie casematée et trois tours, qui sont sur des positions élevées; elles sont, dit-on extrêmement fortes. Le paysage est charmant, et nous ne sommes qu'à une encablure des rochers de granit couverts de pins qui sont à droite et à gauche.

» Nous pouvons, avec nos lunettes, voir les officiers courant à cheval çà et là; les soldats se tournent de côté et d'autre, et nous voyons les artilleurs vêtus de leurs longs habits gris. Des femmes se promènent, des soldats flânent au soleil (il fait ici une chaleur des Indes occidentales) et nous regardent.

» Ce matin, le vaisseau de ligne français *le Duperré*, deux vapeurs français et *l'Héola*, sloop à vapeur, nous ont ralliés. Il y a quinze jours environ que ce dernier bâtiment a bombardé la place pendant quelque temps, et je puis avec ma lunette voir les trous qu'ont faits les boulets. »

Le 30 juillet, on signale au loin les vaisseaux *l'Hannibal*, *l'Algiers*, *le Saint-Vincent*, *le Royal-William* et plusieurs bateaux à vapeur, qui portent le 12e léger, le 48e de ligne et le 12e bataillon de chasseurs de Vincennes, en tout 7,000 hommes formant la première brigade des troupes expéditionnaires; et l'ordre du jour suivant est publié à bord de l'escadre française :

« Ledsund, le 30 juillet 1854.

» OFFICIERS, SOUS-OFFICIERS ET MARINS DE L'ESCADRE IMPÉRIALE DE LA BALTIQUE,

» En trois mois à peine écoulés depuis votre sortie des ports de France, escadre née de la veille, vous avez eu à satisfaire à des exigences et à vaincre des difficultés réservées d'ordinaire aux plus longues navigations.

» Aucune fatigue, aucune épreuve n'ont manqué à votre zèle et à votre dévouement : exercices et travaux incessants pour nous présenter dignement à nos amis et à nos ennemis, vigilance continuelle dans une mer trompeuse, semée d'écueils, où chaque inconvénient est un danger, influences épidémiques, aujourd'hui écartées, grâce à Dieu, mais non sans pertes cruelles, vous avez tout accepté, tout supporté avec cette parfaite discipline, ce courage calme et patient de l'homme de mer, et cette confiance mutuelle qui honore la marine française à tous les degrés de la hiérarchie.

» C'est mon devoir et c'est mon bonheur de vous en remercier. Ce que vous avez fait me répond de ce que vous ferez dans la nouvelle phase de notre campagne.

» Les flottes russes, dans leurs propres mers, paraissent décidées à ne pas accepter le combat offert par les flottes alliées. Devant Cronstadt, notre rôle allait se réduire à un blocus de cinq cents lieues de côtes.

» L'Empereur n'a pas voulu qu'il en fût ainsi. Sa Majesté a choisi et désigné un but important à nos efforts et à nos canons; je suis heureux de vous l'annoncer.

» Le brave général Baraguey-d'Hilliers arrive à la tête de dix mille hommes de nos vaillantes troupes.

» L'Empereur envoie ses aigles rejoindre nos vaisseaux pour montrer aux régions du Nord ce que peut la puissante volonté de la France armée pour une noble cause : le droit du plus faible et la liberté de l'Europe.

» La marine et l'armée sont depuis longtemps accoutumées à s'appuyer l'une sur l'autre, n'ayant d'autre rivalité que celle de bien faire.

» Qu'ils soient donc les bienvenus, nos frères de l'armée : notre concours loyal et entier les attend; et bientôt, devant l'ennemi comme toujours, nous serons dans une même pensée, la gloire de la France, dans un même cri, Vive l'empereur !

» *Le vice-amiral sénateur commandant en chef l'escadre de la Baltique,*

» PARSEVAL. »

Le général Baraguey-d'Hilliers s'est arrêté à Stockholm pour avoir une entrevue avec le roi de Suède, qui, en exprimant ses sympathies pour la cause des puissances occidentales, n'a pas dissimulé qu'il appréhendait les vengeances de son formidable voisin. Le 31 juillet *la Reine Hortense* arrive au mouillage de Ledsund. Les tambours, la musique des régiments, les acclamations des équipages rangés sur les vergues saluent le commandant en chef. Il reçoit la visite des amiraux Parseval-Deschênes et Plumridge, mais une légère indisposition retient sir Charles Napier dans sa cabine. Toutefois, dès le lendemain, il se rend à bord de *la Reine Hortense*, où, de concert avec l'amiral Parseval-Deschênes et le général Baraguey-d'Hilliers, il décide que la citadelle sera immédiatement investie. Tous trois s'embarquent sur *le Darien*, et partent pour étudier les fortifications de Bomarsund. Dans la soirée, sir Charles Napier offre le spectacle à ses hôtes; les matelots, bizarrement affublés, jouent *Charles II ou le Joyeux Monarque*, et la farce des *Jeux de la fortune (Fortune's frolic)*. Le teint hâlé des acteurs qui remplissent les rôles de femmes contraste légèrement avec la blancheur de leurs robes et de leurs mouchoirs brodés, mais en somme la représentation est amusante; elle fait diversion aux graves préoccupations des amiraux et du commandant en chef.

Dans la journée du 3 août, toutes les chaloupes des escadres combinées sont employées à conduire sur la côte les soldats fatigués de leur longue résidence à bord, et à les ramener après une promenade de trois heures. Le capitaine Sullivan, du *Lightning*, débarque dans un des îlots d'Aland, entre dans une ferme, et, par l'organe d'un interprète, prie des paysans de lui vendre des provisions.

— Prenez-en, répondent-ils, mais il nous est impossible de vous en vendre.

— Pourquoi?

— Le czar nous défend de recevoir des monnaies anglaises.

— Et si l'on en trouvait en votre possession quelle peine subiriez-vous?

— La mort, peut-être. Vous souvenez-vous qu'il y a quelques jours deux jeunes garçons montèrent à bord d'un bâtiment anglais? Ils avaient été observés par des espions russes; quand ils revinrent à terre, on les fouilla; on trouva sur eux de l'argent anglais. Quelques minutes après, ils avaient la tête tranchée, et leurs corps mutilés étaient envoyés au village d'où ils venaient, afin de servir d'exemple.

Pendant que le capitaine Sullivan parlemente pour obtenir des vivres survient un fonctionnaire public; emporté par son zèle, il apostrophe d'un ton menaçant les paysans, qui tremblent à son aspect. Le capitaine craint que sa visite ne leur soit fatale, il en prévient les conséquences, et, à la grande satisfaction des fermiers, de robustes marins emportent dans le canot le commissaire de police russe, qu'on incarcère à bord du *Duc de Wellington*.

L'attaque commence le 8 août. Nous la laisserons raconter par les chefs de l'expédition. Leurs rapports sont des documents historiques qu'aucune narration ne saurait remplacer.

CHAPITRE XVIII.

Document français. — Rapport de M. le vice-amiral Parseval-Deschênes à M. le ministre de la marine et des colonies.

« Lumpar, 21 août 1854.

» MONSIEUR LE MINISTRE,

» Après avoir salué de nos chaleureuses et cordiales acclamations l'arrivée du corps expéditionnaire et m'être fait l'interprète fidèle des sentiments de l'escadre pour ses frères de l'armée dans mon ordre du jour du 30 juillet, je m'empressai d'accompagner le général Baraguey-d'Hilliers dans sa reconnaissance de Bomarsund, dont j'avais déjà visité les approches, afin d'y conduire nos vaisseaux, d'y resserrer le blocus et d'y préparer les voies à l'armée.

» À notre retour à Ledsund, lorsque le général en chef m'eut fait connaître ses projets, commença pour nos équipages le mouvement sans repos ni trève, à grande distance et dans des conditions exceptionnelles de navigation, du remorquage des transports, du transbordement du matériel, des vivres, et enfin des troupes, mouvement indispensable pour assurer l'ordre et la rapidité au moment de l'action.

» Ces sortes d'expéditions ont déjà fait trop d'honneur à la marine, monsieur le ministre, pour que Votre Excellence n'apprécie pas aussi bien que moi tout l'entrain énergique et l'infatigable dévouement par lesquels nos marins savent s'y faire une part d'autant plus méritoire qu'elle est moins en relief.

» Le 8 août, les troupes débarquèrent sous la protection toute de prévoyance des vaisseaux *le Duperré* et *l'Edimbourg*.

» Cette opération accomplie sans difficulté, nous procédâmes à la mise à terre du matériel de siège, de campement, et des vivres.

» Une marche rapide, sans résistance, ayant promptement rapproché l'armée de la place, un nouveau débarcadère fut construit par nos soins, et des relations plus faciles et plus promptes s'établirent entre le quartier général et l'escadre.

» Quatre vaisseaux français et quatre anglais, ainsi que les vapeurs les plus fortement armés des deux escadres, se disposaient à prendre part à l'attaque de la forteresse, cherchant nuit et jour sous le feu des tirailleurs russes, la sonde à la main, dans leurs embarcations, les fonds qui en permettraient l'approche.

» Les habiles travaux du génie militaire avaient marché rapidement; la tour qui couvre Bomarsund au sud-ouest s'était vu détruire par l'artillerie française; une tour semblable au nord était tombée sous les coups d'une batterie anglaise de gros calibre; les lignes d'investissement de la place s'étaient resserrées, de nouvelles batteries allaient s'établir pour battre en brèche la forteresse. Le moment nous sembla venu, à l'amiral Napier et à moi, de faire une puissante diversion, et d'occuper l'artillerie du fort qui incommodait les travailleurs de l'armée.

» Nous dirigeâmes le feu de nos forts calibres sur les murailles de granit de la forteresse de Bomarsund, et nous ne tardâmes pas à être agréablement surpris des effets de ce tir à grande portée. Par une heureuse coïncidence, monsieur le ministre, nos vaisseaux, avoisés pour la solennité du 15 août, saluaient la fête de l'Empereur d'une manière inaccoutumée.

» Je me rendis successivement à bord de tous les bâtiments engagés au feu, et j'eus la satisfaction de constater partout l'adresse, le sang-froid de nos bons et braves canonniers; ils tiraient aux embrasures à boulets pleins, sur la toiture et dans la cour intérieure obus.

» Les débris ne tardèrent pas à se manifester de toutes parts; le feu de l'ennemi s'était visiblement ralenti, et dès ce moment le résultat décisif d'une attaque plus rapprochée de la part des vaisseaux ne fut plus douteux pour moi.

» Il avait été convenu avec le général commandant en chef que, lorsque la batterie de brèche, qui devait être achevée le 17, ouvrirait son feu, nous commencerions le nôtre à plus courte distance. Veuillez croire, monsieur le ministre, qu'il est plus facile de conduire à l'ennemi de bons vaisseaux et de braves gens que de les contenir et de modérer leur impatience.

» Ce fut alors, dans la nuit du 15 au 16 août que, pour achever l'investissement de la place et ôter à l'ennemi sa dernière chance de retraite, je fis occuper l'île de Presto par un détachement de cinq cents hommes d'infanterie de marine, cent quatre-vingts soldats de marine anglais, mis à ma disposition par l'amiral Napier, et quatre compagnies de débarquement des vaisseaux dirigées par M. le capitaine de frégate Lantheaume, second de *la Zénobie*, sous le commandement supérieur de M. le lieutenant-colonel d'infanterie de marine de Vassoigne.

» Cette occupation résolûment conduite, et l'attaque de la tour de Presto, troisième et dernière sentinelle avancée de Bomarsund, produisirent sur la garnison plus d'effet peut-être que je ne m'en étais promis, et provoquèrent en partie, nous n'en saurions douter, les premiers symptômes de découragement, qui se traduisirent, dans la journée du 16, par la reddition de la place après quelques coups de canon de la rade.

» A la vue du pavillon parlementaire, je compris que les intentions de l'Empereur étaient accomplies dans les plus heureuses conditions : *Peu de sang versé pour un grand résultat.*

» Dès que nous avions aperçu distinctement le pavillon blanc flotter du côté de la rade sur la toiture déchirée de la forteresse, mon aide de camp M. le capitaine de frégate de Surville et un capitaine de vaisseau anglais, envoyé par l'amiral Napier, s'étaient rendus à terre pour recevoir, s'il y avait lieu, la capitulation du gouverneur. Quand ces officiers y pénétrèrent, non sans danger, il y avait encore lutte intérieure dans les rangs de la garnison, et ce ne fut qu'après quelques pourparlers mêlés de coups de fusil que la reddition fut déclarée et acceptée sans condition.

» Quelques minutes plus tard, l'amiral Napier et moi, accompagnés des officiers de notre état major, nous nous rencontrions dans le fort, où le commandant en chef de l'armée étant survenu, nous le laissâmes procéder à la prise de possession, et nous retournâmes à nos vaisseaux.

» Depuis lors, monsieur le ministre, j'ai pu examiner avec soin les travaux exécutés, commencés ou projetés, suivant un tracé très-apparent, évidemment destinés à faire de Bomarsund une place de guerre de grande importance.

» La situation géographique d'Aland, son magnifique port, dont l'accès difficile augmente encore la valeur, tout permet de deviner la pensée de l'empereur de Russie de créer à Bomarsund un vaste établissement naval à cheval sur les deux golfes de Bothnie et de Finlande, menaçant la Suède et commandant la Baltique, dans des conditions bien supérieures à celles où se trouvent Cronstadt et Sweaborg.

» La prise et la destruction de Bomarsund, dont les magnifiques travaux avaient déjà coûté tant de temps et de millions, acquièrent donc à mes yeux une importance bien au-dessus des sacrifices qu'elles ont demandés aux puissances alliées. Ce sera, je n'en doute pas, un rude coup porté dans la Baltique à l'influence de la Russie.

» Nos canonniers ont prouvé que le granit de Finlande n'était pas complétement à l'épreuve de leurs boulets; les forteresses de Cronstadt et de Sweaborg, rendues plus accessibles, ne seront plus aussi sûres, ni aussi inébranlables.

» Qu'il me soit permis, en finissant, d'appeler sur les braves équipages que je suis si fier et si heureux de commander la bienveillante justice de Votre Excellence.

» Vous savez mieux que personne, monsieur le ministre, ce qu'a dû faire et ce qu'a fait, depuis son armement, l'escadre de la Baltique. Je ne crois être que juste envers ces vaisseaux en assurant que l'Empereur et la France ont une belle et bonne escadre de plus.

» J'ai l'honneur de transmettre à Votre Excellence les demandes et propositions en faveur des officiers, sous-officiers et marins, que je me suis empressé de recueillir dans le très-grand embarras du choix.

» Je suis, avec un profond respect, monsieur le ministre, votre très-obéissant serviteur,

» *Le vice-amiral sénateur commandant en chef l'escadre*
» *impériale de la Baltique,*

» PARSEVAL. »

CHAPITRE XIX.

Document français. — Rapport du général Baraguey-d'Hilliers
au maréchal Vaillant, ministre de la guerre.

« Bomarsund, le 21 août 1854.

» MONSIEUR LE MARÉCHAL,

» Les troupes du corps expéditionnaire, embarquées à Calais, le 6 juillet et jours suivants, devaient se réunir au nord de l'île de Gothland. Par le seul fait de la présence de toutes les forces navales dans la baie de Ledsund, située à l'extrémité sud de l'île d'Aland, il devenait difficile de cacher à l'ennemi le but que l'on se proposait; mais il faut convenir aussi que ces dispositions avaient l'avantage d'intercepter toute communication entre Aland et Abo et privaient la place des secours que sans cela elle eût pu recevoir de la Finlande.

» Le général en chef, prévenu de la réunion des flottes à Ledsund par les amiraux, auxquels il avait demandé une entrevue préalable, afin de bien s'entendre sur le but de l'opération, s'y rendit également. Mais tous les transports n'avaient pas pu marcher avec une égale vitesse; *le Saint-Louis, le Tilsitt,* quelques frégates portant le matériel de l'armée et le personnel du génie et de l'artillerie, étaient en retard. Ces bâtiments rallièrent le 6 août. Dès le jour même et le lendemain 7, tous les navires chargés de troupes remontèrent dans la baie de Lumpar, au nord de laquelle est située la forteresse de Bomarsund.

» Quelques jours avant, et de concert avec les amiraux Napier et Parseval, le général en chef avait reconnu les points les plus favorables au débarquement.

» Si l'agglomération de la flotte dans la baie de Lumpar rendait bien difficile de tromper l'ennemi sur nos projets, elle ne lui indiquait pas cependant le point précis de la côte sur lequel nous voulions débarquer, et elle pouvait lui donner de vives appréhensions relativement à la retraite des troupes qu'il enverrait à notre rencontre.

» L'île d'Aland est découpée, dans la direction nord et sud, par des bras de mer qui s'enfoncent dans les terres et dans lesquels se jettent une foule de lacs, qui, joints entre eux par des ruisseaux de déversement, permettent d'isoler presque entièrement quelques points de l'île.

» Ainsi, en partant de Bomarsund, cette forteresse, située sur le bord de la mer, a derrière elle un bras de mer et deux ou trois marais qui en défendent les approches. A cette première enceinte ou défense naturelle s'en joint une seconde d'un rayon plus étendu, qui prend à Castelhom, va de là à Siby, et se relie à la mer par une langue de terre de peu d'étendue et facile à garder.

» Ne sachant pas si la population de l'île nous serait hostile et voulant tout au moins concentrer le plus possible les hostilités dans un périmètre que nous pourrions toujours garder; voulant aussi empêcher la place de recevoir des renforts ou des secours du reste de l'île, le général avait arrêté à l'avance de garder les trois points de Castelhom, Sounbou et Siby, qui seuls nous mettaient en rapport avec le reste de l'île.

» Pour détourner l'attention de l'ennemi il avait aussi, de concert avec les amiraux, déterminé trois point de débarquement.

» Le premier, situé au nord, à la hauteur de Halta, devait être occupé par le général Harry Jones, ayant sous ses ordres 900 hommes de troupes anglaises et 2,000 hommes d'infanterie de marine française;

» Le deuxième, sur le versant oriental de la montagne, au sud de la baie de Tranvik;

» Le troisième, au sud-ouest de cette même montagne.

» Une fois débarqué à Halta le général Harry Jones devait se porter sur le fort de Bomarsund, en occupant avec 2,000 hommes la langue de terre entre Siby et la mer, de manière à assurer ses derrières et à fermer toute issue aux partis qui voudraient sortir de la place. Arrivé près du lac de Peruess, il se mettait en rapport avec les troupes françaises qui de Tranvik repoussaient l'ennemi dans le fort.

» A l'est de Tranvik débarquait le 12e bataillon de chasseurs à pied, qui occupa tout de suite les hauteurs au nord et au sud de ce village, ainsi que la jonction des routes qui du même point se dirigent sur la communication postale de Castelhom à Bomarsund.

» Le 2e régiment d'infanterie légère soutint le 12e bataillon de chasseurs.

» Le 3e de ligne, débarqué dans la baie de Tranvik, dut remonter vers ce village et se porter en entier à l'embranchement des routes indiquées ci-dessus.

» Le 48e devait occuper définitivement les points conquis par le 12e bataillon de chasseurs et le 2e léger, et destinés à servir de camp retranché pour le débarquement de tout le personnel et du matériel de l'artillerie, du génie et de l'administration.

» Le 61e, jeté au sud-ouest de la même montagne, devait rabattre sur l'intersection des routes, prendre l'ennemi à dos s'il résistait sur la hauteur du sud, et se porter rapidement sur la route postale en avant de Castelhom.

» Toutes les troupes étant à terre et maîtresses des points qui leur était assignés devaient se mettre en route au commandement du général en chef et se diriger sur Nora et Sodra-Finby, en appuyant leur droite au bord de la mer. Arrivées à Finby elles devaient se mettre immédiatement en communication avec le général Harry Jones.

» Ces dispositions arrêtées le 7 et communiquées le même jour aux officiers généraux et supérieurs furent exécutées le 8 autant que le permit l'extrême difficulté du terrain, augmentée encore par la destruction de tous les ponceaux et par les nombreux abatis dont les Russes avaient couvert les routes.

» Les troupes furent mises à terre à trois heures du matin; à neuf heures elles occupaient les premières positions indiquées; vers onze heures le 3e de ligne et le 51e se dirigèrent vers la route postale par deux chemins différents; enfin, après bien des fatigues et des travaux, la route de Tranvik à Noza-Finby fut rendue praticable à l'artillerie. Alors tous les corps, moins le 48e régiment, se portèrent en avant, s'approchèrent de la place et en firent le complet investissement.

» L'ennemi avait préparé des batteries et des redoutes que le feu de la marine le contraignit bientôt à abandonner.

» La plage de Tranvik était trop éloignée et nos moyens de transport étaient trop insuffisants pour nous permettre d'y laisser nos parcs et nos approvisionnements de toute nature. Nous reconnûmes un point plus rapproché du camp où les marines française et anglaise s'empressèrent d'établir de nouveaux débarcadères.

» Des compagnies, dont le nombre fut plus tard augmenté, furent chargées d'assurer fortement nos derrières.

» Dès le lendemain de notre arrivée devant la place, le génie s'occupa de faire des fascines et des gabions.

de l'avantage; mais, à partir de cette heure, son feu se ralentit; les embrasures étaient à peu près détruites et les parements de la tour étaient disjoints, beaucoup de bombes étaient tombées sur la toiture; tout faisait donc espérer que le lendemain on pourrait lui donner l'assaut, lorsqu'à sept heures du soir elle arbora le drapeau blanc.

» Toutefois, après une suspension d'armes d'une heure, pendant laquelle on ne put s'entendre, le feu recommença. Mais ces derniers efforts de l'ennemi durent céder bientôt à la foudroyante précision de notre tir; la tour se tut de nouveau, et, le lendemain matin, deux officiers français, M. Gigot, sous-lieutenant au 12e bataillon de chasseurs à pied, et M. Gibon, sous-lieutenant de voltigeurs au 51e, suivis d'hommes déterminés, pénétrèrent résolûment dans l'ouvrage. Le commandant russe, en voulant repousser cette attaque imprévue, fut atteint de deux coups de baïonnette, et trente-deux Russes qui n'avaient pu s'échapper furent amenés prisonniers au quartier général.

» La reddition de cette tour nous donnait l'espoir de réduire cette forteresse sans que ce nouveau succès coûtât trop cher à nos troupes.

Une jeune fille trouvée sur les débris d'une maison incendiée à Bomarsund est consolée et emmenée par des soldats français et anglais.

» Le général Niel, le lieutenant-colonel d'artillerie de Rochebouët reconnurent les points sur lesquels les premières batteries devaient être établies. Le général Harry Jones se renforça de 500 hommes tirés de l'infanterie de marine française, et reconnut aussi l'emplacement d'une batterie qui de concert avec la nôtre devait jouer sur la tour du sud.

» Le lendemain, le colonel Ducrot, du 3e de ligne, qui, lors de l'investissement de la place, s'était trouvé au point le plus avancé et connaissait déjà les lieux, fut encore chargé d'occuper ces positions avec son régiment. L'ennemi, toute la journée, tiraillât avec nos avant-postes, et nous envoya beaucoup de boulets et d'obus qui ne nous firent que peu de mal.

» Dans la nuit du 12 on ouvrit la tranchée au moyen de sacs à terre, et cette opération toujours si délicate nous coûta douze hommes tués ou blessés. Le lieutenant Nolfe, du 12e bataillon de chasseurs à pied, fut malheureusement des premiers. La tour nous couvrit de son feu, mais nos tirailleurs y répondirent avec tant de précision que les hommes sortis de la place furent bientôt obligés d'y chercher un refuge.

» Le 13, à trois heures du matin, la batterie de quatre pièces de 15 et de quatre mortiers qui avait été armée dans la nuit commença son feu. D'abord, et jusqu'à midi, la tour conserva sur nous

» Dès le même jour nous poussâmes nos approches sur la droite, et nous nous mîmes en mesure de faire jouer le lendemain une batterie composée de quatre mortiers et de deux obusiers de vingt-deux centimètres. Pendant que l'on construisait cette batterie, le génie reconnaissait l'emplacement de la batterie de brèche.

» Le 15 août, à huit heures du matin, notre batterie de mortiers et d'obusiers jeta force projectiles creux dans la place, pendant que la flotte, embossée, envoyait aussi sur Bomarsund le feu de quatre vaisseaux. Le soir, le fort ne répondit plus que lentement; toutefois, son feu ne s'éteignit pas complétement.

» Le 15, à huit heures du matin, le général Harry Jones, qui n'avait pu concourir, par le jeu de son artillerie, à la prise de la tour du sud, et avait tourné ses efforts vers celle du nord, commença un feu très-vif sur ce point, et vers quatre heures il avait fait une large brèche à la tour, qui, le même soir, capitula.

» Dans la nuit la batterie de brèche avait été établie à 380 mètres du corps de place, et l'on se préparait à l'armer la nuit suivante avec des pièces de 30 prêtées par la marine.

» Nous ayant sous les yeux, et, pour ainsi dire sous la main, l'ennemi nous lança des bombes et de la mitraille, et nous blessa quatorze hommes. Notre feu ne se ralentit pas cependant, et nous voulions le continuer ainsi jusqu'au moment où aurait joué la batterie

Paris Typographie Plon frères, rue Garancière, 8.

de brèche, lorsqu'à midi, l'ennemi, effrayé des ravages causés par notre artillerie, et reconnaissant que toute résistance devenait impossible, arbora le drapeau blanc. M. le colonel Gouyon, chef d'état-major de l'armée de terre, et les aides de camp des deux amiraux pénétrèrent ensemble dans le fort. Le colonel y fit entrer le colonel Snau, du 2e léger, qui était de tranchée avec un bataillon de son régiment et quelques compagnies du 12e bataillon de chasseurs à pied.

» A la suite de la reddition de la place, un désordre grave surgit dans les rangs de la garnison russe; les plus irrités voulaient faire sauter le fort; mais l'attitude de nos troupes leur en imposa; l'ordre se rétablit. La garnison prisonnière défila devant les troupes françaises et anglaises réunies et fut embarquée dans la soirée.

» La place de Bomarsund avec les trois tours qui en sont les avant-postes, renfermait une garnison de deux mille quatre cents hommes; elle était armée de cent quatre-vingts pièces de canon et munie d'approvisionnements considérables.

» L'intention de l'empereur de Russie était de faire de Bomarsund la bienveillance de Sa Majesté sur les officiers, sous-officiers et soldats que je crois dignes d'obtenir une récompense et dont je vous transmets ci-joint la liste.

» Si, après le général de division Niel, qui a conduit les opérations du siége avec tant de hardiesse et d'habileté, et les généraux d'Hugues et Grésy, qui m'ont parfaitement secondé; après le lieutenant-colonel de Rochebouët, directeur de l'artillerie, le colonel Gouyon, mon chef d'état-major, le sous-intendant M. L. Cauchoix-Féraud, il me fallait encore citer tous les officiers et soldats sur lesquels je voudrais appeler l'attention de Sa Majesté, ma liste serait trop longue, et je comprends qu'il faut me borner dans mes demandes.

» Deux mille soldats d'infanterie de marine sous les ordres du colonel Fiéron, et deux compagnies d'artillerie sous le commandement du chef de bataillon Frébault, nous ont prêté un puissant secours.

» Il me reste, monsieur le maréchal, à rendre un éclatant hommage au concours toujours si empressé que j'ai trouvé non-seulement dans la flotte française, commandée par le vice-amiral Parseval, mais

Ils se familiarisèrent avec les soldats au point de venir manger à la gamelle.

un immense camp retranché pour ses armées de terre et de mer, dont l'abord eût présenté de grands obstacles et qui eût été une constante menace pour les États riverains de la Baltique.

» Depuis la prise de possession des îles d'Åland, la Russie n'a cessé de travailler à augmenter les fortifications de Bomarsund; et si, par ce qui existe ou qui était en cours d'exécution, on juge des projets de cette puissance, Bomarsund paraissait destinée à devenir la sentinelle avancée et le port principal de la Russie dans la Baltique.

» La destruction de Bomarsund sera une perte considérable pour la Russie, non moins sous le rapport matériel que sous le rapport moral. Nous avons détruit en huit jours le prestige attaché à ces remparts de granit, que le canon, disait-on, ne pouvait ébranler. Nous savons maintenant, à n'en pouvoir douter, que rien dans ces fortifications si belles, si menaçantes, n'est à l'abri d'un feu bien dirigé.

» Ce beau résultat, monsieur le maréchal, est dû à l'intelligence, au dévouement, au courage des officiers et soldats du corps expéditionnaire et des escadres alliées. Chacun a payé de sa personne; le danger, les fatigues, les privations n'ont été comptés pour rien par ces soldats français qu'on est si glorieux de commander.

» Si les troupes du corps expéditionnaire ont répondu à l'attente de la France et justifié la confiance que l'Empereur avait mise en elles, permettez-moi, monsieur le maréchal, de vous prier d'appeler aussi dans celle du vice-amiral Napier. Le général Harry Jones, en contribuant avec ses soldats de marine et ses sapeurs à l'attaque de Bomarsund, nous a montré une fois de plus tout ce qu'on doit attendre de la bravoure et de la discipline des soldats anglais.

» La cordialité la plus grande n'a cessé de régner non-seulement entre les officiers des deux flottes et ceux du corps expéditionnaire, mais encore entre les soldats et les matelots; c'était à qui affronterait le mieux le péril et supporterait le mieux les fatigues.

» Recevez, monsieur le maréchal, l'assurance de ma haute considération.

» Le général de division, commandant en chef,
» BARAGUEY-D'HILLIERS. »

CHAPITRE XX.

Document français. — Rapport du général Niel au maréchal Vaillant, ministre de la guerre.

« Bomarsund, le 18 août 1854.

» MONSIEUR LE MARÉCHAL,

» Au moment du débarquement du corps expéditionnaire, je me suis trouvé dans un pays très-accidenté, sans un seul plan qui me donnât avec exactitude la position des ouvrages que nous allions attaquer. Les roches granitiques sur lesquelles reposent la forteresse de Bomarsund et les trois grandes tours qui la couvrent sont tellement tourmentées, qu'à chaque pas, pour ainsi dire, leur aspect change complétement. J'ai dû par conséquent renoncer à faire faire une reconnaissance, qui d'ailleurs eût pris trop de temps, et, accompagné de cinq ou six soldats qui ne pouvaient attirer l'attention des Russes, me glissant de rocher en rocher, d'arbre en arbre, j'ai étudié moi-même les passages par lesquels nos soldats pouvaient arriver à l'abri des feux de la place, ceux qui permettraient de traîner des pièces, enfin les points où nous pourrions établir des batteries.

» Il m'a paru hors de doute que la tour du Sud, qui domine le pays environnant et la place elle-même, devait être la première attaquée. Le colonel Rochebouët, commandant l'artillerie; le général anglais Harry Jones, commandant le génie sur la flotte anglaise, ayant partagé cette opinion, nous avons de concert soumis au général en chef le projet d'attaque suivant, qu'il a adopté.

» Les trois tours qui protégent les abords de la forteresse de Bomarsund sont construites avec beaucoup de soin; leur diamètre est d'environ 30 mètres. Deux étages casematés, à l'épreuve de la bombe, sont percés chacun de 14 embrasures. Au-dessus des voûtes à l'épreuve se trouve une toiture en zinc percée de lucarnes, par lesquelles les tirailleurs finlandais, armés de carabines à tige, pouvaient plonger au loin dans la campagne. Le parement extérieur de ces tours est, comme celui de la forteresse, composé de blocs de granit, dont les joints, qui ont une forme pentagonale, donnent à la maçonnerie l'aspect d'une mosaïque. Il fut décidé qu'on ferait à 550 mètres, sur un emplacement que j'avais reconnu, une première batterie de quatre pièces de 16 et de quatre mortiers : l'objet de cette batterie était de rendre les approches moins meurtrières en abattant la toiture et égueulant les embrasures, et aussi de tâter le granit. Une seconde batterie de pièces de 32 de la marine anglaise, placée à 300 mètres ou plus près si on pouvait, devait essayer d'ouvrir la tour; et pour assurer le succès, la même partie de la tour devait être battue par quatre pièces de 30 de la marine française placées à 120 ou 130 mètres du revêtement. En résumé, deux attaques concourant au même but devaient être conduites séparément par les officiers des deux nations; mais on ne pouvait cheminer qu'au moyen de sacs à terre remplis au loin, et les pièces ne pouvaient être conduites que chargées sur des traîneaux à force de bras.

» Dans la nuit du 11 au 12, les sapeurs construisent le masque de la batterie n° 1; l'artillerie se trouvant couverte des feux de la place, travaille tout le jour à cette batterie, qui doit être armée dans la nuit suivante. Cette batterie, dans laquelle les pièces sont à étage ou plutôt à ressauts, consomme 16,000 sacs à terre. Dès que l'ennemi s'aperçoit du point sur lequel nous travaillons, il y dirige son feu; les abords deviennent dangereux. Pendant la nuit, nous relions les batteries par une gabionnade en sacs à terre, et nous faisons une communication en arrière; en même temps nous faisons un épaulement à 250 mètres plus loin pour y embusquer des chasseurs à pied, soutenir d'autres établissements projetés plus près de la tour, et relier notre gauche à un escarpement en rocher derrière lequel les troupes sont à l'abri des feux de la place, et qui nous sert de parallèle.

» Convaincus qu'il faut à tout prix connaître l'effet de notre canon sur le granit dans les conditions à peu près les plus favorables, nous fixons l'emplacement de la batterie n° 3 à 140 mètres seulement de la tour. Elle sera armée de six pièces de 30, qui sont déjà rendues au dépôt de tranchée. On communique à cette batterie par un sentier que, à l'aide de branches de sapin, nous dérobons non aux coups, mais à la vue de l'ennemi.

» La batterie de 16, n° 1, et la batterie de mortiers ouvrent leur feu à quatre heures et demie du matin. Dans les premières heures, les Russes font des coups d'embrasure très-heureux; ils touchent et détériorent trois de nos pièces; mais bientôt la batterie, parfaitement servie, prend une grande supériorité. Les boulets se brisent contre le granit, mais ils ébranlent les blocs du parement, et on aperçoit sur le soir des fissures aux angles des embrasures. Les bombes paraissent troubler beaucoup les défenseurs; nos tirailleurs redoublent d'efforts, tout le monde sent que la tour ne résistera pas à l'action de nos batteries. Aussi à cinq heures environ la tour cesse de répondre et hisse un pavillon blanc. Le commandant demande une suspension de feu pendant deux heures, pour prendre les ordres du gouverneur. J'accorde une heure et je fais rendre compte au général en chef. Une heure après le feu reprend de part et d'autre; et la nuit venue, nous exécutons la batterie n° 3. Au point du jour, c'est-à-dire à une heure du matin, les défenseurs aperçoivent deux nouvelles batteries élevées contre eux : celle des Anglais et la nôtre. Cette vue augmente leur découragement, la tour ne tire plus. Nos sapeurs et nos chasseurs s'élancent, escaladent le revêtement, et prennent le commandant, deux officiers et une trentaine de soldats : seul reste de la garnison qui venait d'abandonner la tour. Nous occupons ce point, qui domine toutes les positions de Bomarsund, mais le feu de l'ennemi en rend la possession dangereuse. A nos bombes ont succédé celles des Russes, les maçonneries des voûtes menacent de s'écrouler en plusieurs endroits; mais le principal ouvrage extérieur de Bomar-

sund est tombé, et nous avons acquis la certitude que les pièces de 30 et de 24, placées à bonne distance, ouvriront les maçonneries de granit de la Baltique.

» La prise de la tour du Sud nous rend maîtres de presque toutes les positions qui dominent la place; mais la tour du Nord prend des revers dangereux pour nous sur les terrains où les batteries, contre la gorge de la forteresse, devront être établies. Il est, en conséquence, convenu que les Anglais retourneront contre la tour du nord la batterie qu'ils ont élevée contre celle du Sud; que, pendant qu'ils battront cette tour, nous nous coulerons par la droite, en profitant des accidents de terrain, pour établir une puissante batterie de brèche contre la gorge de la forteresse; et enfin que, après qu'ils auront pris la tour du Nord, ils agiront de même de leur côté, notre but commun étant de démanteler le plus possible ce grand réduit, qui contient plus de deux mille hommes, et de démoraliser la garnison de manière à éviter un assaut qui serait très-meurtrier si les Russes étaient résolus à défendre une immense cour circulaire dont les feux convergeraient sur les assaillants.

» La journée du 14 est employée à transporter tous nos moyens d'attaque, bouches à feu et sacs à terre, derrière des rochers et une grande caserne en construction qui nous protégent contre les feux de la place.

» Pendant la nuit nous débouchons de l'extrémité de cette caserne, et nous faisons un cheminement de cent mètres qui nous conduit dans un pli de terrain d'où nous pouvons approcher de la place jusqu'à environ quatre cents mètres sans être vus. L'artillerie établit à sept cents mètres à peu près, sur un point abrité des feux de l'ennemi, une batterie de quatre mortiers et deux obusiers de 22 centimètres; cette batterie ne cessera d'envoyer des projectiles creux dans la place jusqu'à la fin du siège.

» Le 15 août, à sept heures du matin, la batterie de mortiers et d'obusiers ouvre son feu. La place et la tour du Nord nous envoient beaucoup de mitraille et de boulets; mais les rochers nous abritent, et les chasseurs à pied, bien embusqués et couverts par des sacs à terre, tirent dans les embrasures et dans les lucarnes d'où les tirailleurs finlandais nous envoient des balles très-plongeantes.

» Plusieurs vaisseaux des deux flottes joignent leur feu à celui de nos mortiers et de nos obusiers. Deux de nos pièces de campagne (canons de 12 de l'Empereur) tirent aussi sur la place en changeant de position et se retirant après chaque coup. La canonnade devient des plus vives; le tir de la marine a, malgré la distance un peu grande d'où il s'effectue, une précision remarquable. Le Léopard, monté par l'amiral Chads, tire avec une pièce dont le boulet plein, de 120 livres, fait éclater le granit.

» Les assiégés, qui se sont obstinés à envoyer des bombes sur la tour du Sud, y allument et entretiennent un incendie qu'on ne peut pas éteindre; on reconnaît qu'il y aurait grand danger à vouloir en retirer les poudres, attendu qu'on trouve partout sous ses pas des cartouches et des gargousses. On éloigne donc les troupes de cette tour; et bientôt les poudres ayant pris feu, la tour saute et est presque entièrement détruite par l'explosion.

» Dans la soirée la tour du Nord se rend aux Anglais, qui, avec leur batterie de 32, placée à sept cent cinquante mètres, sont parvenus à ouvrir une brèche entre deux embrasures. Immédiatement, et de concert avec l'artillerie, nous choisissons l'emplacement d'une première batterie de brèche de quatre pièces de 30, qui ouvre la gorge du fort, qu'elle plonge et voit jusqu'au pied, à une distance de quatre cent mètres environ.

» La nuit suivante, on entreprend à trois cent quatre-vingts mètres une seconde batterie qui sera armée des deux pièces de 30 et des deux obusiers de 22 actuellement à la batterie de mortiers. Pendant la nuit, les sapeurs et travailleurs d'infanterie construisent le masque de cette batterie avec deux rangs de gabions remplis de sacs à terre. L'artillerie nous remplace et construit, en toute hâte, le coffre et les plates-formes de la batterie, qui sera armée dans la nuit suivante.

» Au point du jour, lorsque l'ennemi aperçoit cette batterie, il y dirige tous ses feux; il blesse une dizaine d'hommes en arrière; mais ses boulets, tirés de bas en haut, ne peuvent pas traverser le parapet : le feu de la batterie de mortiers et d'obusiers continue toujours.

» Pendant la nuit, la marine a occupé l'île de Presto; de sorte que l'ennemi est maintenant enveloppé de toutes parts. Les feux se succèdent sans interruption.

» A midi, la forteresse de Bomarsund hisse le pavillon blanc; le général Bodisko, qui en est le gouverneur, voyant que toute résistance est inutile, se rend sans conditions. La garnison a été surtout impressionnée par la batterie de brèche, qui a été élevée si rapidement, pendant la nuit précédente, contre la gorge du fort.

» Le nombre des prisonniers qui ont défilé devant les troupes assiégeantes, joint aux blessés que nous avons trouvés dans la forteresse, est de 2,400. Le réduit avait cent trente-neuf pièces d'artillerie, y compris quatre pièces de campagne prêtes à être attelées et trois mortiers; à cela il faut ajouter quarante-six pièces en batterie dans les tours et un grand approvisionnement de poudre, de projectiles, d'armes, d'outils, etc.

» L'empereur de Russie projetait à Bomarsund un vaste établissement militaire. Vous verrez, par le plan que je joins à ma lettre, que les travaux terminés ne sont pas la cinquième partie de ceux qui étaient en cours d'exécution.

» Tous les parements sont faits en gros blocs de granit pris sur les lieux. D'un peu plus loin le boulet se brise sur ce parement, mais il finit cependant par ébranler les blocs et par les rompre. Les résultats obtenus par le canon de 16 à cinq cent cinquante mètres et par celui de 32 à sept cent cinquante ne permettent pas de douter qu'à de plus petites distances on fera facilement brèche dans tous les murs de cette espèce.

» La rapidité des attaques et leur succès sont dus en grande partie à l'emploi des sacs à terre, dont on a profité pour remplacer les cheminements ordinaires, qui étaient impossibles, tandis qu'au moyen de gabions placés sur deux rangs remplis et surmontés de sacs à terre on a établi les batteries avec une rapidité qui a déconcerté l'ennemi. Il ne pouvait prévoir le point où elles devraient être élevées, et lorsqu'au jour il les apercevait elles étaient déjà à l'abri de ses coups.

» Je dois vous dire, monsieur le maréchal, que personne ne s'est épargné. J'ai été parfaitement secondé par le colonel d'artillerie Rochebouët, officier plein d'intelligence, d'activité et de dévouement, qui, comme moi, a passé bien des heures de nuit et de jour à se glisser dans les broussailles et les rochers. C'est ainsi que nous avons trouvé les directions à suivre pour approcher la place sans trop exposer la vie des soldats. Le lieutenant-colonel Jourjon est un officier du génie des plus complets.

» Si j'ai un peu confondu dans ce rapport écrit à la hâte les services de l'artillerie et du génie, c'est qu'ils ont été réellement confondus dans l'exécution : nous avons toujours marché en parfait accord.

» J'ai eu beaucoup à me louer de mes rapports avec M. le général Harry Jones, qui commande le génie sur la flotte anglaise et qui dirigeait les attaques de gauche. C'est un officier des plus distingués. Nous avons toujours eu la même manière de voir tant sur la direction qui devait être donnée aux attaques que sur les moyens d'exécution.

» Agréez, monsieur le maréchal, l'hommage de mon respectueux dévouement.

» Le général de division commandant le génie,

» Niel. »

CHAPITRE XXI.

Documents anglais. — Rapports du vice-amiral sir Charles Napier
au secrétaire de l'amirauté.

« A bord du Bulldog, en vue de Bomarsund, le 16 août.

» Monsieur,

» Le 13 août, à quatre heures du matin, la batterie française de quatre pièces de 16 et de quatre mortiers a ouvert un feu magnifique sur la tour de l'Ouest, qui domine la citadelle de Bomarsund et le mouillage. Le pavillon blanc a été déployé dans l'après-midi, mais sans résultat. Le 14 au matin la tour a été surprise par les chasseurs. La batterie de pièces de 32 du général Jones était terminée le 13 au soir et prête à ouvrir le feu ; mais comme on n'en avait plus besoin on l'a tournée contre la tour de l'Est, et dans la matinée du 15 elle a commencé son feu. Cette batterie était servie par des matelots et des soldats de marine de l'Edinburgh, du Hogue, de l'Ajax et du Blenheim, commandés par le capitaine Ramsay du Hogue, assisté par le commander Prudy et par le lieutenant Somerset du Duc de Wellington, et par plusieurs autres officiers. Leur feu a été très-vif et très-juste.

» A six heures du soir un côté de la tour a été démoli et la tour elle-même s'est rendue. A l'attaque de la tour de l'Ouest les chasseurs, armés de carabines Minié, ont été employés si utilement, qu'il était difficile à l'ennemi de charger ses canons. A l'attaque de la tour de l'Est nous n'avions pas de chasseurs et les canonniers russes ont pu charger leurs canons avec plus de facilité.

» Nos pertes ont été insignifiantes et se bornent à un homme tué et un blessé ; mais nous avons à déplorer la mort du lieutenant Cameron Wrottesley, qui a été mortellement atteint par un boulet et a succombé vingt minutes après avoir été apporté sur le Belle-Isle. L'ennemi a eu six hommes tués et sept blessés, et cent vingt-cinq prisonniers que j'ai envoyés à bord du Termagant.

» La perte des Français à la tour de l'Ouest a été également insignifiante. Les deux batteries ont été admirablement construites et ont admirablement joué, ce qui explique bien la médiocrité des pertes qu'on a éprouvées. Le général Jones parle en termes très-flatteurs de la conduite des matelots et de l'artillerie de marine et de la précision de leur feu.

» Pendant les opérations le général Baraguey-d'Illiers établissait ses batteries de brèche contre le grand fort, et les navires l'Asmodée, le Phlégéthon, le Darien, l'Arrogant, l'Amphion, le Valorous, le Driver, le Bulldog et l'Hécla soutenus par le Trident portant le pavillon

du contre-amiral Penaud, par le Duperré, l'Edinburgh et l'Ajax, ont lancé des obus bien dirigés qui ont causé de grands dommages à la forteresse. Cependant le capitaine Pelham du Blenheim entretenait un beau feu avec un canon de dix pouces de diamètre établi dans la batterie d'où nous avions délogé l'ennemi quelques jours auparavant. Sa position était très-dangereuse, mais la batterie avait été mise en si bon état par le capitaine Pelham que les artilleurs étaient bien couverts et qu'aucun d'eux n'a été atteint.

» Les batteries de brèche du général seront prêtes demain matin et seront bien appuyées par les vaisseaux de ligne et par les steamers des deux nations. Le peu de terrain qu'a eu le général pour établir ses batteries ne nous laisse que bien peu d'espace. Il faudra prendre les précautions les plus grandes pour que notre feu ne porte pas sur ses soldats. D'un autre côté le peu d'étendue qu'offre le mouillage devant Bomarsund et les difficultés de la navigation empêchent les navires de s'approcher du port autant qu'on le désirerait. Mais lorsque les batteries seront établies et attaqueront l'ennemi par derrière pendant qu'on le bombardera par devant, il ne pourra tenir que quelques heures.

» J'ai retardé le plus que j'ai pu le départ du courrier, mais j'en enverrai un second lorsque le fort se rendra.

» La tour de l'Ouest a pris feu, soit par un acte délibéré, soit par accident, et a sauté hier à onze heures du matin.

» J'ai le regret d'ajouter que le lieutenant Cowell du génie, aide de camp du brigadier général Jones, s'est malheureusement blessé à la jambe par un coup de feu parti par accident d'un de ses pistolets. Il est à bord du Belle-Isle et va bien, mais nous devons regretter la perte de ses services.

» J'ai l'honneur, etc.

» Charles Napier,

» vice-amiral et commandant en chef.

» P. S. J'enverrai à la prochaine occasion un état des troupes débarquées et des pertes en même temps qu'un inventaire des munitions trouvées dans les forts et la liste des prisonniers. »

« A bord du Bulldog, en vue de Bomarsund, le 16 août.

» Monsieur,

» Je continue ma dépêche datée de ce jour et vous prie d'informer Leurs Seigneuries qu'après que j'ai eu expédié le courrier la forteresse a dirigé un feu soutenu contre la batterie du capitaine Pelham, qui causait du dommage au fort, qui l'a battu tout hier et aujourd'hui, et il est étonnant que le capitaine et ses artilleurs n'aient point eu de mal. Il avait avec lui le lieutenant Close et M. Wildman, contre-maître, dont il parle en termes excellents. En voyant sa position j'ai donné ordre à l'Edinburgh, à l'Ajax, à l'Arrogant, à l'Amphion, au Valorous, au Sphinx et au Driver, qui étaient à portée avec leurs canons de dix pouces de diamètre, et aux mortiers français en batterie sur la côte, qui avaient tiré quelque temps, d'envoyer sur l'ennemi une bombe et un boulet toutes les cinq minutes, et leur feu a été si bien dirigé que l'ennemi a arboré le pavillon parlementaire.

» J'ai envoyé à terre le capitaine Hall, du Bulldog, auxquels sont bientôt venus se joindre l'aide de camp de l'amiral Parseval-Deschênes et deux officiers de l'état-major du général Baraguey-d'Hilliers, et la garnison a consenti à poser les armes et à sortir.

» J'ai débarqué, et l'amiral et le commandant en chef sont venus me joindre. Les prisonniers, au nombre de 2,000, à ce que je crois, sont sortis, ont été embarqués sur les steamers et envoyés à Ledsund, pour être remis au commodore Grey, qui les conduira aux Dunes, où ils recevront de nouveaux ordres.

» Je félicite Leurs Seigneuries de la prise de cette forteresse importante, qui sera suivie de la soumission de l'archipel d'Aland, et qui a peu coûté. Je suis heureux de dire que la plus grande cordialité n'a cessé d'exister entre l'amiral, le général français et moi, aussi bien qu'entre les soldats et matelots des deux nations.

» Dès que je pourrai recueillir un inventaire des munitions prises, je l'enverrai à Leurs Seigneuries ; un commissaire a été nommé pour le dresser.

» Cette dépêche sera remise par le lieutenant John de Causew Agnew, mon lieutenant de pavillon, pour qui je demande de l'avancement.

» J'ai l'honneur, etc.

» Charles Napier,

» vice-amiral et commandant en chef. »

A cette dépêche est annexée la lettre suivante :

« A bord du Bulldog, devant Bomarsund, 12 août.

» Le commandant en chef exprime au contre-amiral Chads son admiration pour les grands efforts accomplis par le capitaine Sturlett, les officiers et les hommes employés à débarquer et à transporter six canons de 32, au camp du général Jones, à une distance de quatre milles et demi. Le commandant en chef a vu dans le cours de sa vie militaire des canons transportés par des chemins difficiles, mais jamais par de tels chemins et à une telle distance. La bonne volonté et les efforts des hommes ont été admirables, et on ne doit pas oublier que lorsque *la Pénélope* se trouvait échouée par le canon de l'ennemi et qu'on pouvait avoir besoin d'eux à leurs navires respectifs, ils ont laissé là leur dîner et oublié leur fatigue pour courir à leurs embarcations, afin de porter secours à *la Pénélope*.

> » Signé CHARLES NAPIER,
> » *vice-amiral et commandant en chef, au contre-amiral Chads,*
> » *à bord du vaisseau de S. M. l'Edinburgh.* »

Dans un second rapport également adressé par l'amiral Napier à l'amirauté sous la même date du 12 août, mais écrit après la prise de Bomarsund, il est dit que l'ennemi se trouvant fort incommodé par le feu de la batterie du capitaine Pelham pendant toute la journée du 15 et celle du 16, un feu très-vif fut dirigé de la forteresse sur cette batterie, et l'amiral eut quelque peine à comprendre comment, malgré une position si hardie, le capitaine et ses hommes ont pu sortir sains et saufs. Toutefois, il a jugé à propos de les secourir, et il a ordonné à sept bâtiments (*Edinburgh, Ajax, Arrogant, Amphion, Valoroux, Sphinx, Driver*), qui étaient à portée, ainsi qu'à une batterie de mortiers français qui était à terre, de lancer une bombe toutes les cinq minutes. Le feu a été si bien dirigé que l'ennemi a arboré le pavillon parlementaire. Les troupes renfermées dans la forteresse ont consenti à mettre bas les armes et à sortir de la place.

L'amiral Napier ainsi que l'amiral Parseval-Deschênes ont mis pied à terre, et se sont rencontrés avec le commandant en chef des troupes françaises.

Les prisonniers, au nombre de 2,000, ont été embarqués sur les bateaux à vapeur pour Ledsund.

L'amiral Napier termine en témoignant de la parfaite cordialité qui n'a cessé de régner entre les amiraux et les généraux ainsi que parmi les troupes de terre et de mer des deux puissances alliées.

CHAPITRE XXII.

Documents anglais. — Rapports adressés au duc de Newcastle, ministre de la guerre, par le brigadier général Harry D. Jones, du corps anglais du génie.

« Au camp devant Bomarsund, le 16 août 1854.

» MILORD DUC,

» Dans ma dépêche, n° 4, datée du 14 courant, j'annonçais qu'il y avait toute apparence que je pourrais ouvrir mes batteries dressées contre le fort Nottich hier matin.

» J'ai aujourd'hui l'honneur de vous informer qu'hier matin à huit heures je donnai aux deux batteries, manœuvrées par des marins de la flotte et par des détachements de l'artillerie royale de marine sous les ordres du capitaine Ramsay, l'ordre d'ouvrir le feu. C'est ce qui fut exécuté avec un très-grand succès par un feu bien nourri et parfaitement dirigé.

» A trois heures de l'après-midi l'intérieur de la tour fut mis à découvert, et l'on fit taire tous les canons. A six heures du soir, comme un drapeau blanc était arboré, j'ordonnai à mon major de brigade, sir Georges Ord, qui avait offert de prendre son tour de service sur les batteries et qui alors y fut employé, d'aller sur-le-champ s'emparer du fort, et c'est ce qu'il exécuta d'une manière très-satisfaisante.

» Mais voyant qu'il ne lui serait pas possible de conserver après le point du jour les communications ouvertes avec mes postes avancés, par suite de la proximité du principal travail de fortification, il fit sortir trois officiers et cent quinze soldats, qui se rendirent à lui prisonniers. Je les ai en conséquence envoyés à l'amiral sir Charles Napier pour être embarqués. Il y avait dans le fort seize canons de fer de 18, et deux canons de fer de de 32, et pour la garnison un lieutenant du génie, un capitaine d'infanterie, un sous-lieutenant d'infanterie et cent vingt-neuf homme d'artillerie et de ligne. Il y a eu six hommes tués et sept blessés.

» Malgré le feu formidable et bien dirigé contre nos batteries, tant du fort Nottich que du fort Presto, les mort ont été en petit nombre; mais parmi ceux-ci j'ai à regretter la perte d'un jeune officier du génie, plein d'avenir, M. Wrottesley, lieutenant, blessé mortellement par un boulet de canon qui avait frappé le tourbillon d'un des canons. Je dois rendre particulièrement hommage au capitaine Ramsay, aux officiers de la marine royale et aux marins, ainsi qu'aux officiers du détachement de l'artillerie royale de marine pour le courage et l'énergie avec lesquels ils ont accompli la pénible tâche de traîner les pièces de 32 au haut de la montagne, à la place où étaient les batteries.

» Je continue de recevoir le concours le plus empressé de celui qui commande après moi, le colonel Graham, de l'infanterie royale de marine et aide de camp de Sa Majesté, comme de tous les officiers et soldats qui sont sous mes ordres. Quoique les opérations des quatre dernières heures semblent être isolées et indépendantes de celles que font les troupes françaises, je dois déclarer que j'ai constamment agi en étroite communication avec le général Baraguey-d'Hilliers, et que

tout ce que j'ai commandé de faire ou d'exécuter a fait partie du plan général d'attaque, qu'il faut considérer maintenant comme arrivant à son terme.

» J'ai l'honneur, etc.

> » HARRY D. JONES, *brigadier général.* »

DEUXIÈME RAPPORT.

« Camp devant Bomarsund, 19 août 1854.

» MILORD DUC,

» J'ai l'honneur de vous informer que le 16 au matin le feu a flotte a recommencé; qu'au bout de deux heures le pavillon blanc a été arboré sur le fort principal de Bomarsund; que la garnison s'est rendue sans conditions; et qu'au bout de deux heures elle était en mer. L'aspect de l'intérieur a prouvé que le tir des navires avait été excellent; cependant les murs n'étaient pas endommagés au point qu'avec une garnison si forte, sans une brèche et dans un fort casematé, le gouverneur fût forcé de se rendre. Mais, après la prise des deux forts avancés avec une batterie de brèche élevée devant lui et prête à jouer, sans aucune espérance de secours, il n'aurait fait en résistant plus longtemps que prolonger en pure perte l'effusion du sang.

« Ainsi la Russie a perdu une position militaire très-importante; et la nature des ouvrages qui y existaient, de ceux qui y étaient commencés, et dont les fondements seuls étaient jetés, prouve que la Russie avait l'intention évidente d'établir sur ce point une place de premier ordre.

» La position de Bomarsund à l'entrée des golfes de Finlande et de Bothnie, avec une grande et belle rade bien abritée, rendait cette place très-convenable pour un établissement de ce genre; aucune dépense n'avait été épargnée dans les ouvrages construits, et les murs commencés pour les nouveaux forts étaient aussi solides que ceux des forts les plus anciens.

» La position de Bomarsund est naturellement très-forte et favorable aux opérations défensives; elle est élevée sur un rocher qui domine une assez vaste étendue de terrain, de telle sorte qu'après l'achèvement des ouvrages nécessaires, il aurait fallu longtemps pour la prendre, et, si la garnison était au complet, il faudrait pour la forcer un nombre d'hommes considérable. L'amiral a envoyé son rapport, auquel est joint un rapport signé du général français Niel et de moi sur la possibilité de garder Bomarsund dans l'état où il est actuellement. Ce rapport sera parvenu à Londres avant cette dépêche; et il est par conséquent inutile de vous en reproduire ici la substance, puisque Votre Grâce le connaît déjà. Je n'en ai d'ailleurs pas gardé copie, parce qu'il a fallu le faire à la hâte pour le départ du lieutenant du génie Nugent porteur des dépêches de l'amiral.

» Cette première opération des forces combinées ayant bien réussi, permettez-moi de vous assurer que la plus grande cordialité et la meilleure entente n'ont cessé de régner dans toutes les branches du service entre Anglais et Français; je serais injuste envers les officiers de l'armée de mer, les matelots et soldats de marine de la flotte qui ont été employés à terre sous mes ordres, si je ne mentionnais l'ordre parfait, la régularité et le zèle avec lesquels ils ont fait leur service et observé dans le camp une stricte discipline : on ne m'a pas signalé la moindre irrégularité de leur part.

» J'ai reçu du capitaine Ramsay, de la marine royale, commandant des matelots, et du colonel Graham, commandant de l'infanterie de marine, une assistance empressée et dont je dois ici rendre témoignage; le capitaine Ord, mon chef d'état-major, a été plein d'activité et de zèle, et outre son service d'état-major il a rempli ses fonctions d'officier du génie pendant tout le temps des travaux. Je dois exprimer aussi ma reconnaissance à l'officier de marine l'honorable Edward Cochrane, qui m'a servi d'aide de camp pendant les opérations; et depuis que j'ai été privé des services du lieutenant Cowell, il a rempli les fonctions de cet officier aussi bien que pouvait les remplir un officier de marine.

» J'ai l'honneur, etc.

> » *Signé* HARRY D. JONES, *brigadier général.*

» *A Sa Grâce le duc de Newcastle.* »

CHAPITRE XXIII.

Nouveaux détails. — Les chasseurs de Vincennes. — L'ivrognerie des Russes. — Le lieutenant Bytheson. — Le général Bodisco. — Humanité des alliés. — La jeune fille d'Aland. — Déclaration des généraux et amiraux alliés.

Nous avons peu de détails à ajouter à ces longs récits qui présentent l'action sous toutes ses faces et mettent les lecteurs complétement à même d'apprécier la vigueur de l'attaque, la faiblesse de la défense et les résultats de la victoire.

Toutes les correspondances sont unanimes pour rendre hommage à l'ardeur et à l'adresse qu'ont déployées les chasseurs de Vincennes dans l'attaque du fort de Tzée ou du Sud. Ils choisissaient avec un coup d'œil sûr tous les endroits d'où leurs carabines pouvaient atteindre

dre les embrasures, et pas un artilleur russe ne s'y montrait sans être immédiatement criblé de balles.

M. Niel raconte dans son rapport qu'après avoir accordé un armistice d'une heure on référa au commandant en chef. On assure que le général Baraguey-d'Hilliers s'écria : « — C'est cinquante-neuf minutes de trop! à l'ouvrage tout de suite! nous ne voulons pas autre chose qu'une capitulation sans conditions! »

L'attaque dirigée contre la tour de Tzée ou du Sud dura trente-six heures. Quand, au lever du soleil, les chasseurs de Vincennes y pénétrèrent, la garnison, réduite à quarante-huit hommes, était plongée dans le sommeil de l'ivresse. Pendant la nuit du 13 au 14 août, au lieu de se préparer au combat du lendemain, elle avait éteint dans l'orgie le sentiment d'une défaite qu'elle prévoyait sans se soucier de la prévenir. Les morts, les mourants, les vivants, anéantis par l'excès des spiritueux, gisaient pêle-mêle sur le carreau. Le colonel russe qui commandait la tour fut le seul qui tenta de résister aux vainqueurs; mais couché en joue par un chasseur de Vincennes, il se constitua prisonnier. Comme on l'emmenait, il passa devant les débris de l'autre tour, qu'environnaient des soldats anglais, et s'écria avec un accent douloureux : « — O Angleterre! Angleterre! nous ne nous attendions point à pareille chose de votre part! »

L'aide de camp qui accompagnait le général Baraguey-d'Hilliers, au moment où un boulet est passé près de lui, était Arthur Cochrane, fils du comte de Dundwald, commandant le Driver, de six canons.

Un lieutenant anglais, Bytheson, de l'Arrogant, avait pris des informations sur l'itinéraire que suivaient les courriers de la poste russe. Il résolut de l'intercepter, endossa le costume d'un pêcheur insulaire, et, accompagné d'un interprète, il alla se mettre en embuscade dans une cabane. Quatre courriers parurent; Bytheson et l'interprète, armés de revolvers, s'élancèrent sur eux et les forcèrent à se rendre. Nos deux aventuriers ne furent pas indemnisés des risques de leur entreprise par le butin qu'ils s'étaient promis, car les malles des courriers ne contenaient aucune dépêche du gouvernement russe.

Les prisonniers russes déjeunèrent dans le camp anglais, et furent conduits aux chaloupes, éloignées d'environ trois kilomètres, sous la garde du capitaine Suger et d'un grand nombre de soldats de marine. Le vieux général Bodisco se montrait inquiet, préoccupé; il désirait que l'on certifiât qu'il avait fait son devoir, et craignait qu'on lui refusât cette satisfaction. Le général Baraguey-d'Hilliers le rassura, lui rendit son épée, et lui dit en substance : — Je vous félicite de la bravoure avec laquelle vous vous êtes défendu, et de la prudence dont vous avez fait preuve en ne prolongeant pas une lutte inutile. Le vétéran russe, envoyé à bord de l'Inflexible, y fut reçu par l'équipage avec tous les honneurs dus à son rang. L'amiral Parseval s'avança au-devant de lui, et lui serra la main avec effusion en lui adressant des paroles pleines de bienveillance et d'estime.

Une proclamation du czar, à la date du 10 août, avait dépeint les alliés comme des barbares qui envahissaient le territoire russe pour y porter le carnage et l'incendie. Ils dissipèrent toutes les insinuations malveillantes dont ils avaient été l'objet, en se conduisant avec la plus louable humanité. Les habitants d'Aland, qui s'étaient presque tous cachés dans les bois, furent prévenus que leurs personnes et leurs propriétés seraient respectées, et qu'on ne leur demanderait aucune denrée sans la payer. Ils se rassurèrent et rentrèrent dans leurs maisons, que les maîtres charpentiers et les marins les aidèrent à réparer. Les indigents, les femmes et les enfants, ceux que les malheurs de la guerre avaient réduits à une pénurie momentanée, trouvèrent des secours dans le camp anglo-français. On leur permit d'enlever la farine, l'orge et autres provisions accumulées dans la citadelle, et ils se familiarisèrent avec les soldats français au point de venir manger à la gamelle.

Par ordre de Nicolas, les habitations voisines des forts avaient été incendiées. Dans une promenade faite au sud de l'île, des militaires français et anglais traversèrent un bois dévasté et y découvrirent les ruines fumantes d'une riche maison récemment brûlée. « En parcourant ces lieux désolés, » raconte M. Alfred Launoy, qui était de cette excursion, « nous aperçûmes avec étonnement une jeune fille d'environ seize ans assise au milieu de ces décombres et versant des larmes de désespoir. Sa figure douce et charmante portait l'empreinte de la souffrance et de la douleur. En nous voyant elle parut vouloir fuir; mais bientôt, reconnaissant l'uniforme français, elle se rassura. Nous approchâmes, et, après l'avoir saluée avec respect, nous l'interrogeâmes en français et en anglais. Elle nous répondit dans cette dernière langue et nous fit le récit de ses malheurs.

» Son père, riche propriétaire du pays, faisait de grandes affaires en bois avec un jeune négociant anglais établi aux environs de Stockholm. Ce jeune homme eut occasion de la connaître dans un voyage en Suède et la demanda en mariage. Ses propositions furent agréées; la jeune fille allait voir son bonheur s'accomplir, lorsqu'une lettre de son fiancé tomba entre les mains de la police russe. Cette lettre, toute de tendresse et d'amour, entièrement étrangère à la politique, devint sa perte et celle de sa famille. Son père, déclaré suspect, fut envoyé en exil, et on la renferma dans une maison de correction.

» Lorsque les Français et les Anglais s'emparèrent de Bomarsund elle quitta son indigne prison et se rendit à la maison paternelle, qu'elle trouva en feu. La soldatesque russe, quelque temps avant le siége, avait brûlé, par ordre de l'empereur, les villages et les habitations des alentours, et réduit les habitants à la plus affreuse misère. La jeune fille, recueillie par les Français, a été l'objet des soins les plus touchants; un petit vapeur suédois, qui part demain pour Stockholm, la conduira en Suède, où l'attend le jeune négociant anglais qui doit unir son sort au sien. »

Pour achever de se concilier la population les amiraux et généraux alliés rédigèrent une déclaration qui fut lue le dimanche 27 août dans toutes les églises :

« Nous, soussignés, les généraux en chef des armées combinées de terre et de mer, permettons, par la présente, aux autorités de ces îles de continuer à remplir leurs fonctions respectives, et nous comptons qu'elles le feront avec zèle et circonspection. Dans les temps de troubles et de guerre il est du devoir de tout bon citoyen de se dévouer tout entier au maintien de l'ordre et de la paix. Il ne faut pas que les classes inférieures se laissent égarer en s'imaginant qu'il n'existe ni loi ni ordre, car l'un et l'autre seront maintenus aussi strictement qu'auparavant.

» Depuis les derniers événements qui ont changé l'aspect de ces îles le blocus a été levé, et le public est informé qu'on peut librement faire le commerce avec la Suède aux mêmes conditions et avantages que ci-devant. Chacun est averti de n'avoir aucune communication avec l'ennemi ou la Finlande, et quiconque sera convaincu de les assister de quelque manière que ce soit sera puni rigoureusement.

» Signé par nous BARAGUEY D'HILLIERS, CH. NAPIER, PARSEVAL-DESCHÊNES, JONES. »

CHAPITRE XXIV.

Proclamation. — Récompenses accordées aux généraux Baraguey-d'Hilliers et Niel et au vice-amiral Parseval. — Destruction de Bomarsund. — Départ des flottes. — Destruction des forts d'Hangoe par les Russes. — Règlement du sort des prisonniers. — Arrivée du général Bodisco en France. — Les prisonniers russes à l'île d'Aix.

La dépêche qui annonçait la prise de Bomarsund fut affichée sur les murs de toutes les villes de France ainsi que la proclamation suivante :

« SOLDATS ET MARINS DE L'ARMÉE D'ORIENT !

» Vous n'avez pas encore combattu, et déjà vous avez obtenu un brillant succès. Votre présence et celle des troupes anglaises ont suffi pour contraindre l'ennemi à repasser le Danube, et les vaisseaux russes restent honteusement dans leurs ports. Vous n'avez pas encore combattu, et déjà vous avez lutté avec courage contre la mort. Un fléau redoutable, quoique passager, n'a pas arrêté votre ardeur. La France et le souverain qu'elle s'est donné ne voient pas sans une émotion profonde, sans faire tous les efforts pour vous venir en aide tant d'énergie et tant d'abnégation.

» Le premier consul disait en 1799 dans une proclamation à son armée : « La première qualité du soldat est la constance à supporter » les fatigues et les privations, la valeur n'est que la seconde. » La première, vous la montrez aujourd'hui; la seconde, qui pourrait vous la contester? Aussi nos ennemis, disséminés depuis la Finlande jusqu'au Caucase, cherchent avec anxiété jusqu'à quel point la France et l'Angleterre porteront leurs coups, qu'ils prévoient bien être décisifs, car le droit, la justice, l'inspiration guerrière sont de notre côté.

» Déjà Bomarsund et deux mille prisonniers viennent de tomber en notre pouvoir. Soldats ! vous suivrez l'exemple de l'armée d'Égypte : les vainqueurs des Pyramides et du mont Thabor avaient comme vous à combattre des soldats aguerris et la maladie ; mais, malgré la peste et les efforts de trois armées, ils revinrent honorés dans leur patrie.

» Soldats ! ayez confiance en votre général en chef et en moi. Je veille sur vous, et j'espère, avec l'aide de Dieu, voir bientôt diminuer vos souffrances et augmenter votre gloire. Soldats, au revoir !

» NAPOLÉON. »

Un décret, « considérant les éminents services rendus par le général de division comte Baraguey-d'Hilliers dans les diverses circonstances de sa vie militaire, » lui conféra la dignité de maréchal de France. Le vice-amiral Parseval-Deschênes fut nommé grand-croix et le général Niel grand-officier de la Légion d'honneur.

Les gouvernements d'Angleterre et de France avaient résolu d'un commun accord que les fortifications de l'archipel d'Aland seraient détruites et que Bomarsund serait évacué. L'ordre arriva le 28 août, et les soldats du génie commencèrent immédiatement leurs travaux sous la direction du général Niel et du lieutenant-colonel Jourjon. Minée la première, la tour de Presto sauta le 31 août. La destruction du grand fort fut précédée de plusieurs jours de préparatifs. Vingt fourneaux de mines furent répartis dans les casemates et reliés entre eux par une mèche de plus de deux mille mètres de long. Dans là matinée du 2 septembre le tambour battit le rappel pour annoncer qu'on allait mettre le feu et inviter tout le monde à s'éloigner. Soldats, matelots, habitants d'Aland et des îles de l'archipel vinrent en foule se ranger sur les collines, d'où l'on pouvait sans danger assister au magnifique et terrible spectacle de l'explosion. A sept heures la mèche fumait, et ceux qui l'avaient allumée se retirèrent en courant. Des détonations successives ébranlèrent les falaises de la côte, et l'on vit d'énormes quartiers de granit lancés à de prodigieuses hauteurs, des paquets d'obus, laissés à dessein dans la fournaise, fendre en sifflant les tourbillons de fumée et de flamme.

Ce fut à la lueur de ce volcan que les troupes expéditionnaires se rembarquèrent pour retourner à la baie de Ledsund. Les généraux et l'état-major se rendirent à bord du *Fulton*, qui devait les ramener en France, et le vaisseau amiral *l'Inflexible*, remorqué par *le Phlégéthon*, quitta le dernier la baie de Lumpar solitaire et désolée.

En même temps une autre forteresse russe, celle d'Hangoe, était détruite par les Russes eux-mêmes. En apprenant que quelques vaisseaux des escadres ennemies croisaient dans le golfe de Finlande, ils prirent le parti de renverser des remparts qu'ils n'espéraient pas pouvoir conserver et firent sauter successivement le 27 août le fort de Meyerfeldt, celui de Gustave-Adolphe, puis enfin le grand fort de Gustafsvarn. On peut se rappeler que c'était de la même manière qu'ils avaient opéré sur les côtes d'Asie.

Le sort des prisonniers de guerre avait été réglé par une convention conclue le 10 mai et promulguée le 29 août; ils devaient être, autant que possible, répartis entre la France et l'Angleterre d'une manière égale. Dans le cas où l'un des deux pays aurait à entretenir un plus grand nombre de prisonniers ou en aurait un certain nombre pendant un plus long temps à sa charge, il était convenu qu'il serait fait tous les trois mois le compte de l'excédant des dépenses et que le remboursement de cet excédant serait opéré par le gouvernement de l'autre pays. En vertu de cet acte mille des prisonniers de Bomarsund furent conduits aux Dunes par le commodore Grey, et mille autres embarqués à bord de *la Cléopâtre* et de *la Sirène*.

La frégate à vapeur *le Souffleur* amena au Havre le général Bodisco, prisonnier sur parole, avec la faculté de choisir sa résidence parmi toutes les villes de France à l'exception de Paris. Il était accompagné de sa femme, de son fils unique, de deux officiers, dont l'un capitaine du génie avait été blessé d'un coup de baïonnette par un chasseur de Vincennes, et du neveu de ce capitaine, jeune homme de seize ans, appartenant au corps des cadets; une femme de chambre et un soldat Finlandais formaient toute leur suite. Le général passa quelques jours au Havre, dont la population lui témoigna les égards dus à la vieillesse et à l'infortune. Il visita l'établissement des bains de Frascati, où il fut l'objet d'une curiosité toute respectueuse; puis il partit pour Evreux avec l'intention de se fixer dans les environs de cette ville.

Le gouvernement français désigna l'île d'Aix pour recevoir les prisonniers russes. Elle est située en avant de l'embouchure de la Charente, entre l'île de Ré et l'île d'Oléron. Elle forme avec ces deux îles un bassin où les vaisseaux trouvent un abri et un bon mouillage. Elle est très-rapprochée de la France, et le bras de mer qui l'en sépare a si peu de profondeur qu'à la marée basse on peut le traverser presque à gué. Au milieu de ce bras de mer est le fort Ennet. Dans l'île il y en a deux : l'un, le fort Liodot, défend l'entrée de la Charente; l'autre défend le canal qui sépare l'île d'Aix de l'île d'Oléron. Cette île, quoique petite, est assez importante comme position. Dans les dernières guerres de l'empire on y a transporté jusqu'à dix mille hommes de troupes. Elle est la dernière terre du sol français qu'ait foulée Napoléon, et ce fut en la quittant qu'il s'embarqua sur le vaisseau qui devait le conduire à Sainte-Hélène.

Les prisonniers russes y arrivèrent le 15 septembre au nombre de 998, 29 officiers et 969 soldats ou sous-officiers, la plupart appartenant au 22e de ligne et à l'artillerie russes. Il y avait aussi parmi eux des Cosaques du Don et du Dniester, et trois soldats de la garde impériale, dont les traits réguliers et la haute taille contrastaient avec la mine chétive de leurs compagnons d'infortune.

Deux compagnies du 6e de ligne vinrent renforcer la garnison destinée à garder les prisonniers. Un militaire de ce corps a consigné dans une lettre d'intéressantes observations sur ces hôtes involontaires de la France.

« Ils paraissent, dit-il, robustes et endurcis aux fatigues; un grand nombre d'entre eux ont mal aux yeux; ils sont beaucoup plus propres qu'on ne serait disposé à le croire généralement; ils portent les moustaches et les cheveux comme nos soldats, quelques-uns les favoris coupés à l'ordonnance et frisés avec une certaine coquetterie.

» Beaucoup d'officiers parlent très-bien le français et paraissent avoir beaucoup de distinction et de très-bonnes manières. Sur l'ordre du général Baraguey-d'Hilliers ils ont conservé le droit de porter leurs armes. Leur tenue est propre et soignée; leur uniforme se compose d'une tunique bleue avec revers et collet rouge écarlate, d'une casquette plate, bleue, avec bourdaloue rouge; leurs épaulettes en argent varient de grosseur et de franges selon le grade. J'ai causé avec plusieurs officiers et surtout avec un vieux capitaine d'origine française qui est mon voisin. Ils s'accordent tous pour vanter l'ardeur et l'impétuosité de nos troupes à Bomarsund, et accusent leur empereur en termes assez amers d'être la cause de tant de malheurs par son entêtement.

» Les officiers sont convenablement logés en ville ou dans des pavillons; ils ont de bons lits et sont traités avec beaucoup d'égards. Comme vous le savez sans doute, les soldats sont casernés soit dans les établissements militaires du premier fort de l'île d'Aix, soit dans le fort Liodot, à l'extrémité de l'île. Ils occupent les chambres affectées au casernement de nos soldats et sont couchés absolument comme le sont nos troupiers dans les camps, c'est-à-dire sur un sac de campement, rempli de paille, avec une couverture de laine; ils ont d'ailleurs un bagage considérable. Leur uniforme est assez grossier; il se compose d'une longue capote gris-marron, d'un habit vert foncé à pans courts avec collet et passe-poils rouges, d'un pantalon bleu, d'une casquette plate et noire avec bourdaloue rouge et à visière recourbée.

» La plupart d'entre eux se réjouissent d'être en France, et le traitement fort doux qu'ils ont subi à bord et à terre ne leur fait pas regretter le régime auquel ils étaient soumis dans leur pays. On leur donne le même pain et les mêmes vivres de campagne qu'à nos soldats; aussi c'est un spectacle curieux que de les voir manger. Ils font véritablement bonne chère, et leur plaisir se traduit par des démonstrations de joie, des cris de reconnaissance et des remercîments adressés à nos troupiers, qu'ils appellent *bono Français!* Ils témoignent une grande curiosité pour apprendre les dénominations françaises de tout ce qu'ils voient et accablent nos soldats de questions auxquelles ceux-ci répondent avec leur bonne humeur habituelle.

» Je vous le répète, les soldats russes paraissent contents de leur situation et font très-bien comprendre qu'ils ne tiennent pas à retourner en Russie. Jusqu'à présent ils sont restés inoccupés et circulent librement dans l'île; mais on ne tardera pas à les employer à des travaux de fortification. Je crois que l'on aura en eux de bons et laborieux ouvriers. Ils sont soumis, dociles et surtout fort respectueux envers leurs supérieurs et les officiers français; on voit qu'une discipline sévère a passé par là. Beaucoup des prisonniers sont munis d'argent qu'ils ont pu emporter. Ils fument silencieusement dans de longues pipes et consomment énormément d'eau-de-vie. Hier soir, même, quelques-uns en avaient fait un tel abus, que le commandant de place a dû prendre des mesures pour modérer leur soif. Si ces libations exagérées pouvaient avoir une excuse, ce serait dans l'excessive chaleur dont nous sommes accablés (17 septembre), et il n'y a rien d'étonnant à ce que ces enfants du Nord trouvent notre climat lourd et fatigant.

» Ils ont avec eux seize femmes ayant chacune deux ou trois enfants en bas âge. Ces femmes sont loin d'être jolies, mais elles sont très-propres quoique simplement vêtues; elles portent toutes sur la tête *en fanchonnette* un foulard de soie. Deux d'entre elles excitent un vif intérêt par leur position : l'une a perdu son mari pendant la traversée et reste seule avec trois enfants; l'autre, par suite d'une erreur, s'est embarquée sur un bâtiment français tandis que son mari allait en Angleterre. Du reste, je ne saurais vous dire avec quels égards et quelle générosité chacun s'emploie pour ces malheureuses victimes de l'ambition d'un seul homme. Un hôpital a été établi et pourvu de tout ce qui était nécessaire pour recevoir et soigner les malades; un médecin militaire et des infirmiers y sont attachés.

» Maintenant que le premier établissement des prisonniers est terminé, je présume que nous allons être fort tranquilles et que notre service sera très-doux. L'île d'Aix est un séjour assez triste; on y compte quatre-vingts feux. Je me propose d'utiliser mon séjour ici en causant avec les Russes et les étudiant surtout au point de vue militaire. J'ai déjà eu de longues conversations avec le colonel du génie qui était chargé des travaux de défense de Bomarsund. Il avoue que ce qui l'a complétement *dérouté*, c'est la précision avec laquelle les chasseurs de Vincennes allaient atteindre les artilleurs dans les embrasures des fortifications. Il s'extasie aussi devant la longue portée de leurs fusils et le tir des canons à bord de nos navires. »

Dans une autre lettre, le même correspondant ajoute :

« Les Russes sont logés, les uns dans des bâtiments préparés autrefois pour les prisonniers arabes, les autres dans le fort Liodot. Les officiers occupent un pavillon de l'hôpital et les bâtiments du génie militaire.

» Les officiers ont les mêmes lits que ceux affectés aux malades dans les hôpitaux; les soldats ont une bonne paillasse, avec une couverture de laine. L'état sanitaire est très-satisfaisant, bien qu'à Rochefort on ait fait courir le sot bruit que les prisonniers étaient *empestés* : il n'y a à l'hôpital que douze malades dont quatre atteints de la fièvre pendant la traversée et huit blessés. Toutes les précautions ont été prises pour qu'ils reçussent les soins que réclamait leur position. On a, d'ailleurs, prescrit les mesures les plus sévères de tenue de propreté, pour que, dans cette agglomération d'individus, la moindre négligence dans les prévisions hygiéniques ne pût donner prise à l'épidémie.

» En dépit de certaines appréciations peu bienveillantes, tous les soldats russes que j'ai vus sont très-propres.

» Ils se montrent très-friands du pain qui leur est fourni : c'est le même pain que celui de nos soldats, blanc comme celui de deuxième qualité et bluté au vingtième. Le pain qu'ils recevaient à Bomarsund, et dont j'ai vu quelques échantillons, est rempli de paille et de terre et d'une couleur noirâtre peu séduisante. Ils ont par jour deux cent cinquante grammes de viande fraîche et six décagrammes de légumes secs, haricots, pois, lentilles, fèves, etc. On leur a appris à faire de la soupe *à la française*. Ils s'y prennent jusqu'ici très-maladroitement. Ils réussissent assez bien à faire cuire le bœuf, mais ils ne trempent pas le pain, avant de commencer à manger, et alternent une cuillerée de bouillon par une bouchée.

» Je ne saurais trop insister sur leur docilité, leur douceur et leur soumission. Ils sont libres de circuler dans l'île, sous la condition de répondre à trois appels par jour : deux aux heures de repas, et le troisième au milieu de la journée. Ils se soumettent sans difficultés aux corvées qu'on leur impose. Ce qui nous a frappés, c'est le dédain avec lequel les traitent leurs officiers : c'est à peine si ceux-ci les regardent, malgré l'attitude respectueuse et même servile que les soldats prennent à leur approche. Aussi paraissent-ils enchantés lorsque nous répondons par un signe de tête au salut qu'ils nous adressent.

» Je pense qu'on pourra en tirer grand parti pour les travaux des fortifications d'une partie de l'île d'Aix qui ont besoin d'être réparées. Ils aiment beaucoup le café et l'eau-de-vie. Comme on faisait dans le commencement des difficultés pour recevoir les monnaies russes, les prisonniers, lorsqu'ils échangent, ne veulent plus accepter que de la monnaie française.

» Avant de passer aux officiers, qui m'ont fourni quelques observations sérieuses, je dirai un mot des femmes, que d'abord je n'avais fait qu'entrevoir. J'ai pu les remarquer en toilette, et je trouve qu'elles sont d'une grande coquetterie et que, sous ce rapport, elles ne le cèdent en rien aux femmes françaises. Elles portent des robes à volants, des caracos en soie, de petits mouchoirs *en marmotte* posés très-gentiment sur le derrière de la tête, et de petits souliers dans lesquels vient finir une jambe très-bien faite, ornée d'un bas bien blanc et soigneusement tiré. Pour la plupart elles ont de jolies dents, de beaux cheveux blonds bien soyeux. Une seule, juive d'origine, a les cheveux très-noirs. Les enfants sont bien arrangés et proprement vêtus.

» Les soldats paraissent fort contents de leur situation et fraternisent très-cordialement avec nos troupiers, dont la rondeur et la franche bonhomie les enchantent. Plusieurs de ces derniers s'érigent déjà envers les vaincus en professeurs de français; et, sous le prétexte de faire un cours de belle langue, inculquent à leurs élèves les termes les plus pittoresques de l'argot des camps et de la caserne. C'est un spectacle très-curieux que d'assister à ces leçons et de voir un vieux sergent ou même un soldat bel esprit trancher du pédagogue et enseigner à leur manière les règles de la *syntasque* française à l'auditoire ébahi de leur faconde. Il n'en est pas de même de l'anglais, qu'ils détestent.

» De notre côté, nous avons fait connaissance avec les officiers russes, auxquels nous avons fait une cordiale réception. Ils se sont rendus à notre invitation en grande tenue et revêtus de leurs uniformes, qui sont assez bien, quoiqu'un peu simples et trop sombres. Pendant toute la soirée la conversation a été très-animée, et leurs confidences nous ont éclairci bien des points qui restaient obscurs ou douteux pour nous. Du reste, ils sont très-sages et fort modérés dans leurs appréciations; aussi nous avons pu, sans indiscrétion, aborder sur la politique les questions les plus scabreuses sans crainte de les froisser ou d'être froissés par eux. Le gouverneur civil, qui est officier aux tirailleurs de la garde impériale, M Furihielm, paraissait surtout touché de notre accueil : Nous ne sommes que des machines de guerre, m'a-t-il dit; une fois hors du champ de bataille, nous n'avons plus d'ennemis, nous n'avons que des frères, comme le prescrit toute religion.

» Le colonel paraît fort instruit, surtout en artillerie; il connaît toutes nos armes, vante beaucoup la carabine de nos chasseurs, qu'il met bien au-dessus de l'arme des chasseurs-tirailleurs russes, quoique celle-ci soit plus légère et plus courte.

» Un des officiers les plus distingués est le lieutenant-colonel, Alexandre Kranshold, du génie, qui avait organisé la défense de Bomarsund. Il parle très-bien le français et sans le moindre accent. Il m'a raconté que le système de fortifications qu'on se proposait de construire à Bomarsund devait être un des plus redoutables : il devait se composer de quinze tours se reliant par une enceinte à triple bastions en granit. Ce qui a entravé dans les travaux de défense, c'est que l'empereur avait défendu que, même dans un pressant danger, on touchât aux fondements des fortifications. Par suite de cet ordre les abords de la place ne pouvant être mis à découvert, nos batteries de brèche se trouvaient à l'abri et envoyaient les projectiles sans que l'ennemi pût leur répondre. Il a vu, comme l'ont dit les journaux, le général Niel venant reconnaître l'emplacement de la batterie dirigée contre la tour principale, et ne comprend pas qu'il ait pu échapper à la mitraille qu'on a lancée contre lui.

» Il est revenu plusieurs fois sur les admirables dispositions du général du génie français et sur la merveilleuse adresse des chasseurs de Vincennes. Du reste il signalait comme très-défectueux le système

de fortifications adopté en Russie. A Bomarsund les casemates étaient si mal disposées, qu'après plusieurs coups de canon tirés les soldats étaient aveuglés et asphyxiés par la fumée. Le même vice de construction existe à Cronstadt et à Sébastopol. »

Outre ces officiers, le correspondant que nous citons mentionne le lieutenant-colonel major Guillaume Tamelakh qui commandait la place à Bomarsund, le lieutenant-colonel d'artillerie, le commandant de l'infanterie et le major commandant les tirailleurs; enfin dix-huit capitaines, lieutenants-capitaines, lieutenants et sous-lieutenants. « Tous, dit-il, ont de fort bonnes manières, ce qui n'étonne pas quand on sait qu'ils appartiennent presque tous aux plus grandes familles. Ils manifestent un vif désir de s'instruire et prennent constamment des notes.

» Ils sont très-sobres, mais ils fument beaucoup. Ils prennent du thé le matin et un repas à la fourchette vers deux heures. Presque tous sont Finnois ou Polonais, sauf un Cosaque et trois Russes pur sang. L'officier cosaque est en capote comme les soldats : il paraît du reste qu'en temps de guerre, les officiers, pour ne pas être reconnus par l'ennemi, doivent porter la capote du soldat. »

Moins heureux que les prisonniers de l'île d'Aix, ceux qui étaient confiés à la garde de l'Angleterre furent distribués sur des pontons; mais on leur assura pour ration quotidienne une livre de biscuit, ou une livre un quart de pain tendre, et une quantité raisonnable de sucre, de thé, de chocolat, de gruau, de viande fraîche, de légumes et de fruits. Officiers et soldats furent appréciés en France comme en Angleterre. « Les officiers, dit le journal *le Times*, sont des hommes forts et vigoureux; mais les soldats ont cet extérieur chétif et grêle qu'on voit parmi les individus qui peuplent nos manufactures et nos prisons, et qu'on peut aussi remarquer dans une ou deux contrées agricoles où les salaires sont au taux les plus bas qu'il y ait en ce pays. Les femmes sont toutes simplement et proprement vêtues; la plupart portent autour de la tête des mouchoirs de couleur, et ressemblent assez d'ailleurs aux marchandes de balais bavaroises. »

Le capitaine Stewart, de la frégate à hélice le *Termagant*, avait conduit à Sheerness cent quatre-vingt-dix-neuf soldats russes, le capitaine du génie Swearoff, le capitaine Mellart et le lieutenant Blüm, tous trois avec leurs femmes; avant de les envoyer dans leur prison flottante du *Devonshire*, il offrit un dîner aux officiers et à leurs femmes. Au dessert Swearoff but à la santé du capitaine, et le remercia des témoignages de bienveillance que ses compagnons et lui avaient reçus pendant la traversée. Ils montraient tous assez d'indifférence et semblaient résignés à leur sort; seulement ils exprimaient l'espoir que le gouvernement britannique leur permettrait de résider sur la côte. Le lendemain, quand la chaloupe à vapeur le *Wildfire* les transporta à bord du *Devonshire*, ils se tinrent sur le tillac, et tant que la frégate d'où ils sortaient fut en vue ils agitèrent leurs casquettes en signe d'adieu.

Plus tard, cent soixante-dix des prisonniers de Sheerness, parmi lesquels se trouvaient quinze officiers et cinq femmes, furent transférés à Lewes dans l'ancienne prison du comté de Sussex. Ils y furent conduits en chemin de fer, et trouvèrent à la station le lieutenant Mann gouverneur de la prison, un peloton d'invalides et un détachement de constables. On fit ranger les officiers et les soldats russes sur quatre de front; et s'avançant d'un pas mesuré, d'un air de profonde indifférence, à travers d'épais groupes de curieux, ils allèrent prendre possession du domicile qui leur était assigné.

CHAPITRE XXV.

Fin de la campagne de la Baltique. — Le choléra à Bomarsund.

Comme rien d'important ne se passa dans la Baltique après la prise de Bomarsund, nous compléterons ce que nous avons à en dire afin de nous occuper exclusivement des mouvements militaires en Crimée et dans les principautés danubiennes.

Les mauvais temps, qui viennent si vite dans la Baltique, ne permettaient pas de conduire les gros navires devant Cronstadt sans les exposer à des avaries considérables. En admettant même qu'on pût triompher des orages, il eût été difficile d'obtenir un succès sans le concours d'une armée nombreuse. Les troupes expéditionnaires françaises revinrent donc à Cherbourg; quant à la flotte anglaise, elle croisa dans le golfe de Bothnie et devant Revel jusqu'à ce que les glaces eussent fermé les ports russes.

On a pu remarquer que dans l'ordre du jour du vice-amiral du 20 juillet et dans la proclamation de l'empereur des Français à l'armée d'Orient il était question du choléra. Ce fléau, qui ravagea le monde entier pendant l'année 1854, n'avait en effet épargné ni les combattants envoyés dans la Baltique ni ceux qui campèrent sur les bords de la mer noire. Dès le milieu de juillet il éclata à bord du vaisseau français *l'Austerlitz*; le lendemain même de la prise de Bomarsund, il se déclara dans l'île d'Aland. A peine l'ambulance avait-elle été construite au village de Finby, que tentes et baraques s'encombrèrent de cholériques apportés de toutes parts; mais les médecins, pharmaciens, infirmiers, employés de l'intendance, aumôniers, rivalisèrent de zèle pour conjurer l'épidémie. Les vaisseaux en furent également attaqués, et les compagnies d'infanterie de marine qu'on avait débarquées sur l'île de Presto, eurent cruellement à souffrir. « Dès qu'elles eurent mis pied à terre, écrit un témoin oculaire, M. Georges de Kéry, le fléau fit quatorze victimes. L'amiral Parseval organisa aussitôt un service de santé, que le zèle de ses agents rendit efficace. On eût pu voir officiers, chirurgiens, aumôniers et simples soldats donner à boire aux malades, les couvrir, les essuyer, les frictionner. Tout devenait entre leurs mains instruments à frictions : des morceaux d'étoffe de laine, des pans d'habits militaires russes, du foin, et même des orties.

» Mais, ce qu'on a unanimement remarqué, c'est le soin pieux avec lequel les compagnies d'infanterie de marine ont toujours et partout veillé à la sépulture de leurs défunts : cela a été plus que de l'esprit de corps, il faut l'appeler de l'esprit de famille. Tous les morts ont eu leur bière et leur tombe à part, et sur chacune de ces tombes une croix de bois a été plantée avec les noms et le grade du défunt. Des gazons en croix, des arbres verts indiqueront longtemps encore aux

La flotte anglaise eut aussi son contingent de cholériques, et à bord d'une seule frégate, *le Termagant*, il y eut quarante-trois cas dont dix-sept mortels.

CHAPITRE XXVI.

Le choléra en Orient. — Mort des généraux d'Elchingen et Carbuccia. — Mesures prises contre l'épidémie.

Le choléra prit en Orient une extension beaucoup plus désastreuse. Il débuta à Gallipoli, envahit le Pirée, et enfin les camps établis autour de Varna. Parmi ses premières victimes on compte deux généraux de brigade : le duc d'Elchingen et M. Carbuccia. Le premier, fils du maréchal Ney, était aimé dans l'armée autant pour lui-même que pour son père. Dès les premiers symptômes il se sentit perdu. Brusquement dépossédé d'un nom illustre, d'un rang élevé, d'une carrière de gloire, il chercha des consolations dans les croyances reli-

La frégate à vapeur *le Souffleur* amène au Havre le général Bodisco.

populations alandaises que les croyances religieuses sont loin d'être éteintes, comme on le leur dit, dans le cœur des soldats de la France.

» Les épisodes les plus touchants ont réjoui les cœurs jusque dans les jours les plus lugubres, au sein des compagnies d'infanterie de marine. Nous pourrions parler de l'affectueuse tendresse des chefs supérieurs, des visites des amiraux dans les ambulances et de leurs paroles toujours paternelles; mais une chose a été plus douce encore à voir, c'est la confiante affection du simple soldat pour son officier, et la constance avec laquelle son cœur a été tourné vers les souvenirs de famille. Dès qu'un soldat se croyait en danger il faisait appeler ou son capitaine ou son lieutenant pour remettre entre ses mains une modique somme d'argent, une montre, une bague, un ruban ou des cheveux, avec prière de faire parvenir le tout, au retour en France, à sa mère, à ses sœurs ou à d'autres chères affections. Nous pourrions en citer un qui remit à son lieutenant quatorze francs dont deux étaient destinés à faire dire deux messes dans une chapelle de son pays : c'était un Breton de Plougastel. Un autre, dont la conduite à l'égard de ses parents avait été, disait-il, publiquement scandaleuse, donna l'adresse à l'aumônier de *l'Algérie* qui le soignait, le priant de faire faire en son nom des excuses publiques pour ses erreurs de jeune homme. Mais celui-là, Dieu merci! fera ses réparations lui-même, car, comme bien d'autres, il a recouvré une santé parfaite. »

gieuses, qu'il avait probablement négligées avant ce moment suprême. Il ne se trouvait alors dans le camp de Gallipoli qu'un seul ecclésiastique, un jésuite, le père Gloriot. Le duc d'Elchingen le fit mander, et après s'être confessé il lui dit : « Vous pouvez revenir dans une ou deux heures pour m'administrer. »

Le père Gloriot fut exact au rendez-vous. Voyant le général assoupi, il lui tâta le pouls, et reconnut que la dernière heure était proche. Il le réveilla doucement, et le moribond, comprenant ce que signifiait la visite de l'ecclésiastique, murmura ces mots : « Faites, mon père, je suis prêt. »

Les cérémonies de l'extrême-onction s'accomplirent, et au bout de quelques minutes le duc d'Elchingen n'était plus.

Le général Carbuccia mourut trois jours après, le 9 juillet. Il avait amené d'Afrique la brigade d'infanterie qu'il commandait. C'était non-seulement un intrépide militaire, mais encore un savant distingué. Pendant son séjour en Algérie il s'était occupé de recherches archéologiques qui avaient attiré l'attention de l'Académie des inscriptions et belles-lettres, dont il avait été nommé correspondant. Ses funérailles, comme celles du duc d'Elchingen, furent suivies par les Turcs avec autant d'empressement que par les Français.

Le confesseur de ces deux généraux, dans une lettre à l'évêque de Beauvais, a retracé leurs derniers moments en ces termes :

« Le premier, dit le père Gloriot, des deux généraux moissonné par le choléra, le duc d'Elchingen, fils du maréchal Ney, était un homme aussi distingué par l'élévation de son esprit que par la politesse exquise de ses manières. Le dimanche il avait présidé à la messe militaire; deux jours après son aide camp accourait auprès de moi en me disant : — Vite, monsieur l'abbé, auprès du général, il vous demande, il est au plus mal. — Au moment où je me rendais dans sa chambre, le général me tendit la main en me disant, en présence de on état-major : — Monsieur l'aumônier, je tiens à ce qu'on sache que c'est moi qui vous ai fait appeler; je veux mourir en bon chrétien. — Et il se confessa.

« Après avoir reçu l'absolution, il croisa ses mains sur sa poitrine, offrit à Dieu le sacrifice de sa vie, et lui adressa la prière la plus touchante pour sa femme et ses enfants. Vers trois heures de l'après-midi, je le trouvai assez mal pour lui administrer l'extrême-onction; à huit heures je pénétrai une dernière fois dans sa chambre, elle était remplie de tout ce que l'armée possède de plus distingué. Le

forçait de combattre : il perdit, entre autres hommes regrettables, les médecins-majors Pontier et Lagèze, les médecins aides-majors Plassau, Musard, Stéfané, Dumas, Gérard et Claquart. C'étaient autant de combattants tués sur le champ de bataille; mais quoique l'exemple de ces victimes de leur zèle fût de nature à refroidir les courages, le formidable ennemi n'en fut pas moins vigoureusement combattu. Dans ses rapports au ministre de la guerre, le maréchal de Saint-Arnaud vante l'énergie que tous opposent à l'épidémie. « Partout, dit-il, je trouve la *grande nation*... un moral de fer, un dévouement au-dessus de l'admiration. Tout le monde se multiplie; les soldats sont devenus des sœurs de charité. » Il donne des éloges particuliers aux officiers de santé, aux fonctionnaires de l'intendance et à ceux des différentes administrations, sans oublier les aumôniers de l'armée, qui se sont prodigués au chevet des malades. Des sœurs hospitalières sont venues de Constantinople au Pirée, à Gallipoli et Varna; partout elles ont été accueillies comme des anges consolateurs, leur présence seule a fait le plus grand bien.

Incendie de Varna.

général entrait en agonie : je me mis à genoux pour réciter les prières des mourants; ses deux aides de camp étaient à mes côtés, tenant des flambeaux allumés. Au moment où je terminais, ce brave guerrier rendait son âme à Dieu au milieu des sanglots des assistants.

» Le général Carbuccia avait conduit le deuil aux obsèques du duc d'Elchingen, et trois jours après il le suivait au tombeau. La veille de sa mort je l'avais rencontré au moment où je me rendais à l'hôpital; quelques heures après il me faisait appeler. Il était Corse, et avait la foi ardente des habitants de cette île : il accomplit ses devoirs avec la plus tendre ferveur.

» Sous l'impression d'épouvante que causait le choléra, les sentiments religieux se ranimaient dans tous les cœurs : les officiers étaient les premiers à recourir à mon ministère, et ils venaient me trouver à toutes les heures du jour et de la nuit. J'entendais souvent leurs confessions en me rendant d'un hôpital à l'autre; d'autrefois je les rencontrais m'attendant dans les escaliers intérieurs de l'hôpital. Je m'appuyais sur la rampe; ils se mettaient à genoux à mes côtés, et recevaient le pardon de leurs fautes. Quand ils m'apercevaient dans les rues, ils descendaient de cheval, me remerciaient affectueusement et ajoutaient presque toujours : — Ah! mon père, si je suis atteint, ne manquez pas de vous rendre au premier appel. »

Le corps de santé militaire paya un lourd tribut au mal qu'il s'ef-

Un bon régime était aussi indispensable pour prévenir l'invasion qu'un bon service médical pour la repousser. L'administration militaire s'efforça d'assurer l'un et l'autre. La ration réglementaire de viande, de 250 grammes, fut portée à 750; la ration réglementaire de pain, de 750 grammes, à 1,000 : une forte ration de sucre fut donnée chaque jour au soldat, et remplacée de temps en temps par une ration de vin. Depuis l'entrée en campagne jusqu'au mois d'août, on distribua en Orient les rations dont voici la nomenclature exacte :

Farine, représentant en blé 76,700 quintaux métriques, fournissant 7,670,000 rations;

Biscuits, 35,504 quintaux métriques, fournissant 4,830,000 rations; Total, 12,500,000 rations de vivres-pain.

Riz, 16,600 quintaux métriques, représentant 27,740,000 rations;

Viande sur pied, 26,000 quintaux métriques, fournissant 5,200,000 rations;

Bœuf salé, 1,570 quintaux métriques, fournissant 520,000 rations;

Lard salé, 5,130 quintaux métriques, fournissant 2,140,000 rations;

Vin, 5,275, hectolitres, représentant 2,110,000 rations;

Eaux-de-vie, 591 hectolitres, représentant 946,000 rations;

Sucre et café, 2,100 quintaux métriques, fournissant, rations mixtes, 5,730,000 rations.

La transformation de la farine en pain fut assurée au moyen de vingt-quatre fours de campagne expédiés de France, indépendamment des fours permanents qui furent construits sur divers points. Chaque homme fut pourvu de tous les effets réglementaires d'habillement et d'équipement. On y ajouta les objets dont l'expérience de la guerre en Algérie et les prévisions d'un hiver rigoureux à passer sur les côtes de la mer Noire firent reconnaître l'utilité au double point de vue de la santé et du bien-être du soldat. L'administration expédia en outre les étoffes et les effets de toute nature nécessaires pour la création d'une légion étrangère forte de deux mille hommes d'infanterie et de mille hommes de cavalerie.

Le service des hôpitaux et des ambulances reçut une organisation complète en rapport avec l'importance des besoins auxquels il pouvait être appelé à satisfaire.

Dans la prévision que les organisations réglementaires ne seraient pas suffisantes et afin de pourvoir aux nécessités que l'absence des ressources locales pouvait faire présumer, il fut expédié sur le théâtre des opérations des cantines d'ambulance pour douze mille hommes, indépendamment de quarante-cinq cantines régimentaires remises aux divers corps au fur et à mesure de leur embarquement.

On eut de la sorte :

Douze hôpitaux mobiles pour 500 malades chacun, ci. 6,000 malades.
Un hôpital de dépôt pour 1,000 malades, ci. . . . 1,000 —
Et une réserve de 750 fournitures complètes, ci. 750 —
Indépendamment du dépôt fait au Pirée pour le service complet d'un hôpital de 500 malades, ci. . . 500 —

Ce qui assurait le service des hôpitaux pour. . . . 8,250 malades.

Chacun de ces hôpitaux était pourvu de la manière la plus large, et le seul approvisionnement en linge suffisait pour 180,000 pansements.

Le régime alimentaire fut assuré dans les hôpitaux par l'envoi de 9,900 kilog. de conserves diverses représentant un total de 620,000 portions de malade. Le service des médicaments fut organisé au moyen de quinze pharmacies complètes pouvant suffire chacune au service hospitalier de 500 malades, soit ensemble 7,500 malades pendant trois mois.

Un dépôt central de pharmacie installé à Constantinople comprenait les réserves nécessaires pour ravitailler pendant six mois les quinze pharmacies mobiles.

CHAPITRE XXVII.

Excursion de la 1re division dans la Dobrutscha. — Le capitaine Abatucci. — Note du *Moniteur* sur le général Espinasse. — Reconnaissances sur les côtes de Crimée. — Les Russes refusent le combat. — Forces navales russes dans le port de Sébastopol. — Défenses de cette place.

Malgré tant de soins, la prolongation de l'épidémie ralentit les opérations militaires. Les généraux alliés avaient décidé qu'ils dirigeraient leurs efforts contre la Crimée, cette presqu'île importante, qui, s'allongeant entre deux mers, menace à la fois deux continents. Ils se proposaient de conquérir Sébastopol, gigantesque arsenal assis au bord de la mer Noire en face de la Turquie, pour y jeter au moindre signe du czar la terreur et la dévastation. Mais comment accomplir d'aussi grands projets avec des soldats abattus par la souffrance ? L'influence épidémique rendait toute expédition impossible ou infructueuse. Une colonne de dix bataillons aguerris s'était mise en marche le 21 juillet sous les ordres du général Espinasse, commandant la 1re division en l'absence du général Canrobert, qui était allé avec une partie de la flotte en reconnaissance devant Sébastopol. Le but de ce mouvement était de soutenir le 2e régiment de bachi-bouzoucks et les quinze cents zouaves qui accompagnaient la troupe du général Yusuf. On espérait les trouver à Kustendji, mais ils s'étaient portés en avant à la poursuite des Russes. La division, après une marche pénible à travers la Dobrutscha, arriva à Karvalik, où l'on apprit que les zouaves avaient rencontré deux escadrons russes et que ceux-ci avaient fui abandonnant les traînards, les cantiniers et deux mille moutons. On ne manquait donc pas d'aliments, mais leur abondance même avait des inconvénients. En outre, l'atmosphère était en feu ; des exhalaisons méphitiques s'échappaient de flaques d'eau toujours malsaines et empoisonnées par les cadavres que l'ennemi y avait laissés. Le choléra et d'autres maladies avaient déjà fait de terribles ravages dans la division, quand le général Canrobert donna l'ordre de la retraite. Un bataillon du 27e et le bataillon du 9e chasseurs à pied furent désignés d'arrière-garde pour le transport des malades et s'en acquittèrent avec un zèle qui leur valut d'être mis à l'ordre du jour.

Dans cette retraite un jeune sous-lieutenant du 27e, M. Paul Pereira, eut, comme plusieurs de ses camarades, une attaque de typhus. Il refusa d'abord d'aller à l'ambulance et essaya de suivre le régiment. Mais peu à peu il se trouva en arrière de sa colonne, et, le mal s'aggravant, il tomba sur la route. Aucun secours n'était à sa portée, et M. Pereira, malade, couché à terre, se trouvait dans une position désespérée, lorsqu'un capitaine de zouaves, qui lui-même était resté un moment en arrière, vint à passer à cheval. C'était le

capitaine Antoine Abatucci. Ils se reconnurent comme deux Orléanais et deux amis d'enfance. Le capitaine mit pied à terre, plaça sur son cheval son camarade malade et le ramena, en marchant à pied à côté de lui, jusqu'au camp de Varna, où le bon air et les bons soins rétablirent bientôt les forces du jeune sous-lieutenant.

Le *Moniteur* publia plus tard, le 18 septembre, sur l'excursion de la Dobrutscha, les deux notes ci-après :

« Le bruit de la mort du général Espinasse s'étant répandu, nous le démentons avec plaisir. Rentré en France presque mourant, il est vrai, du choléra, cet officier général est assez bien rétabli pour retourner prochainement en Orient ; il est venu à Boulogne prendre congé de l'Empereur, et il attend les ordres de Sa Majesté pour le maréchal de Saint-Arnaud. » —

« L'opinion publique s'est vivement préoccupée de la situation d'une partie de notre armée dans le Dobrutscha, et on a prétendu que le général Espinasse, commandant la 1re division en l'absence du général Canrobert, était cause, par des marches forcées et par son imprévoyance, des pertes que le choléra avait fait éprouver. Le général Espinasse s'est borné à exécuter ponctuellement les ordres qui lui étaient transmis. Il n'a fait avec sa division, au delà de Kustendji, qu'une marche de cinq heures pour appuyer le général Yousouf commandant l'avant-garde composée des bachi-bouzoucks, auxquels s'étaient joints 1,500 zouaves. Afin de les moins fatiguer, le général Espinasse leur avait fait laisser leurs sacs en arrière dans une position qu'il était sûr de reprendre le lendemain.

» Bien plus, dans ce bivac de Karvalik, où le choléra a sévi avec tant de violence et que des récits mensongers présentent comme dénué de toute ressource, on n'a manqué ni d'eau courante ni de viande fraîche. Sans doute, dans un pays malsain comme la Dobrutscha, l'expédition a pu aggraver les effets de la maladie ; mais il y aurait injustice à en imputer les résultats funestes uniquement aux marches forcées ou à l'imprudence des généraux. »

De même que les armées de terre, les flottes étaient condamnées à l'inaction ; l'état sanitaire des marins ne leur permettait pas de longues croisières : tout ce qu'elles purent faire, ce fut de reconnaître à plusieurs reprises les côtes de Crimée. Les Russes avaient établi sur toute l'étendue de ces côtes un service de surveillance et de transmission de dépêches ; et aussitôt qu'un vaisseau français ou anglais paraissait, deux Cosaques partaient de toute la vitesse de leurs chevaux dans des directions opposées.

Une seule fois les frégates anglaises le *Furious* et le *Terrible* et le vaisseau français le *Descartes* furent sur le point de joindre l'ennemi. Tous trois croisaient le 11 juin en vue de Sébastopol, quand ils aperçurent quatre corvettes et deux frégates à vapeur placées entre le port et le cap Chersonèse. Aussitôt ils se formèrent en ligne de front, le *Descartes* au milieu. Les bâtiments russes imitèrent cette manœuvre ; leurs ponts se couvrirent de soldats, et une de leurs frégates tira un coup de canon. La distance était trop grande pour que le boulet portât ; mais dès qu'elle eut été diminuée, le *Descartes*, le *Furious* et le *Terrible* commencèrent le feu. On vit alors les Russes, qui s'avançaient avec une apparence de résolution, prendre chasse à toute vitesse et se réfugier derrière les murailles des fortifications du port.

Dans l'après-midi du 19 juin, les trois vaisseaux offrirent encore le combat à deux frégates et à deux vaisseaux à trois ponts qui louvoyaient à l'entrée du même port ; mais les bâtiments russes restèrent derrière la ligne d'embossage, au fond de la rade de Sébastopol.

L'impassibilité moscovite priva les marins anglo-français de la gloire qu'ils ambitionnaient ; mais elle eut du moins un résultat avantageux, ce fut de les laisser libres d'étudier à loisir les défenses de Sébastopol. Ils purent compter les monuments, les églises, les casernes, les hôpitaux de cette ville de 40,000 âmes. Ils voyaient la population circuler sur les pentes escarpées qui relient les rues parallèles à la rade ; ils acquirent la certitude qu'il y avait dans le port dix-sept vaisseaux, quatre frégates, cinq corvettes ou briks, quatre-vingt-deux bâtiments de rang inférieur, douze navires à vapeur, en résumé cent neuf bâtiments qui représentaient au moins deux mille deux cents bouches à feu de tout calibre. Les vaisseaux étaient les *Douze Apôtres*, *Paris*, les *Trois Saints*, le *Grand-Duc Constantin*, le *Wladimir*, chacun de 120 canons ; le *Swatoslaw*, l'*Uriel*, le *Chabrit*, le *Rostillaw*, l'*Yugudiel*, les *Trois Hiérarches*, le *Selaphœel*, le *Varna*, le *Gabriel*, le *Tro-Sviatitalia*, le *Tchesmé*, l'*Impératrice Marie*, chacun de 84 canons. Les frégates *Cagul*, *Koulefgi*, *Kavarna*, *Médéa*, avaient chacune soixante pièces d'artillerie. Venaient ensuite les corvettes ou briks le *Ptolémée*, le *Thésée*, l'*Enée*, de 20 ; le *Pylade* et le *Calipso*, de 18 ; les bâtiments de rang inférieur *Néarch*, *Striella*, *Orlanda*, *Drolik*, *Ziabiaka*, l'*Astorga*, *Smaglogla* ; douze bâtiments à vapeur, parmi lesquels figurent les avisos la *Bessarabia*, le *Gromnosetz* et le *Wladimir* (deuxième du nom) ; enfin, soixante-quatre chaloupes canonnières.

Quant aux fortifications de Sébastopol, l'examen auquel se livrèrent les flottilles envoyées en reconnaissance confirma les renseignements qu'on avait déjà obtenus. L'entrée de la rade était défendue par les quatre forts Alexandre, Saint-Nicolas, Constantin et Sainte-Catherine. Deux batteries protégeaient la baie de Karantin (de la Quarantaine), située à l'ouest. La ville, le port et l'arsenal, jusqu'au delà du bassin de carénage, étaient environnés d'un mur crénelé d'environ deux mètres d'épaisseur ; le fort d'Akhar s'élevait au centre de ce long rempart. Aux approches du faubourg de Karabelnaja, placé sur la rive orientale du port, on terminait à la hâte deux batteries, et les habitants valides, se joignant à la garnison, travaillaient à compléter le nivellement des collines d'où l'on aurait pu dominer les murailles, ou à construire aux environs des redoutes de terre.

CHAPITRE XXVIII.

Ordre général du 8 août. — Lettre du gouverneur de Gallipoli au général Levaillant. — Incendie de Varna.

Les généraux alliés jugeant qu'ils avaient besoin de toutes leurs forces pour relancer la Russie dans ce sanctuaire de sa puissance, attendaient avec une juste impatience le terme de l'épidémie. Il vint enfin et fut officiellement proclamé à Paris par un article du *Moniteur*, à Varna par un ordre général ainsi conçu :

« Au milieu des pénibles épreuves que nous venons de traverser, j'ai puisé des consolations dans les actes de dévouement que le péril commun a fait naître et dans la vigueur morale qu'ont montrée pendant la durée de l'épidémie ceux qui obéissent et ceux qui commandent dans cette armée.

» La première division, surprise pendant ses marches par l'invasion du fléau, s'est trouvée dans la situation la plus douloureuse ; mais l'ordre, l'espérance et le calme n'ont pas cessé d'y régner comme dans les meilleurs jours, et elle a renouvelé sous ce rapport les beaux exemples qu'avait donnés avant elle la garnison de Gallipoli.

» Je loue comme ils le méritent et je remercie avec effusion les officiers et les soldats qui viennent de s'honorer ainsi aux yeux de l'armée en combattant, avec une énergie que rien n'a pu vaincre, les difficultés d'une situation qui aurait pu étonner, à certains moments, des courages moins éprouvés.

» Les regrets que je donne à ceux de nos camarades que nous avons perdus et qui sont morts dignement à leur poste de combat, sont tempérés par la satisfaction que j'éprouve de me voir entouré de tant de braves gens. Je sais que je puis tout attendre d'eux, et j'envisage avec une sécurité profonde les efforts qu'il me reste à leur demander pour mettre fin à notre grande entreprise.

» Au quartier général de Varna, le 8 août 1854.

» *Le maréchal commandant en chef,*

» A. DE SAINT-ARNAUD. »

La population turque n'avait pas été épargnée ; mais dans les auxiliaires qui n'avaient pu jusqu'alors la servir les armes à la main elle avait trouvé des soutiens contre un fléau que son ignorance l'aurait empêchée de conjurer. C'est ce qui résulte d'une lettre adressée au général Levaillant, commandant le camp de Gallipoli, par Raschid, gouverneur ottoman de cette place.

« Gallipoli, 12 août 1854.

» MONSIEUR LE GÉNÉRAL,

» J'ai l'honneur de vous informer que M. le docteur de l'intendance sanitaire est venu ce matin m'annoncer, grâce à Dieu, l'heureuse nouvelle que le choléra a fini par disparaître, et nous avons tous l'espérance de n'avoir plus à regretter de nouvelles victimes. Ainsi le calme commence à renaître après l'orage. C'était en effet une formidable tempête que cette crise du choléra que nous avons essuyée ! c'était un ennemi implacable qui s'acharnait contre nous avec tant de furie ! mais aussi de quelles armes savantes ne vous êtes-vous point servi pour le combattre ! Je vous dois, monsieur le général, une éternelle reconnaissance pour les mesures que vous avez prises, toutes tendant à extirper les germes du fléau, comme aussi je dois vous remercier du dévouement qu'ont montré les hommes placés autour de vous.

» Je croirais manquer à ma conscience en ne plaçant pas en première ligne M. le colonel Adam, commandant la place. De quel zèle infatigable n'était-il pas animé, lorsqu'au plus fort de l'épidémie il veillait avec un soin particulier à la propreté de la ville, à l'inhumation des décédés et jusqu'à la nourriture des habitants ! Ses conseils nous ont été d'une très-grande utilité et ont puissamment contribué à faire disparaître un moment plus tôt la calamité qui nous accablait. M. l'intendant de Molines, poussé de son côté par un intérêt tout paternel pour la consolation des habitants, je ne l'ignore pas, accordé toute espèce de facilités à MM. les docteurs qui se dévouaient pour soigner les habitants délaissés, mourant de misère et de maladie.

» Les bénédictions du peuple retentissent chaque jour pour vous d'abord, monsieur le général, ainsi que pour tous ceux qui se sont sacrifiés au salut de l'humanité souffrante. Les noms chéris des docteurs qui ont si fièrement bravé la mort pour porter des secours aux agonisants du pays m'ont été communiqués par M. le colonel commandant la place, et je dois vous faire savoir que j'ai fait un rapport à mon gouvernement de ce qui s'est passé pendant le choléra et dans lequel je signale les noms de ceux qui se sont le plus dévoués. Nul doute que le gouvernement de Sa Majesté Impériale le sultan saura tenir compte à chacun des services qu'il a rendus dans des circonstances aussi graves.

» Il est un nom encore digne d'être placé parmi ceux que je viens de signaler : c'est celui de M. Spiro Xanthopulo, docteur sanitaire des Dardanelles, que le gouvernement a envoyé ici depuis l'apparition du fléau. J'aime à vous le faire savoir, monsieur le général, M. Xanthopulo a eu de nombreuses conférences avec M. le colonel Adam pour la propreté de la ville, à laquelle il a beaucoup contribué. Il est inutile de dire que M. Xanthopulo a soigné avec un désintéressement sans égal un grand nombre de familles prolétaires de toutes religions.

» J'ai rempli le devoir sacré que m'impose ma position en vous rendant compte de la conduite pleine de dévouement de M. le colonel Adam, de M. de Molines et de celle de MM. les docteurs. Il m'en reste encore un, et celui-là je le remplis aussi avec joie : c'est celui de vous prier, pour la seconde fois, de vouloir bien, monsieur le général, agréer le tribut de ma reconnaissance, celui de mes profonds remerciments et l'expression de ma très-haute considération.

» *Le gouverneur, chargé des affaires des troupes auxiliaires*
» *à Gallipoli,*

» RASCHID. »

Un sinistre imprévu, l'incendie de Varna, apporta de nouveaux retards à l'expédition de Crimée. Il se déclara le 1er août, vers sept heures et demie du soir, dans la boutique d'un liquoriste grec qui avait imprudemment approché une lampe d'un tonneau contenant de l'alcool. Les flammes se répandirent aussitôt avec une rapidité extrême dans les quartiers qui n'offraient que trop d'aliment à l'incendie par leurs mauvaises dispositions et les matériaux éminemment combustibles qui entrent dans la construction des maisons. Les compagnies du génie durent renoncer à sauver les maisons, les baraques et les boutiques des quartiers commerçants pour conjurer un danger plus sérieux. En effet, à la droite d'une rue qui montait du port vers l'intérieur de la ville, d'une rue qui n'était plus qu'un brasier, se trouvaient déposées, dans trois grands magasins, la poudre des deux armées et celle de la place, environ 2,000 quintaux dont plus de dix millions de cartouches et plus de 80,000 coups de canon. Or ces magasins n'avaient qu'une simple toiture en tuiles plates et un seul était construit en maçonnerie franche, les deux autres présentaient des assises en bois alternant, suivant l'usage turc, avec des assises en pierre. Et l'incendie léchait ces murailles, et des nuages d'étincelles s'abattaient incessamment sur ces frêles toitures.

Les états-majors des deux armées, leurs chefs en tête, donnèrent l'exemple d'un sang-froid, d'un dévouement au-dessus de tout éloge. De huit heures du soir à quatre heures du matin, ces intrépides officiers restèrent adossés aux murailles de la poudrière, dirigeant eux-mêmes la manœuvre des pompes pendant que nos artilleurs tendaient quelques draps mouillés sur les toits qui cédaient et s'enfonçaient sous leurs pas. Les Anglais avaient un dépôt de poudre dans un autre quartier, ils eurent l'heureuse audace de la soustraire aux flammes en l'emportant hors des murailles ; les compagnies du génie s'emparaient des barils qui la contenaient et traversaient la ville au pas de course.

Un silence général planait sur cette malheureuse ville ; ce n'était pas de la stupeur, c'était comme du recueillement. Les musulmans priaient dans les mosquées ; ceux que l'on rencontrait dans les rues montraient le ciel, le ciel qui était pur et éclairé par une lune magnifique. Les Grecs sauvaient leurs chétifs mobiliers ; car, du côté opposé aux magasins, l'incendie montait, montait toujours, en menaçant la ville d'un embrasement général.

Nos soldats travaillaient aux coupures et empêchaient les vols. Çà et là, pourtant, quelques désordres se manifestaient autour des magasins de liquides. Mais autour des poudrières la grandeur, l'imminence du péril élevaient les courages et il n'y eut pas un moment de défaillance.

Le bruit s'était répandu qu'on devait battre la retraite si l'on reconnaissait l'impossibilité de sauver les poudres. Vers une heure on crut entendre le terrible signal et il y eut un moment de panique parmi les indigènes ; mais l'arrivée des divisions campées autour de la ville rétablit une sorte de confiance.

On redoubla d'efforts, la garnison ottomane unit les siens à ceux des troupes alliées ; les marins des trois flottes, avec leurs pompes, jetèrent des torrents d'eau sur les toits embrasés, et à quatre heures du matin il restait un foyer incandescent, qui lançait d'épais nuages de fumée, mais dont la part était faite.

Le feu ravagea une surface de cent quatre-vingt-cinq mètres de large sur trois cent cinquante de long, détruisit les magasins de campement français, qui étaient heureusement presque vides, et occasionna pour sept à huit millions de dégâts.

Les coreligionnaires du czar furent accusés sinon d'avoir allumé l'incendie, du moins de l'avoir entretenu. On remarqua que les flammes, dès qu'elles étaient arrêtées dans un endroit, reparaissaient tout à coup sur d'autres points souvent fort éloignés les uns des autres. On vit même des gens jeter dans les brasiers, près de s'éteindre, des malles, des effets, et autres matières inflammables. Un d'eux, surpris au moment où il cherchait à mettre le feu à des baraques de bois attenant à la poudrière, fut massacré par un sapeur, qui constata qu'il portait sur lui un couteau et des pistolets. Il y a plus : la principale porte de Varna, appelée porte d'Ibraïla, chemin le plus direct pour se rendre au camp, se trouva barricadée par des mains inconnues, dans le but évident d'empêcher les secours d'arriver.

CHAPITRE XXIX.

Noces de la fille du sultan Abd-ul-Medjid.

Le jour même du désastre de Varna, Constantinople était en fête. Fathme, fille du sultan, épousait Ali-Ghalib-Pacha, fils de Reschid, ministre des affaires étrangères.

Le cortége se réunit d'abord au palais impérial de Tchéhéragan, situé au Bosphore, et dans lequel on peut entrer, comme dans les palais de Venise, par la porte de terre et par la porte d'eau.

Lorsque les dames turques qui devaient escorter la sultane, et les hauts fonctionnaires qui devaient également faire partie de sa suite se furent réunis, les premiers dans le Haremlik et les seconds dans le Salamlik, le cortége se mit en marche. Des régiments de la garde impériale formaient la haie et présentaient les armes ; les corps de musique des divers régiments faisaient entendre alternativement des airs turcs et européens. Un soleil étincelant (c'était vers deux heures après midi) donnait à toute la scène l'effet le plus oriental.

En Turquie la place d'honneur n'est pas la tête, mais la queue ; les nombreuses voitures contenant les dames du palais, les épouses des hauts fonctionnaires et leur suite, marchaient en avant. Ces voitures étaient toutes ouvertes, et toutes les femmes qu'elles renfermaient étaient voilées du yachmak et cachées à tous les yeux par cette espèce de manteau à manche en étoffe de laine légère de toutes couleurs, appelé féredjé, que portent uniformément les femmes turques de toutes les conditions, sans autre distinction que le plus ou moins de fraîcheur de cette enveloppe informe.

Venait ensuite la sultane en somptueux costume, sans yachmak ni féredjé, mais soigneusement cachée par les rideaux d'une magnifique voiture. Suivaient à cheval tous les pachas et leur escorte dans l'ordre de leur importance, c'est-à-dire le grand vizir placé le dernier. Des pelotons de cavalerie ouvraient et fermaient la marche, et donnaient au cortége nuptial son caractère politique.

Arrivés par terre au palais de Balta-Liman, les invités se divisèrent comme avant le départ du palais de Tchéhéragan ; les dames entrèrent dans le palais de la sultane, et les pachas se retirèrent chacun sous une tente spéciale avec leur suite pour y accueillir les invités qu'ils recevaient au nom du sultan dont ils étaient censés les représentants. Avant cette séparation du cortége, tout le monde avait mis à pied à terre pour former une haie, et la voiture de la sultane, passant au milieu des hommages, avait apporté l'auguste épouse jusqu'au harem du palais de Balta-Liman, où Ali-Ghalib-Pacha était pour la recevoir et l'avait conduite dans une chambre d'honneur de laquelle il était immédiatement sorti. Avant de suivre son jeune époux la sultane avait dû, suivant l'usage turc, se faire beaucoup prier, et ne se décider à entrer dans le nouveau palais, où elle mettait le pied pour la première fois, qu'après une longue résistance.

Ali-Ghalib-Pacha, après avoir conduit son épouse dans la chambre d'honneur du harem, se retira dans son propre palais, et y resta jusqu'au soir sans voir personne. Dans le harem, et sous toutes les tentes, les réjouissances et les félicitations commencèrent, mais avec un caractère bien différent ; car si dans les mœurs des hommes des changements importants sont survenus, les vieilles mœurs de l'empire ont à peu près survécu dans les habitudes féminines.

Sous les tentes des pachas, des musiciens turcs jouaient de leurs instruments indigènes, le café était prodigué, le tabac brûlait dans les tchiboucks. Au coucher du soleil, après une prière faite en commun, les pachas allèrent rendre leurs hommages à Ali-Ghalib-Pacha, dans son salamlik, ou salon de réception ; puis ils se retirèrent : à l'exception d'un jeune enfant, qui, précédé d'eunuques et portant des flambeaux d'or, pénétra seul dans le harem.

Toute cette scène vraiment imposante n'avait pourtant qu'un caractère semi-asiatique, les costumes et le service des tables étant à peu près européens ; sauf cependant un certain cachet indestructible dans les manières et dans mille habitudes, qui, de même que le fez rouge placé sur la tête du Turc vêtu à peu près à l'européenne, témoigne hautement de sa nationalité et rappelle avec la plus pittoresque énergie que l'on est dans un pays mixte où l'Asie est recouverte d'une transparente couche européenne.

Dans le harem la sultane avait reçu successivement les dames invitées, qui toutes avaient un appartement séparé où elles pouvaient réciproquement se visiter et se féliciter. De magnifiques cadeaux étaient apportés à la sultane, et le son des flûtes, des violons, des guitares et des tambours de basque faisait continuellement retentir le palais. Des femmes seulement jouaient de ces divers instruments, et chaque dame d'importance avait amené avec elle sa musique. Les rafraîchissements de toutes sortes circulaient sans interruption, et enfin au coucher du soleil des dîners furent servis dans les différents appartements. Ces dîners étaient plus excessivement turcs : les convives mangeaient accroupis gracieusement sur des coussins, et la fourchette occidentale était suppléée par les plus blanches mains couvertes de bagues de diamants, de saphirs, d'émeraudes et de toutes les pierres précieuses que l'imagination peut rêver.

Après le dîner les réjouissances continuèrent jusqu'au moment de la prière du soir. Alors Ali-Ghalib-Pacha dut pénétrer dans la chambre de la sultane précédé des eunuques, qui s'arrêtèrent à la porte, sans rencontrer personne sur son passage. Arrivé dans cette chambre mystérieuse, il dut faire une prière à haute voix, dans laquelle se mêlaient les remercîments adressés au ciel avec les éloges de la jeune sultane, puis enfin l'étiquette vit expirer son empire et les jeunes époux furent laissés seuls.

Les dames invitées continuèrent le jour suivant encore les réjouissances de la veille et se retirèrent successivement. Pour le peuple il n'y eut d'autres réjouissances que de magnifiques feux d'artifices, qui, tirés du palais de Balta-Liman, produisirent sur le Bosphore cet effet prestigieux qu'ils ne peuvent produire que dans de pareils sites : s'il en existe au monde. Autrefois de semblables noces étaient accompagnées de fêtes, qui, sans changer de caractère, se prolongeaient pendant quinze jours.

Nous avons dit que les habitudes des dames turques étaient restées à peu près ce qu'elles étaient autrefois ; cependant dans cette solennité quelques changements dans les costumes se sont produits, et la main audacieuse de la mode européenne s'est glissée jusque dans les harems.

Pour comprendre ces changements il faut esquisser le costume d'une dame turque tel qu'il était avant cette petite révolution et le montrer dans tout son fanatisme : si ce mot toutefois peut être appliqué à un genre de costume essentiellement gracieux fait pour ne jamais être vu que dans l'intimité du harem, où, à l'exception du maître et de quelques proches parents, il n'entre aucun homme ; costume incommode et presque impossible pour la vie extérieure, bien qu'on le recouvre de cette inélégante mais pudique enveloppe appelée *féredjé* et que le visage se couvre du yachmak.

Lorsqu'une dame turque sort du bain, les cheveux coupés à la hauteur des oreilles et la peau soigneusement délivrée du plus léger duvet par des pommades caustiques, elle revêt d'abord des bas brodés très-courts, un immense pantalon en étoffe doublée de toile blanche appelé *chalvar* et qui s'attache à la taille et au-dessous des genoux, puis retombe jusqu'aux pieds, qu'il recouvre ; elle habille ensuite la partie supérieure du corps seulement d'une espèce de camisole très-courte qui ne vient qu'à la taille et qui habituellement est de la mousseline la plus claire ; elle revêt ensuite une robe appelée *entari*, qui habille complètement les bras, la taille et le reste du corps, le dépasse d'une longueur assez grande et se sépare en trois morceaux qui peuvent à volonté traîner gracieusement comme la queue de nos robes européennes, ou se relever et se rattacher à la ceinture ; une ceinture de cachemire serre à la taille l'entari, qui est complètement ouvert par-devant de bas en haut. Une espèce de spencer se place encore par-dessus l'entari et peut fermer hermétiquement sur la poitrine au besoin. En hiver on ajoute des pelisses en diverses fourrures.

La chaussure se compose de pantoufles légères et la coiffure d'un mouchoir brodé gracieusement attaché sur l'oreille de la manière la plus piquante ; les diamants se portent en collier, en aigrettes, en bagues et mêlés aux broderies. Lorsqu'on sort le yachmak enveloppe la figure, le féredjé recouvre et cache toute la toilette et les pantoufles se remplacent par des bottes jaunes, très-larges, et par-dessus ces bottes on chausse des pantoufles, assez résistantes, destinées à préserver de la poussière la première chaussure.

On voit que dans cette toilette essentiellement gracieuse et presque féerique il manque plusieurs choses et notamment le vêtement qui chez les femmes européennes touche immédiatement la peau, le corset, les gants, les cheveux longs.

Or, aux noces de la sultane, nombre de dames avaient des corsets, portaient des gants sous leurs bagues et avaient fait faire en pointe et collant, à l'européenne, le corsage en manière de spencer, qui se place sur l'ensemble de la toilette ; de plus un grand nombre laissaient croître leurs cheveux, et la ceinture de cachemire roulé était remplacée le plus souvent par un large ruban frank se fermant par-devant avec un gros nœud en pareil.

Ces transformations sont plus importantes qu'on ne croit, surtout si l'on songe combien sont tenaces les habitudes intérieures en Orient.

Toutes ces toilettes étaient couvertes de broderies d'or et ornées de pierres précieuses appliquées partout. Les couleurs les plus voyantes sont celles choisies, et quelquefois la soie de l'étoffe disparaît sous l'inondation de broderies qui déborde sur la toilette tout entière. On assure que les robes d'une princesse égyptienne étaient si chargées d'ornements, que leur poids total dépassait peut-être trente ou quarante kilogrammes. Il est aussi d'usage de se placer sur diverses parties du visage, le front, le nez, les joues et le menton, les diamants, qui, montés sur une plaque, peuvent être fixés avec une gomme tenace.

Il est impossible d'évaluer à moins d'un ou deux millions les présents que tous les fonctionnaires de l'empire offrent à la sultane par l'intermédiaire de leurs femmes. Ces présents consistent ordinairement en bijoux de grand prix, et un grand nombre en cette circonstance étaient montés dans le style européen. On a remarqué aussi comme nouveauté qu'une danseuse européenne a été appelée concurremment avec les danseuses orientales.

Quand, d'après l'ordre du sultan, Reschid-Pacha, accompagné du kisslar-agassi, se rendit chez la sultane pour lui faire sa visite, il fut autorisé à la voir la figure découverte. C'était une faveur exceptionnelle dans l'empire ottoman que cette autorisation, et elle témoignait hautement de la confiance toute particulière accordée par le sultan à son ministre.

CHAPITRE XXX.

Expédition de Crimée. — Préparatifs. — Proclamation du maréchal Saint-Arnaud. — Instructions données aux troupes anglaises. — Lettre écrite de Varna. — Terreur des Russes. — Brutalité de Menschikoff. — Proclamation du gouverneur d'Odessa.

Les fêtes nuptiales auraient dû se prolonger pendant quinze jours; mais on les réduisit à deux jours, afin de s'occuper exclusivement d'affaires sérieuses.

Après une longue attente on était à la veille de l'expédition de Crimée, à laquelle devaient prendre part cinquante mille Français, vingt-cinq mille Anglais et vingt mille Turcs, sans compter vingt-cinq mille matelots. Près de six cents navires de guerre ou de transport, à voiles ou à vapeur, se tenaient prêts à transporter sur les côtes russes les troupes, les vivres, les munitions et le matériel de siége qui avaient été envoyés de Toulon. L'administration militaire avait en outre expédié de France un assortiment considérable en outils de campement, haches, pioches, pelles, serpes, faux, faucilles, bissacs, tentes, bidons, couvertures et une collection complète d'effets de pansage. Les rades de Varna et de Baltschik offraient l'aspect d'une forêt de mâts; elles étaient sillonnées depuis le point du jour jusqu'à la nuit par un nombre incalculable de chalands, de canots, de chaloupes, d'embarcations de toute espèce.

Le prince Napoléon, atteint d'une fièvre dont il avait pris le germe dans la Dobrutscha, se reposait de ses fatigues au château de Thérapia, que le sultan avait provisoirement cédé à madame de Saint-Arnaud; il s'embarqua pour Varna, et fut suivi presque immédiatement par le duc de Cambridge. Le 21 août arrivèrent à Varna de Gallipoli, six frégates à vapeur destinées à embarquer le 5ᵉ léger, le 40ᵉ de ligne, la compagnie d'élite de la légion étrangère, le 8ᵉ cuirassiers, le 7ᵉ dragons et l'artillerie, et à les mener à Baltschik.

La flotte de guerre comprenait soixante bâtiments : vingt-cinq vaisseaux de ligne à voiles ou à vapeur, dont quinze français et dix anglais; vingt-neuf frégates ou corvettes, dont quinze françaises et quatorze anglaises, et six vaisseaux turcs. Comme rendez-vous général les escadres on désigna la petite île des Serpents, nommée en turc Ilane Odasar, située à peu de distance de la côte de Bessarabie, en face des bouches du Danube.

Les généraux alliés s'entendirent avec Omer-Pacha pour qu'il opérât, s'il était possible, une diversion en Bessarabie. Ils avaient aussi l'assurance que de son côté Schamyl occuperait les Russes en Asie. Ils avaient reçu le 24 juillet la visite de Méhémet-Emin, naïb ou lieutenant de Schamyl sur le versant occidental du Caucase. Accompagné de cinq chefs circassiens, il était arrivé à Varna à bord de la frégate à vapeur le Vauban, qui revenait de transporter des troupes ottomanes à l'embouchure du Tchorok-Sou. Ces montagnards, tous hommes d'une haute stature et d'une physionomie martiale, s'étaient présentés à M. de Saint-Arnaud, et lui avaient exprimé les sentiments de leur nation pour la France et pour l'Angleterre. Ils avaient déclaré qu'ils étaient amplement approvisionnés d'armes et de munitions, qu'ils étaient en mesure de marcher contre les Russes, et qu'ils n'attendaient pour agir que les instructions des alliés. Après s'être promenés dans les camps et avoir admiré la discipline et les manœuvres des deux armées, les Circassiens étaient partis pour Constantinople. Dans plusieurs conférences successives avec les ministres de la Sublime Porte, ils avaient obtenu l'assurance que la Turquie ne se prévaudrait jamais des droits de suzeraineté qu'elle avait autrefois sur la Circassie, et qu'elle se proposait exclusivement d'aider les habitants du Caucase à refouler l'ennemi commun. Au moment où les flottes allaient appareiller pour la Crimée, le naïb et ses compagnons étaient en route pour leurs montagnes avec l'intention de donner à la guerre une nouvelle activité.

Quand toutes les dispositions furent prises, le maréchal de Saint-Arnaud mit à l'ordre du jour cette proclamation :

« Soldats,

» Vous venez de donner de beaux spectacles de persévérance, de calme et d'énergie au milieu de circonstances douloureuses qu'il faut oublier.

» L'heure est venue de combattre et de vaincre. L'ennemi ne nous a pas attendus sur le Danube. Ses colonnes démoralisées, détruites par la maladie, s'éloignent péniblement. C'est la Providence, peut-être, qui a voulu nous épargner l'épreuve de ces contrées malsaines; et c'est elle aussi qui nous appelle en Crimée, pays salubre comme le nôtre, et à Sébastopol, siége de la puissance russe, dans ces murs où nous allons chercher ensemble le gage de la paix et de notre retour dans nos foyers. L'entreprise est grande et digne de vous. Vous la réaliserez à l'aide du plus formidable appareil militaire et maritime qui se vit jamais. Les flottes alliées, avec leurs 3,000 canons et leurs 25,000 matelots, vos émules et vos compagnons d'armes, porteront sur la terre de Crimée une armée anglaise, dont vos pères ont appris à respecter la haute valeur, une division choisie de ces soldats ottomans qui viennent de faire leurs preuves à vos yeux, et une armée française que j'ai le droit et l'orgueil d'appeler l'élite de notre armée tout entière.

» Je vois là plus que des gages de succès, j'y vois le succès lui-même.

» Généraux, chefs de corps, officiers de toutes armes, vous partagerez et vous ferez passer dans l'âme de vos soldats la confiance dont la mienne est remplie.

» Bientôt nous saluerons ensemble les trois drapeaux flottant sur les remparts de Sébastopol de notre cri national Vive l'Empereur !

» Au quartier général à Varna, le 25 août 1854.

» A. de Saint-Arnaud. »

De son côté, le 30 août, l'on communiqua aux troupes anglaises qui partaient de Varna les instructions suivantes :

« 1° L'invasion de la Crimée ayant été résolue, les troupes s'embarqueront sur les bâtiments de transport qui s'assembleront à Baldjick et se rendront avec les flottes combinées à leur destination.

» 2° Dans une opération si difficile, il est essentiel que les arrangements qui ont été faits soient attentivement médités et parfaitement compris par les officiers qui sont responsables de leur exécution, et soient strictement exécutés, sans aucun changement ou sans qu'aucun officier d'un rang inférieur agisse selon son propre jugement. Autrement il en résulterait de la confusion, et l'on pourrait avoir à redouter les plus funestes conséquences.

» 3° Quand il sera ordonné aux troupes de débarquer, elles devront entrer dans les bateaux selon l'ordre où elles se trouveront dans les rangs.

» 4° Elles devront s'asseoir ou se tenir debout, suivant qu'il sera jugé convenable, et dès qu'une fois elles seront placées il leur faudra rester parfaitement tranquilles et observer le silence.

» 5° Elles devront porter avec elles, mais non pas sur elles, leurs havre-sacs; et en quittant les bateaux, elles se les chargeront sur le dos ou les placeront sur la plage, dans l'ordre où ils se tiendront, selon qu'il leur sera prescrit.

» 6° Les régiments se formeront en colonnes contiguës, à un quart de distance.

» 7° Elles ne chargeront pas avant d'avoir débarqué, et elles ne le feront pas alors sans en recevoir l'ordre.

» 8° le chevaux fournis pour le service seront débarqués après le débarquement des troupes.

» 9° Les officiers et les soldats devront porter du pain et de la viande salée pour trois jours et apprêtée. Les soldats auront leurs bidons plein d'eau..

» Les outres d'eau seront également débarquées et placées avec les munitions de réserve; et les chevaux destinés à ce service, si l'on peut les prendre, ce qui maintenant est douteux, seront amenés sur le rivage aussitôt qu'on le pourra.

» 11° Il est nécessaire que les officiers n'emportent, dans le premier cas, sur la plage, que les objets qu'ils peuvent porter eux-mêmes.

» 12° l'état-major du service médical, attaché aux divisions et aux brigades, débarquera en même temps qu'elles.

» 13° Les batteries débarqueront avec les divisions auxquelles elles sont attachées, aussi bien que les sapeurs qui sont dans une situation semblable. Ces derniers porteront avec eux ce qu'il leur faudra d'outils et d'instruments à faire des retranchements.

» 14° La division de cavalerie légère débarquera la première. Quatre compagnies du 2ᵉ bataillon de la brigade des carabiniers seront attachées à chacune des brigades de la division et formeront l'avant-garde.

» 15° Suivra la première division, puis la seconde, la troisième et la quatrième.

» 16° La cavalerie sera prête à débarquer, mais elle ne débarquera point avant qu'elle en reçoive l'ordre spécial; elle prendra avec elle des grains et des fourrages pour trois jours.

» 17° Les autorités navales pourvoiront au débarquement de ce qu'il faut justement de chevaux des officiers de l'état-major, et il est recommandé à ces officiers de mettre sur leurs chevaux des grains et des fourrages pour trois jours.

Ordre du débarquement.

» Quand les troupes seront dans les chaloupes, elles se formeront sur le côté des vaisseaux qui fait face au rivage et d'où elles débarqueront, prêtes à se former en ligne de front, au signal qu'en donnera *l'Agamemnon*. Les bateaux devront se tenir à vingt pieds de distance des rames et avirons les uns des autres.

» Ils devront observer attentivement les signaux, afin que l'ordre de se former en ligne ne soit pas pris pour celui de s'avancer. C'est en ligne et de front qu'ils s'avanceront : ils devront apporter le plus grand soin à conserver la ligne, afin qu'aucun bateau ne la dépasse ou ne se trouve en arrière; mais tous se dirigeront vigoureusement et avec ensemble vers le rivage, en observant le plus rigoureux silence.

Arrangements.

» Il sera attaché à chaque division un vapeur de guerre pour donner assistance en cas de besoin pendant qu'on sera en mer; *Le Triton* et *le Spitfire* recevront l'ordre de mouiller comme points de limite pour la division légère, et comme étant un guide général pour les autres.

» Les bateaux de la flotte qui débarqueront l'infanterie seront rangés en division : dans l'une, les chaloupes et les bateaux des troupes; dans une autre, les bateaux à tambour des roues des vapeurs; dans une troisième, les bateaux du service de transport.

» Tous les officiers auront copie de ces instructions.

» Tous les équipages des bateaux porteront dans leurs havre-sacs leurs provisions du jour, et leur ration d'eau-de-vie dans une petite gourde.

Instructions du service médical.

» Dans le cas où l'armée aurait à effectuer un débarquement sur une côte ennemie, se trouvant face à face avec des troupes qui lui opposeraient de la résistance, les soldats, avant de quitter les vaisseaux, devront prendre un bon repas, et apprêter avant qu'ils partent tout ce qui paraîtra nécessaire pour être servi. Pour cela, le porc vaut mieux que le bœuf; parce qu'avec les légumes que les soldats peuvent trouver sur la plage, il donne plus de vigueur.

» Les fonctionnaires du service médical débarqueront avec les derniers bateaux de leurs régiments, et porteront avec eux leurs hâvre-sacs, leurs appareils à pansement et les civières, si l'ennemi s'oppose au débarquement, de façon à pouvoir faire porter sur-le-champ les blessés aux bateaux, qui les transporteront aux vaisseaux réservés pour les recevoir. On aura soin que chaque vaisseau employé à ce service soit pourvu d'eau et d'une tasse en corne. »

A la même date, un officier supérieur français écrivait de Varna :

« Nous embarquerons le 2 septembre. Trois jours après, l'armée aura débarqué sur les côtes de Crimée. Le 7 probablement il sera livré une grande bataille; et le 15 nous serons devant Sébastopol. Les deux armées sont dans le meilleur état et très-enthousiastes. Jamais on ne vit en aussi peu de temps disposer de forces de terre et de mer aussi considérables que celles destinées à envahir la Crimée. Les trois escadres anglaise, française et turque comptent soixante vaisseaux; le nombre des frégates et des bateaux à vapeur est double, et il ne cesse pas d'arriver de France, d'Angleterre et de Constantinople des navires à roues, à hélice, à voiles. Déjà les amiraux ont fait des essais de débarquement. En moins d'une heure, les escadres peuvent débarquer 12,000 hommes, et deux heures après ce nombre peut être porté à 20,000 hommes. Le débarquement, appuyé par le feu de 24 à 30 canons, peut être opéré sur le point que l'on voudra.

» Cette opération, toujours très-difficile, se fera sous la protection des canons de toutes les escadres, qui balayeront tout le littoral; alors les canonnières portant des pièces de 24 et formant de puissantes batteries flottantes s'avanceront vers le rivage avec des troupes, elles protégeront le débarquement jusqu'à ce que les batteries de terre aient assuré la position de l'artillerie. Pour faciliter le prompt établissement des troupes à terre, la flotte de transport a à bord de trente à quarante mille gabions et sacs à terre; de telle manière que vingt-quatre heures après le débarquement l'armée sera à couvert derrière des retranchements en état de résister longtemps aux plus formidables attaques de l'ennemi.

» Des voyageurs dignes de foi rapportent d'Odessa et de Sébastopol que les commandants russes ont tiré un grand nombre de condamnés des forteresses où ils étaient renfermés, et qu'on les fait servir dans les batteries du port. A Sébastopol il y a un bataillon de deux cents condamnés. »

En effet, les Russes avaient concentré les condamnés épars dans les villes de Slawiansk, d'Alexandrowsk, de Bachnut et de Tchuguijew et les employaient sans relâche, sous une surveillance militaire, aux fortifications qu'on exécutait sur la côte de Crimée. Le prince Menschikoff, qui commandait à Sébastopol, en sortait par intervalles pour inspecter les travaux. Il était à Pérécop le 24 août, et donna un soufflet à un major qui n'avait pas compris ses ordres du premier coup.

Le commandant de la place d'Odessa, Armenkoff, faisait faire l'exercice à tous les habitants capables de porter les armes, tandis que le gouverneur Krusenstern envoyait les magasins de blé à Tirasopol, ordonnait de dépaver la plupart des rues, et enjoignait aux habitants de brûler la ville plutôt que de la rendre aux alliés. Toutes ses terreurs se peignent dans sa proclamation du 30 août :

« Habitants d'Odessa,

» L'ennemi se montre de nouveau en vue de notre ville plus fort que jamais. Nous sommes armés et bien préparés. Nous saurons nous opposer de la manière la plus énergique à toute tentative de débarquement de l'ennemi. Mais les canons des bâtiments ennemis ont une longue portée. Cependant ne vous en effrayez pas, il y a aussi des moyens pour résister à ce danger. Préparez des toiles et des peaux mouillées, et jetez-les sur les bombes que l'on pourrait lancer sur la ville. Il faudra tenir des seaux d'eau sur les toits pour pouvoir immédiatement éteindre les incendies. Si néanmoins l'ennemi, fort de ses canons à longue portée, continue opiniâtrément le combat, nous nous retirerons à Tirasopol après avoir réduit la ville en cendres pour que l'ennemi n'y trouve pas un abri. Malheur à celui d'entre vous qui resterait en arrière pour éteindre l'incendie!

» Krusenstern, *gouverneur.* »

CHAPITRE XXXI.

Réponse négative du czar aux dernières sommations.

Il dépendait du czar de détourner le coup dont il était menacé. Il lui suffisait d'accepter des négociations sur les quatre bases posées par la France et l'Angleterre et recommandées par l'Autriche et la Prusse :

1° Cessation du protectorat de la Russie sur les principautés danubiennes;

2° Liberté de la navigation du Danube;

3° Révision du traité du 13 juillet 1841;

4° Renonciation de la Russie au droit d'exercer un protectorat officiel sur les sujets de la Sublime Porte.

La réponse du cabinet de Saint-Pétersbourg fut négative. M. de Nesselrode envoya le 26 août aux ambassadeurs de Russie à Vienne et à Berlin deux notes qui ne laissaient aucun espoir d'accommodement, et que, malgré leur longueur, il est indispensable de reproduire.

« Saint-Pétersbourg, 14 (26) août 1854.

» *Au prince Gortschakoff, à Vienne.*

» J'ai reçu les communications que le cabinet autrichien nous a adressées à la date du 10 août, et je les ai soumises à l'empereur.

» En accédant à la demande qui nous avait été faite par l'Autriche de ne pas pousser plus avant nos opérations militaires dans la Turquie et de rappeler nos troupes des principautés, nous avons eu exclusivement en vue les intérêts autrichiens et allemands, au nom desquels cette demande nous avait été faite. La concession demandée devait avoir pour nous les conséquences les plus graves. Elle nous enlevait, comme nous l'avons déjà fait remarquer au gouvernement autrichien, le seul point militaire qui pouvait rétablir en notre faveur l'équilibre des positions sur l'immense théâtre des opérations de la guerre. Il y a plus : elle devait nous exposer irrémédiablement au danger de voir se jeter en masse sur nos côtes d'Asie et d'Europe dans la mer Noire les forces militaires de l'Angleterre, de la France et de la Turquie.

» Malgré ces inconvénients et ces dangers évidents, nous nous étions néanmoins, tenant compte des vœux de l'Autriche et de l'Allemagne, déclarés prêts à nous retirer volontairement et complètement des principautés du Danube. Nous renonçions même à toutes conditions de réciprocité de la part de nos adversaires; nous ne demandions absolument rien de ceux-ci. Nous nous bornions à exprimer à l'Autriche le désir d'être informés des garanties de sécurité qu'elle était personnellement en mesure de nous offrir; en d'autres termes, et dans la prévision qu'il n'était pas en son pouvoir de nous assurer un armistice, nous désirions savoir si du moins après que l'évacuation serait accomplie, et que par conséquent les engagements contractés par elle vis-à-vis des puissances occidentales seraient remplis, nous pouvions compter que l'Autriche cesserait de faire cause commune avec ces puissances, dans le but hautement avoué d'amener l'abaissement moral et matériel de la Russie.

» En même temps, et pour donner une preuve de nos intentions pacifiques, nous nous déclarions prêts à adhérer d'avance aux principes inscrits dans le protocole du 9 avril. Au lieu de répondre directement à des questions qui lui étaient adressées directement, l'Autriche a cru devoir soumettre l'affaire aux puissances occidentales et faire dépendre de ces dernières la résolution que nous attendions d'elle seule. Il était évident que le sacrifice que nous étions prêts à faire en vue de ses intérêts particuliers et des intérêts de l'Allemagne tout entière ne pouvait avoir de valeur aux yeux de la France et de l'Angleterre; et que ces deux cours, dont le but est d'humilier et affaiblir la Russie en prolongeant la guerre, ne se montreraient pas disposées à entrer dans la voie de la conciliation. C'est là malheureusement ce qu'a prouvé la communication que le comte Esterhazy nous a faite. En réalité le cabinet autrichien nous transmet actuellement, comme résultat de ses conférences avec les cours de Paris et de Londres, des bases nouvelles de paix, lesquelles, en ce qui touche la forme, sont rédigées de la manière la moins convenable pour une adoption honorable, et sur la signification desquelles nous ne saurions nous tromper, attendu que, d'après l'aveu du gouvernement français, tel qu'il est constaté sans réserve par la publication officielle de sa réponse au cabinet de Vienne, ce qu'on entend par l'intérêt de l'équilibre européen ne signifie pas autre chose que l'anéantissement de tous nos traités antérieurs, la destruction de tous nos établissements maritimes, lesquels, par suite de l'absence de tout contre-poids, sont, dit-on, une menace perpétuelle contre l'empire ottoman, et la restriction de la puissance russe dans la mer Noire.

» Ce sont là, néanmoins, les bases que le gouvernement autrichien nous recommande ; et, quoiqu'il nous exhorte à les accepter sans réserve, il n'en croit pas moins devoir nous informer que, pour ce qui les concerne, les puissances maritimes ne les considèrent nullement comme définitivement arrêtées, et se réservent de les modifier en temps opportun, suivant les chances de la guerre ; de telle sorte que notre acceptation des bases ne suffirait pas pour nous fournir même la prévision certaine de la cessation des hostilités. Le gouvernement autrichien va plus loin encore : il nous déclare qu'à son avis ces bases résultent des principes du protocole, et qu'elles sont les conditions nécessaires d'une paix solide et durable ; en conséquence il nous informe qu'il s'y rallie complètement, et il a même pris vis-à-vis des puissances occidentales l'engagement formel de ne traiter avec nous sur aucune autre base.

» Dans de telles circonstances, il devient superflu pour nous d'examiner des conditions que l'on déclare mobiles et susceptibles d'être modifiées en même temps qu'on nous les pose, des conditions qui, si elles devaient rester telles qu'on vient de nous les proposer, supposeraient une Russie affaiblie par l'épuisement d'une longue guerre, et qui, si la puissance passagère des événements nous forçait jamais de les accepter, loin d'assurer une paix solide et durable à l'Europe, comme semble le croire l'Autriche, ne livreraient cette paix qu'à des complications sans fin. L'empereur, en accédant, comme il l'a fait, aux principes posés dans le protocole, n'avait pas l'intention de leur donner la signification qu'on y attache. Le sacrifice immense que nous étions prêts à faire aux intérêts particuliers de l'Autriche et de la Prusse devant rester sans compensation de la part de l'Autriche, celle-ci, au lieu d'y voir un moyen de se dégager des obligations qu'elle avait contractées jusqu'ici, ayant cru, au contraire, devoir se lier par des obligations plus fortes et plus étendues encore aux puissances qui nous sont hostiles, nous regrettons vivement de ne pouvoir donner de suite à ces dernières communications. Nous croyons que, dans notre situation présente, nous avons épuisé la mesure des concessions compatibles avec notre honneur, et, comme nos intentions franchement pacifiques n'ont pas été accueillies, il ne nous reste qu'à suivre de force la voie de nos adversaires, c'est-à-dire à laisser aux éventualités de la guerre à déterminer définitivement la base des négociations. Le gouvernement autrichien sait déjà que des motifs, tirés uniquement des nécessités stratégiques, ont porté l'empereur à donner à ses troupes de prendre position derrière le Pruth. Revenus ainsi dans notre pays et nous tenant sur la défensive, nous attendrons dans cette position que des ouvertures équitables nous permettent de concilier les vœux que nous faisons pour la paix avec notre dignité et nos intérêts politiques, en évitant de donner lieu par nous-mêmes à de nouvelles complications, mais décidés en même temps à défendre résolùment notre territoire contre toute agression étrangère, de quelque part qu'elle vienne.

» Votre Excellence aura la bonté de porter la présente dépêche à la connaissance du comte de Buol.

» Recevez, etc.

» NESSELRODE. »

A M. le baron de Budberg à Berlin.

« Saint-Pétersbourg, 14 (26) août 1854.

» MONSIEUR LE BARON,

» Le baron de Werther a placé sous nos yeux les communications de son cabinet en date du 1er (13) dernier.

» Le gouvernement prussien, y examinant les quatre points qui viennent d'être proposés par les puissances occidentales et adoptées par l'Autriche, émet l'opinion que ces points seraient de nature à former la base d'une entrée en négociation pour la paix, et comme tels, nous en recommande l'adoption.

» Je crois superflu, monsieur le baron, d'énumérer ici les raisons qui ne nous permettent point d'entrer même dans l'examen des nouvelles conditions qu'on nous pose. Ces raisons se trouvent suffisamment développées dans la réponse, en copie ci-jointe, que nous venons d'adresser à l'Autriche, et que vous voudrez bien porter à la connaissance du cabinet de Berlin, en le priant de s'y référer.

» Nous regrettons profondément de n'avoir pu, en cette occasion, déférer une fois de plus à ses suggestions amicales. Mais comme c'est d'après ces mêmes suggestions, et, pour ainsi dire, sous sa dictée qu'ont été rédigées les dernières ouvertures de notre part, auxquelles l'Autriche vient de répondre d'une manière si différente de celle que l'approbation du gouvernement prussien nous avait permis d'espérer, il ne s'étonnera sans doute pas que nous ne puissions nous départir des bases de négociations qu'il avait lui-même jugées équitables et satisfaisantes. C'est en vain que nous avons fait tous les sacrifices qui dépendaient de nous aux intérêts de l'Autriche et de l'Allemagne.

» Au moment où, même avant de connaître quelles sécurités nous offrirait l'Autriche, nous lui présentions, par l'évacuation des principautés, un moyen de se délier des obligations du protocole, elle a cru devoir, par l'interprétation abusive qu'elle donne à cet acte, s'engager encore plus avant vis-à-vis des puissances occidentales dans la voie qui nous entraîne à nous imposer avec elles des conditions qui, dans la pensée hautement avouée de celles-ci, ont pour but d'humilier et d'abaisser matériellement la Russie, non pour assurer, comme elles le prétendent, l'équilibre européen, mais pour le changer à leur bénéfice exclusif ou le compromettre indéfiniment.

» Nous avons suffisamment prouvé par nos concessions successives de quel côté se trouvaient réellement les dispositions pacifiques. Aucune de ces concessions n'a été accueillie ; chacune, au contraire, n'a servi qu'à amener de nouvelles exigences. Il ne nous reste donc plus, à notre grand regret, qu'à accepter la position qu'on nous crée et qu'à attendre des événements une occasion plus favorable pour entamer les négociations d'une paix qui ne cessera jamais de former notre désir le plus sincère.

» L'empereur vous charge de vous expliquer dans ce sens auprès du gouvernement prussien en portant la présente dépêche à sa connaissance.

» Recevez, etc.

» *Signé* NESSELRODE. »

Par suite du rejet des garanties demandées, les puissances occidentales déclarèrent qu'elles continueraient la guerre jusqu'à ce que ces garanties fussent conquises par les armées et mises à l'abri de toute agression ultérieure de la Russie. En ce qui concernait le protectorat russe dans les principautés, la liberté de la navigation sur le Danube et les droits que le czar voulait s'arroger sur les sujets non musulmans du sultan, la France et l'Angleterre se promirent de prendre toutes les mesures nécessaires pour que toutes les prétentions de la Russie fussent réduites à néant quand l'heure des négociations aurait sonné.

CHAPITRE XXXII.

Camp de Boulogne. — Visites du roi des Belges, du roi de Portugal et du prince Albert. — Article du *Moniteur* sur l'expédition de Crimée.

Afin de donner un nouveau gage de l'union de la France et de l'Angleterre, Napoléon III invita l'époux de la reine Victoria, le prince Albert, à lui rendre visite au camp de Boulogne. Il alla l'y attendre, et sa présence fut annoncée aux troupes par l'ordre du jour ci-dessous :

« SOLDATS,

» En venant prendre le commandement de cette armée du Nord, dont une division s'est récemment illustrée dans la Baltique, je dois déjà vous adresser des éloges, car depuis deux mois vous avez supporté gaiement les fatigues et les privations inséparables d'une pareille agglomération de troupes.

» La formation des camps est le meilleur apprentissage de la guerre, parce qu'elle en est l'image fidèle ; mais elle ne profiterait pas à tous si l'on ne mettait à la portée de chacun la raison des mouvements à exécuter.

» Une armée nombreuse est obligée de se diviser pour vivre, afin de ne pas épuiser les ressources d'un pays, et néanmoins elle doit pouvoir se réunir promptement sur un champ de bataille. Là est l'une des premières difficultés d'un grand rassemblement. « Toute » armée, disait l'empereur, dont les différentes parties ne peuvent se » réunir en vingt-quatre heures sur un point donné est une armée » mal placée. » La nôtre occupe un triangle dont Saint-Omer est le sommet et dont la base s'étend d'Ambleteuse à Montreuil. Ce triangle a huit lieues de base sur douze de hauteur, et toutes les troupes peuvent se concentrer en vingt-quatre heures sur un point quelconque du triangle.

» Ces mouvements s'opéreront avec facilité si le soldat est habitué à la marche, — s'il porte aisément ses vivres et ses munitions, — si chaque chef de corps maintient en route la discipline la plus sévère, — si les diverses colonnes qui se dirigent par des routes différentes ont bien reconnu le terrain et ne cessent jamais d'être en communication entre elles, — enfin si aucune arme ne gêne la marche de l'autre, malgré l'immense embarras d'un grand nombre de chevaux et de voitures. Les troupes une fois arrivées au lieu indiqué, il faut s'éclairer, se garder militairement et bivaquer.

» Voilà ce que vous allez être appelés à mettre en pratique. Sans donc parler des combats et des manœuvres de tactique, vous voyez comme tout s'enchaîne dans l'art de la guerre, et combien le plus simple détail doit contribuer au succès général.

» Soldats! les chefs expérimentés que j'ai placés à votre tête et le dévouement qui vous anime me rendront facile le commandement de l'armée du Nord, vous serez dignes de ma confiance; et si les circonstances l'exigeaient, vous serez prêts à répondre à l'appel de la patrie.

» Boulogne, 2 septembre 1854.

                                         » NAPOLÉON. »

Le roi des Belges et le roi de Portugal, qui se trouvaient alors à Ostende, précédèrent le prince Albert. Léopold et son fils, le duc de Brabant, arrivèrent en poste à Calais le 2 septembre, accompagnés

sire, a dit madame Dessin, et il y a bien longtemps que nous n'avons vu Votre Majesté. — Oui, il y a longtemps, et cependant quand je viens à Calais je descends toujours dans votre hôtel. »

A cinq heures l'Empereur et sa suite visitèrent la Reine Hortense qui avait conduit le maréchal Baraguey-d'Hilliers dans la Baltique, et dont les marins leur offrirent des branches de pin cueillies aux environs de Bomarsund.

Le lendemain il y eut une excursion à Boulogne, dont le port était pavoisé de drapeaux français, anglais et belges. A six heures du soir Léopold et son fils s'embarquèrent sur un navire belge en échangeant avec l'Empereur des témoignages d'une affectueuse cordialité. La mer était calme comme un lac, le canon retentissait sur la plage, les soldats du camp se pressaient sur les falaises, et les rayons du soleil couchant éclairaient l'horizon : c'était un spectacle magnifique.

Le 4 septembre l'Empereur reçut le roi de Portugal, dom Pedro V d'Alcantara, fils de dona Maria II, né le 16 septembre 1837. Ce jeune prince venait d'Ostende avec son frère cadet, Louis-Philippe

Visite du naïb de Schamyl au camp français.

des lieutenants généraux Prisse et de Hiens, des lieutenants-colonels de Moerkerke et Goethals, du capitaine Prisse, officier d'ordonnance; du docteur Koëpl et du comte de Montebello, aide de camp de l'Empereur. Le roi fut reçu à la frontière par le préfet du Pas-de-Calais. A Dunkerque, le général commandant la division et toutes les autorités civiles ou militaires allèrent à sa rencontre. A deux heures il arriva à Calais, où l'Empereur, parti le matin de Boulogne, s'était transporté pour le recevoir. La ville de Calais était remplie d'une foule énorme accourue des départements voisins et de l'étranger. Les paquebots ne cessaient d'amener d'Angleterre un nombre considérable de visiteurs empressés d'assister à l'entrevue des deux souverains.

L'Empereur, qui attendait Léopold au haut de l'escalier de l'hôtel Dessin, lui prit la main en lui disant : « Sire, il y a longtemps que je n'ai eu le bonheur de vous voir; je suis quelque peu en cérémonie avec vous. — Sire, répondit le roi, je suis heureux d'avoir l'occasion de faire avec vous bonne connaissance. J'ai l'honneur de vous présenter mon fils. »

Tous deux entrèrent dans un salon réservé, d'où ils sortirent après une conférence de trente-cinq minutes. La maîtresse de l'hôtel se trouvait là, et l'Empereur dit à Léopold : « Je vous présente madame Dessin. — Ah! je connais madame, a répliqué Léopold. — C'est vrai,

Maria-Fernando Pedro d'Alcantara, duc d'Oporto; son gouverneur le vicomte de Carreira; le maréchal duc de Terceira, grand écuyer; le général baron de Sarmento, aide de camp, et le baron de Paiva, ministre de Portugal à Paris. Il passa la journée au camp d'Honvault, assista à la revue de trois régiments de ligne et des 8e et 15e bataillons de chasseurs à pied. Il dîna avec l'Empereur, dont il prit congé à six heures et demie.

Le 5 septembre un yacht pavoisé aux couleurs de France et d'Angleterre amena à Boulogne le prince Albert accompagné du duc de Newcastle, ministre de la guerre; de lord Seaton, ancien gouverneur des îles Ioniennes et du Canada; de sir Charles Wethewel, chef d'état-major général de l'armée britannique; du général Gray, du fils de lord de Ross, du fils du colonel Duplat. Napoléon III était allé à sa rencontre en voiture, ayant avec lui les ministres de la guerre et des affaires étrangères, et l'ambassadeur britannique. Les grenadiers de la garde impériale et les troupes de ligne formaient la haie depuis le quai jusqu'à l'hôtel Brighton, quartier général du camp du Nord. Le prince Albert, s'empressant de descendre de son yacht, s'avança vers l'Empereur, qui lui serra affectueusement la main, et le fit placer à sa droite dans sa voiture. Pendant le trajet la musique militaire exécutait l'air national anglais God save the queen.

Le soir il y eut un banquet dont les raffinements étonnèrent le

Anglais et dont ils ont eu soin de consigner minutieusement le menu dans leurs journaux :

« *Quatre potages* : le printanier aux quenelles de volaille, la bisque d'écrevisses, l'orgée à l'allemande, la purée de pois verts petit croûton.

» *Hors-d'œuvre* : les petites bourriches de crevettes marinières, les filets de sole Orli, les cannetons de gibier à la Charles VI, les crépinettes à la Montmorency.

« *Quatre grosses pièces* : le turbot sauce homard, hollandaise, les truites à la Chambord, les jambons de Malaga au madère, épinards extra, la hanche de venaison à l'anglaise.

» *Douze entrées* : Deux de côtelettes de pré salé aux pointes d'asperges ; deux de suprêmes de filets de poularde à l'écarlate ; deux de croustades de cailles de vigne à la parisienne ; deux de petites timbales de foies gras à la la Vallière ; deux de noix de ris de veau à l'arlequine ; deux de chaud-froid de perdreaux rouges aux truffes.

un brillant état-major : deux rois constitutionnels, le roi des Belges et le roi de Portugal y sont venus. Au lieu d'avoir toujours les yeux fixés sur la Vistule ou le Volga, le roi de Prusse ferait très-bien d'arrêter quelquefois son regard sur le Rhin. »

En France, on n'était pas encore fixé sur le but et les motifs de l'entreprise qui était déjà en voie d'exécution. Ils furent nettement exposés dans un article daté de Constantinople et publié par le *Moniteur*. Cet article important insiste d'abord sur la nécessité de l'expédition résolue. « La Russie, disait-il, doit être frappée au cœur même de toutes les ambitieuses espérances qu'elle nourrit sur l'Orient et qui menacent incessamment depuis si longtemps l'équilibre du monde. Sébastopol est la citadelle qui abrite une flotte toujours prête à menacer le Bosphore, pont flottant qui dans la pensée du czar unit déjà depuis longtemps Pétersbourg à Constantinople. Il faut que cette flotte soit enlevée pour que cette puissance ne rencontre plus que des impossibilités en Orient, et que les hasards même de la trahison lui soient définitivement arrachés.

Il se faisait soutenir à cheval par deux cavaliers.

» *Quatre rôts* : les faisans garnis d'ortolans ; les cannetons de Rouen ; les dindonneaux nouveaux ; le train de chevreuil piqué.

» *Douze entremets* : deux de petits pois à la française ; deux de fonds d'artichauts à l'italienne ; deux de haricots verts sauce à la maître d'hôtel ; deux de gelée macédoine de fruits à l'ananas ; deux de crème de noix vertes au vin de Champagne ; deux de biscuits d'oranges à la portugaise.

» *Extras* : les petits fondus au parmesan ; les soufflés au café en caisses. »

Après avoir passé huit jours à Boulogne ou aux camps, le prince Albert partit le 9 septembre, à onze heures du soir, pour retourner en Angleterre. Les quais étaient splendidement illuminés, le yacht britannique étincelait de torches et de fusées, une foule considérable ondulait dans les rues quand Napoléon III, suivi d'un magnifique cortège, reconduisit l'époux de la reine Victoria. Ce fut à bord du yacht que s'échangèrent les derniers adieux.

Cette entrevue fut considérée par la presse anglaise non-seulement comme une marque de l'union des deux puissances occidentales, mais encore comme une sorte d'avis donné au cabinet de Berlin. « Le spectacle du camp français de Boulogne, disait le *Morning Chronicle*, doit donner à réfléchir au roi de Prusse. Le prince Albert s'y montre avec

» C'est après de longs débats et de mûres délibérations que, de toutes les attaques possibles contre les positions russes dans la mer Noire, on a choisi pour débuter la plus formidable. »

Après nous avoir ainsi introduits dans les conseils des généraux, le *Moniteur* prévoit la possibilité d'un échec, examine toutes les chances, et pèse avec calme les conséquences d'une victoire ou d'une défaite :

« Le sort des armes est toujours incertain, il est vrai ; mais, bien que l'avancement de la saison, la nécessité de prévenir l'arrivée de renforts importants que le gouvernement russe envoie à la Crimée obligent de donner à l'attaque de Sébastopol la proportion d'un formidable coup de main, l'espoir de terminer d'un seul effort la guerre d'Orient, ou du moins de la réduire à d'étroites proportions, vaut le risque d'une telle entreprise. Il fallait ou remettre à l'année prochaine la campagne de Crimée, ou la précipiter. Ce dernier parti convenait mieux aux politiques qui veulent que la lutte engagée entre la Russie et les puissances occidentales ait un dénoûment exempt de toute ambiguïté pour l'avenir ; il convenait mieux également à l'ardeur des chef des armées combinées et à l'impatience des soldats, fatigués d'une guerre sans combats, qui, après les longues épreuves des distances franchies et des maladies supportées, les laissait en face des campements vides d'un ennemi trop prudent pour les attendre. On ne doit pas se dissimuler que l'entreprise de Crimée est une des plus hardies, dans les données actuelles, dont l'histoire fasse mention, puisqu'on attaque à nombre égal et peut-être même inférieur un ennemi retranché derrière une ceinture de murailles et de forteresses. Mais c'est en essayant de tels exploits que les armées conservent et fortifient leur renommée ; et d'ailleurs ne peut-on attendre un miracle militaire de cette élite de trois armées qui rivalisera d'ardeur et de bravoure, de cette flotte combinée où l'esprit des anciennes luttes se ranimera sous la forme d'une rivalité d'audace et d'héroïsme ?

» La plus forte partie des troupes anglo-françaises et dix mille Turcs d'élite seront portés en deux voyages des flottes sur les rives de Crimée, à peu de distance de Sébastopol. Aussitôt que les troupes seront débarquées, on les conduira au combat, soit contre les troupes russes si elles essayent de défendre les positions qui environnent Sébastopol, soit contre la ville elle-même si les troupes russes se contentent d'y attendre à l'abri des murailles leurs terribles visiteurs. Si Sébastopol est pris, les armées combinées auront accompli un fait d'armes éclatant, qui achèvera de démoraliser la Russie et facilitera singulièrement le rétablissement de la paix. Si au contraire le nombre des Russes présents en Crimée était plus considérable encore que les rapports ne le font supposer, si la ville prolongeait sa défense, si des obstacles étaient apportés par la saison dans quelques semaines, si enfin une armée russe importante parvenait à renforcer la Crimée, on en serait quitte pour un rembarquement, et l'attaque de Sébastopol serait reprise au commencement du printemps prochain dans des conditions différentes. Attaquer une fois la Crimée, c'est de la part de la France et de l'Angleterre prendre l'engagement de la conquérir, et nul ne doute qu'un pareil engagement n'ait une échéance certaine. Conquérir la Crimée à tout prix ou abandonner aux Russes l'empire de l'Orient, telle est l'alternative dans laquelle la Russie a placé les puissances occidentales. Quels que soient les obstacles à surmonter, le dénoûment définitif ne saurait être douteux. »

Cet article peut servir de préface au récit de l'expédition.

CHAPITRE XXXIII.

Réunion des escadres à l'île des Serpents. — Conférence à bord du *Caradoc*. — Commission d'exploration. — Plan de débarquement. — La plage du Vieux-Fort. — Premières opérations. — L'unique officier russe. — Opérations du débarquement. — Le général Brown. — Canonnade. — Ordre général. — Les Tartares.

Les deux escadres françaises partent de Baltschik le 5 septembre par un temps superbe et un bon vent du nord-ouest. Le maréchal commandant en chef l'armée d'Orient est à bord de *la Ville de Paris*. Les escadres anglaise et turque prennent la mer, et le 8 elles rallient les Français à la hauteur de l'entrée du Danube ; les convois, remorqués par des bâtiments à vapeur, arrivent en même temps, et, dès que ces forces sont réunies, une conférence a lieu à bord du *Caradoc* entre les amiraux et les généraux des flottes et des armées alliées. Le résultat de cette conférence est qu'avant de déterminer d'une manière définitive le point du débarquement une commission composée d'officiers généraux de terre et de mer se rendra sur le littoral de Crimée, depuis le cap Chersonèse jusqu'à Eupatoria, pour constater les préparatifs de défense qu'avait pu y faire l'ennemi. En conséquence, la corvette à vapeur *le Primauguet*, portant le général de division Canrobert, le général d'état-major de Martimprey, le général d'artillerie Thierry, le général du génie Bizot, le contre-amiral Bouët-Willaumez et les colonels Trochu et Lebœuf, fait route pour les côtes de Crimée en compagnie du *Caradoc*, portant les généraux anglais lord Raglan, Burgoyne et Brown, et le vaisseau *l'Agamemnon*, portant le contre-amiral Lyons. *Le Sampson* est ajouté à cette petite division pour ôter aux Russes toute envie de gêner les officiers explorateurs dans leurs opérations.

Le 10 au matin ces quatre navires atterrissent sur la presqu'île de Chersonèse, où ils trouvent un camp russe assez nombreux. Ils parcourent lentement et à petite distance tout le littoral compris entre le cap Kherson et le cap Loukoul. Rien n'était changé à la situation antérieure du port de Sébastopol et des vaisseaux russes ; mais, depuis que la dernière reconnaissance avait été faite, des camps nouveaux et l'artillerie avaient été établis sur les positions principales de la Chersonèse et des rivières la Katcha et l'Alma. Les officiers d'état-major n'évaluent pas à moins de 30,000 le chiffre des troupes campées sur toute cette partie de la côte, qui est explorée très-attentivement et à très-petite distance de terre par la commission.

Les quatre bâtiments, continuant à remonter le littoral depuis l'Alma jusqu'à Eupatoria, aperçoivent vers le milieu de la côte qui sépare ces deux points une plage située par le parallèle de quarante-cinq degrés de latitude et très-favorable à un débarquement de troupes.

En outre, après avoir contourné la baie d'Eupatoria de très-près, les officiers explorateurs reconnaissent que l'occupation de la ville sera fort utile pour servir de point d'appui aux armées et aux flottes et qu'un lazaret considérable et bien clos qui s'y trouve pourra au besoin servir de réduit aux troupes débarquées. En conséquence lord Raglan réunit la commission des officiers généraux de terre et de mer, qui prend les résolutions suivantes, sauf l'approbation réservée du maréchal, resté à bord de *la Ville de Paris*, et des deux amiraux en chef :

1° Que le débarquement, au lieu de s'effectuer sous le feu de l'ennemi dans les baies de la Katcha et de l'Alma, aura lieu sur la plage intermédiaire entre ces rivières et Eupatoria au Vieux Fort (parallèle de quarante-cinq degrés de latitude) ;

2° Que le même jour l'occupation d'Eupatoria aura lieu à l'aide de deux mille Turcs, d'un bataillon français, d'un bataillon anglais, de deux vaisseaux turcs et d'un vaisseau français : cette ville n'a aucune espèce de défense ; il ne paraît même pas certain qu'il s'y trouve une garnison ;

3° Que trois ou quatre jours après le débarquement l'armée se mettra en marche dans le sud, sa droite appuyée à la mer et à une escadre de quinze vaisseaux ou frégates à vapeur, qui la suivront le long du littoral pour la protéger de son artillerie et assurer ses approvisionnements.

Le Vieux Fort est une citadelle bâtie par les Génois sur la côte occidentale de la Crimée à sept lieues au nord de Sébastopol. Un village assez considérable nommé Starvë-Ukrelemi est situé à peu de distance au milieu de beaux pâturages où paissent des troupeaux nombreux. Ces avantages décident le maréchal et les amiraux en chef à accepter les propositions de la commission.

Dans la nuit du 12 au 13 une violente bourrasque du nord-est retarde la marche des bâtiments du convoi. Le 13 à midi, après avoir jeté l'ancre à couvert de la baie d'Eupatoria, le vice-amiral Hamelin envoie de tous côtés des bâtiments à vapeur pour prendre à la remorque les transports restés en arrière. Ce ralliement général s'accomplit en quelques heures, et dans la soirée la flotte anglaise vient se rallier auprès de l'escadre française dans la baie d'Eupatoria.

Les flottes, dans la nuit du 13 au 14, quittent la baie d'Eupatoria pour jeter l'ancre devant la plage du Vieux Fort. Le signal d'appareillage est donné simultanément par les amiraux Hamelin et Dundas à deux heures et demie du matin. Cette manœuvre, rendue difficile par l'agglomération des navires, a lieu sans accidents et même sans avaries, grâce à l'habileté et à l'attention soutenue de tous les capitaines.

À sept heures *la Ville de Paris* jette l'ancre au poste qui lui est assigné sur la plage. Un canot part d'un bâtiment français et aborde. Seize hommes sautent lestement à terre, se mettent à creuser le sol, et l'on voit bientôt le drapeau tricolore flotter en haut d'un mât qu'ils ont planté.

Chaque frégate, chaque vaisseau se rend à son poste, et à huit heures un coup de canon du vaisseau amiral français donne le signal du débarquement.

Aucune troupe ennemie ne se montre. N'ayant aucune place tenable sur cette partie de la côte et ne pouvant sérieusement empêcher un débarquement opéré sous la protection de trois mille bouches à feu, l'amiral Menschikoff a laissé la plage à la disposition des alliés. On n'aperçoit qu'un officier russe, qui, entouré de quelques Cosaques, prend tranquillement des notes sur la position des escadres.

Toutefois le vice-amiral Hamelin juge prudent d'envoyer immédiatement au sud du point de débarquement une frégate, deux avisos à vapeur et quatre chaloupes munies d'artillerie et de fusées à la Congrève pour protéger la descente des troupes.

À huit heures un quart les chalands, les chaloupes, les canots-tambours, canots ordinaires, yoles, remplis de soldats, pour la plupart de la 1re division, se dirigent vers la plage, où le général Canrobert et le contre-amiral Bouët-Willaumez plantent les trois pavillons indicateurs des points où doivent débarquer les trois divisions.

Il est huit heures et demie : la descente et l'arrivée des troupes françaises comme de l'artillerie de campagne continuent alors sans interruption et avec une activité vraiment prodigieuse. En vingt-deux minutes il y a déjà six mille soldats de débarqués. Ils sortent avec joie des vaisseaux où ils étaient entassés, car *le Montebello* avait à bord plus de mille hommes, outre son équipage, et *le Valmy* en avait en tout trois mille.

À neuf heures trois quarts l'armée anglaise débarque à son tour. Les officiers se montrent les premiers, chacun portant son havre-sac avec quatre livres de viande salée, puis son manteau roulé en bandoulière, un bidon en bois pour de l'eau et généralement un *revolver* (pistolet à cinq ou six coups). Les soldats portent leurs couvertures, une paire de souliers, une paire de chaussettes et les mêmes rations que les officiers. Le général Brown, aussitôt qu'il a touché le sol de la Crimée, monte à cheval et entreprend une promenade d'exploration dans la campagne ; mais des Cosaques sortent brusquement d'une embuscade, le poursuivent et le forcent à prendre le galop pour rentrer dans ses quartiers.

Soudain le canon se fait entendre alors dans la baie de Katcha à trois lieues au sud du point de débarquement : c'est une fausse attaque effectuée de concert sur ce point par cinq frégates ou corvettes vapeur françaises, chargées de troupes de la 4e division, et de trois frégates anglaises.

A midi trois quarts trois divisions françaises sont à terre avec dix-huit pièces de campagne. La pluie qui survient, le vent qui agite la mer ralentissent le débarquement du reste de l'artillerie, d'un escadron de spahis et des chevaux des états-majors, mais n'empêchent pas les soldats de s'installer sur la plage. Les uns allument du feu et dressent le peu de tentes qui sont à leur disposition. Les sapeurs qui ont accompagné l'avant-garde travaillent à déblayer les passages obstrués par les Russes et à rétablir les chemins qui ont été coupés. L'ardeur des troupes est stimulée par cet ordre général, qu'on leur distribue :

« 14 septembre, pendant le débarquement sur les côtes de Crimée.

« SOLDATS,

» Vous cherchez l'ennemi depuis cinq mois. Il est devant vous et nous allons lui montrer nos aigles. Préparez-vous à subir les fatigues et les privations d'une campagne qui sera difficile, mais courte, et qui élèvera devant l'Europe la réputation de l'armée d'Orient au niveau des plus hautes gloires militaires de l'histoire.

» Vous ne permettrez pas que les soldats des armées alliées, vos compagnons d'armes, vous dépassent en vigueur et en solidité devant l'ennemi, en constance dans les épreuves qui vous attendent.

» Vous vous rappellerez que nous ne faisons pas la guerre aux paisibles habitants de la Crimée, dont les dispositions nous sont favorables, et qui, rassurés par notre excellente discipline, par le respect que nous montrerons pour leur religion, leurs mœurs et leurs personnes, ne tarderont pas à venir à nous.

» Soldats, à ce moment où vous plantez vos drapeaux sur la terre de Crimée, vous êtes l'espoir de la France; dans quelques jours, vous en serez l'orgueil ! Vive l'Empereur !

» Le maréchal commandant en chef,
» A. DE SAINT-ARNAUD. »

Quelques éclaireurs saisissent dans une prairie une centaine de bœufs que gardait flegmatiquement un paysan tartare, étranger et indifférent aux dissensions des souverains de l'Europe. On lui prend son bétail; mais, à sa grande stupéfaction, on le lui paye, conformément aux prescriptions de l'ordre général que nous venons de citer. La nouvelle de ce trait de loyauté se propage. On commence à voir s'avancer, d'abord avec hésitation, des Tartares au nez plat, à la figure rectangulaire, aux yeux petits et très-écartés. Ils viennent apporter, en échange de l'argent français ou anglais, des bœufs, des moutons, des légumes. Ces braves gens ne veulent pas d'ailleurs abuser de la concurrence des consommateurs en les rançonnant. Ils donnent une volaille ou vingt-cinq œufs pour soixante centimes, un dindon pour trente sous et un mouton pour un franc cinquante.

Les Tartares envoient une députation à lord Raglan pour lui demander de la poudre et des fusils. Ils déclarent qu'ils ignoraient complètement que la Russie fût en guerre avec les puissances alliées, et annoncent que les Russes ont perdu vingt mille hommes du choléra dans Sébastopol.

Le maréchal de Saint-Arnaud et son état-major débarquent à deux heures de l'après-midi.

Pour bien comprendre les opérations que nous venons de décrire il est essentiel de lire avec attention le journal tenu sur la dunette de la *Ville de Paris* par le lieutenant de vaisseau Garnault, premier aide de camp du vice-amiral Hamelin.

CHAPITRE XXXIV.

Journal tenu sur la dunette de *la Ville de Paris* par M. le lieutenant de vaisseau Garnault, premier aide de camp de M. le commandant en chef de l'escadre de la Méditerranée.

« Toute la journée du 13 septembre a été employée tant à la réunion de tous les navires du convoi sur la rade d'Eupatoria qu'à donner les derniers ordres destinés à assurer l'exécution prompte et rapide du débarquement de l'armée. Quelques heures avant la nuit, le chef d'état-major et les généraux Canrobert et Martimprey se sont rendus sur le *Primauguet* et *la Mouette* pour faire une dernière reconnaissance et pour indiquer à ces deux navires à vapeur la position exacte que doivent occuper les colonnes de notre escadre.

» La nuit est très-belle et se prête merveilleusement à la mission de ces deux navires à vapeur. Aussi, dès deux heures et demie du matin, l'amiral fait-il lancer deux fusées pour indiquer à l'amiral Dundas qu'il va appareiller. Ce signal de convention est immédiatement suivi de l'ordre d'appareiller donné à toute l'escadre, et, peu de temps après, vaisseaux et frégates à vapeur, attelés les uns aux autres, partent avec le plus grand ordre, se dirigeant vers la plage du débarquement, et laissant sur la rade d'Eupatoria tous les navires du convoi qui ne doivent nous rallier que dans la journée.

» *La Ville de Paris*, remorquée par *le Napoléon*, prend la tête, suivie par tous les autres vaisseaux, et entourée de *l'Ajaccio*, du *Berthollet* et du *Dauphin*, prêts à porter sur tous les points de la ligne les ordres de l'amiral. *Le Primauguet, le Caton* et *la Mouette* ont pris les devants, avec la mission de placer, à petite distance de la plage de débarquement, des bouées de couleur différente destinées à indiquer par leur alignement le mouillage de nos trois colonnes, que le *Primauguet* a déterminé dans l'excursion de la veille.

» L'escadre anglaise, sous le vent de notre ligne, se dirige à la voile vers la baie de Katcha, où l'amiral Dundas doit faire une fausse attaque, dans le but de détourner l'attention de l'ennemi. A côté de notre escadre se développe le convoi anglais, précédé par les vaisseaux à vapeur *l'Agamemnon* et le *Sans Pareil*.

» Lorsque le jour se fait, ces longues files de navires de toutes grandeurs, se dirigeant en silence, offrent un spectacle des plus imposants : officiers, soldats et matelots ont les yeux tournés vers le rivage.

» A sept heures du matin l'amiral Hamelin signale aux vaisseaux que l'escadre mouillera suivant le plan convenu, et à sept heures dix minutes *la Ville de Paris*, larguant ses remorques, laisse tomber l'ancre au poste assigné devant la plage. Les chaloupes et canots sont immédiatement mis à la mer; les chalands, débarqués depuis la veille et que chaque vaisseau a conduits à la remorque, sont accostés le long du bord, et à sept heures quarante minutes, au signal de l'amiral commandant en chef, l'embarquement des troupes de la première division commence à bord de tous les navires sur lesquels cette division a été répartie.

» Quoique aucun mouvement ne se fasse du côté de terre, et qu'aucune troupe ennemie ne paraisse sur la plage, les chaloupes des quatre vaisseaux à trois ponts, chaloupes armées en guerre et approvisionnées de fusées à la Congrève, sont dirigées vers la terre dès que l'ancre a touché le fond. Deux d'entre elles prennent poste à l'angle nord de la plage, les deux autres à l'angle sud; leurs feux se croiseront avec ceux du *Descartes*, du *Primauguet* et du *Caton*, auxquels le chef d'état-major bèle d'aller, d'après les ordres de l'amiral, s'embosser aussi près de terre que le permet leur tirant d'eau, et de manière surtout à balayer de leurs obus la falaise du sud par où l'ennemi pourrait se présenter. La position de ces navires leur permet ainsi de prendre en écharpe l'artillerie ennemie qui voudra s'opposer à notre opération. Notre débarquement est dès lors assuré. Les vigies placées au haut des mâts ne signalent aucun mouvement des troupes ennemies.

» A huit heures dix minutes l'ordre de commencer la mise à terre est donné, et les chalands, conduits par les embarcations, poussent vers la plage; chacun rivalise d'ardeur pour arriver au but le premier. *L'Ajaccio*, le *Dauphin* et *la Mouette* remorquent les chalands et embarcations chargés de nos soldats; une baleinière de *la Ville de Paris* conduit au rivage le contre-amiral Bouët-Willaumez et le général Canrobert, tandis que le capitaine de vaisseau Anne Duportal s'y rend de son côté.

» A huit heures trente minutes, le pavillon français, emprunté à un de nos canots, flotte sur la terre de Crimée; et l'on voit bientôt se dresser les guidons destinés à indiquer aux différentes divisions l'emplacement où elles doivent se former. Le détachement d'infanterie de *la Ville de Paris* et celui des fuséens-marins et artilleurs de la marine prennent position sur la falaise du sud sous le commandement du capitaine de frégate de *la Ville de Paris*.

» A neuf heures vingt minutes nos troupes débarquent en masse et toutes à la fois; elles sont presque aussitôt formées que débarquées; la première division tout entière est bientôt sur le sol ennemi; elle est presque immédiatement accompagnée de toute son artillerie, que les corvettes à vapeur le *Pluton* et l'*Infernal* ont débarquée dans des chalands désignés d'avance et qui arrivent en même temps qu'elle à la plage. A peine les chalands ont-ils mis leurs soldats à terre qu'ils retournent à bord des vaisseaux à la remorque de nos avisos à vapeur et de deux de nos corvettes à vapeur le *Rolland* et le *Lavoisier*. La deuxième division, la troisième division, l'artillerie et le génie, tout se succède à terre sans interruption. Le débarquement se fait avec une célérité prodigieuse et presque mathématiquement, comme l'avait prescrit l'ordre numéro 336.

» Pas un accident ne vient troubler ou interrompre une opération dont nos marins comprennent toute l'importance. A dix heures les troupes anglaises touchent terre; dès lors bientôt nous avons un si grand nombre de soldats sur la plage et sur la falaise, qu'il n'est plus à supposer que l'ennemi puisse chercher à inquiéter notre débarquement. Aussi l'amiral commandant en chef rappelle-t-il le *Caton*, et lui donne la mission de faire mouiller, entre la terre et les vaisseaux, tous les navires du convoi qui ont quitté le mouillage d'Eupatoria à la voile et qui rallient l'escadre en grand nombre.

» Il est midi : les vaisseaux turcs, mouillés depuis une heure, coopèrent au débarquement de nos soldats, et il en reste un si petit nombre à bord de nos vaisseaux, que l'amiral donne l'ordre de ne plus employer les chalands qu'au débarquement des chevaux et de l'artillerie. Le chef d'état major vient annoncer que, à peu d'hommes près, les trois divisions sont débarquées, ainsi que dix-huit bouches à feu accompagnées de tout leur matériel. Le maréchal, sur la dunette du vaisseau *la Ville de Paris*, suit avec une satisfaction bien marquée les opérations qui s'accomplissent.

» Il voit son armée grossir, se former, se mettre en marche, et il se prépare alors à descendre lui-même à terre pour se mettre à sa tête. On continue le déchargement des frégates à vapeur : le complément de l'artillerie, les chevaux des états-majors et ceux d'un escadron de spahis sont débarqués.

» Le calme a succédé à la petite brise de nord de la matinée, et l'escadre anglaise, après s'être dirigée un instant vers la Katcha, vient mouiller auprès de son convoi. La diversion projetée de ce côté est faite par cinq de nos bâtiments à vapeur et trois navires à vapeur anglais. On les voit s'approcher de la côte et l'on entend le bruit de leurs canons. Il est deux heures, et le maréchal, impatient de se trouver sur la plage, quitte le vaisseau *la Ville de Paris*. Le temps se couvre dans le sud ; nos vaisseaux ont entièrement débarqué toutes leurs troupes. L'amiral, en prévision du mauvais temps, donne l'ordre aux vaisseaux les plus rapprochés du rivage de venir mouiller plus au large.

» *Le Caton* et *le Roland* les remorquent successivement, et à quatre heures ils mouillent eux-mêmes dans le sud de notre escadre pour parer aux brûlots. A la nuit, le vent fraîchit de l'ouest et la houle commence à se faire sentir ; la mer grossit à la plage, et le débarquement de l'artillerie et des chevaux devient dangereux. L'ordre est donné de suspendre le débarquement ; mais déjà l'escadre a mis à terre les trois divisions d'infanterie au complet munies de quatre jours de vivres, leurs bagages et leurs chevaux, les compagnies du génie et tout leur outillage, plus de cinquante pièces d'artillerie accompagnées de tout leur matériel, les chevaux des spahis, les chevaux du maréchal et de l'état-major.

» Si la quatrième division n'a pas été également débarquée le jour même, c'est qu'elle se trouve à bord des navires à vapeur chargés de faire une diversion dans la baie de la Katcha. Ces bâtiments ne rallient l'escadre qu'à la nuit close ; ils ont opéré un simulacre de débarquement et canonné l'ennemi qui s'est présenté sur la falaise. Demain cette division sera mise à terre ainsi que l'infanterie turque et ce qui est resté encore de matériel d'artillerie à bord de nos frégates à vapeur.

» Pour copie conforme au journal de M. le lieutenant de vaisseau Garnault.

» Le contre-amiral chef d'état-major de l'escadre
de la Méditerranée,

» Comte E. Bouët-Willaumez. »

CHAPITRE XXXV.

La quatrième division rallia en effet les escadres pendant la nuit du 14 au 15 septembre. Cette nuit fut horrible à passer, surtout pour les Anglais. « Rarement, a écrit un correspondant du *Times*, vingt-sept mille Anglais furent plus malheureux et plus misérables. » On n'avait pu débarquer les tentes ; le soir le vent s'éleva et la pluie tomba par torrents. Vers minuit c'était un déluge qui trempait et noyait les malheureux soldats sans abri. Officiers et soldats, chacun était couché dans des flaques d'eau et dans des couvertures transpercées, sans pouvoir faire ni feu ni grog, et voyant leur linge de rechange complétement perdu. Le général Brown coucha sous une charrette renversée, le duc de Cambridge de la même façon ; il n'y eut que le général Evans à qui son état-major trouva le moyen de bâcler une tente.

La quatrième division et les troupes ottomanes furent débarquées dans la matinée du 15 malgré les lames, qui, poussées par le vent d'ouest, déferlaient avec fureur contre le rivage. Le 16 s'achevèrent le débarquement des chevaux et celui du matériel ; et l'on sera étonné de la rapidité avec laquelle cette opération s'est effectuée, si l'on considère en quoi doit consister le matériel pour une armée d'au moins soixante mille hommes. Comme l'a fait remarquer un officier distingué, M. Saint-Ange, on ne peut guère évaluer l'artillerie de campagne à moins de 84 pièces, en ne comptant qu'une pièce pour 1,000 hommes, proportion la plus réduite, et en y ajoutant 24 pièces de réserve et de position, ce qui donne 14 batteries de 6 pièces dont 2 obusiers. Or, chaque batterie comportant 31 voitures, avec sa forge, ses caissons à gargousses et ses caissons à cartouches d'infanterie, et chaque voiture étant attelée de 4 chevaux, on a un total de 434 voitures et 1,800 chevaux en y comprenant quelques chevaux de rechange. Ajoutons à ce grand nombre de voitures les caissons d'outils du génie, les fourgons de l'administration pour assurer à l'armée plusieurs jours de vivres, les voitures d'ambulance pour les blessés, d'autres bagages indispensables, les chevaux de la cavalerie, enfin

le gros matériel, les pièces de siège, et tout l'approvisionnement des troupes en vivres en munitions, et nous apprécierons à leur juste valeur les difficultés d'un semblable débarquement.

Les Russes les croyaient insurmontables, les habitants d'Odessa commençaient à se rassurer, ils avaient fêté joyeusement l'anniversaire de la fondation de leur ville, et les journaux de Saint-Pétersbourg accablaient les alliés des sarcasmes les plus amers. « Où sont, disait un d'eux, les flottes alliées? sur quelles côtes se promènent leurs vaisseaux innombrables? quels sont les plans et les projets que couve le cerveau de Dundas et d'Hamelin? (Nous traduisons textuellement.) De quel beau fait pensent-ils régaler les nouvellistes européens? Quel est le nouveau mensonge qu'ils veulent inscrire dans l'histoire? Où sont les pyramides qui les contemplent depuis quarante siècles? Sur quelle zone espèrent-ils retrouver un Waterloo ou un Marengo? Verrons-nous enfin les résultats inouïs, les victoires éclatantes qu'on promet à l'Europe depuis si longtemps?

» Le temps se passe, chaque jour les eaux de la mer Noire deviennent plus obscures, l'air fraîchit, l'équinoxe est aux portes. Où est la terrible armada? Veut-on répéter aux Tuileries et à Windsor les paroles de Philippe II : « Je ne les ai pas envoyés pour faire la » guerre aux tempêtes? » Où sont les ennemis? Sur les côtes de la Tauride, près d'Anapa, d'Ismaïl? Où flottent leurs pavillons? Mais qu'importe à Odessa? Odessa a célébré dans la pompe et la magnificence les fêtes des princes impériaux, la fondation de la ville et les braves étudiants du lycée de Richelieu qui ont porté le 22 avril des munitions à la batterie Schegoleff. *Macte animo, sic itur ad astra.*

Le journal décrit ensuite la fête. « Le général Annenkoff a harangué les artilleurs d'Odessa : « Enfants, priez avec ferveur, servez » fidèlement, résistez avec courage et tirez juste. » Des salves de canon ont accompagné ces paroles, et quand cette journée de fête a été finie et que les feux de joie ont été éteints Odessa s'est endormie d'un sommeil paisible. »

La nouvelle du débarquement transmise au télégraphe électrique par des signaux d'alarme, renouvela à l'improviste les angoisses de cette cité déjà si cruellement éprouvée.

Eupatoria était sans défense, et fut occupée sans coup férir. Environ deux cents habitants grecs, qui montrèrent quelque velléité de résister, furent contenus par un détachement anglais et deux compagnies d'infanterie française.

Les troupes alliées campèrent entre le Vieux Fort et la plage. Les zouaves se distinguèrent comme de coutume par leur aptitude à trouver des provisions. Aucun habitant n'était instruit de l'expédition, et à la nouvelle inattendue de la descente d'une grande armée une foule de campagnards se réfugiaient en toute hâte dans Sébastopol ; de sorte qu'on prenait à chaque instant des voitures, des chevaux et des troupeaux. Les zouaves ramenèrent même deux femmes, les seuls échantillons du sexe tartare qu'on eût jusqu'alors été admis à contempler.

Le commandant en chef de l'armée d'Orient envoya au ministre de la guerre le rapport suivant sur le débarquement des troupes alliées en Crimée.

« Au bivouac à Old Fort, le 16 septembre 1854.

» Monsieur le maréchal,

» J'ai l'honneur de vous confirmer ma dépêche télégraphique en date de ce jour.

» Notre débarquement s'est opéré, le 14, dans les conditions les plus heureuses et sans que l'ennemi ait été aperçu. L'impression morale qu'ont reçue les troupes a été excellente, et c'est au cri de *Vive l'Empereur !* qu'elles ont mis pied à terre et pris possession de leurs bivouacs.

» Nous sommes campés sur des steppes où l'eau et le bois nous font défaut. La nécessité d'effectuer un débarquement difficile et compliqué au delà de tout ce qu'on peut dire, contrarié par un vent de mer qui a rendu la plage souvent inabordable, nous a retenus jusqu'à ce jour dans ces mauvais bivouacs.

» J'avais d'abord voulu occuper Eupatoria, dont la rade foraine est l'unique refuge qui nous soit ouvert sur cette côte difficile. Mais j'ai trouvé les dispositions des habitants si accommodantes, que je me suis contenté d'y établir une station navale et quelques agents qui ont mission de recueillir les ressources qui peuvent s'y rencontrer.

» Les Tartares commencent à arriver au camp ; ils sont très-doux, très-inoffensifs et paraissent très-sympathiques à notre entreprise. J'espère que nous obtiendrons par eux du bétail et des transports. Je fais payer avec soin toutes les ressources qu'ils nous offrent, et je ne néglige rien pour nous les rendre favorables. C'est un point très-important.

» En tout notre situation est bonne et l'avenir se présente avec des premières garanties de succès qui semblent très-solides. Les troupes sont pleines de confiance. La traversée, le débarquement étaient assurément deux des éventualités les plus redoutables qu'offrait une entreprise qui est presque sans précédent en égard aux distances, à la saison, aux incertitudes sans nombre qui l'entouraient. Je juge que l'ennemi qui laisse s'accumuler à quelques lieues de lui un pareil orage sans rien faire pour le dissiper à son origine, se met dans une

tuation fâcheuse dont le moindre inconvénient est de paraître
appé d'impuissance vis-à-vis des populations.

» J'ai l'honneur de vous adresser ci-joint l'ordre du jour que j'ai
it lire aux troupes au moment du débarquement.

» Veuillez agréer, monsieur le maréchal, l'expression de mes sen-
ments très-respectueux.

» *Le maréchal commandant en chef,*

» A. DE SAINT-ARNAUD. »

Le 17, le maréchal de Saint-Arnaud et lord Raglan adressèrent du
ieux Fort une lettre à Omer-Pacha pour lui faire part de leurs
remiers avantages.

« ALTESSE,

» Nous avons débarqué heureusement au nord de Sébastopol; l'en-
emi n'a opposé aucune résistance lorsque nous nous sommes emparés
e ces positions.

» Cette circonstance a produit la plus profonde impression sur les
opulations tartares, qui ne nous cachent pas leurs sympathies.

» Le matériel et l'artillerie sont débarqués. Nous marchons sur Sé-
astopol avec la plus entière confiance dans le succès de notre grande
ntreprise. »

A ces rapports officiels nous joindrons quelques spécimens des
orrespondances particulières, toujours plus vives, plus saisissantes
t plus pittoresques. Un sous-officier à la 49ᵉ compagnie du 3ᵉ régiment d'infanterie de marine (3ᵉ division, 1ʳᵉ brigade de l'armée
l'Orient) mandait à son père, domicilié à Rouen :

« Eupatoria, 16 septembre.

» Les escadres combinées de la France, de l'Angleterre et de la
Turquie ont mouillé le 13 septembre sur la rade d'Eupatoria. Il y
vait à supposer et à craindre que les Russes nous feraient une vive
opposition : c'était leur devoir. Après avoir fait explorer les abords
e cette vaste rade par quelques frégates à vapeur, quel n'a pas été
otre étonnement de ne rien trouver ! pas le moindre petit Russe !
nfin, le lendemain, 14 septembre, le débarquement a été ordonné
our six heures du matin. Il y avait quelque chose de magique à voir
ent cinquante bâtiments de guerre de toute grandeur, remorqués
ar des vapeurs, s'avancer majestueusement vers la terre où nous
evions aborder. Une fois chaque navire arrivé à sa place de bataille,
e débarquement des troupes a commencé sur tous les points ; et une
eure après, dix mille hommes plantaient le drapeau français sur la
erre de Russie.

» Le drapeau français a eu l'honneur d'être planté le premier.

» Après que notre division a été débarquée nous nous sommes mis
n route pour aller camper à deux lieues de la mer sur la route de
Sébastopol et dans une plaine immense, où nous avons été heureux
e trouver des blés qui avaient été coupés la veille, sans doute, par
es habitants, avant leur fuite, n'avaient pu rentrer ; ils nous ont
ervi pour nous faire d'excellents lits, et nous en avions grand be-
oin : car à bord du bâtiment, avec deux mille hommes qu'il y avait,
n pouvait à peine trouver un coin sur le pont pour se reposer, cela
a duré treize jours.

» Le débarquement, continué toute la journée par les trois puis-
ances, présentait le soir un effectif de soixante mille hommes de
roupes, infanterie, cavalerie et artillerie.

» Nous nous sommes donc établis sur le sol de la Crimée sans que
es Russes essayassent la moindre opposition ; c'est déjà un commen-
ement de honte pour eux, et cependant ils veulent faire les rodo-
monts, les braves jusqu'à la fin ! Le jour de notre arrivée, le maréchal de Saint-Arnaud a envoyé, suivant la politesse d'usage, un
arlementaire à Sébastopol pour sommer le gouverneur de rendre
a place ; et il a été répondu par ce fonctionnaire que nous n'étions
as venus pour faire la paix et que nous n'avions qu'à continuer
otre mission. Il leur en cuira de leur fierté.

» Le siége le plus formidable va donc commencer. Demain les armées combinées se mettent en marche, demain, mon bon père, ton
ls marche à l'ennemi, animé de l'esprit national, car il a du cœur
et aime son pays. Le parcours par terre n'est pas long, et dans trois
ours au plus nous serons dans les environs de Sébastopol et nous
pourrons commencer les dispositions du siége.

» Cent pièces d'artillerie de siége vont être débarquées pour as-
iéger par terre, et quand elles seront placées le feu commencera.

» Du côté de la mer, cinquante vaisseaux de ligne ouvriront le feu.
Avec de pareils moyens, il n'y a pas de ville au monde, quelle que
oit sa force, qui puisse résister. L'attaque sera courte, car les moyens
eront violents ; et si le sort m'est favorable, je te promets de t'écrire
ur les ruines de Sébastopol.

» Le sol de la Crimée est peut-être encore plus beau que celui de
a Turquie ; le village près duquel nous sommes campés nous a fait
oûter des fruits de toutes espèces et excellents ; les jardins sont aussi
ien cultivés qu'en France et peut-être plus productifs ; les habitants,
ans leur fuite, n'ont pu emporter leur basse-cour, et nos soldats en
nt profité : hier deux hommes de ma compagnie sont revenus avec

chacun quinze volailles, des œufs, oignons, choux, etc.; aussi nos
repas ont-ils été copieux. Pour peu que cela continue, nous pourrons
présenter aux Russes des hommes gros et gras.....

» ALEXANDRE, *sergent-major.* »

Un sous-lieutenant nantais, Wilfrid Poidevin, qui devait deux jours
après trouver la mort sur le champ de bataille de l'Alma, écrivait à
sa sœur ces lignes, les dernières qu'il ait tracées :

« Au bivouac près Eupatoria, camp d'Old Fort, 18 septembre.

» MA CHÈRE SŒUR,

» Je reçois à l'instant tes lettres des 25 et 28 août. Je me porte bien.
Nous avons tous débarqué en Crimée sans être inquiétés par l'ennemi.
Nous partons demain à sept heures avec les Anglais et les Turcs ; nous
devons effectuer le passage d'une rivière défendue, dit-on, par vingt
mille Russes. Tous les villages nous fournissent des bœufs, des moutons et des voitures avec la meilleure grâce possible. Les femmes
d'Eupatoria, toutes habillées à la française, sont charmantes et nous
baisent les mains, nous regardant comme des sauveurs. Le maréchal
a prévenu que quiconque serait pris à marauder serait fusillé sur-le-
champ et sans jugement.

» Nous n'avons depuis trois jours que de l'eau de mer un peu des-
salée par la filtration pour toute boisson ; aussi espérons - nous boire
demain de l'eau potable au nez de MM. les Russes, qui, s'ils avaient
eu de l'idée, pouvaient nous faire perdre au moins dix mille hommes
lors du débarquement. Nous ne comptons pas beaucoup sur les vivres
que nous pourrons prendre aux Cosaques, car ils ne mangent que de
la vache enragée.

» Le maréchal, en passant la revue hier, m'a dit : « Monsieur, vous
» portez un drapeau, mais j'espère bien que vous m'en apporterez un
» russe avec celui-là. » Je lui ai répondu que je ferais mon possible
pour le contenter.

» Le porte-drapeau titulaire est passé lieutenant ; mais comme
nous n'avons pas encore eu l'inspection générale, il est probable que
celui qui était proposé pour cet emploi l'année dernière est nommé
(il est au dépôt) ; dans tous les cas, il arrivera après la bataille ; et si
je ne suis pas tué, on ne sait pas ce qui peut arriver. Le choléra
n'existe plus dans l'armée. Nous avons eu deux sous-lieutenants du
régiment qui en sont morts : Guéry et Guignard ; ce dernier avait
prononcé le discours funèbre sur la tombe du premier.

» Nous espérons commencer le siége de Sébastopol le 21 ou le 22 ;
on dit que nous avons des intelligences dans la place. Toute la population de la Crimée est pour nous ; à chaque instant les villages font
leur soumission et apportent du bétail. Tu crois alors que nous faisons des économies, détrompe-toi ; les habitants ne peuvent tout nous
fournir, et les Grecs nous vendent de mauvais vin trois francs la bouteille : juge du reste.

» Je t'écrirai de Sébastopol ou de la tranchée.

» Ton frère qui t'aime,

» C.-W. POIDEVIN,

» *Sous-lieutenant au 38ᵉ de ligne.* »

CHAPITRE XXXVI.

Marche des alliés. — Allocution de Saint-Arnaud aux Anglais. — Premier engagement. — Mouvement des flottes. — Plan de la bataille de l'Alma.

L'armée alliée se mit en marche vers Sébastopol le 19 septembre,
à six heures du matin, ayant à l'avant-garde la division du général
Canrobert. Elle formait un losange dont les rangs anglais composaient
les deux côtés au nord. La contré qu'elle traversait est aride, pier-
reuse, coupée de dunes sablonneuses ou de tertres peu élevés. Elle
était sillonnée de plusieurs chemins parallèles à la mer, chemins
frayés que les Tartares parcourent journellement avec des charrettes
attelées de deux dromadaires.

Après une marche d'une heure on fit une halte de cinquante minutes, pendant laquelle le maréchal Saint-Arnaud, lord Raglan,
les généraux Bosquet, Forcy et un certain nombre d'officiers français parcoururent les fronts des colonnes. En passant devant le
55ᵉ régiment de ligne anglais, M. de Saint-Arnaud cria aux soldats :
« J'espère que vous vous battrez bien?

Une voix des rangs lui répondit : — Vous l'espérez! soyez-en sûr.

Les Anglais eurent bientôt l'occasion de réaliser cette promesse. A
deux heures de l'après-midi, la cavalerie légère commandée par
lord Cardigan, qui s'était portée en avant, eut à soutenir l'attaque
de la 2ᵉ brigade de la 17ᵉ division de cavalerie légère russe, de neuf
sotnias ou escadrons de Cosaques et d'une batterie d'artillerie à cheval du Don. L'ennemi se replia, après un court engagement, et laissa
les envahisseurs planter leurs tentes sur la rive gauche du Bouïanak,
où ils passèrent la nuit.

Tous étaient debout le lendemain à six heures, et continuaient à
longer le littoral. Devant eux, jusqu'à la rivière de l'Alma, s'étendait une plaine aride ; mais au delà de ce cours d'eau le sol montait

toujours, et c'était sur les hauteurs qui en couronnent la rive gauche que le prince Menschikoff les attendait avec 45,000 hommes dont 12,000 de la garde et 3,000 dragons.

La flotte anglo-française longeait la côte, afin d'appuyer au besoin de son artillerie les opérations des troupes de terre. Le vice-amiral Hamelin n'avait sous ses ordres que neuf vaisseaux et autant de frégates et d'avisos à vapeur. Il avait laissé le vaisseau l'*Iéna* à Eupatoria pour assurer des ressources d'eau aux marins, et envoyé le reste de l'escadre à Varna afin d'y embarquer 9,000 hommes et 900 chevaux. Dans la journée du 19, le *Vauban*, le *Roland*, le *Lavoisier*, le *Berthollet*, le *Primauguet*, le *Spitfire*, le *Caton*, le *Descartes* et le *Caffarelli* étaient venus mouiller en face de l'embouchure de l'Alma; mais l'élévation des falaises qui dominaient la mer empêchait les marins de prendre part à l'action. Ils durent se borner au rôle de spectateurs, et jamais il ne fut donné à aucun homme d'assister à un drame plus grandiose : aussi les hunes, les passerelles placées entre les tambours des vapeurs, les barres, les haubans se garnirent-ils de curieux. La mer était calme, le soleil resplendissait dans un ciel pur, et ses rayons permettaient d'observer toutes les péripéties de la lutte qui allait s'engager.

Une heure fut accordée aux troupes pour déjeuner et se reposer des fatigues de la marche. A onze heures les zouaves et les chasseurs de la division Bosquet se mirent au pas de course le long de la plage, suivis d'une division turque, afin de déborder la gauche de l'armée russe, dont les Anglais étaient chargés de tourner la droite. Le gros de l'armée française devait se porter sur le centre après s'être emparée du petit village de Bourliouk, au milieu duquel on pouvait traverser l'Alma sur un pont de bois.

A midi, le village est occupé. « Cependant, a écrit un marin de la flotte française, nous voyons notre droite franchir la rivière à son embouchure, puis d'autres colonnes percent plus haut, passant la rivière je ne sais comment. Bientôt c'est merveille de voir tous nos hommes escaladant ces pics inaccessibles, s'accrochant à tout, grimpant comme des fourmis. Et, après vingt minutes d'efforts, nous les voyons surgissant sur la crête, couronnant toutes les hauteurs, et avant que Menschikoff en ait pu croire ses yeux nous avions dix mille hommes débordant sur sa gauche. Il avise alors à conjurer le danger et lance contre Bosquet de la cavalerie, trente pièces d'artillerie et plusieurs colonnes d'infanterie; mais il est trop tard, nos troupes ne reculent pas ! six pièces de notre artillerie ont pu franchir le pont et viennent soutenir Bosquet. »

Au centre le mouvement des assaillants n'est pas moins irrésistible. A deux heures ils sont maîtres de la rive gauche de l'Alma, et attaquent deux redoutes que les Russes ont construites pour protéger l'étroite vallée à laquelle aboutit le pont de Bourliouk. A trois heures et demie, les Anglais ont achevé leur évolution; et leurs lignes, chargées avec fureur à la baïonnette par un ennemi qu'irrite la perspective de sa défaite, restent inébranlables comme un mur. Une batterie à cheval française prend en flanc les colonnes opposées aux troupes britanniques. Pressées de toutes parts, les Russes s'ébranlent et battent en retraite. Le prince Menschikoff descend de la tour d'un télégraphe, d'où il avait dirigé les mouvements de son armée, et il se retire précipitamment.

Maintenant que nous avons ébauché le récit de la bataille de l'Alma, nous allons le laisser compléter par les rapports des généraux qui l'ont livrée.

CHAPITRE XXXVII.
Dépêche et rapport du maréchal de Saint-Arnaud.

Dans une première dépêche le maréchal de Saint-Arnaud annonçait sommairement la victoire :

« Au bivouac sur l'Alma, le 20 septembre.

» Nous avons rencontré aujourd'hui l'ennemi sur l'Alma. Il occupait, avec des forces considérables, le ravin où coule la rivière, boisé, coupé de maisons, franchissable seulement en trois points, et les hauteurs de la rive gauche en pente très-roide. Elles étaient solidement retranchées et couvertes d'artillerie. Les troupes alliées ont abordé ces positions difficiles avec une vigueur sans égale. C'est au cri de *Vive l'Empereur!* que mes soldats ont enlevé celles qui étaient devant eux.

» La bataille de l'Alma a duré quatre heures. C'est un beau début pour nos armes. Les troupes françaises ont eu quatorze cents hommes tués ou blessés. J'ignore encore les pertes de l'armée anglaise, qui a vaillamment combattu devant une résistance opiniâtre. »

Dans son rapport le maréchal se montre presque aussi sobre de détails : il peint l'action à grands traits, d'un ton épique, et coupe son récit en alinéas qui ressemblent à des stances. Ce dont il faut le louer, c'est qu'il parle de tout le monde excepté de lui-même.

« Au quartier général à Alma. Champ de bataille d'Alma, le 24 septembre 1854.

» Sire,

» Le canon de Votre Majesté a parlé !... Nous avons remporté une victoire complète. C'est une belle journée, sire, à ajouter aux fastes militaires de la France, et Votre Majesté aura un nom de plus à joindre aux victoires qui ornent les drapeaux de l'armée française.

» Les Russes avaient réuni hier toutes leurs forces, tous leurs moyens pour s'opposer au passage de l'Alma. Le prince Menschikoff les commandait en personne. Toutes les hauteurs étaient garnies de redoutes et de batteries formidables.

» L'armée russe comptait quarante mille baïonnettes venues de tous les points de la Crimée. Le matin il en arrivait encore de Théodosie... six mille chevaux, cent quatre vingts pièces de canon de campagne ou de position.

» Des hauteurs qu'ils occupaient les Russes pouvaient nous compter homme par homme depuis le 19 au moment où nous sommes arrivés sur le Bubbanach.

» Le 20, dès six heures du matin, j'ai fait opérer par la division Bosquet, renforcée de huit bataillons turcs, un mouvement tournant qui enveloppait la gauche des Russes et tournait quelques-unes de leurs batteries.

» Le général Bosquet a manœuvré avec autant d'intelligence que de bravoure. Ce mouvement a décidé du succès de la journée.

» J'avais engagé les Anglais à se prolonger sur leur gauche pour menacer en même temps la droite des Russes pendant que je les occuperais au centre; mais leurs troupes ne sont arrivées en ligne qu'à dix heures et demie. Elles ont bravement réparé ce retard. A midi et demi la ligne de l'armée alliée, occupant une étendue de plus d'une grande lieue, arrivait sur l'Alma, et elle était reçue par un feu terrible de tirailleurs.

» Dans ce mouvement la tête de la colonne Bosquet paraissait sur les hauteurs, je donnai le signal de l'attaque générale.

» L'Alma fut traversée au pas de charge. Le prince Napoléon, à la tête de sa division, s'emparait du gros village d'Alma sous le feu des batteries russes. Le prince s'est montré digne en tout du beau nom qu'il porte. On arrivait en bas des hauteurs sous le feu des batteries ennemies.

» Là, sire, a commencé une vraie bataille sur toute la ligne, bataille avec ses épisodes de brillants hauts faits et de valeur. Votre Majesté peut être fière de ses soldats, ils n'ont pas dégénéré : ce sont des soldats d'Austerlitz et d'Iéna.

» A quatre heures et demie l'armée française était victorieuse partout.

» Toutes les positions avaient été enlevées à la baïonnette au cri de *Vive l'Empereur!* qui a retenti toute la journée. Jamais je n'ai vu d'enthousiasme semblable : les blessés se soulevaient de terre pour crier. A notre gauche les Anglais rencontraient de grosses masses et éprouvaient de grandes difficultés, mais tout a été surmonté.

» Les Anglais ont abordé les positions russes dans un ordre admirable sous le canon, les ont enlevées et ont chassé les Russes.

» Lord Raglan peut être fier d'une bravoure antique, au milieu des boulets et des balles c'est le même calme qui ne l'abandonne jamais.

» Les lignes françaises se formaient sur les hauteurs en débordant la gauche russe, l'artillerie ouvrait son feu. Alors ce ne fut plus retraite, mais une déroute : les Russes jetaient leurs fusils et leurs sacs pour mieux courir.

» Si j'avais eu de la cavalerie, sire, j'obtenais des résultats immenses, et Menschikoff n'aurait plus d'armée; mais il était tard, mes troupes étaient harassées, les munitions d'artillerie s'épuisaient, nous avons campé à six heures du soir sur le bivouac même des Russes.

» Ma tente est sur l'emplacement même de celle qu'occupait le prince Menschikoff, qui se croyait si sûr de nous arrêter et de nous battre, qu'il avait laissé sa voiture. Je l'ai prise avec son portefeuille et sa correspondance, je profiterai des renseignements précieux que j'y trouve.

» L'armée russe aura pu probablement se rallier à deux lieues d'ici, et je la trouverai demain sur la Katcha, mais battue et démoralisée, tandis que l'armée alliée est pleine d'ardeur et d'élan. Il m'a fallu rester ici aujourd'hui pour évacuer nos blessés et les blessés russes sur Constantinople, et reprendre à bord de la flotte des munitions et des vivres.

» Les Anglais ont eu quinze cents hommes hors de combat. Le duc de Cambridge se porte bien; sa division et celle de sir J. Brown ont été superbes. Moi, j'ai à regretter environ douze cents hommes hors de combat, trois officiers tués, cinquante-quatre blessés, deux cent cinquante-trois sous-officiers et soldats tués, mille trente-trois blessés.

» Le général Canrobert, auquel revient en partie l'honneur de la journée, a été blessé légèrement par un éclat d'obus qui l'a atteint à la poitrine et à la main : il va très-bien. Le général Thomas, de la division du prince, a reçu une balle dans le bas-ventre, blessure grave. Les Russes ont perdu environ cinq mille hommes. Le champ de bataille est jonché de leurs morts, nos ambulances sont pleines de blessés. Nous avons compté une proportion de sept cadavres russes pour un cadavre français.

» L'artillerie russe nous a fait du mal, mais la nôtre lui est bien supérieure. Je regretterai toute ma vie de ne pas avoir eu seulement mes deux régiments de chasseurs d'Afrique. Les zouaves se sont fait admirer des deux armées ; ce sont les premiers soldats du monde.

» Veuillez agréer, sire, l'hommage de mon profond respect et de mon entier dévouement.

» Maréchal A. DE SAINT-ARNAUD. »

CHAPITRE XXXVIII.

Rapport de lord Raglan. — Lettre de l'amiral Dundas au secrétaire de l'amirauté.

Le rapport de lord Raglan est d'un style moins poétique, mais plus substantiel, plus circonstancié. Dans le document français respire l'enthousiasme enivrant de la victoire; la narration du général anglais est celle d'un homme que son flegme national n'abandonne jamais.

« Quartier général de la Katcha, 23 septembre 1854.

» MILORD DUC,

» J'ai l'honneur d'informer Votre Grâce que les armées alliées ont attaqué la position occupée par l'armée russe derrière l'Alma, le 20 courant, et j'ai la satisfaction d'ajouter qu'elles ont réussi, en moins de trois heures, à chasser l'ennemi de tout le champ de bataille qu'il occupait dans la matinée et à s'y établir. Les armées anglaise et française ont quitté leur premier campement en Crimée le 19 et ont bivouaqué la nuit sur la rive gauche du Bulganac. Une marche en avant de la brigade de cavalerie légère de lord Cardigan avait eu pour résultat de faire avancer un fort détachement de dragons et de Cosaques avec de l'artillerie.

» Dans cette rencontre, la première qui ait eu lieu entre Anglais et Russes, il est impossible de montrer plus de solidité que cette partie de la cavalerie de Sa Majesté. Elle s'est retirée sur sa réserve, en très-bon ordre, sous le feu de l'artillerie, qui s'est bientôt tu devant les batteries que j'ai fait avancer. Nous avons eu quatre hommes blessés. Notre marche a été fatigante, sous un soleil brûlant, sans eau jusqu'à ce que nous ayons atteint la petite rivière du Bulganac, où nous sommes arrivés avec plaisir.

» Les deux armées ont marché sur l'Alma le lendemain, et il a été convenu que le maréchal Saint-Arnaud attaquerait la gauche de l'ennemi en passant l'Alma près de son embouchure, que le reste de l'armée française attaquerait les hauteurs de front, tandis que les Anglais attaqueraient la droite et le centre des positions russes. Afin qu'on apprécie la bravoure déployée par les soldats de Sa Majesté et les difficultés qu'ils avaient à vaincre, je crois convenable, au risque de rendre mon récit ennuyeux, de décrire à Votre Grâce la position occupée par les Russes. Elle traversait la route à deux milles et demi environ de la mer et elle était très-forte naturellement. La suite des collines abruptes de trois cent cinquante à quatre cents pieds de haut qui, à partir de la mer, longent l'Alma, s'arrête à ce point et forme à la gauche des Russes, puis elle tourne en amphithéâtre autour d'une large vallée et se termine à une hauteur occupée par la droite et d'où on descend dans la plaine par une pente moins rapide.

» Cette position a une étendue de deux milles environ. Vers la gorge de cette grande ouverture se trouve une rangée de collines plus basses de diverses hauteurs, de 60 à 150 pieds, parallèles à la rivière, d'où elles sont éloignées à la distance de 600 à 800 yards. La rivière est en général guéable, mais ses bords sont difficiles et élevés sur plusieurs points. L'ennemi avait coupé les saules qui la bordaient, afin qu'ils ne pussent couvrir l'attaque, et en un mot, on avait fait tout ce qui était possible pour priver une armée assaillante de toute espèce d'abri.

» En face de la position sur la rive droite, à 200 yards environ de l'Alma, se trouve le village de Bourliouk, et près de là un pont de bois, détruit en partie par l'ennemi. Le point qui terminait les grandes collines, et où aboutissaient les collines plus basses dont j'ai parlé, était la clef de la position, et on y avait accumulé tous les moyens de défense. A mi-chemin et en face de ce point, une tranchée longue de plusieurs centaines de yards défendait les abords par le passage le plus direct et le plus facile. Sur la rive droite, un peu en arrière, une puissante batterie armée de canons de position couvrait la droite. Il y avait de l'artillerie sur tous les points qui dominaient le mieux le passage de la rivière et ses approches en général. Sur la pente de ces collines, qui forment une sorte de plateau, se trouvaient des masses d'infanterie ennemie, tandis que sur les hauteurs se trouvait la grande réserve : montant, à ce que je puis croire, à 45 ou 50,000 hommes.

» Les armées combinées s'avançaient sur la même ligne, celle de Sa Majesté sur deux rangs contigus avec le front des deux divisions couvert par l'infanterie légère et une batterie d'artillerie à cheval. La 2e division, commandée par le lieutenant général de Lacy-Evans, formait la droite et touchait la gauche de la 3e division de l'armée française, commandée par S. A. I. le prince Napoléon. La division légère, commandée par le lieutenant général sir George Brown, occupait la gauche. En seconde ligne se trouvaient derrière sir de Lacy-Evans la 3e division, commandée par le lieutenant général sir Richard England, et à gauche la 1re division, commandée par S. A. R. le duc

de Cambridge. La 4e division, commandée par le lieutenant général sir George Catheart, et la cavalerie, commandée par le major général comte de Lucan, restaient en réserve pour couvrir le flanc gauche et les derrières contre un corps considérable de cavalerie ennemie que l'on avait aperçu dans cette direction.

» En arrivant sous le feu du canon, qui bientôt devint formidable, les deux premières divisions se mirent en ligne pour attaquer le front de la position ennemie, et les deux divisions de la seconde ligne appuyèrent ce mouvement. A peine avaient-elles pris position que le village de Bourliouk, en face de notre centre gauche, fut incendié par l'ennemi ; ce qui créa une masse de feu de 300 yards environ, qui nous cachait la position de l'ennemi et par laquelle il était impossible de passer. Deux régiments de la brigade du général Adams, faisant partie de la division de sir de Lacy-Evans, durent passer la rivière à droite par un gué profond et difficile sous un feu vif, tandis que la première brigade, sous les ordres du major général Pennefather, et le troisième régiment de la brigade Adams passaient, à gauche du village incendié, sous le feu de l'artillerie ennemie et appuyaient sur la gauche avec beaucoup de bravoure et de solidité. Cependant la division légère, commandée par sir George Brown, passait l'Alma, droit en face de l'ennemi.

» Les bords de la rivière, escarpés et dentelés, étaient eux-mêmes un très-sérieux obstacle, et les vignes à travers lesquelles il fallait passer, les arbres que les Russes avaient abattus, créaient autant d'obstacles qui rendaient toute formation régulière, sous un feu très-vif, à peu près impossible. Le lieutenant général sir George Brown marcha à l'ennemi dans ces conditions très-défavorables, il persévéra dans cette opération difficile; et la première brigade, sous les ordres du major général Codrington, soutenu par un mouvement judicieux du général de brigade Buller, sur la gauche, et par celui de quatre compagnies de la brigade de chasseurs commandées par le major Norcotts, qui promet d'être un excellent officier de troupes légères, réussit à enlever une redoute.

Le feu nourri de mitraille et de mousqueterie auquel les troupes étaient exposées et les pertes subies par le 7e, le 23e et le 33e obligèrent cette brigade à abandonner une partie de ce qu'elle avait pris. Pendant ce temps, le duc de Cambridge était parvenu à passer la rivière et était venu appuyer le mouvement. Une charge brillante de la brigade des gardes à pied commandée par le major général Bentinck, chassa l'ennemi et nous assura la possession de cette position. La brigade des highlanders, commandée par le major général sir Colin Campbell, s'avança dans un ordre admirable et avec fermeté, en même temps que les gardes, sur les hauteurs de gauche ; et la brigade du major général Pennefather, qui s'était jointe à la droite de la division légère, força l'ennemi à abandonner complétement la position qu'il avait eu tant de mal à occuper et à défendre. Le 95e régiment, qui, dans le mouvement en avant, touchait immédiatement à droite les fusiliers royaux, a fait, comme ce corps, des pertes immenses.

» L'artillerie royale a été d'un grand secours dans ces diverses opérations. Les efforts des officiers pour mettre les canons en position ne se sont pas ralentis un seul instant, et la précision de leur feu n'a pas peu contribué aux résultats de la journée. Le lieutenant général sir Richard England a soutenu, avec sa division, les troupes de la première ligne, et le lieutenant général sir George Cathcart a veillé sur le flanc gauche.

» La nature du terrain n'a pas permis à la cavalerie commandée par lord Lucan de se déployer, mais elle a servi à faire des prisonniers à la fin de la journée. Par les détails de ces opérations, sur lesquels je me suis étendu autant qu'il est possible dans une dépêche, Votre Grâce verra que les généraux et officiers engagés ont eu à faire des efforts extraordinaires, et j'ai le plaisir de les recommander à la bienveillance de Votre Grâce.

» La manière dont le lieutenant général sir George Brown a conduit sa division, dans les circonstances très-difficiles, exige l'expression de ma plus vive approbation. Le feu auquel cette division a été exposée, les difficultés qu'il lui a fallu vaincre prouvent qu'il a fait tout ce qu'il était possible de faire pour s'acquitter de son devoir.

» Je dois parler dans les mêmes termes du lieutenant général sir de Lacy-Evans, qui a de même conduit sa division à ma complète satisfaction et a montré autant de sang-froid que de jugement dans l'exécution d'une opération très-difficile.

» Son Altesse Royale le duc de Cambridge a soutenu la division légère avec beaucoup d'habileté, et a eu pour la première fois l'occasion de montrer à l'ennemi son dévouement à Sa Majesté et à l'armée dont il fait partie tant de distinction.

» Je dois les plus vifs remercîments au lieutenant général sir Richard England, au lieutenant général sir George Cathcart, au lieutenant général comte de Lucan, pour l'appui qu'ils ont donné partout où il en a été besoin, et je dois recommander à l'attention spéciale de Votre Grâce la conduite distinguée du major général Bentinck, du major général sir Colin Campbell, du major général Pennefather, du major général Codrington, du brigadier général Adams et du brigadier général Buller.

» Dans l'affaire de la veille, le comte de Cardigan a montré beau-

SÉBASTOPOL.

coup de courage et de sang-froid et a tenu sa brigade en très-bon ordre. J'ai été parfaitement satisfait de la manière dont le brigadier général Strangeways a dirigé l'artillerie et est parvenu à la mettre en ligne. Le lieutenant général sir John Bourgoyne a été constamment près de moi et m'a été très-utile par ses conseils et ses bons avis. Le brigadier général Tylden, qui commandait le génie, a toujours été à ma disposition pour tout ce que j'ai pu lui demander.

» Je regrette vivement qu'il ait été depuis victime du choléra comme le major Wellesley, qui, malgré la maladie, avait pris part à l'affaire de la veille. Il avait très-bien remplacé lord de Ross pendant la maladie de celui-ci. Je ne puis parler en termes trop élogieux du brigadier général Estcourt, adjudant général, ni du brigadier général Airy, qui, pendant le temps qu'il a rempli les fonctions de quartier-maître général, a déployé la plus grande habileté et la plus grande aptitude.

» Je dois beaucoup à mon secrétaire militaire le lieutenant-colonel Steele, au major lord Burghersh et aux officiers de mon état-major,

troupes a été admirable. Lorsqu'on songe qu'elles ont souffert depuis deux mois de la maladie, que depuis leur débarquement elles ont été exposées à l'humidité, au froid et au chaud, qu'il leur a fallu une peine extrême pour se procurer de l'eau, que le choléra les a suivies jusque sur le champ de bataille, on ne trouvera pas que j'exagère en disant qu'elles sont dignes de la plus haute estime. Dans l'ardeur de l'attaque elles ont oublié tout ce qu'elles avaient souffert, et ont déployé ce grand courage, cette vaillance qui distinguent le soldat anglais, et sous le feu le plus meurtrier elles ont montré la même résolution de vaincre qu'avant l'action.

» Je manquerais à mon devoir, milord duc, si je n'exprimais à Votre Grâce, dans les termes les plus vifs, mes sentiments de gratitude pour les officiers et matelots de la marine royale pour le secours qu'ils ont donné à l'armée toutes les fois qu'ils ont pu prendre part à ses opérations. Ils ont suivi les mouvements de la journée avec la plus grande anxiété; et ils nous ont montré leur sympathie et la part qu'ils prenaient au succès en ne cessant, depuis la fin de la bataille

Ce fut sous cette monture d'espèce nouvelle qu'il gravit les flancs de la montagne.

pour le zèle, l'intelligence et la bravoure dont ils ont tous fait preuve sans exception. Le lieutenant de marine Derriman, commandant du *Caradoc*, m'a accompagné pendant toute l'opération, et m'a été utile par son observation des mouvements de l'ennemi que son œil exercé a suivis exactement.

» J'ai le regret de dire que le lieutenant-colonel Lagondie, attaché à mon état-major par l'Empereur des Français, est tombé aux mains de l'ennemi le 19, en revenant de la division du prince Napoléon, où il s'était obligeamment rendu sur ma demande pour communiquer avec Son Altesse Impériale. Nous regrettons sincèrement ce malheur, moi et les officiers de mon état-major. L'autre officier, attaché de même à mon état-major, le major Vico, m'a aidé de toutes ses forces, et n'a épargné aucun effort pour se rendre utile.

» Je dois dire à Votre Grâce que les officiers des régiments de l'armée ont accepté joyeusement des privations extraordinaires. Mon désir d'amener ici tous les hommes et tous les chevaux capables de servir m'a empêché d'embarquer les chevaux qui portent les bagages. Ces officiers n'ont avec eux que ce qu'ils peuvent porter; ils sont comme les hommes, sans tente ni couverture d'aucune sorte. Je n'ai pas entendu un seul murmure. Tous semblent pénétrés de la nécessité de cette mesure, et ils comptent, à ce que je crois, que je ferai venir aussitôt que possible leurs chevaux de charge. La conduite des

jusqu'à ce moment, de soigner les blessés, de les porter au point d'embarquement, et les officiers eux-mêmes ont pris part à ce service, ce dont je ne me souviendrai jamais sans un profond sentiment de reconnaissance.

» Je ne nomme personne de peur d'oublier quelqu'un dont je devrais parler; mais aucun de ceux qui ont été associés avec nous n'a épargné aucun effort pour l'accomplissement d'un devoir sacré. Sir Edmund Lyons, chargé de la direction, a été comme toujours un des premiers à nous aider et à pourvoir aux difficultés.

» Je joins à ce rapport la liste des morts et des blessés : cette liste, à mon grand regret, est longue; mais j'espère que, si l'on tient compte de tout, on reconnaîtra que la vie des hommes n'a pas été prodiguée sans nécessité, et qu'il n'était pas possible de remporter sans sacrifice une telle victoire.

» Je ne puis estimer la perte des Russes. Je crois qu'elle est grande, et c'est le bruit qui court dans le pays. Le nombre des prisonniers non blessés est médiocre; mais celui des blessés s'élève de 800 à 900. Deux officiers généraux, les majors généraux Korganoff et Schokanoff sont en nos mains. Le premier est grièvement blessé. Je n'entreprendrai point de décrire les mouvements de l'armée française, un plus habile s'en acquittera; mais je dois dire que ses opérations ont été très-heureuses, et que sous la direction de son chef listingué; le maréchal de Saint-Arnaud, elle a montré la plus grande bravoure, une ardeur vive dans l'attaque et les hautes qualités militaires pour lesquelles elle est renommée.

» Cette dépêche sera remise à Votre Grâce par le major lord Burgaers, qui est en état de vous fournir les renseignements les plus amples, et que je recommande à votre attention particulière.

» J'ai l'honneur, etc.

» RAGLAN. »

Une lettre de l'amiral Dundas au ministre de l'amirauté est le corollaire du précédent rapport :

« *Britannia,* en vue de l'Alma, 24 septembre.

» MONSIEUR,

» Dans ma lettre du 28 de ce mois je vous exposais, pour le porter à la connaissance des lords commissaires de l'amirauté, que les armées alliées étaient prêtes à se mettre en marche. Aujourd'hui j'ai du général lord Raglan pendant l'action, et j'ai envoyé aussi le lieutenant Glym, de mon vaisseau, pour m'apporter tous les messages de Sa Seigneurie. Tous les officiers de santé de la flotte, excepté un par chaque bâtiment, 600 marins et soldats de marine, ainsi que toutes les embarcations, ont assisté les blessés, et les ont portés à bord des transports qui partiront pour le Bosphore aussitôt qu'il sera possible. Je crois que les forces alliées ont l'intention de se mettre en marche demain, et *le Sampson,* que j'ai détaché hier soir, avec *le Terrible,* en vue de Sébastopol, a fait savoir par signaux que les Russes se retiraient sur Sébastopol, et qu'ils ont brûlé les villages situés sur la Katcha.

» J'ai l'honneur, etc., etc.

» W. DUNDAS, *vice-amiral.* »

CHAPITRE XXXIX.

Rapport de l'aide de camp du prince Menschikoff.

Le prince Menschikoff, dans le rapport qu'il a fait rédiger par son

Les passants se découvraient pour le saluer. Les postes sortaient et lui présentaient les armes.

honneur d'informer Leurs Seigneuries que le 19 au matin les troupes alliées ont marché vers une position située à deux milles environ de la rivière d'Alma, où elles ont fait halte pendant la nuit ; les Français et les Turcs étaient sur la droite, tout près de la mer, les Anglais sur la gauche, à quatre milles à peu près dans l'intérieur. Les Russes, avec 5 ou 6,000 hommes environ de cavalerie, d'artillerie et 15,000 d'infanterie, firent une démonstration au bord de la rivière, mais ils rebroussèrent chemin à l'approche des armées et repassèrent la rivière au coucher du soleil.

» Le 20, vers midi, les alliés s'avancèrent dans le même ordre pour forcer la position et les retranchements des Russes au sud de l'Alma ; ceci eut lieu à quatre heures, et les Russes paraissaient se retirer à l'est de la grande route qui mène à Sébastopol. La gauche de l'armée se replia très-rapidement devant les Français, et les Anglais emportèrent à la baïonnette les batteries ennemies sur la droite. Nous avons essuyé nécessairement une grande perte ; elle est évaluée à 1,200 hommes environ, tant tués que blessés. Les Français en ont perdu à peu près 900. La perte des Russes a également été considérable. Nos soldats ont pris 2 officiers généraux et 3 canons ; mais nous avons peu de prisonniers outre les blessés, parce que nous n'avons pas, à ce qu'on croit, assez de cavalerie.

» Le lieutenant Derriman, du *Caradoc,* accompagnait l'état-major aide de camp, n'hésite pas à s'avouer vaincu, et s'honore en rendant hommage à la bravoure ne nos soldats. De son aveu, le succès de la journée est dû à la justesse du tir des chasseurs de Vincennes et à l'ardeur indomptable des zouaves.

On remarquera dans la pièce suivante des différences de dates. Pour les comprendre, il faut se souvenir que le calendrier des Russes, qui n'ont pas adopté la réforme grégorienne, est en retard de douze jours sur le nôtre.

« Le 1er (13) septembre, à la première nouvelle de l'apparition d'une nombreuse flotte ennemie en vue du cap Loukoul, l'aide de camp général du prince Menschikoff fit des dispositions pour concentrer sur la rivière Alma les troupes soumises à son commandement. Tandis que ses troupes se portaient de divers points de la péninsule vers la position choisie, des forces ennemies considérables, composées de troupes anglaises, françaises et turques, exécutèrent le 2 (14) leur descente près des lacs salants au sud d'Eupatoria, et après y avoir établi un camp ne firent aucun mouvement pendant plusieurs jours.

» Le 7 (19) seulement l'ennemi fit une reconnaissance forcée dans la direction de l'Alma. La 2e brigade de la 17e division de cavalerie légère et 9 sotnias de Cosaques avec une batterie d'artillerie à cheval du Don furent envoyées à sa rencontre. Après une escarmouche peu importante, l'ennemi se replia sur la rivière Bouïanak ; et notre avant-garde revint prendre son poste sur la position générale de bataille derrière l'Alma.

» Le lendemain 8 (20) septembre l'ennemi attaqua cette position avec toutes ses forces, et après un combat opiniâtre nos troupes furent obligées de céder à l'avantage du nombre et se retirèrent au delà de la rivière de la Katcha. Les alliés ne les poursuivirent presque pas, ayant éprouvé eux-mêmes des pertes considérables dans le combat.

» Voici la relation de cette affaire :

» Le prince Menschikoff occupait une position sur la rive gauche de l'Alma avec 42 bataillons, 16 escadrons et 84 pièces.

» Infanterie : 8 bataillons et 16 pièces de la 14e division d'infanterie, 16 bataillons et 36 pièces de la 16e division, 12 bataillons et 24 pièces de la 17e division, 4 bataillons de la brigade de réserve de la 13e division, le 6e bataillon de tirailleurs, le 6e bataillon combiné de sapeurs et de marins ; cavalerie : la 2e brigade (hussards) de la 6e division de cavalerie légère, avec la batterie légère n° 12 d'artillerie à cheval et la batterie n° 4 d'artillerie du Don.

» Le centre de l'ordre de bataille était formé sur le bord de la berge escarpée de la rivière vis-à-vis du village de Bourliouk, et l'aile gauche sur une hauteur à environ deux verstes de la mer ; l'aile droite formait la partie la plus faible de la position. En avant de la ligne de bataille, sur la rive droite de la rivière, le village de Bourliouk et les vignobles les plus voisins étaient occupés par des tirailleurs. En réserve derrière le centre étaient postés trois régiments d'infanterie (de Volhynie, de Minsk et de Moscou) avec deux batteries légères à pied ; sur leur droite les deux régiments de hussards avec deux batteries légères à pied ; sur leur gauche les deux régiments de hussards avec deux batteries à cheval et derrière l'aile droite le régiment de chasseurs d'Ouglitch. Un bataillon de réserve (du régiment de Minsk) avait été détaché pour occuper le village d'Ouloukoul en arrière du flanc gauche de la position, tout près du rivage de la mer.

» A midi les ennemis se portèrent sur l'Alma et attaquèrent résolument notre position. Leur aile droite était formée par les Français et leur aile gauche par les Anglais.

» L'armée turque était restée en réserve derrière les troupes françaises.

» Les uns et les autres s'avancèrent avec précision en lignes déployées sous la protection d'une chaîne épaisse de tirailleurs armés de carabines. Nos tirailleurs reçurent l'ennemi par un feu bien dirigé, et en peu d'instants une vive fusillade s'engagea sur toute la ligne de bataille. Dès le commencement du combat les nombreux tirailleurs ennemis, armés de carabines à balles coniques, firent de grands ravages dans nos rangs. Un grand nombre de commandants tombèrent les premières victimes de cette arme meurtrière, et cette circonstance exerça nécessairement une grande influence sur la marche ultérieure du combat.

» Après avoir occupé les vignobles de la rive droite de l'Alma les bataillons ennemis se formèrent en colonnes, passèrent la rivière et se déployèrent de nouveau en ligne de l'autre côté malgré le feu constant de nos batteries. Le prince Menschikoff donna ordre à la première ligne de recevoir l'ennemi à la baïonnette pour le rejeter sur la rivière. A plusieurs reprises nos bataillons, précédés de leurs intrépides chefs, se précipitèrent à la charge baïonnette en avant, mais chaque fois accueillis par le terrible feu roulant de la ligne déployée, ou par l'épaisse chaîne de tirailleurs à carabines, ils furent repoussés avec de grandes pertes. L'infanterie ennemie supportait avec fermeté et sans broncher le feu parfaitement dirigé de notre artillerie ; les bataillons déployés se couchaient à terre et s'abritaient derrière les accidents de terrain, tandis que leurs tirailleurs fusillaient nos artilleurs. Dans une de nos divisions de huit pièces tous les servants et tous les chevaux furent jetés sur le carreau.

» Pendant que ce combat acharné avait lieu au centre de la position et à notre aile droite, l'aile gauche, malgré la distance où elle se trouvait de la mer, était atteinte par les projectiles de la flotte. A l'abri du feu de cette artillerie marine une colonne française ayant en tête des troupes d'Afrique (nommées zouaves) traversa la vallée de l'Alma près du rivage de la mer et gravit rapidement la falaise par un sentier à peine tracé le long d'un étroit ravin. L'apparition de ces troupes sur notre flanc et presque même sur nos derrières obligea le prince Menschikoff à faire avancer de la réserve les régiments de Minsk et de Moscou avec quelques escadrons de hussards ; mais les Français étaient déjà parvenus à établir sur les hauteurs une batterie qui accueillit nos réserves par un feu très-vif. Ces deux régiments furent contraints de se replier.

» Alors le prince Menschikoff, voyant son aile gauche tournée, le centre et l'aile droite ne pouvant plus se maintenir à la suite des pertes énormes qu'ils avaient faites, commença à ramener toutes ses troupes vers la Katcha. Afin de couvrir leur retraite, il fit avancer la brigade de hussards. Cette mesure et peut-être aussi les pertes considérables qu'il devait avoir éprouvées arrêtèrent sa poursuite. Il resta sur l'Alma, et nos troupes passé minuit traversèrent la Katcha.

» Dans ce combat sanglant les deux partis ont considérablement souffert. Nous avons eu dix-sept cent soixante-deux hommes tués, deux mille trois cent quinze blessés et quatre cent cinq atteints de

contusions. Quarante-cinq officiers supérieurs et subalternes sont au nombre des morts. Parmi les blessés on compte quatre généraux (le lieutenant général Kvitsinsky, chef de la 16e division ; le général major Stchkanoff, commandant la brigade de la même division ; le général major Goguinoff, commandant de brigade de la 17e division, et le général major Kourtianoff, commandant du régiment d'infanterie de Moscou) et quatre-vingt seize officiers supérieurs et subalternes.

» La perte de l'ennemi n'est pas connue avec certitude. D'après quelques rapports elle surpasserait même la nôtre ; mais dans tous les cas il est impossible que l'attaque opiniâtre de leurs bataillons sous la grêle de nos boulets et de notre mitraille n'ait également coûté fort cher aux alliés. »

Le précédent rapport fut analysé en ces termes par le *Journal de Saint-Pétersbourg* :

« L'aide de camp général prince Menschikoff a rendu compte à Sa Majesté l'empereur que le 20 septembre le corps anglo-français descendu en Crimée s'est approché de la position que nous occupions sur la rivière Alma près du village de Bourliouk. Nos troupes ont repoussé pendant plusieurs heures les attaques opiniâtres de l'ennemi ; toutefois, menacées sur leurs deux flancs par les forces nombreuses de celui-ci et particulièrement par ses vaisseaux, elles ont été ramenées vers le soir au delà de la rivière Katcha, et le lendemain ont pris position en avant de Sébastopol.

» Après avoir pris toutes ses mesures pour la défense, le prince Menschikoff se préparait à opposer une vive résistance à l'ennemi. »

D'un autre côté, par ordre du maréchal Paskiéwitch, on publia à Varsovie le rapport suivant :

« Le 20 septembre une rencontre a eu lieu entre nos troupes et celles des alliés sur les bords de l'Alma. Le prince Menschikoff, réalisant son plan de campagne d'engager seulement au combat l'avant-garde de son armée et de se replier sur Sébastopol, a conduit les troupes sous ses ordres aux abords de la forteresse et y a pris une forte position. On croyait que d'autres combats auraient encore lieu sous peu de jours. Nous avons perdu sur l'Alma mille hommes tués et blessés, mais l'ennemi nous ayant attaqués dans nos retranchements et sous le feu de toutes nos batteries doit avoir nécessairement éprouvé des pertes bien plus considérables. »

Remarquons en passant que le chiffre donné par Paskiéwitch ne s'accorde nullement avec celui qu'indique le prince Menschikoff.

CHAPITRE XL.

Ordres du jour du maréchal de Saint-Arnaud et de lord Raglan. — Le général Thun. — Le cheval du père Parabère ; le sergent-major Fleury ; l'artilleur manchot ; la balle prêtée ; l'équipage du prince Menschikoff ; lettre d'un officier du 6e de ligne ; lettre d'un zouave du 1er régiment ; lettre d'un marin de la flotte française. — Jugement des Anglais sur le courage de leurs alliés.

Il est facile, avec les documents que nous venons de reproduire, de comprendre la bataille de l'Alma. Qu'on se figure l'armée alliée comme un géant qui offre sa robuste poitrine aux ennemis, tandis que ses deux bras nerveux s'allongent et se replient pour les étouffer dans une irrésistible étreinte.

Les nuances de caractère que nous avons signalées dans les rapports des deux généraux alliés se retrouvent dans leurs ordres du jour respectifs. Celui du maréchal de Saint-Arnaud parut le soir même de l'action : il est vif, laconique et propre à entretenir l'ardeur des troupes :

« Soldats,

» La France et l'Empereur seront contents de vous !

» A Alma vous avez prouvé aux Russes que vous étiez les dignes fils des vainqueurs d'Eylau et de la Moskowa. Vous avez rivalisé de courage avec vos alliés les Anglais, et vos baïonnettes ont enlevé des positions formidables et bien défendues.

» Soldats, vous rencontrerez encore les Russes sur votre chemin, vous les vaincrez encore, comme vous l'avez fait aujourd'hui, au cri de *Vive l'Empereur !* et vous ne vous arrêterez qu'à Sébastopol : c'est là que vous jouirez d'un repos que vous aurez bien mérité.

» Champ de bataille d'Alma, le 20 septembre 1854. »

L'ordre du jour de lord Raglan ne fut publié que dix jours après la bataille ; au lieu d'entrer en communication directe avec les armées, le général anglais emploie un intermédiaire : ce qui doit produire moins d'impression que s'il prenait lui-même la parole.

« Quartier général, rivière de l'Alma, 22 septembre.

» Le commandant en chef des forces de Sa Majesté félicite les troupes du brillant succès qui a couronné leurs héroïques efforts dans la bataille du 20 de ce mois, où elles ont enlevé une très-formidable position, défendue par des masses d'infanterie russe, ainsi que par une redoutable et fort nombreuse artillerie. Leur conduite a été au niveau de celle de nos vaillants alliés, dont elles n'ont pu manquer de remarquer et d'admirer l'attaque énergique et victorieuse sur la gauche des hauteurs occupées par l'ennemi. Le général en chef remercia chaleureusement l'armée du courage qu'elle a déployé. C'est avec orgueil et satisfaction qu'il en a été témoin, et ce sera pour lui un devoir bien doux que de faire connaître à la reine combien elle s'est rendue digne de l'approbation de Sa Majesté, et à quel point elle a glorieusement maintenu l'honneur du nom anglais. Lord Raglan déplore bien sincèrement avec les troupes la perte de tant d'officiers et d'intrépides soldats dont leurs amis auront du moins la consolation de voir le souvenir à jamais consacré dans les fastes de notre armée.

« *Signé* J.-B.-B. Estcourt. »

Les correspondances privées, dans lesquelles nous aimons à puiser, nous fournissent sur la journée du 20 septembre une multitude de curieuses particularités.

Français et Anglais s'accordent à dire que le maréchal de Saint-Arnaud donna l'exemple du courage.

Souffrant depuis longtemps d'un anévrisme, il voyait sa fin venir. En partant pour la Crimée il disait : « Je suis perdu, mon mal empire ; mais la mort n'arrivera pas avant que j'aie gagné une grande bataille et promené le drapeau français dans la Crimée. » Ses pressentiments se trahissaient dans une lettre qu'il écrivait au ministre de la guerre le 12 septembre, à bord du vaisseau *la Ville de Paris.* « Ma situation sous le rapport de la santé est devenue grave, disait-il ; jusqu'à ce jour j'ai opposé à la maladie dont je suis atteint tous les efforts d'énergie dont je suis capable, et j'ai pu espérer pendant longtemps que j'étais assez habitué à souffrir pour être en mesure d'exercer le commandement sans révéler à tous la violence des crises que je suis condamné à subir. Mais cette lutte a épuisé mes forces. J'ai eu la douleur de reconnaître dans ces derniers temps, et surtout dans cette traversée, pendant laquelle je me suis vu sur le point de succomber, que le moment approchait où mon courage ne suffirait pas à porter le lourd fardeau d'un commandement qui exige une vigueur que j'ai perdue et que j'espère à peine recouvrer. Ma conscience me fait un devoir de vous exposer cette situation. Je veux espérer que la Providence me permettra de remplir jusqu'au bout la tâche que j'ai entreprise, et que je pourrai conduire jusqu'à Sébastopol l'armée avec laquelle je descendrai demain sur la côte de Crimée ; mais ce sera là, je le sens, un suprême effort, et je vous prie de demander à l'Empereur de vouloir bien me désigner un successeur. »

Le jour de la bataille, une fièvre intense le dévorait ; néanmoins il monta à cheval et y resta treize heures, sans qu'on pût le décider à prendre un instant de repos. Il parcourut à plusieurs reprises toute la ligne, qui avait près de deux lieues d'étendue, ne cessant jamais de donner ses ordres, et cachant à tous, au prix d'incroyables efforts, sa lutte contre la maladie ; seulement, quand la douleur devenait trop vive, quand ses forces épuisées étaient près de le trahir, il se faisait soutenir à cheval par deux cavaliers. On eût dit qu'il craignait de mourir dans son lit après une agonie sans gloire, et qu'il ambitionnait la mort d'un soldat. On assure même qu'il répéta à plusieurs reprises : « Est-ce qu'il n'y aura pas aujourd'hui de boulet pour moi ? »

Une boîte de mitraille éclata à ses côtés sans l'atteindre. Dans la soirée, quand il eut écrit le rapport qui annonçait la victoire, il s'écria : « A présent je puis mourir ! »

Un de ses plus glorieux compagnons d'armes, le général Thomas, fut blessé à la tête de la brigade qu'il commandait. C'était la 2ᵉ de la 3ᵉ division. Placée en seconde ligne par bataillons en masse, à distance de déploiement, elle resta dans cet ordre pendant que la 1ʳᵉ brigade, engagée avec les tirailleurs russes, forçait le passage de l'Alma et suivait l'ennemi sur les premières pentes du plateau accidenté qu'il occupait.

La 2ᵉ brigade, composée des 20ᵉ et 22ᵉ régiments d'infanterie légère, protégeait l'artillerie, qui s'était établie devant elle. Trente pièces de canon russes ripostaient au feu des Français, et les obus arrivaient jusque dans les rangs des bataillons chargés de soutenir l'artillerie. Un de ces obus faillit atteindre le prince Napoléon, qui, placé devant le front des régiments, examinait le mouvement de la 1ʳᵉ brigade ; mais le général Thomas vit l'obus ricocher et signala le danger au prince, dont il était très-rapproché. Tous deux firent un bond pour éviter le projectile, qui frappa à la cuisse le sous-intendant militaire Leblanc.

Peu d'instants après, le prince informé de la position difficile de la 1ʳᵉ brigade, qui réclamait du secours, donna au général Thomas l'ordre d'avancer. Celui-ci, à la tête du 22ᵉ léger, franchit sous une grêle de balles et d'obus l'espace qui le séparait de la rivière, la traversa à gué, et dirigea ses troupes de manière à appuyer la 1ʳᵉ brigade en occupant les pentes du plateau, que l'ennemi commençait à évacuer. La rive gauche de l'Alma, couverte de vignes, offrait un terrain presque impraticable, surtout aux chevaux.

Nous devons ces détails à l'obligeance d'un officier qui servait en ce moment sous les ordres du général Thomas, et ce qui suit est textuellement extrait de son récit : « Le général, dit-il, ayant remarqué qu'une dizaine de pièces russes, défendues par un seul bataillon, et distant de nous d'environ trois cents mètres, nous prenaient d'écharpe, prit la résolution de marcher sur cette batterie pour s'en emparer. Il donna des instructions en conséquence au colonel du

22ᵉ léger, et le prévint qu'il allait appuyer son mouvement avec le 20ᵉ léger qu'il avait fait avancer.

» Au moment où le général Thomas se portait au-devant de ce régiment il rencontra lord Raglan, qui, entouré de son état major, étudiait les positions de l'ennemi. Autour de nous la terre était sillonnée et soulevée par les projectiles russes. Le général Thomas dit à lord Raglan que nous avions le dessus, que nos troupes gravissaient le plateau ; mais qu'il importait de faire amener de l'artillerie sur le point où nous étions pour contre-battre les dix pièces russes qui nous foudroyaient.

» Lord Raglan fit avancer quelques pièces anglaises.

» Le général Thomas courut vers le 20ᵉ léger, qui commençait à s'engager dans la rivière ; il adressa à ce corps quelques paroles chaleureuses, et s'attacha à le diriger de manière qu'il arrivât à l'abri du feu des Russes vers les positions où le 22ᵉ léger le précédait déjà. Ce fut en se jetant en avant pour indiquer la direction à suivre au pied des pentes du redoutable plateau que le général reçut entre l'abdomen et l'aine une balle, qui, pénétrant obliquement de haut en bas, se logea dans la partie supérieure de la cuisse. »

Auprès du général Canrobert se trouvait le père Parabère, de Lyon, ancien aumônier de l'armée d'Afrique, et aumônier en chef de l'armée d'Orient. Dès le commencement de l'action, le cheval qui portait cet ecclésiastique s'abattit mortellement frappé d'un boulet. » Monsieur l'aumônier, lui dit le général, voilà un accident sans remède, je ne puis vous procurer une autre monture ; ainsi, au revoir !

» Pourtant le père Parabère ne se retire pas, il croit de son devoir d'assister au combat ; mais comment gagner à pied le sommet d'une côte escarpée ? Pendant qu'il cherche la solution de ce difficile problème, une pièce d'artillerie vient à passer. Le père Parabère n'hésite plus, il s'élance sur le canon, et après s'y être placé à califourchon invite les artilleurs à poursuivre leur course sans s'occuper de lui. Ce fut sur cette monture d'espèce nouvelle qu'il gravit les flancs de la montagne, et parvint, malgré les balles, les obus et les cahots, au plateau ensanglanté où il allait avoir à administrer trop fréquemment, hélas ! les consolations spirituelles. Il suivit pas à pas les colonnes, relevant sous le feu les hommes qui tombaient, donnant l'absolution à ceux qui étaient frappés mortellement, et prodiguant ses soins aux autres blessés.

» Au moment où les zouaves escaladaient péniblement la falaise qui domine l'embouchure de l'Alma, le sergent-major de la 5ᵉ compagnie du 1ᵉʳ bataillon, Fleury, saisit un drapeau, devance ses camarades en leur criant *A moi les zouaves !* et arrivant le premier en haut de l'escarpement il montre à l'ennemi étonné les couleurs de la France. Presque aussitôt trois balles l'atteignent, au cœur et à la tête ; il s'affaisse sur lui-même, et, en tombant, par un mouvement convulsif il s'enveloppe de son drapeau comme d'un linceul.

Lorsque les Russes virent apparaître les zouaves en costume oriental, ils s'écrièrent : *Turco ! Turco !* et s'élancèrent avec confiance sur les prétendus Ottomans, dont ils comptaient avoir bon marché ; mais ils ne tardèrent pas à s'apercevoir, en rétrogradant sous un feu terrible qu'ils s'étaient trompés à leur désavantage.

» Un artilleur, natif de Paris, a les deux bras emportés en chargeant sa pièce. Il prend le chemin de l'ambulance. En route il rencontre son capitaine. « Pauvre garçon, lui dit celui-ci, les gredins, comme ils vous ont arrangé ! — Ah ! ne m'en parlez pas, mon » capitaine, reprend l'artilleur, ils ne m'en ont pas seulement laissé » un pour manger la soupe. » Et il continua sa route.

» Un voltigeur du 19ᵉ régiment, qui avait reçu une balle à l'épaule, s'en va à l'ambulance, et s'adressant au chirurgien en chef : « Major, dit-il, donnez-moi cette balle, je veux la rendre aux Russes » qui me l'ont prêtée. Il faut rendre à César ce qui appartient à César. »

» Dans la voiture que mentionne le rapport du maréchal de Saint-Arnauld était assis le général russe Korganoff. Quand il vit les zouaves approcher, et bien que la bataille fût finie, il tira un coup de pistolet qui tua un Français. On lui répondit par une décharge, et une balle lui traversa les deux joues.

» L'équipage fut transporté à Constantinople, et exposé publiquement comme un trophée. C'était dans cette même voiture que le prince Menschikoff s'était promené à Péra lors de son insolente ambassade. »

Un officier, M. P., du 6ᵉ de ligne, écrit à son père, à Lille :

« Je viens d'assister pour la première fois à une bataille. Quand cette lettre vous parviendra, le télégraphe vous aura depuis longtemps appris que notre succès a été complet, et que cette affaire nous ouvre la route de Sébastopol.

» La bataille portera sans doute dans l'histoire le nom de bataille de l'Alma, car elle a eu lieu près de la rivière de ce nom. Les Russes, au nombre de quarante-cinq mille hommes et disposant de cent pièces de canon, étaient campés dans une position formidable. L'Alma, qui les séparait de nous, a sa rive gauche tellement escarpée, que l'ennemi n'a pas pensé qu'il pût être attaqué de ce côté. S'il n'avait pas commis cette faute, je ne sais trop ce qui serait advenu ; car Menschikoff, avec ses forces, pouvait nous écraser au passage de la rivière. Il est vrai que les Russes avaient à défendre du côté droit une position plus faible, qu'ont enlevée les Anglais en y faisant de très-grandes pertes ; ils ont attaqué et pris à la baïonnette une batterie masquée qui leur a fait un mal affreux. Mais l'immense plateau où s'est livré le combat est jonché de cadavres de l'ennemi. Je crois que le chiffre officiel de ses pertes est de cinq mille hommes.

» Les Russes se sont battus avec un très-grand courage. L'honneur de la journée revient en grande partie à la première brigade de notre division qui, a eu à gravir la partie la plus difficile de la position et qui, pendant un certain temps, a eu à soutenir, sous la protection de trois canons seulement, le feu de douze pièces ennemies. La conduite de cette brigade, dans cette circonstance critique, a été héroïque. Les vides que faisait chaque boulet étaient immédiatement comblés sans le moindre désordre dans les rangs.

» Les zouaves sont décidément les premiers soldats du monde, ils ont attaqué les Russes avec une espèce de rage à laquelle rien ne saurait résister. »

Dans une autre lettre, un zouave du 1er régiment raconte avec l'énergie et le sans-façon d'un véritable troupier la bataille à laquelle il a pris part :

« Hauteurs de l'Alma, 22 septembre.

» Le 19 l'armée s'est mise en marche, quatre jours de privations de bonne eau nous avaient un peu fatigués. Le soir, on a campé sur une petite position occupée par des éclaireurs russes, d'où l'on distinguait parfaitement, après une plaine de deux lieues, les hauteurs formidables où quarante mille ennemis voulaient nous tenir en échec. Leur cavalerie s'étant un peu avancée, on l'a chassée à coups de canon. Le lendemain, en route pour la bataille !

» A midi l'action s'engage ; les tirailleurs commencent la lutte, les balles sifflent, et on commence à mordre la poussière. Les zouaves du 1er régiment passent la rivière sous le canon ennemi, posent les sacs et attendent la charge. Quand elle sonne, on s'élance. Le brutal ronfle. Les Russes veulent nous couper le passage. Comme ils n'ont que du canon, ça renverse et n'arrête pas. On commence à monter : déjà leurs tirailleurs avaient fui ; leurs masses en font autant, et nous commençons à marcher sur leurs morts.

» Sous la mitraille et sous les balles, nous arrivons au haut. Le 1er chasseurs à pied, vieux d'Afrique, arrive peu après, puis le 2e zouaves, et, à cinq bataillons, nous flanquons la chasse à toute la clique. Les Russes s'étaient formés en carré derrière le fort, pendant que les plus déterminés entouraient le rempart.

» En avant ! en avant ! et nous nous ruons sur le fort, et notre drapeau y flotte ; coupé en deux par un éclat, il est relevé aussitôt. Naturellement le reste de l'armée travaillait de son côté, mais on ne voit guère que devant soi dans ce moment-là. Le carré russe est enfoncé par nos balles seules, et bonsoir ! C'est là qu'une balle m'a baisé la joue gauche, une égratignure.

» L'artillerie française et le reste des divisions arrivent au moment où les pièces russes recommençaient à tonner contre nous. On leur en a tué en masse avec le canon dans leur retraite.

» Les Ecossais, selon leur héroïque tradition, ont monté sur les pièces ennemies l'arme au bras.

» Nous soignons les blessés ennemis comme les nôtres. On les embarque à mesure.

» Les matelots courent sur le champ de bataille et veulent avoir qui un fusil, qui un bouton ; tous des bottes pour laver le pont cet hiver. Ils ont tout vu de dessus les vergues et les haubans et sont émerveillés. Nous avons eu le plaisir d'entendre crier par nos camarades : Vivent les zouaves !

» Le premier pas est fait ! les Russes ont beau tout brûler dans leur retraite, ils se flambent eux-mêmes. »

Le marin français dont nous avons eu déjà occasion de citer quelques mots, loue ainsi la bravoure des combattants :

« On ne saurait se faire une idée de la manière prodigieuse dont nos soldats combattent : habitués à la guerre d'Afrique, et attaquant avec une résolution inouïe, mais aussi avec une intelligence merveilleuse ; sont-ils devant une batterie, preste !... vous les voyez s'éparpiller en tirailleurs et tuer au loin sans exposer une masse saisissable ; de même devant les carrés ennemis ; puis, s'il faut charger, quand ils ont jeté le désordre dans une colonne, vous les voyez former un bloc subit et charger à la baïonnette. Les braves Anglais sont toujours ces colonnes de fer qui vont intrépidement se faire tuer sans se presser, sans reculer d'une semelle. Quand lord Raglan a vu nos divisions de droite escalader les murailles gigantesques de la falaise qui encaissait la rivière, il applaudissait et s'écriait : Oh ! ce ne sont pas des hommes, ce sont des tigres et des lions ! Les braves Anglais sont enchantés de leurs alliés, et eux qui se connaissent en bravoure trouvent que nous avons bien travaillé ; car hier partout où ils apercevaient un Français, c'étaient des hourras frénétiques.

Cette opinion est corroborée par le témoignage de tous les correspondants anglais. « Les plus anciens officiers, dit un d'eux, représentent comme bien au-dessus de tout ce qu'ils ont jamais vu auparavant le courage qui a la bataille de l'Alma s'est montré des deux parts au-dessous de la tour qui était la clef de la position, ainsi que sur le point où les Français ont pris en flanc l'armée russe qui battait en retraite. Mais parmi ces horribles amas de blessés et de morts il y avait cinq Russes contre un soldat français ou anglais, et, d'après

le calcul le plus réduit, la perte de l'ennemi est de six mille hommes. Les Français, dont la position commandait l'aile gauche en flanc, ont attaqué avec impétuosité l'armée russe, forcée de battre en retraite ; et ce n'est que lorsque la cavalerie et l'infanterie de réserve russes sont venues couvrir les derrières de l'armée, que Menschikoff a pu se retirer en assez bon ordre.

» Il est, ce semble, assez extraordinaire qu'en pareilles circonstances il lui ait été possible de sauver ses canons. Mais l'infanterie des alliés ayant principalement donné, était très-fatiguée : aussi s'est-elle vue dans l'impossibilité de poursuivre l'ennemi. Si les Français avaient pu s'avancer un peu plus sur le plateau, les Russes eussent eu plus de peine à s'échapper. Si les Anglais avaient pu tourner plus complètement la droite des Russes, ils eussent moins souffert, et, peut-être eussent-ils fait davantage. Mais les troupes, emportées par leur ardeur, se sont précipitées en avant sur le front même des redoutes et les ont enlevées comme si elles eussent dédaigné de dévier d'un seul pouce du chemin qui conduisait le plus directement à la victoire.

» La garnison de Sébastopol était en grande partie présente à l'action, et parmi les troupes se trouvaient beaucoup de soldats qui avaient servi dans les Principautés.

» Les hauteurs du parc de Greenwich ne sont pas plus couvertes de créatures humaines un jour de fête que les hauteurs de l'Alma ne l'étaient de morts et de mourants. Sur ces collines sanglantes étaient couchés deux mille cent quatre-vingt-seize Anglais et plus de trois mille Russes, et à l'ouest quatorze cents Français et plus de trois mille Russes. Lorsque lord Raglan et son état-major et le duc de Cambridge se rendirent au sommet de la colline, l'armée les applaudit vivement ; ce fut un cri de victoire que ceux qui l'ont entendu n'oublieront jamais. Les ennemis dans leur fuite l'ont peut-être entendu. Un grand nombre de Russes avaient autour de leur cou de petites croix et des chaînes. Plusieurs d'entre eux avaient dans leur sac un exemplaire du Coran : c'étaient probablement des Tartares du Kasan. Plusieurs officiers avaient dans leur poche intérieure des portraits de leurs mères, de leurs sœurs, de leurs femmes ou de leurs maîtresses. Les soldats portaient le peu d'argent qu'ils avaient dans des bourses attachées à leur jarretière gauche. Il y a quelque chose de remarquable chez les Russes.

» Les prisonniers sont en général des hommes grossiers, lourds et qui semblent sans intelligence. La mort avait ennobli ceux qui jonchaient le champ de bataille, et l'expression de leur visage était très-différente. Les blessés pouvaient envier ceux dont la mort avait été si douce. »

Un officier qui pendant ces grandes funérailles a parcouru le champ de bataille s'exprime de la manière suivante sur la veille et sur le lendemain :

« 24 septembre.

» Les blessés russes continuent à être traités comme les nôtres, et leurs morts reçoivent également la sépulture. Un sac ou une veste russes jetés sur un grand nombre de fosses indiquent seulement la différence. Notre perte est de mille trois cent cinquante hommes hors de combat, celle des Anglais est un peu supérieure. Quant à celle de l'ennemi, il est impossible de l'évaluer exactement ; mais on estime qu'elle doit s'élever à trois ou quatre mille. Ils se sont retirés en deux colonnes, et ces deux directions sont jalonnées de cadavres.

» Il résulte des papiers du portefeuille de Menschikoff qu'il était parfaitement informé de ce qui se passait à Varna. Il écrivait à son maître « qu'il nous avait laissés débarquer tranquillement pour nous » rejeter dans la mer, et qu'en tout cas la formidable position de » l'Alma nous retiendrait au moins trois semaines ; et qu'au surplus, » si nous le forcions d'emblée sur l'Alma il ne resterait plus qu'à nous » ouvrir les portes de Sébastopol. » Quoi qu'il en soit, sa confiance dans ses lignes de l'Alma était telle, qu'au rapport d'un prisonnier, il aurait reçu à coups de cravache l'officier qui venait lui annoncer l'ascension du général Bosquet à l'extrémité occidentale du plateau.

» On ne peut être plus malhabiles que ne l'ont été les généraux russes. Ce n'est pas le moment de signaler leurs fautes, mais on peut dire qu'elles tiennent à des idées radicalement fausses qu'ils se sont faites de l'emploi des diverses armes sur un champ de bataille. Rendons cependant justice à leurs soldats, qui, les nôtres mêmes la leur rendent, et il y a des lignes de tirailleurs de leur 33e qui se sont fusillées avec nos zouaves à la distance de l'épaisseur d'un chétif mur de clôture.

» Je viens de parcourir les bords de l'Alma. Il est impossible d'imaginer un terrain mieux disposé pour une guerre de tirailleurs : d'épais fourrés d'aulnes et de trembles, des vignes, des jardins entourés de murs épais, et à travers cette accumulation d'obstacles une tranchée à pic, de huit à dix mètres de large et de quatre à cinq de profondeur, au fond de laquelle coule l'Alma. On pouvait arrêter là toute une journée des soldats ordinaires, mais non des *Africains*. Je ne sais pas même si ces braves ont mis dix minutes à aborder et à traverser le ravin. Ils avaient pourtant devant eux des soldats du Caucase : ce 33e dont je viens de parler, qui était arrivé la veille, à marches forcées, d'Anapa.

» Le plus brillant épisode de la journée a été sans contredit l'attaque de la 1ʳᵉ division. L'Alma franchie, le 1ᵉʳ régiment de zouaves, les 1ᵉʳ et 9ᵉ bataillons de chasseurs à pied, la légion étrangère, les 20ᵉ et 27ᵉ de ligne couvrirent immédiatement les pentes abruptes du plateau que bordaient dix mille hommes au moins de l'armée russe.

» Les cadavres ennemis que j'ai rencontrés étaient presque tous couchés sur leurs fusils; ils avaient cette physionomie souriante que la mort, quand elle est instantanée, imprime d'ordinaire sur la face humaine. J'ai vu un mourant, les mains jointes, priant avec une ferveur qui me fit venir, je l'avoue, une larme à mes paupières. Le malheureux entrevoyait peut-être la palme du martyre... Pauvre victime! elle priait sans doute pour son bourreau. Un sentiment d'effroi se peignait dans les yeux de ces blessés quand nous les approchions! et ils ne se remettaient qu'après quelques minutes, quand nous leur offrions à boire. Je n'en ai entendu qu'un seul se plaindre, la plupart expiraient sans dire mot.

» Les Anglais ont pour ainsi dire livré une bataille à part, bataille dont nous ignorons encore les détails. Seulement, nous les avons vus de loin montant au pas cadencé un glacis qui était traversé par une longue coupure surchargée d'artillerie. Jamais le contraste entre le génie militaire des deux nations n'a été plus saisissant. Les deux nations sont enchantées l'une de l'autre.

» Le soir le champ de bataille était couvert des marins des deux flottes, qui laissaient éclater une joie d'enfants. Les deux armées de terre et de mer avaient longuement fraternisé pendant une traversée de treize jours; on venait du bord offrir ses félicitations et serrer la main à des amis et connaissances, et s'expliquer ce qu'on n'avait qu'entrevu du haut des huniers. »

Les régiments anglais et écossais gravirent avec un imperturbable stoïcisme le glacis dont il est question ci-dessus. Les drapeaux des fusiliers de la garde écossaise furent troués, l'un de vingt et une, et l'autre de vingt-quatre balles. Les deux porte-drapeaux, MM. Lindsey et Thistlethwarte, échappèrent miraculeusement à la mort. De toute cette garde, trois officiers seulement sortirent du combat sans blessures; les autres étaient tués ou blessés.

L'armée anglaise eut à traverser un vignoble, et l'on vit les soldats, les officiers eux-mêmes, dévorés par une soif ardente, cueillir des grappes sous le feu de l'ennemi et les manger en combattant.

Sir Colin Campbell enjoignit aux highlanders ou montagnards écossais qu'il commandait de ne faire feu qu'à trente pas, et leur décharge emporta des rangs entiers de Russes. L'héroïque patience qu'ils avaient montrée en avançant malgré la mitraille, et en ne tirant qu'à la distance indiquée, attira l'attention de lord Raglan, qui vint féliciter leur chef.

— Que puis-je faire pour vous? lui dit-il en lui serrant la main.

— Milord, répondit sir Colin Campbell, je ne vous demande qu'une grâce, qui ne vous coûtera pas grand'chose. On m'a donné un chapeau de général fort beau, fort galonné, mais qui me semble bien lourd. Laissez-moi, pour le reste de la campagne, reprendre le bonnet à plumes du montagnard écossais.

L'autorisation fut accordée sans peine. Sir Colin jeta avec dédain son chapeau, et se montra fièrement, coiffé de la toque nationale, à ses soldats enthousiasmés.

CHAPITRE XLI.

Journée du 21 septembre. — Morts et blessés. — Dépêche du brigadier général Rose. — Lettre d'un officier. — Départ des blessés pour Constantinople. — Hôpitaux de Péra et de Scutari. — Le général Thomas. — Les blessés russes. — L'ennemi du chloroforme.

La journée du 21 septembre fut consacrée à enterrer les morts et à évacuer les blessés sur les flottes. On accorda sans distinction, aux ennemis comme aux alliés, les soins médicaux ou les honneurs funèbres. Dans une dépêche spéciale adressée au gouvernement anglais par le brigadier général Rose, il déclare que la conduite des soldats et des officiers français envers les blessés russes a été humaine au plus haut degré. « J'ai vu, ajoute-t-il, sur le champ de bataille même, des soldats français donner de la nourriture et des soins aux blessés russes, et les brancards emporter côte à côte un Russe et un Français.

Le sol était jonché d'armes et de débris; il y avait des endroits où les Russes étaient en masse si compacte, qu'au lieu de leur dresser une fosse à chacun on jetait de la terre par-dessus pour les couvrir tous ensemble.

Les marins aidèrent les soldats à transporter les blessés, les malades et les cholériques; car l'impitoyable épidémie avait sévi même sur le champ de bataille. Le Montezuma, l'Albatros, l'Orénoque, le Panama, le Colomb, le Vulcain, les Andes emmenèrent les victimes à Constantinople, où nous les suivrons un moment.

Les hôpitaux de Péra et de Scutari étaient admirablement installés sous le double rapport du matériel et du service médical. Dans les journées des 24, 25 et 26 septembre, ils reçurent 2,180 hommes : 1,350 Français, 2,060 Anglais, 440 Russes et 350 malades des trois nations. Les transports des navires aux hôpitaux s'exécutèrent sans embarras et avec un ordre parfait sur des cacolets, des brancards, des voitures ou des charrettes. Le ministre de la guerre turc Riza-Pacha prit des mesures pour ne laisser manquer dans les hôpitaux rien de ce que son gouvernement pouvait fournir.

Au nombre des blessés qui entrèrent à Péra se trouvaient trente et un officiers français : parmi eux le général Thomas, blessé à l'aine; un sous-intendant militaire, M. Leblanc, amputé au milieu de la cuisse gauche; M. Mermet, lieutenant-colonel, blessé à la jambe; M. Coué, amputé du bras droit.

Porté en litière par des matelots, le général Thomas, dont nous avons exposé la glorieuse conduite, suivit la longue rue de Péra au milieu d'une respectueuse émotion. Les passants se découvraient pour le saluer. Les postes sortaient et lui présentaient les armes. Le ministre de la guerre Riza-Pacha envoya demander de ses nouvelles; le grand vizir Mehemet-Pacha vint le visiter sur son lit de douleurs, et un des chambellans du sultan lui apporta la décoration du Medjidié.

Les Russes appréhendaient qu'on les maltraitât, et ils furent pénétrés d'admiration et de reconnaissance quand on troqua les sales vêtements qui les couvraient contre du linge blanc. Quelques-uns ne se lassaient pas de considérer et de manier les assiettes de fer-blanc toutes neuves qu'on leur avait données. Ils se laissèrent peu à peu gagner par la cordialité de nos soldats, et fraternisèrent avec eux. On vit un zouave qui avait le pied fracassé bourrer et allumer en riant la pipe d'un Russe dont le bras était en écharpe.

Voici sur les blessés diverses anecdotes que nous transmet M. Rouart des Bouillons, Français domicilié à Péra :

« Je suis allé visiter les blessés à l'hôpital militaire. On se préparait à amputer un zouave qui avait eu le bras fracassé par un biscaïen.

» On lui proposa l'emploi du chloroforme.

» — Qu'est-ce que c'est que c'te bête-là?... fit-il.

» On lui expliqua alors que c'était pour l'endormir pendant l'opération, afin de lui éviter de souffrir.

» — Ah bah! dit-il, ça c'est bon pour les femmes, les zouaves n'en ont pas besoin! Seulement, major, permettez-moi de fumer ma pipe, et dépêchez-vous.

» On lui enleva le bras sans qu'une plainte sortît de sa bouche, sans qu'un pli de son visage trahît sa souffrance, et tranquillement jusqu'au bout il continua de fumer sa pipe.

» Un autre, qui avait eu la jambe droite emportée par un obus, nous disait ces mots :

» — Si, nous autres, nous avions été vingt mille Français sur la montagne de l'Alma et que deux cent mille Russes fussent venus nous assiéger, j'en aurais pris la moitié pour faire de la charpie afin de panser les autres... »

Un soldat anglais, originaire de Rothsay, blessé à la bataille de l'Alma, fut transporté à l'hôpital général de Scutari, d'où il écrivit à ses amis une lettre à la date du 9 octobre, mais qui se rapporte presque exclusivement à la mémorable journée du 20 septembre. Nous la reproduisons sur le texte publié par le *Glasgow Daily Mail :*

« Je vous ai écrit au moment où je partais pour la Crimée. Je n'aurais jamais cru que Nicolas nous permettrait de débarquer dans ses domaines sans nous envoyer au moins un boulet.

» Nous avons fait sept milles dans la nuit du 17 septembre par un temps des plus froids et une pluie battante, sans autre abri que nos manteaux et nos couvertures. Dans la prévision d'une attaque nocturne, nous avions été obligés de garder nos sacs, nos gibernes et nos armes. Un grand nombre de mes camarades se couchèrent sur le sol; mais d'autres, rassemblant des bottes de foin ou de paille à défaut de bois, allumèrent du feu, se groupèrent alentour, et passèrent la nuit à causer et à chanter des chansons. Bien leur en prit, car plusieurs des malheureux qui s'étaient couchés furent le lendemain cousus dans leurs couvertures endormis du sommeil éternel !

» Il y avait un gros village à un mille de notre camp; mais les habitants s'étaient enfuis. Les Français ont eu la permission de marauder et nous ne l'avons pas. Ils ont visité ce village au nombre de trois ou quatre cents, et en ont ramené des bestiaux, de la volaille, du linge, des barils de vin. Les pauvres soldats anglais les regardaient et n'osaient même prendre un morceau de bois pour faire chauffer leur café, de peur d'être jugés par une cour martiale.

» Dans la matinée du 19 septembre, les armées alliées se sont avancées en ligne de bataille. Le temps était chaud et lourd. Nous avons considérablement souffert du manque d'eau, et j'ai pensé mourir de soif. Bon nombre de soldats sont tombés ou restés en arrière; mais j'ai rassemblé mes forces et continué à marcher.

» Vers cinq heures du soir, nous arrivâmes au bord d'une petite rivière (le Bouïanak); mais, quand j'y parvins, il n'y restait plus qu'une eau pareille à celle d'une auge à porcs. J'avais à peine eu le temps de mouiller mes lèvres, quand on nous avertit que nos tirailleurs étaient engagés à l'avant-garde. Des aides de camp nous apportèrent l'ordre de tourner et de gravir un monticule, d'où nous envoyâmes aux Russes une décharge qui les mit en fuite. Cette escarmouche ne dura que vingt minutes.

» Une nuit glacée succéda à une journée brûlante. Le 20 septembre, à la pointe du jour, nous vîmes les Russes s'établir en toute hâte sur des hauteurs fortifiées, à environ deux milles de l'endroit où nous avions campé. L'armée se mit immédiatement en ligne de bataille. Le 55e et le 30e régiment se portèrent en avant sans voir l'ennemi, que nous dérobait déjà la fumée, et ils reçurent des batteries russes une volée qui les fit chanceler, car les soldats tombaient par douzaines. Notre colonel cria : — En avant! cinquante-cinquième, préparez-vous à charger !

» Mon régiment s'avança, et son feu roulant fit reculer les Russes. Nous continuâmes notre marche jusqu'à la rivière de l'Alma, que nous traversâmes ayant de l'eau jusqu'à mi-corps. Un mur de trois pieds et demi de haut nous barra le passage, et au moment où nous l'escaladions une pluie de boulets et de mitraille nous assaillit. J'étais à cheval sur le mur, jambe de ci, jambe de là, un boulet brisa mon fusil entre mes mains, un éclat d'obus me frappa au côté droit et je tombai.

» Je restai sans connaissance pendant près d'une demi-heure. Quand je revins à moi, les boulets pleuvaient toujours. — Il fait trop chaud ici, me dis-je, et me traînant avec effort, je repassai le mur que j'avais franchi. J'examinai ma blessure, qui ne me parut pas grave; aussi lorsque j'entendis les cris de mes camarades retentir sur le plateau, j'eus la force d'y mêler ma voix.

» Le soir on me compta au nombre des morts, car en me voyant tomber on m'avait cru perdu sans ressources. La bataille finie, la nuit venue, j'allai prendre en rampant les manteaux et les couvertures de deux morts étendus près de là, et j'en enveloppai un ancien grenadier du 92e et moi.

» Nous restâmes deux jours et deux nuits au milieu des morts et des mourants. Enfin on vint nous ramasser, et on nous transporta à bord du navire qui nous a conduits ici.

» La traversée a été horrible. En quatre jours, nous avons jeté à la mer cinquante hommes morts de leurs blessures ou du choléra; mais, grâce à Dieu, je suis sain et sauf. Quoique ma blessure me fasse encore souffrir, j'espère être prochainement en état de rejoindre mon régiment.

Ce qu'il y a de fâcheux, c'est que je n'ai plus rien pour faire la campagne. Quand nous sommes arrivés à Scutari, les Turcs nous ont enlevé nos bagages, par mesure sanitaire, et ils ont tout brûlé. Ils ne m'ont laissé que mon vieux fusil brisé et ce que j'avais sur le corps. Je ne regrette pas mon sac; mais il renfermait des objets qui m'étaient chers et qui m'avaient soutenu dans les périls de la guerre, de la maladie, et je puis dire aussi de la faim. Ainsi, on m'a ôté pour les détruire la bourse que ma mère m'avait brodée et la Bible que ma sœur m'avait donnée avant mon départ; mais, n'importe! si Dieu permet que je revoie jamais ma patrie, je sais que j'y serai bien reçu, quand même il ne me resterait que mon vieil habit rouge.

» Dites à mon neveu que son oncle va bien; qu'il a eu son fusil cassé par les Russes, mais qu'il s'en était servi auparavant pour casser la tête à quelques-uns. »

CHAPITRE XLII.

Mouvement des alliés. — Passage de la Katcha. — Le télégraphe et les zouaves. — Les deux popes. — Les vaisseaux coulés. — Changement du plan d'attaque. — Balaklava. — Lettre de l'amiral Dundas au gouverneur d'Odessa. — Passage du Belbeck. — Le piano.

Quittons les hommes qui, entourés de soins empressés, se remettent des suites de la guerre, pour nous occuper de ceux qui en affrontent encore les chances.

La journée du 22 septembre se passa, comme celle de la veille, à transporter des blessés à bord des bâtiments, et à couvrir de terre les cadavres qui avaient échappé aux premières investigations. On reçut la visite de plusieurs Tartares, qui témoignèrent efficacement leur sympathie pour la cause des alliés en leur offrant des vivres frais et du bétail. Les déserteurs polonais vinrent annoncer que l'armée russe était démoralisée, et qu'elle n'osait disputer ni le passage de la Katcha ni celui du Belbeck.

L'armée reprit son mouvement le 23, et traversant une plaine cultivée d'une longueur de douze ou treize kilomètres, elle arriva aux bords de la Katcha, rivière encaissée profondément entre des coteaux chargés de vignes où les soldats vendangèrent à loisir. Après avoir franchi ce cours d'eau par un gué facile, ils campèrent sur un plateau d'où ils commencèrent à distinguer dans le lointain les fortifications de Sébastopol; et cette vue dut produire sur eux l'effet que produisit sur les croisés l'aspect de Jérusalem. Ils se crurent au terme de leurs fatigues, et se livrèrent à la joie. Les zouaves s'amusèrent toute la soirée à faire manœuvrer un télégraphe dont la tour occupe le centre de leur bivouac : « Les Russes, disaient-ils, ne veulent pas venir chercher de nos nouvelles, il faut leur en donner. »

Les maisons du village de Katcha avaient été dévalisées par les Russes eux-mêmes; le seul bâtiment intact était l'église, parée de riches ornements : il en sortit deux popes, qui, rencontrant lord Raglan, lui demandèrent sa protection, et auxquels il donna immédiatement une garde.

Les flottes avaient mouillé le jour même à l'embouchure de la Katcha. Dans la soirée du 23 le vice-amiral Hamelin informa le maréchal de Saint-Arnaud que les Russes pour barricader leur port avaient coulé à l'entrée cinq vaisseaux et deux frégates, dont on n'apercevait au-dessus de l'eau que les mâts majeurs. Ils avaient amarré à l'est et à l'ouest, à l'intérieur des barres et estacades, huit vaisseaux prêts à défendre le port de toute attaque venant du nord, et trois de ces vaisseaux avaient été fortement inclinés afin de donner à leurs pièces plus d'élévation et de mieux balayer le côté septentrional de la rade.

A cette nouvelle, le maréchal de Saint-Arnaud et lord Raglan comprirent la nécessité de modifier leur plan primitif. Il avait été convenu qu'on prendrait le fort Constantin et les batteries élevées sur la partie septentrionale du port; que les flottes pénétreraient dans ce port en brisant les estacades; que non-seulement elles compléteraient l'œuvre de l'armée en attaquant les batteries du sud, mais encore qu'elles lui offriraient un concours assuré dans le port même de Sébastopol.

Le barrage du port changeait tout à fait la face des choses; et comme d'ailleurs des ouvrages extérieurs avaient été élevés récemment autour du fort Constantin pour en rendre les approches aussi difficiles que meurtrières, les généraux en chef se décidèrent à tourner Sébastopol par l'est et à se jeter dans le sud de la ville pour l'attaquer de ce côté.

Afin de faciliter les communications indispensables de l'armée de terre et des escadres, on résolut de s'emparer de Balaklava, petite ville bâtie par les Génois, qui la nommèrent Bella Chiave, au fond d'une crique dont l'entrée a trente mètres seulement de largeur, et que Strabon qualifie à juste titre de Portus angusto introitu. Ce port est assez profond pour les plus gros vaisseaux; il est complètement à l'abri de tous les vents, et l'on peut le considérer comme un bassin favorable à toutes les exigences de débarquement.

Le vice-amiral Hamelin dit, dans un rapport du 27 septembre, que cette crique étroite lui sembla devoir difficilement suffire au ravitaillement des armées. Un plus ample examen le fit revenir sans doute sur ses premières impressions, et Balaklava fut adoptée comme base des opérations de terre et de mer. L'armée alliée se porta donc du nord au midi en décrivant un arc de cercle autour de Sébastopol tandis que, par un mouvement analogue, les flottes passaient devant le port, et transportaient l'artillerie de siége de Katcha à Balaklava. Avant de quitter son mouillage, l'amiral Dundas fit embarquer sur le transport l'Adon les blessés russes qu'on avait recueillis en route, et les envoya à Odessa avec la lettre suivante, adressée au gouverneur de la place.

« J'ai l'honneur d'informer Votre Excellence que par suite de la marche des armées alliées sur Sébastopol après la bataille de l'Alma un certain nombre d'officiers et de soldats russes blessés ont été laissés sur les derrières, dans les petits villages voisins des lieux où ils sont tombés. A la requête de Son Excellence lord Raglan, j'en ai réuni autant que j'ai pu (environ trois cent quarante).

» En vue d'abréger les souffrances de ces braves soldats, qu'un long voyage en mer aurait nécessairement augmentées, je les ai envoyés à Odessa plutôt qu'à Constantinople.

» Le commandant Rogers, de la marine royale, les mène à Odessa sous pavillon parlementaire, et je crois que Votre Excellence, dans le même sentiment d'humanité, recevra ces hommes et les considérera comme non-combattants jusqu'à ce qu'ils soient régulièrement échangés. »

L'armée alliée passa le 24 la rivière du Belbeck à quelques milles au-dessus de son embouchure. En sortant d'une contrée aride, montueuse, sans sources ni ombrages, on trouva dans la vallée du Belbeck de beaux arbres, des fleurs, des fruits, de jolies villas. « Le soir, dit un des correspondants du Morning Chronicle, nous avons fait halte près du village de Belbeck. J'entrai dans une maison et j'y trouvai des Français fort à leur aise. Le mobilier était riche. On y remarquait une grande glace dans laquelle se mirait avec complaisance un maréchal des logis de chasseurs d'Afrique, et il invitait son camarade François, soldat de la légion, à se livrer à la même occupation. Mais l'ami François était à demi endormi sur un beau lit de repos couvert de velours sans songer à un petit zouave qui découpait silencieusement le matelas. Dans une autre pièce se trouvait un piano qui récréait fort les soldats. Il était occupé par un caporal jovial, qui, entouré d'un cercle d'admirateurs, jouait de toutes ses forces l'air français Drinn-Drinn, connu en Angleterre sous le nom de polka au tambour. Les assistants accompagnaient bruyamment cette composition classique où sont décrits les malheurs conjugaux d'un sous-lieutenant.

» Cependant des éclaireurs avaient trouvé le chemin de la cave : découverte fâcheuse, car dès que le bruit s'en répandit l'officier commandant pensant que ce n'était pas le moment de se livrer à des bacchanales ordonna d'évacuer la maison et de la brûler. Aussitôt chacun emporta quelque article de mobilier. Je ne saurais dire quel fut le sort de la glace, du lit de repos et du piano, mais bientôt une colonne de fumée suivie de jets de flamme s'éleva au-dessus de la maison condamnée. Anglais comme Français préparaient leur souper, et bientôt on n'entendit plus que le bruit monotone des pas des sentinelles. »

CHAPITRE XLIII.

Visite de lord Raglan à M. de Saint-Arnaud. — Marche sur Balaklava. — La ferme Mackensie. — Rencontre d'une division russe. — Dévouement du lieutenant Maxse. — Occupation de Balaklava.

On était sur la grande route de Sébastopol. Il fallait faire une pointe sud-est à travers une épaisse forêt pour atteindre la route de Balaklava, près d'un établissement rural appelé Kuhtor-Mackensie ou ferme de Mackensie. Ce fut à l'armée anglaise qu'on réserva l'honneur d'ouvrir la marche. Avant de partir lord Raglan alla prendre congé du maréchal de Saint-Arnaud, dont l'état empirait à vue d'œil. « Je l'ai vu le 25, mandait deux jours après le général anglais au duc de Newcastle; il souffrait beaucoup, et pensait qu'il était de son devoir de renoncer au commandement le lendemain matin. Je suis très-affligé de sa retraite, car je l'avais toujours trouvé disposé à agir de concert avec moi. Il a été depuis beaucoup plus mal, et je crois sa vie fort en danger. » Le maréchal ne se soutenait que par un prodige de volonté.

Lord Raglan se sépara de lui avec la conviction qu'il ne le reverrait plus, et se dirigea sur Balaklava. L'artillerie et la cavalerie suivirent un chemin frayé, tandis que l'infanterie, guidée par la boussole, s'aventurait dans les bois. Celle-ci prit d'abord une direction trop au sud, et arriva près de la montagne sur laquelle sont construits les phares d'Inkerman. De ce point elle tourna au nord-est, et, après quelques heures d'efforts persévérants, elle parvint à la ferme Mackensie, dont le nom écossais plut singulièrement à la brigade des highlanders, et dont les puits remplis d'eau fraîche furent agréables à tous les soldats.

Cependant le prince Menschikoff, après avoir conduit ses troupes au sud de Sébastopol, avait craint qu'on lui coupât ses communications avec l'intérieur de l'empire. En conséquence, ne laissant à Sébastopol que huit bataillons de réserve et les marins de la flotte mis à terre, il était sorti de la ville le 24 au soir avec la majeure partie de ses troupes. Son but était d'aller camper en avant de Baktchiseraï, pour y attendre des approvisionnements de Simféropol et des renforts de Perekop. Dans ce mouvement les troupes russes avaient passé la Tchernaïa et gravissaient les montagnes voisines de Kuthor-Mackensie, quand leur arrière-arrière vit brusquement sortir des bois l'avant-garde anglaise. Il y eut étonnement des deux parts; mais l'armée anglaise ne laissa pas aux Russes le temps de revenir des premiers effets de leur surprise, elle ouvrit immédiatement son feu et ils s'enfuirent précipitamment en abandonnant quelques prisonniers et une quantité de chariots, de bagages, de provisions et de munitions qui jonchaient la route sur une superficie de trois milles.

Les troupes anglaises descendirent ensuite par un défilé escarpé dans les plaines qu'arrose la rivière de Tchernaïa, sur les bords de laquelle elles bivouaquèrent après avoir passé quatorze heures sous les armes dans une contrée montueuse, à peine frayée, et presque dépourvue d'eau. Les trois premières divisions, la cavalerie et la division légère s'y trouvaient réunies; la quatrième division était restée sur les collines qui ferment la vallée du Belbeck, pour maintenir des communications avec la Katcha.

Il importait que la flotte se trouvât le lendemain à l'entrée du port de Balaklava. Le lieutenant Maxse, de l'Agamemnon, qui était auprès de lord Raglan, offrit de s'aventurer dans les bois et de traverser un pays infesté de Cosaques pour porter des dépêches à sir Edmond Lyons. Le hardi lieutenant accomplit heureusement sa mission; et les vaisseaux anglais franchissaient la passe du port le 26, au moment où les soldats anglais gravissaient les hauteurs qui le dominent.

Balaklava n'était défendue que par un faible détachement enfermé dans un ancien fort bâti sur le roc par les Génois. Cette garnison lança au milieu de l'état-major de lord Raglan un obus, qui ne fit de mal à personne. Après un engagement qui coûta la vie à douze soldats russes la place se rendit, et les notables de la ville vinrent faire leur soumission à lord Raglan en lui apportant sur un plat, suivant une antique coutume, du pain, du sel, des fleurs et des fruits. Bien que le pillage soit sévèrement interdit aux troupes anglaises, les vainqueurs s'étaient hâtés de pénétrer dans les maisons abandonnées; ils avaient fait main basse sur une foule d'objets, on les rencontrait chargés de tables, de chaises, de canapés, de miroirs, de canards, d'oies, de poulets, de choux, etc. Ils déménageaient tout en plein air, et allaient se coucher dans la campagne sur des lits de plume. Lord Raglan envoya deux compagnies de grenadiers pour rétablir l'ordre, et publia un ordre du jour promettant protection à tous les habitants qui voudraient rester ou rentrer.

CHAPITRE XLIV.

Marche des Français. — Mort du colonel Tarbouriech. — Le maréchal de Saint-Arnaud résigne le commandement au général Canrobert. — Notice biographique sur le général Canrobert. — Les Français à Balaklava. — Mort du maréchal de Saint-Arnaud.

Les Français effectuèrent le même mouvement que les Anglais, mais avec plus de lenteur et de difficultés. Le 25 ils entendirent gronder le canon, et à onze heures du soir ils arrivèrent au lieu même où les Anglais avaient surpris l'arrière-garde russe. « Bêtes ni gens, a écrit un de nos officiers, n'avaient bu ni mangé depuis le matin, et il n'y avait pas une goutte d'eau dans ce maudit bivouac; mais, à la guerre comme à la guerre ! une croûte de biscuit, la dernière gorgée de l'eau échauffée de nos bidons, suffirent pour nous remonter et le physique et le moral, et après quelques heures de sommeil nous avions oublié les privations de la veille. »

Les fatigues de cette marche pénible enlevèrent à l'armée un officier distingué, le colonel Tarbouriech, du 3e régiment de zouaves. M. Tarbouriech comptait beaucoup de campagnes en Algérie, où il avait servi successivement comme capitaine au 58e de ligne, chef de bataillon aux zouaves, et en dernier lieu comme colonel.

Il était au siége de Rome comme lieutenant-colonel du 36e de ligne en 1849.

Bien jeune encore pour son grade, puisqu'il n'avait que quarante-sept ans, il était commandeur des ordres de la Légion d'honneur et de Saint Grégoire le Grand.

La mort s'apprêtait à frapper aussi le général en chef de l'armée d'Orient. Malgré les instances de son médecin, M. Cabrol, et de tous les médecins militaires, qui l'engageaient à aller se reposer à Constantinople, il avait franchi avec l'armée la Katcha, le Belbeck, et parcouru les plateaux boisés qu'arrose la Tchernaïa : une attaque de choléra détruisit les illusions qu'il avait pu conserver ! Il employa le peu de force qui lui restait à écrire au ministre de la guerre et à faire ses adieux à l'armée.

« Au quartier général au bivouac sur la Tchernaïa, le 26 septembre 1854.

» Monsieur le maréchal,

» Ma santé est déplorable. Une crise cholérique vient de s'ajouter aux maux que je souffre depuis si longtemps, et je suis arrivé à un état de faiblesse tel que le commandement m'est, je le sens, devenu impossible. Dans cette situation, et quelque douleur que j'en éprouve, je me fais un devoir d'honneur et de conscience de le remettre entre les mains du général Canrobert, que des ordres spéciaux de Sa Majesté désignent pour mon successeur.

» L'ordre du jour ci-joint vous dira dans quels sentiments je me sépare de mes soldats et je renonce à poursuivre la grande entreprise à laquelle d'heureux débuts semblaient présager une issue glorieuse pour nos armes.

» Veuillez agréer, monsieur le maréchal, l'expression de mes sentiments très-respectueux,

» Le maréchal commandant en chef : A. de Saint-Arnaud. »

« Au quartier général au bivouac de Menkendié, le 26 septembre 1854.

» Soldats !

» La Providence refuse à votre chef la satisfaction de continuer à vous conduire dans la voie glorieuse qui s'ouvre devant vous. Vaincu par une cruelle maladie avec laquelle il a lutté vainement, il envisage avec une profonde douleur mais il saura remplir l'impérieux devoir que les circonstances lui imposent : celui de résigner le commandement dont une santé à jamais détruite ne lui permet plus de supporter le poids.

» Soldats, vous me plaindrez ! car le malheur qui me frappe est immense, irréparable et peut-être sans exemple.

» Je remets le commandement au général de division Canrobert, que dans sa prévoyante sollicitude pour cette armée et pour les grands intérêts qu'elle représente l'Empereur a investi des pouvoirs nécessaires par une lettre close que j'ai sous les yeux. C'est un adoucissement à ma douleur que d'avoir à déposer en de si dignes mains le drapeau que la France m'avait confié.

» Vous entourerez de vos respects, de votre confiance cet officier général, auquel une brillante carrière militaire et l'éclat des services rendus ont valu la notoriété la plus honorable dans le pays et dans l'armée. Il continuera la victoire d'Alma et aura le bonheur que j'avais rêvé pour moi-même et que je lui envie de vous conduire à Sébastopol.

» Maréchal de Saint-Arnaud. »

François-Certain Canrobert, qui se trouvait chargé d'achever l'œuvre commencée à la bataille d'Alma, est né en 1809 dans le département du Lot. Il fut admis à l'école de Saint-Cyr en novembre 1826 et en sortit le 1er octobre 1828 avec le grade de sous-lieutenant au 47e de ligne. Nommé lieutenant le 20 juin 1832, il passa plusieurs années dans la vie inactive des garnisons; mais il s'embarqua pour l'Afrique en 1835, il ne tarda pas à s'y distinguer. La part qu'il prit aux combats de Tlemcen, de Chétiff, d'Aarchgoum, de Sidi-Yacoub, de la Tafna, de la Sikkak lui mérita le grade de capitaine, qu'il reçut le 26 avril 1837. A l'assaut de Constantine il fut blessé d'un coup de feu à la jambe auprès du colonel Combes, dont il était officier d'ordonnance, et qui avant de mourir le recommanda au maréchal Valée.

Cependant il n'était encore en 1839 que capitaine et décoré de la Légion d'honneur. Par les ordres du duc d'Orléans il composa un manuel à l'usage des officiers de troupes légères, et fut incorporé en 1841 dans le 6e bataillon de chasseurs à pied, qui retournait en Algérie. Il se signala aux affaires des cols de la Mouzaïa et du Gentas, fut nommé le 22 mai 1842 chef de bataillon et placé à la tête du 5e bataillon de chasseurs, et continua pendant plusieurs années à lutter contre les Kabyles, les Flitas et les Beni-Menesser. Il était en 1848 officier de la Légion d'honneur et colonel de la légion étrangère. La prise de l'oasis de Zaatcha, à l'assaut de laquelle seize officiers ou soldats furent tués sur la brèche à ses côtés, lui valut la croix de commandeur de la Légion d'honneur.

Canrobert fut élevé au grade de général de brigade le 13 janvier 1850 et à celui de général de division le 14 janvier 1853. Aide de camp du président de la république, il conserva ses fonctions auprès de l'Empereur jusqu'au moment où on l'appela au commandement d'une division d'infanterie au camp d'Helfaut. Nous avons dit à quelle date il avait été désigné pour commander la 1re division d'infanterie de l'armée d'Orient.

L'armée française mit encore deux jours à atteindre Balaklava. Les Anglais, en vertu du droit incontestable de première occupation, avaient accaparé les meilleurs logements. Tous les malades furent transportés dans un grand bâtiment entouré de jardins que l'on décora du nom d'hôpital général. Les Français campèrent sur l'herbe ou dans les vignes; les zouaves s'établirent sur les rochers de la plage, afin de pouvoir goûter les plaisirs de la pêche. Les légumes, les fruits, les raisins, les amandes, les poires étaient en abondance. Les flottes étaient entrées au port avec des cargaisons de biscuit, de sucre, de thé, de rhum, d'approvisionnements de toute espèce. Anglais, Français, Turcs, réparèrent leurs forces, pendant que les marins débarquaient le matériel de siége ou exploraient la côte de Crimée. On trouve dans les rapports de l'amiral Dundas un tableau exact de l'état des choses au 28 septembre.

« Le gros de la flotte, dit-il, reste à l'ancre en ce moment parce qu'elle n'a pas de mouillage au sud. Sir E. Lyons, à la tête de l'escadre à vapeur, est à Balaklava, où il surveille le débarquement de

Balaklava.

En prenant possession du commandement en chef, Canrobert adressa aux troupes cet ordre du jour :

« SOLDATS DE L'ARMÉE D'ORIENT, MES CAMARADES,

» Les graves circonstances dans lesquelles m'échoit l'insigne honneur d'être votre commandant en chef augmenteraient pour moi le poids de cette tâche, si le concours de tous ne m'était assuré au nom de la patrie, au nom de l'Empereur. Pénétrés, comme je suis, de la grandeur de la mission historique que nous accomplissons sur cette terre lointaine, vous y apporterez, chacun dans votre sphère et avec le dévouement le plus absolu, la part d'action qui m'est indispensable pour la mener à bonne fin.

» Encore quelques jours de souffrances et d'épreuves, et vous aurez fait tomber à vos pieds le boulevard menaçant du vaste empire qui naguère bravait l'Europe. Les succès que vous avez remportés sont les garants de ceux qui vous attendent; mais n'oubliez pas que l'intrépide maréchal qui fut notre général en chef les a préparés par sa persévérance à organiser la grande opération que nous exécutons et par la brillante victoire de l'Alma!...

» Au quartier général de Tchernaïa, le 26 septembre.

» CANROBERT. »

l'artillerie de siége. Ce petit port peut contenir un assez bon nombre de petits navires, et comme il est bien couvert par les terres, il nous sera fort utile, mais son entrée est trop étroite et trop tortueuse pour les longs steamers et pour les gros vaisseaux. La petite garnison qui occupait cette ville s'est rendue, et les armées alliées occupent les hauteurs qui dominent le port. Lord Raglan a, je crois, son quartier général au village de Karatchatcha, entre Sébastopol et Balaklava. Le temps a été magnifique au delà de ce qu'on pouvait espérer. En ce moment, il règne une forte brise de nord-est; mais comme les canons de siége sont débarqués à Balaklava, il n'y a plus ni doutes ni difficultés. Les tentes sont portées par un navire à Balaklava. Espérons qu'elles feront cesser les maladies de nos braves soldats, obligés jusqu'à ce jour de bivouaquer en plein air. En ce moment, nous voyons un feu énorme au milieu de Sébastopol; et comme les armées alliées sont en vue et ont peut-être sommé la place, il n'est pas impossible que, selon leur usage, les Russes soient occupés à brûler et détruire ce qu'ils ne peuvent pas défendre. Tous nos Polonais et autres déserteurs disent que c'est le projet des Russes. Les navires qu'ils ont coulés il y a deux jours à l'entrée du port sont : la Sainte Trinité, de 120, le Rostislaff de 84, la frégate Sisepoli de 40, le Zagoodieh de 84, l'Uriel de 80, le Silistrie de 80, le Kolevche de 40. Tous ces navires avaient leur mâture et leurs canons; on

Paris Typographie Plon frères, rue Garancière, 8.

distingue encore une partie de leurs coques, mais les mâts ont été abattus.

» La chaloupe *Arrow*, arrivée avant-hier, a tiré hier quatre ou cinq coups pour essayer la portée de ses canons, qui ont probablement donné les Russes. Son tir a été beau.

» A la demande du général lord Raglan, j'ai donné l'ordre de mettre à la disposition de *l'Agamemnon*, dans le port de Balaklava, mille soldats de marine de la flotte pour relever un pareil nombre d'hommes de troupes anglaises, actuellement employés à garder les hauteurs qui dominent ce port.

» Les armées alliées sont en position au sud de Sébastopol. On attend, à toute heure, la cavalerie anglaise et les renforts français ; mais ils ont maintenant contre eux un fort vent de nord-est. Le maréchal de Saint-Arnaud a été forcé par sa mauvaise santé de remettre au général Canrobert le commandement de l'armée française et le maréchal est parti pour la France.

» Le choléra sévit encore occasionnellement parmi les vaisseaux

CHAPITRE XLV.

Le maréchal de Saint-Arnaud.

Les restes du maréchal furent portés à Constantinople, et déposés provisoirement dans la chapelle de l'ambassade de France. On célébra un service funèbre en présence du chargé d'affaires, du personnel de l'ambassade et des officiers attachés à l'illustre défunt. Madame la maréchale de Saint-Arnaud avait témoigné le désir qu'il ne fût pas donné à cette cérémonie une plus grande solennité.

Toutefois M. l'ambassadeur d'Angleterre voulut y prendre part avec les officiers de son ambassade. Les pavillons des deux ambassades furent hissés en berne et amenés seulement après le départ du *Berthollet*. La Porte Ottomane, de son côté, tint à s'associer à la manifestation des regrets des deux gouvernements alliés. Elle décida que le convoi funèbre serait suivi jusque dans la mer de Marmara par

Le général Canrobert et lord Raglan examinant les fortifications de Sébastopol.

le la flotte, mais l'état sanitaire des équipages est généralement bon. »

Dans la même journée, le général Canrobert écrivit de Balaklava au ministre de la guerre :

« Le maréchal de Saint-Arnaud, gravement malade, m'a remis le commandement de l'armée, conformément aux ordres de l'Empereur.

» Aujourd'hui je fais des vivres à Balaklava, et je commencerai dans l'après-midi mon mouvement vers Sébastopol.

» L'ennemi n'ayant pas reparu depuis la victoire de l'Alma, notre marche tournant vers le sud de Sébastopol s'est opérée sans aucune difficulté.

» Etabli sur les plateaux qui précèdent la place, je recevrai par les baies du cap Chersonèse mes vivres et mon matériel de siége. »

Le 29 septembre, à midi, le maréchal de Saint-Arnaud fut transporté mourant à bord du *Berthollet*. Le maréchal, auquel il avait été refusé de tomber sur le champ de bataille, comme de recueillir les fruits de la victoire, fut à peine à bord du *Berthollet* que les plus graves symptômes se déclarèrent. La veille il avait été en proie à un délire de deux heures, suivi d'un état complet de prostration. Quand il fut embarqué, le malade revint à lui, il causa un peu avec son gendre et ses officiers, il avait toute sa présence d'esprit. A quatre heures un quart il se sentit fatigué ; il se retourna lui-même dans son lit, et il expira.

deux bateaux à vapeur portant le séraskier et le capitan-pacha ; et toutes les batteries du Bosphore saluèrent de dix-neuf coups de canon le passage du *Berthollet*.

Le corps du maréchal fut ramené en France et inhumé le 16 octobre, en vertu d'un décret impérial, dans l'église des Invalides.

Leroy de Saint-Arnauld était né en 1796, et non en 1801, comme le disent quelques biographies. Les commencements de sa carrière militaire furent aussi obscurs que la fin en fut éclatante. Il entra surnuméraire aux gardes du corps en 1815, au moment où la France épuisée ne songeait qu'à jouir des bienfaits de la paix. Nommé sous-lieutenant d'infanterie en 1818, il servit tour à tour dans la légion départementale de la Corse, dans celle des Bouches-du-Rhône, et au 49e régiment de ligne. Des motifs que nous ignorons le déterminèrent à donner sa démission en 1827. Il resta dans la vie privée jusqu'au 22 février 1831. Entré au 64e régiment de ligne avec son ancien grade, il fut promu lieutenant au mois de décembre de la même année.

Son avancement ne devint rapide qu'à partir de 1836. Incorporé dans la légion étrangère, il alla combattre en Algérie, et y fit preuve en mainte occasion d'une aventureuse intrépidité. Il fut successivement capitaine, le 28 août 1837 ; décoré, le 11 novembre ; chef de bataillon, le 25 août 1840, au 18e régiment d'infanterie légère ; chef de bataillon aux zouaves, le 25 mars 1841 ; officier de la Légion d'honneur, le 17 août suivant ; lieutenant-colonel du 33ᵉ de ligne en 1842 ; colonel, le 2 octobre 1844 ; maréchal de camp, le 3 novembre 1817.

Appelé à commander la division de Constantine, le 21 janvier 1850, Leroy de Saint-Arnaud entreprit, l'année suivante, l'expédition de Kabylie, qui amena la soumission du pays compris entre Djigelli et Sétif. A son retour, le 10 juillet 1851, il fut nommé général de division et commandant de la 1ʳᵉ division de l'armée de Paris.

Ministre de la guerre, le 26 octobre, Leroy de Saint-Arnaud traça la ligne de conduite qu'il voulait suivre, dans un ordre du jour qui souleva les réclamations de l'Assemblée législative. Il était facile de prévoir à son langage qu'une crise approchait ; quant à la part qu'il prit au dénoûment, il n'est pas possible de l'apprécier dans une publication spéciale destinée à raconter la guerre d'Orient, abstraction faite de toute opinion politique.

Comme ministre, Leroy de Saint-Arnaud rétablit la section de réserve pour les officiers généraux, et reconstitua le cadre de l'état-major général de l'armée. Il créa une section de cavalerie à l'école de Saint-Cyr, provoqua l'augmentation de la solde des sous-officiers, et présida a la formation du régiment des guides, de deux nouveaux régiments de zouaves, de dix nouveaux bataillons de chasseurs à pied et d'un régiment de tirailleurs algériens.

Leroy de Saint-Arnaud reçut, le 2 décembre 1852, la dignité de maréchal de France. Il était en outre sénateur, grand écuyer, grand-croix de la Légion d'honneur, de l'ordre de Pie IX, de l'ordre de la Réunion (des Deux-Siciles), des ordres de Saint-Maurice et de Saint-Lazare (de Sardaigne). Ses occupations multipliées ne l'avaient pas empêché d'accepter des fonctions électives dans une administration départementale, et il représentait au conseil général de la Gironde la ville et le canton de Saint-Macaire.

Nous avons dit que, par décret du 11 mars 1853, il avait été nommé commandant en chef de l'armée d'Orient. Pour récapituler les principales opérations de la campagne qu'il dirigea, nous citerons, avec le regret de n'en pouvoir nommer l'auteur, une lettre insérée dans le *Journal des Débats* au mois d'octobre 1854. Le succès de cette lettre a été tel, que tous les exemplaires du numéro qui le contenait étaient enlevés le soir même de son apparition. C'est rendre un service réel au public que de propager un document qui resterait enfoui dans la volumineuse collection d'une feuille périodique.

« Si l'auteur se fût jamais douté que cette lettre serait livrée à la publicité, il l'aurait probablement écrite tout autrement, dit le *Journal des Débats*, mais il est très-probable aussi qu'il ne serait pas arrivé à tracer un tableau aussi intéressant de la vie du soldat en campagne, à nous donner une idée aussi vive du moral de nos soldats. »

CHAPITRE XLVI.

Lettre d'un officier de l'armée d'Orient sur l'expédition de Crimée. — Description du Bosphore et de Varna. — Incendie de cette ville. — Embarquement à Baltchik. — Débarquement en Crimée. — Prix des denrées. — Aspect du pays. — Affaire du 19 septembre. — Bataille de l'Alma. — Propos du prince Menschikoff — Français et Anglais. — Funérailles. — Saint-Cloud ! Saint-Cloud ! — Un lendemain de victoire. — Préparatifs du siége. — Renforts.

« Du 30 septembre 1854, cap de Cherson.

» Mon cher ami, je commence cette lettre à tout hasard ; je ne sais quand je la terminerai, car nous sommes toujours en mouvement. Veuillez, je vous prie, la communiquer à nos amis communs, mes nombreuses occupations ne me permettant pas d'écrire beaucoup. Je vais continuer mon itinéraire et réserver pour le bouquet notre éclatante bataille d'Alma, où le 39ᵉ a brillé comme vous l'avez vu déjà ou comme vous le verrez. Je ne vous ai pas écrit plus tôt, parce que je n'avais rien de bien intéressant à vous apprendre ; mais aujourd'hui j'ai vu, j'ai couru et j'ai combattu.

» Je vous ai écrit de Malte, où nous sommes restés huit jours, de là au Pirée et à Athènes, deux jours et demi de traversée, trois jours de station. J'ai foulé la terre de tous ces Grecs, qui ne sont plus que des *grecs*. Le Pirée est un joli port bien coquet, les habitants sont presque tous palicares et généralement bien ; le reste est insignifiant. Athènes est une ruine sublime. D'Athènes nous cinglâmes vers Gallipoli à bord du *Christophe Colomb*, notre joli petit éclaireur devant retourner en France. C'est là que commence l'intérêt du voyage : les Dardanelles ! L'Europe aride à droite ; l'Asie boisée, verte et fertile à gauche ; la mer resserrée dans un étroit canal. Voyage délicieux par un beau temps. Du reste, depuis que nous sommes embarqués, nous n'avons pas eu une goutte d'eau : Dieu protége la France ! Après le passage des deux formidables châteaux d'Asie et d'Europe, le voyage devient de plus en plus historique : ici l'Hellespont sur un talus du côté de l'Europe, le tombeau ou *tumulus* de l'amoureux Léandre, juste à l'endroit où il faisait le poisson pour aller trouver sa belle ; plus loin le tombeau d'Ajax, cet homme ; celui de Patrocle et d'Achille, etc. Le 31, nous débarquâmes à Gallipoli. Bivouaquer sur la plage jusqu'au lendemain matin, c'est là que commence le plaisir du soldat. Le lendemain, 1ᵉʳ juin, nous allons camper au camp des

Fontaines, à trois kilomètres de la ville ; partis le 17 pour Boulahi le 18, levé le camp pour retourner à Gallipoli, au camp des Moulins jusqu'au 20, d'où nous partîmes à six heures du soir pour nous embarquer sur *le Suffren*, magnifique bâtiment à deux ponts et à voiles. C'est encore un nouveau plaisir que celui d'être à bord, où les officiers ne sont pas bien du tout, tant il y a de monde, et où les pauvres soldats sont tout à fait mal ; mais ce n'est pas la faute de messieurs de la marine, ils font tout ce qu'ils peuvent pour nous être agréables ; et puis ça dépend de la force du bâtiment et du nombre des passagers.

» Notre voyage de Gallipoli à Varna a été merveilleux : nous étions une escadre respectable, composée du *Napoléon*, du *Montebello*, de *la Ville d'Alger*, du *Suffren*, etc. Je vous ai parlé tout à l'heure des Dardanelles, mais c'est de la Saint-Jean comparativement au Bosphore. Pendant dix lieues en mer, vous allez d'enchantement en enchantement, et cela par un beau soleil levant, en plein Orient. Ce panorama est tout ce qu'il y a de plus gracieux. Mais fou que je suis, je quitte Gallipoli et je ne vous en ai pas dit un mot ; j'aurais peut-être aussi bien fait, après tout, car cette estimable ville, une des principales de la Turquie, est tout bonnement un cloaque mal bâti, mal pavé et jamais balayé, et habité mi-parti par des Grecs voleurs et par de vilains et dégoûtants Turcs. Il y a bien par-ci par-là quelques anciens types assez remarquables, mais ils sont rares.

» Il paraît qu'à Constantinople la population et les habitants ne valent pas beaucoup mieux ; mais il y a des monuments réellement admirables dans les détails. Quant aux mosquées, il y en a à l'infini ; ces minarets, ces dômes font un effet mirobolant ; c'est original, c'est coquet, et il y en a à profusion. Tout cela est bien visible étant à bord : car le canal se resserre encore là comme aux Dardanelles, mais ce n'est plus le même genre. Constantinople se déroule devant vous jusqu'à la pointe du sérail ; jusque-là, c'est beau. Vous passez la Corne d'or, port immensément long de Constantinople ; ensuite vous allez de merveille en merveille.

» Notez bien que j'ai profité d'un jour de grand'garde sur le bord de la mer pour vous écrire. Là, je suis assez tranquille pendant la journée ; un coup d'œil par-ci par-là, de temps en temps, pour m'assurer que mes sentinelles et mes hommes veillent, quoiqu'il n'y ait rien à craindre, puisque la Crimée est à nous, malgré la présence dans ce pays de quarante mille Russes qui se promènent et n'osent plus se frotter à nous ; aussi nous mangeons bien tranquillement leurs légumes et leurs fruits, qui sont, ma foi, délicieux. Ces bons boyards n'ont pas pu tout emporter ; ils ont laissé leurs serfs, quelques calèches et *arabas*, espèces de charrettes du pays. Mes talons touchent à la mer, le temps est beau et doux comme dans une belle journée du mois d'août à Paris ou à Versailles ; les cailloux viennent de temps en temps me caresser les pieds, et leur roulement mêlé au clapotement de l'eau, me porte tout naturellement à des pensées mélancoliques, surtout quand je pense à la famille...

» Je reviens au Bosphore. Après la Corne d'or le canal fait un coude, le pays change d'aspect : c'est un jardin continu, parsemé de jolis châteaux, de jolies petites villas, dont les maisons ont les pieds dans la mer ; c'est le plus délicieux pays du monde entier. Les beaux sites de la Saône, avant d'arriver à Lyon, et que vous connaissez bien, sont bien beaux, n'est-ce pas ? eh bien ! ce n'est rien auprès du pays dont je vous parle. Nous passons devant Scutari, Thérapia, Bujukdéré, etc. ; nous touchons presque le château jaune, habitation d'été du Sultan ; c'est tout ce qu'il y a de beau comme style et variété ; les jardins sont d'un fabuleux qui fait rêver aux *Mille et une Nuits* ; tout le pays est comme cela. Nous arrivons à Varna le 30 mai à onze heures du matin ; nous débarquons le même jour à sept heures du soir, et nous bivouaquons à la porte d'Ibrahim. Le lendemain 1ᵉʳ juin nous montons au grand camp, où nous restons jusqu'au 30 août (deux mois).

» Varna, comme Gallipoli, est une vilaine ville, où je n'ai vu que des soldats turcs, des marchands français, anglais, maltais et smyrniotes. Tous ces gens sentent la rue de la Verrerie, la Cannebière, l'épicerie enfin, et gagnent beaucoup d'argent. L'incendie ne les a pas ruinés, bien au contraire, ils se sont rattrapés sur le prix des denrées, et nous payions tout des prix fabuleux ; ça valait toujours mieux qu'ici, où nous n'avons pas toujours de l'eau et où nous ne mangeons que du biscuit, du lard, du café (ces deux derniers très-hygiéniques). Varna a été bien fatale à l'armée française, ainsi qu'à Gallipoli ; l'armée y a laissé de 6 à 7,000 de ses meilleurs soldats, le nombre d'officiers de tout grade s'élève à 150. C'est triste, c'est bien triste !

» L'incendie de Varna était quelque chose de magnifique et d'assez bien conçu : les poudrières ont bien failli sauter. Le lendemain nous jetions de l'eau dessus toute la journée. Eh bien ! les murs étaient tellement échauffés, que l'eau était absorbée immédiatement, et notez qu'il y avait deux magasins immenses à côté l'un de l'autre. Le gouvernement a beaucoup perdu en vivres, en effets de campement et d'habillement, voire même d'armement. La ville, du moins la partie de la ville du côté du port, n'est plus que décombres ; ce sont les deux tiers. La nuit vient : à demain.

» 1er octobre, au bivouac.

» Deux lieues sur la droite d'hier, toujours au bord de la mer Noire, nous voyons Sébastopol; nous n'en sommes qu'à huit kilomètres. Nos soldats ont marché avec un peu de peine; ils sont chargés comme des mulets. Hier soir ils ont touché huit jours de vivres en biscuit, bœuf salé, sucre, café et sel; ils jurent bien un peu, mais ils vont. Je continue mon itinéraire.

» Le 30 août, départ de Varna pour Baltchik, petit village bulgare assez important et port de mer. C'est là que nous rencontrâmes les trois flottes réunies toutes prêtes à nous recevoir. Rien de beau, rien d'admirable comme cette réunion de bâtiments sur un même point! De ma vie je n'ai éprouvé de saisissement pareil à celui qui s'est emparé de moi à la vue de tant de forces et de tant de richesses. Nous mîmes deux jours pour aller à Baltchik, et nous le quittâmes le 2 pour nous embarquer sur l'Orénoque, jolie frégate à vapeur montée par des officiers charmants et tout à fait distingués; cela dédommage beaucoup de la peine qu'on éprouve à bord. Toute notre division a été embarquée ce jour-là en moins de deux heures; c'est un fait à citer, car ce n'est pas peu de chose que d'embarquer une division avec tout son matériel, ses chevaux, ses mulets, etc.

» Le 2 septembre donc toute l'armée était embarquée sur la flotte prête à mettre à la voile. Les Anglais n'étant pas prêts, on ne put appareiller que le 7 au matin. C'est alors que le coup d'œil est magnifique. Figurez-vous quatre ou cinq cents bâtiments partant tous en même temps sur trois ou quatre lignes dans un ordre parfait. Oh! cela donne l'idée de la puissance des nations!

» Le 9 nous mouillâmes à vingt lieues de Sébastopol pour rallier la flotte. Nous croisons jusqu'au 15 au matin; nous envoyons quelques bordées dans les camps russes pour dissimuler l'endroit du débarquement. Pendant ce temps les Anglais et nos trois premières divisions débarquent aussi facilement qu'à Saint-Cloud ou bien au quai d'Orsay. Ce même jour (15) la 4e division débarque à son tour sans obstacle. La mer déferlait, nos canots ne pouvaient arriver jusqu'à terre : on sautait en riant dans la mer, on en transportait quelques-uns à dos de marin. Nous nous rassemblons sur le rivage, et nous voyons toute l'armée campée à droite et à gauche, Anglais et Français. Les Turcs venaient après nous.

» Notre camp était situé près d'Eupatoria, ancienne ville, maintenant fort village. C'est là que nous vîmes des Russes prisonniers pour la première fois : le maître de poste d'Eupatoria, sa famille, et un marchand avec sa femme. C'est comme otages ou pour obtenir des renseignements qu'on les avait pris; je pense qu'on les a relâchés.

» Le débarquement est quelque chose de plus curieux et de plus intéressant encore que l'embarquement. Figurez-vous tous ces vaisseaux vomissant de leurs flancs 60,000 hommes environ, tout le matériel d'artillerie, du génie, les vivres, etc., tous ces marins tirant les barques à eux et se mettant à l'eau jusqu'aux épaules pour aller chercher les ballots, les tonneaux, les caisses, les chevaux et les mulets qu'on jette à la mer; ces pauvres bêtes nagent jusqu'au bord, prennent pied, se secouent, et puis tout à coup une lame arrive qui les submerge de nouveau. Alors elles se décident à monter tout à fait; d'autres sont si atterrées, qu'elles perdent la tête et regagnent la pleine mer. C'est un tableau émouvant, magnifique et gai. Le lendemain la plage était couverte et ressemblait à un grand port marchand : dans certains endroits on aurait pu se croire à Bercy.

» Enfin nous voilà en Crimée, en Tartarie, en Tauride, que sais-je encore? Nous nous secouons aussi, nous autres, car nous sommes sur notre terrain, et c'est un fameux terrain! De quelque côté que la vue s'étende, on ne voit qu'une immense plaine qui va à l'infini, et à notre droite la mer Noire toujours. Là plus de vin, plus de pain : les vivres de campagne proprement dits. Les braves et bons officiers de notre bon Orénoque savent cela, eux; aussi le lendemain ils viennent à terre, accompagnés de sept ou huit matelots, et nous apportent du vin, du pain magnifique et quelques bouteilles de liqueur; plusieurs caboteurs marchands apportent aussi des liqueurs et du vin. Nous achetons l'absinthe 5 francs la bouteille, une demi-bouteille de champagne 4 francs, le cognac 2 francs, etc.

» Nous quittons notre camp du Vieux-Fort le 19 dans un ordre de bataille formidable; nous regardons toujours de tous côtés si les Russes arrivent : rien. Nous marchons péniblement, les hommes sont chargés, il fait chaud, l'ordre de marche en si grand nombre est fatigant, pas d'arbres, un pays riche mais non cultivé, des chardons, du thym, du serpolet et de l'absinthe sauvage.

» Nous arrivâmes ce même jour à deux heures au bivouac, nous nous installons tranquillement, tout à coup nous entendons le canon et la fusillade près de nous, derrière une hauteur : c'étaient les Russes, qui avaient voulu voir les Français d'un peu près; nous prenons les armes sans sac, et à peine en ligne l'affaire était faite : quelques bailes et quelques boulets français avaient corrigé les curieux. C'est le lendemain qu'ils ont voulu nous voir de plus près, les malheureux, et Dieu sait combien ils ont été punis! Aussi depuis ce temps nous ne pouvons mettre la main dessus. Les soldats français, qui sont toujours farceurs quand même, disent : « Les Russes n'aiment

pas décidément notre manière de leur tremper la soupe, notre bouillon ne leur va pas. »

» Cette nuit du 19 fut très-calme, nous dormîmes très-bien. Le lendemain 20 nous quittâmes le bivouac à six heures du matin, et allâmes rallier l'armée sur un plateau qui regardait le champ de bataille futur.

» Nous avons marché hier toute la journée sans faire beaucoup de chemin. Notre division a pris position à 1,500 mètres de la place. Nous nous gardons bien. On a commencé depuis deux jours le débarquement du gros matériel de l'artillerie de siége; on attend que ce soit fini pour commencer les tranchées : après cela le bal! Voilà huit jours que je ne me suis ni déshabillé ni déchaussé; nous nous couchons tels quels, et toujours prêts à prendre les armes pour repousser les sorties de messieurs les Russes. Nous ne trouvons plus de tabac à fumer. Ce matin, on nous a donné de la viande fraîche. J'ai, indépendamment de ma tente, une couverture de campement et deux peaux de mouton, plus un drap en forme de sac et terminé par un capuchon pour éviter que la fraîcheur de la nuit ne tombe sur les yeux, ce qui est fort dangereux pour les ophthalmies. Je reprends : Je dis donc que le 20 septembre nous ralliâmes toute l'armée; les Anglais, à gauche, devaient attaquer l'aile droite des Russes. La 2e division, général Bosquet, attaquait l'aile gauche avec une partie de la 1re division; au centre, en première ligne, une brigade de la 1ra division; en plein centre, la 4e division, général Forey. A la droite des Anglais et à côté de nous, toute la 3e division, prince Jérôme, avec le 2e zouaves et l'infanterie de marine; l'artillerie à sa place de bataille dans les intervalles qui séparent les divisions.

» A midi, toute la ligne s'ébranle en colonne serrée en masse; à une heure, on nous avertit que la bataille va commencer; on fait toutes les recommandations voulues en pareil cas, que les hommes aient du sang-froid, du calme, qu'ils ne tirent pas sans ordre, etc.; à ce moment, nous voyons toutes les hauteurs couronnées par l'armée russe, l'artillerie sur les crêtes les plus élevées et nous dominant tout à fait, l'infanterie échelonnée sur les élévations, les ravins, les mamelous, derrière les murailles des jardins qui dominent la petite rivière de l'Alma très-tortueuse et surtout très-escarpée et encaissée. L'armée française était tout à fait à découvert, et par conséquent entièrement exposée au feu de l'ennemi. La division Bosquet, qui attaquait l'extrême gauche des Russes, cherchait à les tourner, et avait pour auxiliaires plusieurs bâtiments des deux flottes, car il faut vous dire que nous avons toujours suivi le littoral, et que nous avons sans cesse la mer à notre droite et la flotte en vue, de même que cette dernière ne perd aucun de nos mouvements.

» A une heure et demie le premier coup de canon fut tiré par les Russes, dit-on. Alors commence une musique infernale sur toutes les deux lignes; ce sont des feux croisés, des mouvements en tous sens; les soldats rient, plaisantent, et ils ont un toupet du diable; nous avançons, nos colonnes du centre défilent pour ainsi dire devant le maréchal, monté sur un mamelon avec son état major. C'est alors que nos soldats s'émancipent et poussent des cris assourdissants de Vive l'Empereur! Vive le maréchal! Nous avançons toujours en bon ordre vers l'Alma, qu'il nous faudra traverser tout à l'heure. Nos colonnes s'arrêtent; c'est alors que nous avons le coup d'œil le plus riche et le plus curieux que j'aie jamais eu : les deux ailes étaient attaquées par les Français et les Anglais avec une intrépidité extraordinaire; les Russes sont pris en flanc par la division Bosquet et un peu balayés par l'artillerie de la flotte, ce qui paraît les vexer beaucoup. Nous étions là, nous, l'arme au pied et assaillis d'obus et de boulets, nous attendions que les zouaves des 1re et 3e divisions eussent franchi les obstacles qui se trouvent de l'autre côté de l'Alma, car tous ces passages ont été enlevés pied à pied; enfin nous recevons toujours notre baptême, les obus et les boulets tombent comme la grêle; nous ne bougeons pas, les soldats plaisantent; je les regarde, pas un ne sourcille, moi-même je n'éprouve aucune émotion, et cependant je le craignais la veille; nos hommes ont de l'aplomb, de la fermeté, du courage, cela se voit d'un coup d'œil; alors on est tranquille et les plaisanteries se croisent comme au camp. Les généraux seuls étaient en grande tenue et en chapeaux brodés, les sous-intendants et jusqu'à nos bons aumôniers étaient là, le bréviaire sous le bras, calmes et impassibles. Le soldat voyait tout cela, et il voyait bien autre chose, car à un moment donné nous voyons ces enragés zouaves gravir les hauteurs escarpées. Ils avaient réussi à repousser l'ennemi qui gardait les bords de l'Alma. Ce fut alors quelque chose de grandiose que de voir ces intrépides soldats marcher la poitrine découverte au-devant de la mitraille, de la fusillade et de la canonnade; c'était un beau tableau, aussi quel élan ça a donné à nos soldats qui n'avaient jamais assisté à pareille fête! Les Russes perdent du terrain et se replient sur les hauteurs; notre division se met alors en mouvement pour soutenir les zouaves, nous passons l'Alma à notre tour; notre artillerie, celle de la quatrième division, ne peut passer facilement, elle nous embarrasse, la laissons derrière, et nous voilà à barboter et à retirer de l'eau les retardataires et les maladroits. Je suis resté un bon quart d'heure dans l'eau pour aider ma compagnie à passer.

» Enfin l'obstacle est franchi, nous nous pelotonnons du mieux possible, et nous voilà engagés dans un ravin dont la hauteur est occupée par une batterie et un bataillon russes; nous montons au pas de charge au milieu d'une pluie foudroyante de projectiles, nous sautons par-dessus les morts et les blessés, tant russes que français, nous recevons l'ordre de mettre sac à terre; les soldats sont contents, ils pourront courir sus à l'ennemi, ils seront libres de leurs mouvements. Nous montons vers le plateau, toujours de la mitraille et de la fusillade : plusieurs soldats du 39e tombent; un lieutenant reçoit une balle dans le bras gauche; un peu après le capitaine Cluzel en reçoit une dans le bras droit; quelques soldats tombent encore; un sergent-major reçoit un boulet en plein ventre. Nous arrivons sur le plateau et nous courons. Les zouaves, déployés en tirailleurs, commençaient à faiblir un peu; la tête de colonne du 39e fait réfléchir les Russes : ils reculent; nous avançons toujours. Devant nous se trouve une espèce de belvédère : notre porte-drapeau se dirige de ce côté pour y planter son drapeau, un éclat d'obus le frappe en plein cœur. Un sergent-major de zouaves, présent en ce moment, prend un fanon et le pose sur le belvédère; il avait le temps de descendre, mais il a voulu faire de la fantasia en agitant trop longtemps son fanon : une balle le frappe en pleine poitrine; il meurt sur le coup. Quelques escadrons russes papillonnent autour de nous et font mine de nous charger; mais arrive une batterie française, et les Anglais commencent à monter leur nez à notre gauche : les Russes battent en retraite; la victoire est à nous! Mais ce n'est pas fini, nous subissons encore pendant une bonne heure au moins un feu bien nourri d'artillerie russe; on fait coucher tout le monde à plat ventre; car nous ne pouvons pas rendre coup pour coup, l'artillerie russe étant embusquée derrière un énorme tumulus; enfin l'artillerie anglaise, tout à fait arrivée, lance quelques fusées à la Congrève, et tout finit.

» Le premier coup de canon a été tiré à une heure et demie, le dernier à quatre heures et demie. Avant de commencer, le général en chef Menschikoff écrivait à son empereur : « J'occupe une position formidable, imprenable; dans six semaines les Français ne m'auront pas débusqué de là, fussent-ils cent mille de plus : c'est plus difficile à prendre que Sébastopol. » Puis il dit : « J'ai sommeil, je vais me coucher, j'ai le temps de dormir avant que les Français soient ici. » Plus tard il disait : « Mais il faut qu'ils soient fous! »

3 octobre.

» Je veux terminer aujourd'hui, car qui sait où nous serons demain et si j'aurai le temps? Il me faut maintenant vous raconter quelques épisodes de la bataille, ça vous fera mieux comprendre, car je crains que mon style et l'empressement que je mets à écrire n'apportent quelque confusion dans mon récit, et puis je suis contrarié : j'ai beau mettre du vinaigre dans mon encrier, l'encre ne coule pas, et la plume sèche; enfin, à la guerre comme à la guerre. Je vous disais donc que le prince Menschikoff s'écriait : « Mais il faut que ces Français soient fous ou soûls pour monter par là avec leur artillerie, et oser monter si vite que cela! » Alors un autre Russe, qui sait parler français, lui répond en latin : « Heu! heu! *in vino veritas!* » A sept heures nous campions sur le plateau, près du belvédère; on secourut les blessés.

» Le lendemain matin, nous enterrâmes les morts français par régiment, les Russes pêle-mêle dans des fosses communes. On eut bien soin des blessés russes. Le soldat français est sublime : pendant la bataille il est terrible, mais l'humanité se fait jour chez lui aussitôt après, et il est le premier à plaindre son ennemi, et il le soigne de grand cœur. Oui, le soldat français, ce pauvre *pioupiou* dont on se moque souvent, est le plus brave soldat du monde. L'Anglais aussi se bat très-bien, mais il est froid, compassé, méthodique, et il perd le fruit de son courage par sa lenteur; mais c'est aussi un brave soldat.

» Les généraux français ont été plus que braves, ils ont été téméraires, tous en tête. C'est bon pour une première action, ça enlève le soldat; mais ce serait fâcheux à l'avenir, parce qu'on pourrait bien se réveiller un beau jour sans généraux. Je me trouvais près de Canrobert et de M. Blanc quand ils ont été touchés. Les boulets, les biscaïens et les obus tournoyaient autour de nous, devant le bout du nez, aux pieds, partout. Un soldat de ma compagnie a été blessé à côté de moi, et une fois, par un mouvement instinctif, je me pris à vouloir chasser avec la main un fort biscaïen, qui avait frôlé ma guêtre de cuir, comme lorsqu'on veut chasser une mouche. Eh bien! pas un moment d'émotion; et, pendant que tous étaient couchés par ordre, je me suis relevé, voyant notre colonel et nos commandants à cheval, comme honteux d'avoir pris cette position; c'est alors que je voyais arriver tous ces projectiles à profusion. On ne comprend réellement pas que nous n'ayons pas été hachés tous en morceaux; et puis ces diables de soldats qui riaient de plus belle : on eût dit qu'ils avaient la conscience d'arriver vainqueurs. Il faut que ce sentiment ait dominé chez eux réellement pour qu'ils aient montré tant de sang-froid. On leur avait cependant dit que les Russes n'étaient pas à dédaigner; que, bien au contraire, ils étaient solides et difficiles à abattre.

» Il y a une chose bien fâcheuse, c'est que nous n'ayons pas eu un escadron de cavalerie; sans cela nous prenions toute l'artillerie et

faisions au moins dix ou quinze mille prisonniers; mais il faut dire que le maréchal ne pensait pas aller si vite en besogne, et qu'il a été un moment inquiet de ce que les troupes engagées sur le plateau allaient devenir; car il était en bas au moment où nous passions la rivière, et sa figure paraissait triste. C'est alors que, ne connaissant pas l'obstacle que l'artillerie mettait à notre passage de l'Alma, il dit en riant un peu : « Allons, mes enfants, troussez vos jupes et passez l'eau! » Il faudrait avoir là le plan de la bataille pour vous faire bien comprendre la position des deux armées; c'est alors que vous tomberiez dans l'admiration de ce que l'armée française a fait en si peu d'heures.

» Nos morts enterrés le plus convenablement possible, nos vivres touchés pour quelques jours, nous partîmes de notre camp le surlendemain, et nous ne rencontrâmes que débris sur débris laissés par les Russes. Le lendemain, nous continnons et nous passons une autre petite rivière qu'on nomme le Belbeck; là, nous voyons des débris immenses : l'armée russe avait marché à la débandade comme une armée en déroute. Oh! si nous avions eu de la cavalerie!

» Le jour suivant nous partons à cinq heures du matin, Français, Anglais, Turcs se coudoient; nous passons tous par un petit chemin pour tourner une position que nous ne voulions pas occuper. Dans cette journée, les Anglais font deux bataillons russes prisonniers et prennent quarante fourgons de munitions. C'est donc pour donner le change aux Russes et pour les tourner, afin de gagner le côté de la ville le moins fortifié, que plus de soixante mille hommes et plus de dix mille voitures, chevaux, mulets, chameaux, bagages, etc., s'enfoncent dans de petits chemins, à travers de hauts taillis, dans les broussailles, et arrivent au complet le lendemain à trois heures et demie du matin. J'étais de garde ce jour-là; je fais faire du feu, je me couche dans ma couverture et je m'endors comme un bienheureux. A cinq heures on bat aux champs, on lève le camp et on part. Voilà, vous en conviendrez, du temps bien employé : on n'a pas le temps de se refroidir.

» Les Russes avaient brûlé le village près duquel nous campions et jeté du fumier et de la chaux dans les puits; ils font cela partout après avoir chassé les Tartares devant eux, et ces braves Tartares croient que c'est l'armée française et anglaise qui incendie leurs villages et leurs moissons. Nos soldats se gorgent de raisins et de légumes, ramassent les chevaux errants et les voitures abandonnées; ils amènent tout au camp, malgré la défense; ils démolissent les toitures des masures pour faire du feu; j'en ai vu hier qui passaient en chantant dans un fort joli char à bancs. Non, il n'y a pas de nation comme la nôtre pour l'entrain, la gaieté et le courage; ils criaient dans leur char à bancs : « Saint-Cloud! Saint-Cloud! Versailles! un lapin! etc. »

» Les Anglais nous ont fait un accueil étourdissant le lendemain de la bataille. Leurs marins ont vu l'attaque des Français, et ils ne tarissent pas d'éloges; nous avons été fêtés par les officiers de la garde et par les Ecossais. Le jour où nous sommes allés nous promener à leur camp nous étions cinq officiers du régiment, et nous passâmes une heure ou deux avec eux; ils sont généralement bien et parlent presque tous le français. Le 39e a été cité comme s'étant fait remarquer d'une manière toute particulière.

» Même jour, 3 octobre.

» J'ai dit que le 39e s'était particulièrement distingué; c'est au point que le maréchal a dit à M. Forey : « Mais ce régiment a été » longtemps en Afrique? — Non, lui fut-il répondu, il n'a pas fait » campagne depuis 1832. » Aussi le général Forey l'a-t-il mis à l'ordre de la division.

» Un jour de bataille est une belle chose, le succès est encore plus beau. Mais après, le champ de bataille est bien triste! Oh! bon Dieu! que de besogne en peu d'heures! quelle destruction! Eh bien! chose extraordinaire, moi qui de ma vie n'ai voulu entrer à la Morgue à Paris, je me promenais presque froid au milieu de tous ces cadavres! C'est peut-être parce qu'on en connaît la cause et qu'on est convenu d'appeler cela une mort glorieuse. Donc ça m'a peu impressionné. Pour aujourd'hui je vous donne le bonjour et vais me reposer un peu.

» Tout à vous de bonne amitié.

5 octobre.

» Nous menons une vie très-active. Aujourd'hui nous nous sommes rapprochés de Sébastopol; un peu sur notre droite, nous allons chercher les nombreux gabions débarqués sur la plage. Si j'avais eu plus de place, je vous aurais dit que notre général de brigade, M. d'Aurelle, avait reçu une balle à la hauteur du jarret gauche, qui a traversé son pantalon de part en part sans le toucher; que la 1re division Canrobert s'était bien comportée; que l'infanterie de marine avait beaucoup souffert en recevant un feu à bout portant pour enlever une position derrière une muraille où se trouvaient les Russes; que les Anglais, ne pensant pas que nous arriverions si vite sur le plateau, avaient calculé leur mouvement de manière à s'y trouver en même temps que nous : ils sont malheureusement arrivés un peu trop tard, c'est ce qui nous a fait rester exposés aussi longtemps à l'artillerie russe. Si l'armée ennemie n'avait pas été démoralisée de le début, elle aurait pu nous couper et nous hacher pendant notre longue marche de nuit : c'eût été très-facile, attendu qu'on ne marchait qu'à tâtons et dans des chemins tout à fait inconnus. Le canon tonne dans les forts en avant de Sébastopol ; on lance des bombes de la ville, quelques-unes éclatent pas bien loin de notre camp.

» Nous voudrions que la besogne fût faite ; cette vie de fatigue absorbe par trop, on s'abrutit, on passe à l'état de bête de somme. Je suis forcé de porter le sac sur le dos et le caban en sautoir. Il m'arrive bien souvent d'en avoir assez.

» Notre cavalerie commence à débarquer. Les Cosaques ne viendront plus papillonner et nous faire prendre les armes à tout propos. L'armée forme une ligne de circonvallation très-étendue et espacée, afin que les bombes et les obus tombent dans le vide. Les tranchées vont s'ouvrir. Nous pensons que l'investissement de la place a été fait hier soir. Dans quelques jours tout sera fini, nous l'espérons bien. Au plaisir de vous revoir !

» L'ordre vient d'être réglé pour le siége : 3e et 4e divisions, armée le siége, sous les ordres du général Forey ; 1re et 2e divisions, corps d'observation ; les Turcs entre les deux corps de siége et d'observation.

» Les bombes et les boulets arrivent dru dans notre camp, ça siffle jour et nuit. Nos porte-manteaux sont restés à Varna, nous n'avons plus de linge ; je ne me rase plus, ma barbe est grise ; je ne suis pas beau comme cela ; je vieillis beaucoup. Plus de tabac ! Nous avons été réduits pendant trois jours à ne boire que de l'eau salée venant de la mer par filtration au moyen de trous que nous faisions dans la terre à une distance seulement d'un kilomètre de la mer. Pouah !

« Il nous arrive dix ou douze mille hommes de renfort que nous avions laissés à Varna. Nous en avions besoin. J'ai seize hommes de moins dans ma compagnie depuis le 15 septembre, jour de notre débarquement. La cavalerie arrive. La 5e division est à Varna ; elle va bientôt nous rejoindre, nous l'espérons. »

CHAPITRE XLVII.

Bruit de la prise de Sébastopol. — Réjouissances publiques à Constantinople. — Le Tartare. — Dépêche du consul de France à Bucharest. — Autres dépêches. — Démenti officiel. — Préparatifs de défense des Russes. — Artillerie des assiégés. — Position du prince Menschikoff. — Noms de généraux russes. — Premières opérations de siége. — Le capitaine de Dampierre.

Par ces mots de la lettre précédente : « Dans quelques jours tout sera fini, nous l'espérons bien, » on voit que les soldats, enivrés par leur triomphe, s'abusaient sur la durée probable du siége. L'illusion était bien plus grande en Europe, où pendant plusieurs jours on crut universellement à la prise de Sébastopol.

Le 23 septembre, à six heures et demie, un bateau à vapeur de la mer Noire, pavoisé et illuminé, descendait le Bosphore et tirait le canon. En passant devant le palais du sultan, il le salue de vingt et un coups ; la corvette ottomane lui répond ; puis, dix minutes plus tard, on entend gronder toutes les batteries du port et du Bosphore. Pourquoi ce bruit, ces réjouissances ? Chacun s'interroge.

— Sébastopol est pris ! s'écrie-t-on de toutes parts ; et une demi-heure après la nouvelle circule partout. A Tophané, le kiaya du grand maître de l'artillerie, Ahmed Fethi-Pacha, la donne comme officielle. On envoie des kavas aux postes de police pour la répandre. Les habitants de Péra courent les rues, vont aux renseignements ; et quoique aucune ambassade ne puisse rien affirmer, on répète de toutes parts : — Sébastopol est pris !

On illumine, on tire des fusées, des feux d'artifice, on allume d'immenses feux de joie. Ce ne fut que le lendemain que l'on apprit la vérité. Le bateau pavoisé, ignorant que l'Orénoque l'eût précédé de quinze heures, avait pensé apporter la nouvelle de la victoire de l'Alma, et c'était en l'honneur de cette victoire que des salves d'artillerie avaient été tirées par ordre du sultan. Néanmoins la nouvelle se propagea ; un Tartare chargé d'un message pour Omer-Pacha la sema sur toute sa route, tandis que des matelots la répandaient le long des côtes. Le consul de France à Bucharest manda par voie télégraphique au ministère des affaires étrangères :

« Bucharest, 28 septembre.

» Un steamer français qui sortait du Bosphore en a rencontré un autre venant de Crimée, lequel lui a annoncé qu'il portait à Constantinople la nouvelle de la prise de Sébastopol. Le steamer sorti du Bosphore a touché à Varna pour annoncer cet événement, dont on attend d'une heure à l'autre la confirmation officielle. »

Le Times publia cette missive en annonçant qu'elle confirmait une autre dépêche reçue de Vienne le 30 septembre d'après laquelle l'armée du prince Menschikoff avait été vaincue sur la Katcha, et poursuivie jusqu'à Sébastopol, qui était tombé le 25 au pouvoir des alliés.

Le Moniteur déclara le 3 octobre que le gouvernement français n'avait pas encore reçu la nouvelle directe et officielle de ce grand événement ; mais il admit dans ses colonnes une dépêche ainsi conçue :

« Bucharest, 30 septembre, six heures du soir.

« Aujourd'hui à midi est arrivé de Constantinople un Tartare porteur de dépêches pour Omer-Pacha. Comme ce dernier se trouve à Silistrie, les dépêches ont dû lui être envoyées. Ce Tartare annonce la prise de Sébastopol. D'après ses rapports, 18,000 Russes ont été tués et 22,000 faits prisonniers. Le fort Constantin est détruit, et les autres forts avec 200 canons ont été pris. Six vaisseaux de ligne russes ont été coulés. Le prince Menschikoff s'est retiré dans l'intérieur du port avec les autres vaisseaux et a annoncé aux commandants des troupes assiégeantes qu'il ferait sauter tous ses autres bâtiments si l'attaque continuait. On lui a donné six heures de réflexion en l'invitant à se rendre au nom de l'humanité.

» A Constantinople sont arrivés un général français et trois généraux russes blessés. La ville sera illuminée dix jours de suite. Ni le comte Coronini, ni Dervisch-Pacha, ni les autres consulats n'ont reçu de dépêches de Constantinople. Probablement ces dépêches se trouvent dans le paquet adressé à Omer-Pacha, et ne pourront par conséquent arriver à Silistrie que demain à midi. »

Le journal officiel indiquait minutieusement la filière par laquelle la dépêche avait passé. L'agence autrichienne de Bucharest l'avait transmise au ministre des affaires étrangères à Vienne ; M. de Buol l'avait communiquée à M. de Bourqueney, et celui-ci l'adressait à M. Drouyn de l'Huys. Les journaux et la télégraphie privée y ajoutèrent d'innombrables détails. « Le fort Constantin, disaient les feuilles de Vienne, a sauté cinq heures après le bombardement ; 10,000 Russes ont été ensevelis sous ses ruines. Le prince Menschikoff s'est enfui au fort Alexandre, où 18,000 Russes se sont bientôt rendus. Les flottes alliées ont simultanément détruit le port extérieur, les forts, l'avant-garde de la flotte russe. Le prince Menschikoff s'est rendu sans condition le 26 au soir. » Le Moniteur lui-même reproduisit, sous toute réserve pourtant, une dépêche de la télégraphie privée annonçant que la ville, avec la flotte et tout le matériel de guerre, étaient au pouvoir de l'armée combinée, et que la garnison avait aimé mieux rester prisonnière que de profiter de la libre sortie qui lui était offerte.

Comment le public aurait-il pu se soustraire à tant de témoignages et révoquer en doute une fable si séduisante pour son orgueil patriotique ? Pendant plusieurs jours la conquête de Sébastopol fut regardée comme positive, célébrée par des illuminations, annoncée aux populations par des placards municipaux. Le gouvernement français, que des rapports inexacts avaient le premier trompé, fut aussi le premier à les démentir. Deux dépêches affichées à la Bourse le 5 octobre en vertu des ordres du ministre des finances apprirent au public l'origine des faux bruits et la situation réelle des choses.

Le ministre de France au ministre des affaires étrangères.

« Vienne, 4 octobre 1854.

» Le récit du Tartare est démenti de Bucharest même : c'était la bataille de l'Alma amplifiée. Nous sommes sans nouvelles directes de Constantinople au delà du 24. Le consul d'Autriche à Odessa écrit par le télégraphe le 29 que la lutte avait recommencé du 25 au 27, et que les alliés étaient sur le Belbeck à 6 verstes de Sébastopol. Un bâtiment à vapeur anglais, sous pavillon parlementaire, venait d'apporter à Odessa 300 Russes grièvement blessés.

» *Signé* BOURQUENEY. »

Le même au même.

« Vienne, le 5 octobre, deux heures du matin.

» Lord Stratford écrit de Constantinople à lord Westmoreland le 30 septembre :

» Les armées alliées ont établi leur base d'opération à Balaklava, le 28 au matin, et s'y préparaient pour marcher sans délai sur Sébastopol. L'Agamemnon et d'autres bâtiments de guerre des alliés se trouvaient dans le port de Balaklava. On y avait toute facilité pour débarquer l'artillerie de siége. Le prince Menschikoff tenait la campagne à la tête de 20,000 hommes, attendant des renforts. »

La vérité est que les troupes alliées commençaient un siége long et difficile. Nous avons déjà tracé le tableau des fortifications de Sébastopol, dont le plan exact de M. Dufour nous dispense de donner une plus ample description. Les Russes les avaient consolidées ; ils avaient multiplié les chemins couverts palissadés, les demi-lunes, les flèches, les lunettes. Le mur d'enceinte, de trois pieds d'épaisseur, était crénelé et garni de flanquements précédés d'un fossé dont la terre avait été rejetée en avant pour former un glacis qui couvrait en partie la maçonnerie ; ce mur n'ayant pas de terre-plein sur lequel il fût possible d'établir l'artillerie, on avait élevé des batteries, en forme de cavaliers, tirant par-dessus le rempart.

Une statistique dressée le 6 janvier 1854 établissait qu'il y avait alors à Sébastopol sept cent dix-neuf canons, savoir :

Il est vraisemblable que pendant l'année les Russes avaient augmenté leur artillerie, et le désarmement de leurs bâtiments leur fournissait d'ailleurs de quoi garnir tous leurs ouvrages avec des canons du gros calibre marin.

En coulant bas leurs vaisseaux, les assiégés avaient obtenu la facilité de consacrer à la défense par terre tous les marins, accoutumés aux exercices des soldats, car les deux services ne sont pas séparés en Russie comme en France et en Angleterre. La garnison de Sébastopol se trouvait donc renforcée de dix mille hommes qui valaient des troupes de ligne, et elle pouvait également utiliser les canonniers, qui, sans le barrage effectué, auraient dû protéger le port contre une attaque par mer.

L'effectif de la garnison était inconnu des alliés, mais on savait que le commandant en chef russe, dès qu'il avait appris le changement de résolution des assiégeants, avait laissé dans la place la moitié de ses troupes et qu'il s'était établi entre la rivière de Belbeck et la baie. Il avait reçu des renforts de Kertch et de Perecop et restait toujours le maître de rentrer à leur tête dans Sébastopol, dont les abords étaient libres par le côté du nord, la place ne pouvant, à cause de sa rade, être complétement investie.

Les généraux commandant en Crimée étaient, outre l'adjudant général prince Alexandre Sergegewitch Menschikoff, l'amiral Maurice Borysowicz, commandant en chef la flotte et les ports de la mer Noire ; l'adjudant général et vice-amiral Korniloff, chef d'état-major de la flotte de la mer Noire et des ports ; le vice-amiral Michel Staniakowitch, gouverneur militaire de Sébastopol.

Telles étaient les forces contre lesquelles les meilleurs soldats de la France et de l'Angleterre entreprenaient une lutte colossale.

On a vu dans la dépêche du général Canrobert à la date du 28 septembre que l'armée assiégeante allait occuper les hauteurs situées en avant de Sébastopol par le côté du sud et profiterait alors des baies du cap Chersonèse pour y débarquer l'artillerie de siége.

Ces baies sont au nombre de quatre. La première, celle de la Quarantaine, est sous le canon des forts ; mais les autres sont tout à fait en dehors des défenses de la place. Celle de Strélitza ou du Tir, qui est la troisième, ayant une profondeur de six à dix brasses, offrirait au besoin un mouillage aux plus grands vaisseaux. La plus occidentale est celle de Kamiesch ou des Roseaux. Les côtes qui dominent ces baies avaient été garnies de fortes batteries, que les Russes avaient évacuées. Le général Canrobert put donc sans crainte d'être inquiété fixer son choix sur la baie de Kamiesch, où des bigues et des ponts sur chevalets furent installés pour la mise à terre du gros matériel de l'artillerie, du génie et de l'administration. Quatre bataillons appartenant aux 1re, 2e et 3e divisions françaises et à la division turque furent répartis autour de la baie de Kamiesch pour assurer au besoin la sécurité du débarquement et pour fournir le service et les corvées nécessaires. Ces bataillons furent laissés sous les ordres du lieutenant-colonel d'état-major Ramet.

Il aurait fallu pour bloquer Sébastopol disposer de deux armées de quatre-vingt mille hommes chacune, l'une par le côté du sud, l'autre par celui du midi, et elles auraient eu à maintenir leurs communications par le circuit d'une rade d'une lieue et demie de long. Faute d'un nombre suffisant de soldats, les assiégeants se partagèrent les travaux en prenant pour ligne de séparation un grand ravin fortifié qui part des hauteurs de Sébastopol et descend jusqu'au port. Les 3e et 4e divisions françaises s'établirent à la droite, les divisions anglaises à la gauche en face du faubourg de Kerbelnaia, de sorte que la ville fut menacée simultanément par deux attaques. Les 1re et 2e divisions françaises, commandées par le général Bosquet, formèrent un corps destiné à protéger les opérations contre les entreprises d'une armée russe venant de l'intérieur de la Crimée. Le général Bosquet, occupant les positions qui dominent les vallées de Balaklava et de la Tchernaïa, touchait par sa gauche aux Anglais près d'Inkermann.

Balaklava se relie à Sébastopol par une gorge accidentée qui s'élargit aux environs de la première ville et se réunit à une gorge plus large située à l'est. Sur les sommets qui dominent ces défilés furent élevées des redoutes, dont on confia la garde à des détachements turcs et anglais.

L'artillerie et le génie employèrent les premiers jours d'octobre à reconnaître la place. Dans la matinée du 2, la 4e division française vint prendre position à trois mille mètres de la ville, appuyant sa gauche à la mer vers la petite baie de Strélitza et sa droite à trois mille deux cent mètres de là, à une grande maison dite la *Maison Blanche*.

L'armée anglaise opéra son mouvement de concentration vers la droite pour prendre ses positions définitives : elle appuya sa gauche, formée de la division England, au grand ravin de Sébastopol, qui sépare les deux attaques française et anglaise, et sa droite, formée par la division Lacy-Evans, aux escarpements d'Inkermann. Le centre se composait des divisions Cathcart et duc de Cambridge, ayant en avant d'elles la division légère George Brown, et en arrière les grands parcs de l'artillerie et du génie et un peu de cavalerie.

Une reconnaissance du corps d'observation envoyée le matin vit sur les hauteurs qui dominent la rade au nord cinq à six mille hommes environ de troupes russes escortant un convoi de voitures assez considérable qui sortait de la ville et prenait la route de Batchi-Séraï. Vers midi les grand'gardes signalèrent l'approche de troupes ennemies : c'était cette même escorte qui rentrait. Le général Bosquet fit placer, en les faisant soutenir, deux cents zouaves sur la dernière crête qui domine le défilé et les ponts d'Inkermann.

Surprise par le feu de ces zouaves au moment où elle s'engageait sur ces ponts, la tête de colonne des Russes recula rapidement hors de portée. Comme en avançant davantage, on s'exposait aux feux croisés de la place, des chaloupes canonnières et du canon de la colonne russe, les zouaves restèrent embusqués. Cette position devant être occupée par les Anglais, les zouaves furent retirés dans la soirée. La colonne russe, qui n'avait osé avancer de jour, profita de la nuit pour rentrer dans la place.

Pendant la nuit du 2 au 3 les Cosaques firent prisonnier un officier d'ordonnance du général Bosquet, le capitaine du Val de Dampierre. Il avait dîné à bord de la flotte et revenait à cheval accompagné du docteur Mauret et d'un chasseur. Ils avaient douze kilomètres à parcourir pour rejoindre le camp. Ayant appuyé trop à gauche, ils se jetèrent dans une avant-garde russe. Entourés et sommés de se rendre, ils réussirent à se dégager et partirent au galop ; mais le capitaine Dampierre eut son cheval tué sous lui et resta entre les mains des Cosaques. Ayant demandé à être mis en présence d'un officier général russe, il le pria de vouloir bien faire dire aux avant-postes français qu'il était prisonnier, mais sans blessure, afin de rassurer sa famille et ses amis. L'officier général russe, avec une courtoisie que nous aimons à proclamer, justement parce qu'elle honore un de nos ennemis, répondit à M. de Dampierre qu'il avait pleine et entière confiance dans la loyauté des officiers français et qu'il n'hésitait pas à lui donner la permission d'aller lui-même donner de ses nouvelles à ses amis, à la condition qu'il s'engagerait à revenir immédiatement.

M. de Dampierre accepta avec reconnaissance cette faveur, et, peu d'heures après, il revenait dans les lignes des avant-postes russes dégager sa parole et reprendre sa captivité.

CHAPITRE XLVIII.

Débarquement de gabions. — Ordre pour le commencement des opérations du siège. — Emploi des marins. — Opérations du 4 octobre. — Rapport d'un déserteur polonais. — Évasion d'un zouave prisonnier des Russes.

Dans la journée du 3 octobre, les trois derniers escadrons du 1er régiment de chasseurs d'Afrique arrivèrent de Varna. De grandes corvées armées, des quatre divisions françaises et de la division turque, transportèrent trois mille cinq cents gabions de la baie de débarquement au parc du génie, et un ordre fut publié pour le commencement des opérations du siège.

« La tranchée sera ouverte ce soir devant Sébastopol. Un corps de piocheurs composé de... fourni par... sera dirigé au dépôt du génie à... heures. Là, il trouvera des pioches et des instructions, des officiers et soldats du génie qui le conduiront à l'ouvrage : les soldats de ce corps seront sans armes et sans fourniment. La garde chargée de défendre les travailleurs et la tranchée sera composée de... fournis par... elle se mettra sous les armes au camp, sera conduite à son poste et recevra des instructions des officiers d'état-major. Tous les mouvements seront autant que possible dissimulés à la place.

» Lorsqu'ils partiront du point de réunion, une fois la nuit venue, les soldats garderont le silence le plus absolu, et feront le moins de bruit possible. Les ouvriers seront placés par les officiers du génie, mais ils ne commenceront qu'au signal donné, et pousseront les travaux avec la plus grande énergie.

» Les officiers du génie seront chargés des dispositions, mais ceux des corps seront responsables du maintien de l'ordre et de l'exécution des instructions données par le génie et de la somme du travail exécuté. Le succès et la promptitude des opérations dépendront de l'activité et de la conduite régulière des travailleurs. Ceux-ci ne quitteront pas l'ouvrage sur de petites alarmes. Si l'ennemi fait une sortie, la garde de la tranchée ira à sa rencontre et le refoulera, s'il est possible, avant qu'il soit arrivé jusqu'aux travaux. Si les travailleurs sont obligés de se retirer, ils emporteront leurs outils et se réuniront ur les derrières pour reprendre l'ouvrage aussitôt que la sortie aura été repoussée.

» La garde sera placée derrière les travailleurs, le plus près d'eux qu'il sera possible, à l'abri du feu de la place, si faire se peut. Sinon elle sera couchée en ordre de bataille avec armes et fourniment : une partie, un tiers au moins, veillera toute la nuit et sera relevée, toujours prête à marcher à l'ennemi.

» Une sortie peut pénétrer en peu de temps jusqu'aux travaux, et c'est pourquoi la garde doit se tenir prête à attaquer immédiatement et sans hésitation; il n'y a rien de si facile à battre qu'une sortie, lorsqu'on la charge à l'instant.

» Aussitôt qu'une sortie aura été repoussée, la garde de la tranchée rentrera à l'abri le plus tôt possible et reprendra sa position.

» Les corps des travailleurs et les gardes seront composés de régiments entiers et non de détachements pris dans les différents corps. »

Les reconnaissances et le feu ouvert sur elles ayant démontré que la place avait un armement considérable, composé de pièces de très-fort calibre et de grande portée, il fut décidé que l'escadre débarquerait, pour prendre part aux opérations du siège; trente bouches à feu, dont vingt canons de 30 et dix obusiers de 22 c., ainsi que trente péséens d'artillerie de marine. Mille marins devaient être mis à terre avec ces pièces, cinq cents marins pour les servir et cinq cents pour les soutenir. M. le capitaine de vaisseau Rigaud de Genouilly, de la *Ville de Paris*, en prit le commandement.

« Il faut, dit un correspondant du *Moniteur* de la flotte, avoir vu nos marins descendre à terre pour se faire une juste idée de la joie qu'ils ont éprouvée de participer de cette nouvelle manière aux nobles travaux de l'armée de terre. La flotte en masse aurait d'ailleurs voulu débarquer pour *briquer à blanc* les Russes, comme disent nos matelots. Aussi, quand ils ont appris la proportion à fournir par chaque bâtiment, personne d'entre eux ne se trouvait assez bien loti, pour arriver à une répartition équitable, on a été obligé de tirer au sort; et les *heureux* témoignaient par mille démonstrations et mille plaisanteries une satisfaction non équivoque.

» C'était vraiment un charmant coup d'œil que la mise à terre, à Kamiesch, de cette petite troupe d'élite, la tenue générale était admirable. Les marins des pièces portaient le sabre et le pistolet; les péséens et les marins fusiliers, leurs chères carabines à tige. Chaque homme avait au dos son petit sac et sa couverture de laine roulée autour du corps, en écharpe. Les derniers rangs de chaque peloton portaient, en outre, les chaudières, gamelles, bidons, etc. Enfin suivaient les objets de campement, composés des tentes de nuit, des embarcations et des bonnettes de perroquet. Puis il fallait voir avec quel joyeux entrain nos marins s'attelaient aux traîneaux, fournis par chaque vaisseau et destinés à transporter les lourdes pièces de 30 et de 0. Cet équipage pittoresque est en effet le seul moyen de faire voyager à terre des pièces dont les affûts, à très-petites roues, sont exclusivement propres au service du bord.

» Tout cela, personnel et matériel, s'arrimait dans le meilleur ordre, et avait une physionomie à part d'entente et de *confortable* militaires. Un des traits distinctifs de notre organisation maritime et de l'instinct du matelot est effectivement que chaque homme soit prêt à tout, propre à tout, et sache, comme on le dit en marine, *se débrouiller*, c'est-à-dire faire face aux nécessités même les plus imprévues, avec les ressources ordinaires du bord. »

Les flottes eurent mission de garder la côte, depuis les bouches du Danube et Odessa jusqu'à Kertch, en contournant la presqu'île, et le maintenir strictement ce blocus, malgré les variations de vents qui commençaient à rendre la navigation très-difficile. L'escadre turque, sous les ordres d'Ahmet-Pacha, surveillait, à la date du 3, la rade de Sébastopol et s'étendait jusqu'à la baie de Katcha.

Le 4 octobre la 3e division française approcha de la place; elle appuya sa gauche à la Maison Blanche, sur la droite de la 4e division, et sa droite à la maison dite *de l'Observatoire*, au grand ravin de Sébastopol, faisant ainsi face au nord et à la ville, et reliant nos attaques à la gauche des attaques anglaises. En arrière du centre de cette division était placé le grand parc du génie; derrière la droite, le grand parc de l'artillerie. Le grand quartier général fut porté derrière ces deux grands parcs, dans une situation intermédiaire entre le corps de siège et le corps d'observation.

Le corps d'observation commença, sur son front, dominant les vallées de la Tchernaïa et de Balaklava, des travaux de fortification de campagne destinés à former une suite d'ouvrages de circonvallation.

Pendant la journée, un officier polonais déserta les rangs de l'ennemi. Il donna aux alliés d'utiles renseignements sur le nombre et la disposition des troupes, et sur la nature des fortifications de la ville, du côté qui faisait face aux Français, mais il ignorait la force des points devant lesquels se trouvaient les Anglais. Il dit que l'ennemi ne doutait pas que nous ne puissions la place, mais qu'il était résolu à vendre cher le moindre poste; que les Russes combattraient jusqu'au dernier homme. Quant aux Polonais qui servaient forcément la Russie, il assura qu'ils n'attendaient que le moment favorable pour déserter; qu'on avait si peu de confiance en leur attachement

que l'autorité les surveillait avec la plus grande anxiété et ne permettait pas que plusieurs soldats polonais s'entretinssent ensemble dans les rues.

Un zouave, qui avait été fait prisonnier en maraudant, s'échappa de Sébastopol. Il raconta que soixante Français ou Anglais, ses compagnons de captivité, avaient refusé de travailler aux fortifications de la place, et qu'ils avaient été évacués dans l'intérieur de la Crimée. Pour lui, il s'était laissé conduire à l'atelier, s'y était caché, et avait pu franchir l'enceinte à la faveur des ténèbres.

Dans la nuit du 4 au 5 un escadron de lanciers sortit de la place et essaya de surprendre un poste de zouaves; mais les Russes furent repoussés après un engagement où deux des nôtres perdirent la vie.

Le 5 octobre fut une journée d'activité; l'artillerie et le génie continuèrent leur débarquement et leurs préparatifs. Les officiers du génie et les compagnies de cette arme attachés au corps de siège et d'observation, vinrent s'établir au parc du génie, laissant une section avec le général Bosquet pour l'établissement des ouvrages de circonvallation. Le 5e bataillon de chasseurs à pied et deux bataillons de la 3e division commandés par le général d'Aurelle, poussèrent une reconnaissance du côté ouest de la place, sous la direction du général du génie Bizot, et accomplirent heureusement leur mission, malgré le feu qui les assaillit. Quatre hommes seulement furent blessés par des éclats d'obus, avant le départ, au lieu de rassemblement, à trois mille mètres des ouvrages.

La nature rocheuse du terrain offrait de sérieux obstacles aux travaux de sape et à la construction des batteries; sur certains points il fallait remonter du fond de ravins escarpés les terres destinées à l'établissement des retranchements; mais les soldats des trois armées rivalisaient de patience et d'énergie.

De leur côté les assiégés s'occupaient constamment de réparer leurs embrasures, de débarquer le gros canon de leur marine, ou d'élever de nouvelles redoutes. Les habitants avaient été mis en réquisition pour ces travaux, et l'on parvint avec des lunettes à distinguer même des dames, en robe de soie et en spencer de velours noir, qui stimulaient sans doute le zèle des travailleurs. Déjà à la bataille d'Alma, on avait remarqué de ces héroïnes, venues pour assister à la défaite des alliés, et qui avaient été obligées de s'enfuir en abandonnant les robes et les chapeaux d'amazone qui les gênaient dans leur retraite précipitée. Une d'elles, dans l'après-midi du 5, vers trois heures et demie, se présenta au camp français, accompagnée d'un vieillard : elle venait réclamer deux compagnies pour protéger son château et ses parcs.

A la même heure la générale se fit entendre; les Russes tentèrent une sortie jusqu'à un kilomètre de la place, à la gauche de la 4e division, et vinrent mettre le feu à une maison située près de la mer, au point culminant qui séparait Sébastopol du camp de cette division. Il ne fut pas possible d'éteindre l'incendie, mais le détachement qui l'avait allumé se retira à la première démonstration de nos troupes.

Le 9, nouvelle sortie. « Ce jour-là, dit un officier, j'étais de grand'-garde avec mon bataillon à environ mille mètres de la place. Les Russes s'avançaient en bon ordre, leurs tirailleurs en avant; nous autres, abrités derrière des murailles en terre, ou des plis de terrain, nous tenant immobiles à genoux ou couchés.

» Lorsque les tirailleurs des deux lignes furent à deux cents mètres, ils commencèrent le feu, qui fut bien soutenu tout d'abord par les Russes. Mais ce n'est pas un vain proverbe de parler de l'impétuosité française. Au bout de dix minutes le général Canrobert, qui venait d'arriver, nous commande en avant. Aussitôt nos tirailleurs s'élancent en avant, de pierre en pierre, en continuant le coup de feu; nos bataillons déployés se lèvent comme un seul homme, et marchent à la baïonnette; le feu de la place, celui des troupes de sortie, rien ne les ébranle; il a fallu, comme à l'Alma, que ce soient les Russes qui tournent la tête.

» Nos tirailleurs de Vincennes ont poursuivi les Russes jusqu'à trois cents mètres sous le feu de la place.

» Nos soldats sont dans l'impatience de voir le feu commencer. Toutes les journées et même les nuits ils reçoivent des obus et des boulets russes sans pouvoir répondre. Heureusement qu'ils ne nous ont pas fait grand mal jusqu'à présent, si ce n'est cependant cette nuit. Mon bataillon a eu une vingtaine d'hommes de blessés et un de tué, par suite d'éclats de pierre en grande partie lancés par des boulets. »

CHAPITRE XLIX.

Ouverture de la tranchée. — Mouvement des flottes. — Le navire autrichien. — Batterie nouvelle établie par la marine. — Sortie du 12 octobre. — Lettre d'un soldat de la 41e division. — La pluie de boulets. — Lettre d'un marin de la flotte française. — Le singe vert. — Lettre d'un jeune officier. — Les Anglais. — Portrait d'un officier. — Ordre du jour de lord Raglan. — Négligence du corps médical anglais. — 25,600 bombes et boulets par jour.

La tranchée fut ouverte dans la nuit du 9 au 10 octobre, sur un développement d'environ mille mètres, sans que les Russes s'opposassent à un travail dont la préparation n'avait pu leur être entièrement dérobée. A la vérité, il fut favorisé par les ténèbres et par un vent violent du nord-est. Au point du jour on avait ouvert neuf cent trente-six mètres de boyaux à une profondeur suffisante pour que les hommes fussent à couvert.

Le 10 au matin le génie élargit, approfondit et perfectionna les parallèles et les boyaux de communication, et l'artillerie, secondée par la marine, commença à élever cinq batteries qui devaient être armées de vingt-neuf canons, dix mortiers et dix obusiers. Quoique les flottes eussent fourni bon nombre de matelots qui avaient accepté avec enthousiasme le service de terre, elles ne restaient pas dans l'inaction. La division de vaisseaux à hélice et de bâtiments à vapeur qui avait débarqué le matériel de siége croisait au sud-est de Sébastopol sous le commandement du vice-amiral Bruat. Le Napoléon, la Pomone, l'Ulloa et la Mégère exploraient la côte entre Balaklava et la baie de Yalta, de concert avec une division anglaise. Le gros des escadres anglaise et française, et cinq vaisseaux à voiles, dont l'un portait le vice-amiral Hamelin, stationnait à la hauteur de la Katcha.

nit en outre le personnel destiné à manœuvrer les pièces, à raison de 14 hommes par canon de 30 et 14 hommes par obusier; plus un détachement de marins-fusiliers composé de 40 hommes pour les vaisseaux à trois ponts et de 30 hommes pour les vaisseaux à deux ponts. La nouvelle batterie fut, comme les premières, placée sous les ordres du capitaine de vaisseau Rigault de Genouilly, secondé par les capitaines de frégate Lescure et Méquet pour l'artillerie, et Pichon pour les compagnies de débarquement. Le contingent mis à terre par la marine française se trouvait ainsi porté à 1,500 hommes et 40 bouches à feu.

Les parallèles étaient développées, les communications établies entre les tranchées, les parapets solides, et l'on avait eu soin de ménager des gradins et des créneaux pour la fusillade. Il s'agissait de charroyer les pièces de siége jusqu'à leur emplacement et de les mettre en batterie devant les embrasures. Ce travail d'art et de force ne s'accomplit point sans opposition. Le 12, à une heure du matin, la garnison de Sébastopol fit une sortie. Toutes les troupes prirent les

Explosion d'une bombe à bord de *la Ville de Paris*.

Cinq vaisseaux à voiles et dix frégates ou corvettes à vapeur, sous la direction du contre-amiral Lugeol étaient chargés d'aller prendre les renforts à Varna et à Bourgas, et de les ramener à Balaklava. Une frégate anglaise, deux vaisseaux turcs et le vaisseau *l'Iéna*, capitaine Rapatel, mouillaient dans la baie d'Eupatoria, afin d'assurer l'approvisionnement de la flotte en vivres frais.

Dans l'après-midi du 11 octobre, un bâtiment autrichien chargé de fourrages pour l'administration militaire française fut poussé par le vent à portée des batteries de la place, et accueilli par une grêle de projectiles. Au deuxième coup de canon l'équipage se sauva dans le canot, et le navire abandonné vint s'échouer en arrière de la gauche de la 4e division. La marine le renfloua pendant la nuit, sous la protection d'un bataillon du 74e de ligne.

A la suite d'une reconnaissance poussée jusqu'aux batteries de mer de Sébastopol, le vice-amiral Hamelin avait suggéré au général Canrobert l'idée d'établir sur l'emplacement d'un ancien fort génois une batterie nouvelle qui, bien que tirant à longue distance, pouvait contre-battre utilement les batteries russes de la Quarantaine. L'opération commença le 12 octobre. Les vaisseaux *la Ville de Paris*, le *Henri IV* et le *Bayard* fournirent quatre canons de 50, et l'*Alger* et la *Ville de Marseille* six obusiers de 80; le *Suffren*, le *Marengo* et la *Pomone* débarquèrent cinquante marins fusiliers. Chaque vaisseau four-

armes: on crut d'abord à une attaque générale; mais l'ennemi voyant qu'on était prêt à le recevoir, se replia sous la protection de ses canons. Les généraux français et anglais se hâtèrent de faire prendre des positions sûres aux troupes, persuadés que la rentrée des assiégés serait suivie d'une canonnade. Ils avaient deviné juste; à peine les alliés s'étaient-ils mis à l'abri du feu que les boulets et les bombes sillonnèrent l'air dans toutes les directions avec un fracas qui faisait trembler la terre. Cette formidable canonnade ne produisit toutefois que peu d'effet. Un soldat de la 4e division écrivait, à la date du 12:

« Les Russes lancent sur nous des boulets et des obus; il nous en pleut de tous côtés plus de cinq cents à l'heure. Nous sommes blottis dans des trous de taupe que nous creusons avec notre sabre et nos doigts, et les boulets ne nous atteignent pas trop. La tranchée sera terminée ce soir ou demain, et nous apprendrons à ces Cosaques de quelle supériorité est notre artillerie à la leur.

» Nous attendons les Russes par derrière, aussi deux divisions françaises et anglaises sont-elles prêtes à leur répondre; tandis que nous, la 4e, nous devons prendre Sébastopol.

» Nous sommes si près des Russes que nous entendons leurs cloches, leurs prières, nous les voyons se mettre à genoux à cinq heures du soir, nous entendons rappeler le tambour, faire les commandements, etc. »

Un marin de la flotte française mandait au *Sémaphore* de Marseille :
« Je suis allé aujourd'hui me promener dans la tranchée. Les obus sifflaient à deux ou trois mètres au-dessus de nos têtes. Nos camarades avec nos matelots débarqués établissent eux-mêmes une imposante artillerie de trente pièces de canon de gros calibre; cinquante-deux pièces de vingt-quatre, servies par l'armée, font suite aux nôtres. Nous allons encore débarquer dix pièces de cinquante, servies aussi par nos matelots.

» Nous entrerons ainsi largement, nous marins, dans les travaux de tranchée et des batteries de siége. Notre tranchée est creusée à sept cents mètres de la place. Les Anglais poussent activement leurs travaux de l'autre côté de la ville. Samedi 15, nous battrons les murailles à sept cents mètres avec plus de cent quarante canons de siége.

» Les Russes tirent jour et nuit sur nos travailleurs avec des pièces énormes. Une bombe qui est venue éclater à cent cinquante mètres du lieu où je me trouvais a projeté un de ses éclats à vingt pas de moi. Je l'ai ramassé, j'en ferai faire un presse-papier.

cette bonne ville, objet de notre convoitise, se divertit chaque jour par un nouvel exercice sur notre tête. Tantôt c'est le canon à longue portée dont les coups viennent nous atteindre à la distance fabuleuse de près d'une lieue (quatre kilomètres); tantôt ce sont des obus simples incendiaires ou des obus à balles dont les éclats sont si meurtriers; enfin, depuis ce matin, ce sont des bombes de la plus forte espèce, dont ils varient leurs envois, soit au loin vers nos camps, soit plus près de nos travailleurs. Malgré ces mille messagers de mort qui traversent l'espace et obscurcissent le soleil, tant il est vrai qu'on se fait à tout, chacun dort tranquille sous sa tente quand il en a le temps : chacun travaille sans inquiétude et sans souci du présent, comme il le ferait au fond de son cabinet en France. Il ne faut pas croire toutefois que depuis ces douze jours nous soyons là sans rien faire. Le 10 au soir le vent avait complétement tourné au nord déjà depuis plus de vingt-quatre heures, et il faisait un froid à craindre la neige; c'est ce soir-là que nous avons ouvert notre première tranchée, dans laquelle se trouvent les pre-

Une batterie française.

» Les Russes ont un mât fort élevé avec une vedette que nos tirailleurs appellent le *Singe vert*. De là la vue plonge dans les tranchées, et elle indique les endroits où ils doivent tirer. Heureusement il est bien difficile d'envoyer un obus éclater dans une tranchée bien défendue. Il n'y a guère eu qu'une vingtaine de tués, et encore y a-t-il eu peut-être un peu d'imprudence de leur part.

» Du reste, les travaux, qui avancent peu le jour, marchent rondement la nuit. Le tir devient beaucoup plus incertain dans l'obscurité, et dès lors la pioche devient aussi plus active. Les Russes ont pourtant pris des points de repère. Pendant le jour ils mettent un fanal à ces points-là et visent sur ces fanaux, ce qui les porte à peu près en direction.

» De notre côté la nuit nous aide. Nos canots, avec les avirons garnis d'étoupe, sondent tous les passages. Cette nuit le vaisseau l'*Alger* va passer sous tous les forts extérieurs et ira mouiller dans l'intérieur du bassin de la Quarantaine pour détruire une batterie russe élevée en quarante-huit heures et qui, depuis midi, tire en écharpe sur les tranchées. »

Une autre lettre écrite par un jeune officier de l'armée française, peint en ces termes la situation :

« Voici douze grands jours que nous regardons Sébastopol sous toutes les faces sans lui avoir tiré un seul coup de canon, tandis que

mières batteries. Grâce au vent, la place n'entendit pas le bruit de nos pioches; grâce au froid, les pioches travaillèrent dur : et au jour la première tranchée était terminée, au grand ébahissement des Russes, qui se mirent à leurs pièces de toutes leurs forces sans trop de résultat. En ce moment nous construisons nos batteries un peu à couvert de cette tranchée et malgré le feu varié de la place; nous espérons avoir terminé notre première œuvre pour le 15, dimanche matin au point du jour.

» Encore deux jours et deux nuits, donc, et nous célébrerons le dimanche, à notre tour, au son d'une musique nouvelle pour eux, et qui sans doute ne leur sera pas très-agréable. Ce pauvre petit armement ne sera que de quarante-cinq pièces seulement, dont vingt et une de la marine à grande portée (canons de trente et obusiers dits Paixhans de quatre-vingts), dix mortiers à bombes plus ou moins incendiaires de vingt-sept centimètres, et enfin quatorze canons de vingt-quatre ou obusiers de vingt-deux centimètres.

» Pourvu que les Anglais, qui commencent à bien travailler, puissent en avoir autant à leur disposition pour le même jour!

» Nous sommes tous en très-bonne santé. Il est vrai que ce vent glacial qui présidait à nos premiers travaux n'a duré que trois jours et que le soleil nous est rendu plus beau que jamais. Décidément l'automne est des plus beaux en Crimée. »

Les Anglais ne partageaient pas cette opinion, et le climat ne leur était pas aussi favorable. Dans toutes les lettres qu'ont publiées leurs journaux, ils se plaignent des variations de la température, qui augmentent les fâcheux effets des fatigues, des veilles et des préoccupations continuelles. « Tous nos soldats ont maigri, mande un correspondant du *Morning Herald* : la poussière et la sueur accumulées depuis longtemps leur donnent un air hagard. Leurs habits, qu'ils n'ont pas ôtés depuis des semaines, seraient rebelles à la brosse. Comment se laver quand on a à peine de l'eau pour boire? L'aspect des brillants officiers de la ligne et de la garde est loin de ressembler à celui sous lequel on les voyait naguère : et si ce n'était très-sérieux, ce serait assez grotesque. Débarqués avec seulement ce qu'ils pouvaient porter, ils n'ont pas quitté leurs uniformes depuis trois semaines; ils ont marché, combattu, couché avec. Naturellement le rouge a perdu sa vivacité et l'or son lustre. Un shako terni ou déchiré, un châle rouge roulé autour de la poitrine, et extrêmement utile, malgré tous les ordres du jour, un sac contenant la ration, du biscuit, et, quand on peut, des friandises, comme des œufs, du miel, de la volaille, et quelquefois, quand on a fait une expédition heureuse, une oie vivante à la main suspendue par les pattes, voilà le spectacle que présente l'officier anglais. »

Le correspondant du *Morning Post* écrivait, à la date du 13, que sur trois mille hommes qui composaient la brigade des gardes, il n'en restait que dix-sept cents sous les armes; et que sur quarante officiers, quatorze seulement étaient en état de service. Il faut dire aussi que les docteurs anglais négligeaient un peu leurs devoirs, comme l'atteste officiellement cet ordre du jour du commandant en chef :

« Camp devant Sébastopol, le 11 octobre 1854.

» Le commandant en chef a le regret d'être obligé de blâmer fortement la conduite du corps médical dans une circonstance dont il a été personnellement témoin hier. Les malades étaient envoyés à Balaklava sous la surveillance d'un médecin de la division à laquelle ils appartenaient; à leur arrivée, ils n'ont trouvé rien de prêt pour les recevoir.

» Le commandant en chef sait que l'inspecteur général en second des hôpitaux, le docteur Dumbreck, avait donné des ordres verbaux au médecin d'état-major à Balaklava, mais cet officier a négligé de transmettre l'ordre à son chef, et il en est résulté que les malades, dont plusieurs souffraient extrêmement, sont restés plusieurs heures dans les rues, exposés au mauvais temps. Le nom de l'officier qui a commis cet acte de négligence est connu du commandant en chef. Il ne le publiera pas cette fois, mais il l'engage à être plus soigneux à l'avenir des ordres écrits à l'officier responsable. Lorsqu'un convoi de malades sera envoyé au camp, soit à l'hôpital, soit à bord des navires, il sera accompagné non-seulement par un médecin, mais par un lieutenant-quartier-maître de la division, qui précédera le convoi et prendra des mesures pour que les blessés confiés à sa charge soient convenablement reçus,

» *Signé* RAGLAN. »

Malgré leurs souffrances, qu'ils exagérèrent, parce qu'elles étaient en opposition complète avec leurs habitudes de comfortable, les Anglais avançaient dans la construction de leurs batteries. Un d'eux écrivait au *Times*, le 13 octobre :

« D'après les calculs qui ont été faits, on pense que les batteries anglaises et françaises pourront jeter vingt-cinq mille six cents bombes et boulets par jour contre la place en tirant un coup toutes les dix minutes. Nous avons ouvert mille cinq cents yards de tranchée, dont la plus grande partie est en état de recevoir les gros canons. Les Français en ont fait un peu plus, mille six cents mètres, et ils sont plus près que nous; mais le débarquement de leurs canons n'est pas terminé. On a amené de Balaklava et établi dans un parc de réserve une quantité énorme de poudre, de boulets et de bombes. Mais il y a bien des canons dont nous n'avons pas l'emploi, et un grand nombre de grosses pièces avec leurs munitions restent dans les magasins sur la route. Les matelots ont rendu de grands services dans ces pénibles travaux. Tout ce qu'on peut leur reprocher, c'est d'être trop énergiques. Ils brisent les voitures et y entassent des munitions jusqu'à ce qu'elles se rompent, parce qu'ils ne comprennent pas que le navire appareille avant d'être chargé. Des tas de boulets attestent sur la route les désastres de ce genre. Mais la bonne humeur des matelots est inépuisable. Il faut les voir amener un canon au camp. Vous les entendez à distance derrière quelque colline : à mesure que vous approchez, vous reconnaissez le son du violon et du fifre. Un nuage de poussière vous indique où est le canon monstre, et ceux qui le traînent en marquant la mesure et en jurant, tout essoufflés, pendant que l'officier qui les commande les invite à se modérer. L'étonnement des Tartares en les voyant passer est amusant au plus haut point. Mais qu'on soit Turc, Tartare, Russe ou Grec, le matelot n'y prend pas garde et salue tout le monde du même salut : *Bono Johnny!* Sir John Burgoyne a marqué l'emplacement des batteries destinées à tirer contre les navires. Elles seront garnies de canons de huit et dix pouces à mille neuf cents yards environ des vais-

seaux. Le feu des Russes s'est ralenti la nuit passée et n'est pas encore bien vif au moment où j'écris. »

CHAPITRE L.

Journée du 17 octobre.

Enfin, le 10 octobre, septième jour de siége, les batteries étaient mises complétement en état de faire feu. Les deux généraux en chef inspectèrent les lignes, et décidèrent que le feu commencerait le lendemain matin, à six heures et demie, au signal de trois bombes tirées coup sur coup par la batterie n° 3.

Le général Canrobert enjoignit au corps de siége de prendre les armes dès l'ouverture du feu, à la cavalerie de se tenir prête à brider, et au corps d'observation de doubler ses grand'gardes et de se tenir en éveil. De son côté lord Raglan envoya ce mémorandum aux généraux de division anglais, au commandant en chef de l'artillerie et au commandant du génie.

« 16 octobre 1854.

» Le feu contre Sébastopol sera ouvert demain matin, vers six heures et demie, par les batteries françaises et anglaises, en coopération avec les escadres combinées. Toutefois le moment précis de l'ouverture du feu sera indiqué par la décharge successive de trois mortiers au centre des ouvrages de l'armée française.

» Les troupes de service resteront dans leurs camps respectifs, prêtes à marcher au premier ordre, sans havre-sacs, capotes ou couvertures. Les chevaux seront attachés aux batteries de campagne.

» Avec chaque division il y aura des détachements de sapeurs, composés de vingt hommes et un officier du génie, prêts à porter des pioches, sacs de poudre, outils, et tout le matériel nécessaire, etc.

» Chaque division aura aussi avec elle un détachement de vingt artilleurs avec des fusées et des pointes pour les canons. (Ces derniers ne devront servir que dans le cas où les troupes seraient forcées de se retirer d'une batterie.)

» Les dispositions pour rassembler les articles ci-dessus seront prises par l'officier du génie et l'officier d'artillerie. Les généraux de division prendront toutes les dispositions pour la prompte communication des troupes avec les munitions de réserve qui, toutefois, ne devront être placées sur les chevaux que lorsque l'ordre en sera donné.

» Avant d'ouvrir le feu, tous les piquets avancés, à l'exception des hommes choisis pour tirer dans les embrasures seront retirés, sous la direction de l'officier général de service, dans les tranchées; ils rentreront se mettre à couvert dans leurs camps respectifs.

» Les détachements de protection dans les tranchées seront tenus à la portée des batteries; ceux qui ne pourront pas être à couvert dans les tranchées seront placés sur les derrières ou sur les flancs, de manière à être toujours disponibles pour protéger les batteries tout en étant garantis contre le feu de l'ennemi. Ces détachements de protection seront mis en mouvement suivant que l'officier commandant le détachement pourra le juger à propos d'après le feu de l'ennemi.

» Lorsque toute la tranchée sera occupée par les canons, les détachements de protection devront être placés comme on l'a dit plus haut; étant eux-mêmes couverts dans le voisinage.

» Les détachements de travail resteront dans les tranchées, ou ils en seront retirés suivant que le croira nécessaire l'officier du génie.

» Comme il est probable que les batteries de campagne pourront être dans la nécessité de se mouvoir, le doyen des officiers d'artillerie de la division et l'officier commandant chaque batterie s'informeront des communications à leur droite et à leur gauche.

» La cavalerie, sous les ordres du lieutenant général comte de Lucan, et les troupes de toutes armes, sous les ordres du major général sir C. Campbell, anglaises et turques, disposées pour la défense de Balaklava, se tiendront prêtes à agir au premier ordre. La viande pour le dîner des hommes sera cuite d'aussi bonne heure que possible, demain matin, dans le cas où l'armée aurait à se porter en avant.

» En cas de marche en avant, le commandant des forces prie instamment les officiers généraux commandant les divisions et brigades, les officiers commandant les régiments et les officiers commandant les compagnies de faire comprendre à leurs hommes la grande nécessité de maintenir les rangs et de garder leur ordre.

» Le succès de toutes opérations qu'ils peuvent être appelés à entreprendre, leur honneur et leur sûreté individuelle dépendent de leur discipline complète et de leur disposition à repousser toute attaque ou à triompher de toute résistance qu'ils pourront rencontrer.

» Lord Raglan se trouvera dans les carrés; sur le front de la 3e division, sir Richard England. Le général Canrobert, à la Maison d'Eau, à la gauche de la ligne anglaise et à la gauche de la position française.

» RAGLAN. »

L'armée alliée avait reçu des renforts de Varna et de Gallipoli. Le général Levaillant était arrivé le 18 avec son état-major, et la division qu'il commandait, la 8e, fut placée près de la mer, à l'extrême gauche des divisions de siége, ayant la 4e division à droite. Un officier débarqué avec le général Levaillant écrivait le jour même : « Notre position a été établie de manière à être le plus possible à l'abri du feu de la place ; cependant douze à quinze boulets ou obus sont tombés auprès de nous sans atteindre personne. Un obus est tombé aux pieds du capitaine R..., qui l'a emporté sur son épaule. Chaque boulet ou obus est salué par un hourra joyeux de nos soldats. Des projectiles passent sur nos têtes de plein fouet... On vient de nous commander de tranchée pour cette nuit. »

Dans une conférence tenue le 15 à bord du *Mogador*, les amiraux des escadres alliées arrêtèrent les dispositions qu'ils prendraient pour seconder l'armée de terre. Une ligne imaginaire, tracée de l'est à l'ouest le long de l'entrée de Sébastopol, séparait en deux parties l'emplacement de l'attaque dévolue à chaque escadre. L'escadre française se chargeait de venir, sur les brisants du sud, s'établir à sept encablures environ contre les trois cent cinquante bouches à feu de la batterie de la Quarantaine, des deux batteries du fort Alexandre et de la batterie de l'Artillerie.

L'escadre anglaise avait à combattre sur la lisière des brisants du nord, à peu près à même distance, les cent trente canons de la batterie Constantine, de la batterie du Télégraphe et de la tour Maximilienne du nord.

L'amiral turc avec deux vaisseaux, les seuls qui lui restassent dans le moment, devait jeter l'ancre au nord des deux lignes françaises, c'est-à-dire dans une position intermédiaire entre les vaisseaux anglais et les vaisseaux français.

Le 17, à six heures et demie du matin, cent vingt-six pièces ouvrent simultanément leur feu, cinquante-trois du côté des Français et soixante-treize du côté des Anglais. La place, dont l'armement ne peut être évalué, suivant le général Canrobert, à moins de deux cent cinquante pièces, répond de toutes les batteries ayant des vues sur les deux attaques. Pendant trois heures le feu continue avec la même vivacité de part et d'autre sans qu'on puisse encore constater aucun résultat ; mais à neuf heures et demie une bombe tombant sur le magasin de la batterie n° 4 le crève et le fait sauter. Cette explosion désorganise la batterie, tue ou blesse une cinquantaine d'hommes. Le général Canrobert dit dans son rapport du 18 au ministre de la guerre, au sujet de cet incident : « Les choses étaient en bonne voie, lorsque l'explosion d'un magasin à poudre de batterie, qui malheureusement était considérable, a jeté quelque trouble dans notre attaque. Cette explosion a eu d'autant plus d'effet, que nos batteries étaient plus accumulées autour du point où elle s'est produite. L'ennemi en a profité pour multiplier ses feux, et, d'accord avec le général commandant l'artillerie, j'ai jugé que nous étions dans la nécessité de suspendre le nôtre pour faire nos réparations et compléter vers notre droite, par de nouvelles batteries qui se rapprocheront de celles de l'armée anglaise, le système de notre attaque.

» Ce retard est assurément fort regrettable, mais il faut s'y résigner ; et je prends toutes les dispositions nécessaires pour le rendre le plus court possible. »

Trois quarts d'heure après l'explosion du magasin, une caisse à gargousses saute dans la batterie n° 1 servie par la marine.

Le général en chef laisse le général commandant l'artillerie juge de l'opportunité de continuer le feu.

A dix heures et demie du matin, nos batteries, sur lesquelles se concentre le feu de l'ennemi, ne pouvant, réduites à trois, répondre sans désavantage au feu de la place, le général commandant l'artillerie donne l'ordre de cesser le feu ; celui des batteries ennemies se ralentit aussitôt : cependant à une heure vingt-cinq minutes une de leurs bombes fit sauter un nouveau magasin à poudre.

Les Anglais continuèrent le feu jusqu'au soir. Ils firent sauter le magasin à poudre d'une grande batterie russe dite de *redan*, et démontèrent les pièces qui garnissaient une tour carrée appelée la tour du Kourgane ou monticule Malatkoff ; mais le fâcheux accident arrivé le matin aux alliés paralysa leurs efforts, et ce furent les flottes qui eurent le rôle le plus actif dans le bombardement.

Les vaisseaux de l'escadre française étaient partagés en deux divisions, l'une mouillée devant la Katcha, sous les ordres du vice-amiral Hamelin, l'autre à l'ancre dans la baie de Kawiesch. Elles se réunirent lentement ; et comme il régnait un calme plat, on fut obligé de faire remorquer chaque vaisseau par un bateau à vapeur. Ainsi on attela la *Ville de Paris* au *Mogador*, le *Friedland* au *Vauban*, le *Bayard* au *Christophe Colomb*, etc. A onze heures cinquante minutes, le vice-amiral donna le signal : *Branle-bas de combat !* et celui de : *La France vous regarde !* Les matelots y répondirent par des acclamations qui retentirent au loin sur les flots, et les sept vaisseaux de la première ligne française s'avancèrent à sept encablures (1,400 mètres) de distance des batteries de la Quarantaine, du fort Alexandre, du fort Nicolas, armées de 317 bouches à feu. Le *Charlemagne*, grâce à sa vitesse supérieure, prit la tête, et supporta seul pendant une demi-heure le feu de toutes les batteries. Il fut suivi du *Montebello*, du *Friedland*, de la *Ville de Paris*, du *Henri IV*, du *Napoléon*, du *Mahmadré*, vaisseau de l'amiral turc Ahmed-Pacha, et de la bombarde *le Vautour*,

capitaine Causse, destiné à faire des essais de pièces à longue portée. Dans les intervalles de cette première ligne, un peu en arrière, vinrent se placer l'*Alger*, le *Jean Bart*, le *Marengo*, la *Ville de Marseille*, le *Suffren*, le *Bayard*, le *Jupiter* et le *Tshriflé* monté par l'amiral turc Hassan-Pacha.

A une heure, le vaisseau amiral donna le signal : *Commencez le bombardement !* et de terribles bordées furent dirigées contre toutes les fortifications du côté sud de la rade. L'air fut promptement obscurci d'épais nuages de fumée, que sillonnaient de rapides éclairs, et au milieu desquels grondaient comme des coups de foudre les détonations de l'artillerie.

L'attaque de l'escadre anglaise eut lieu simultanément du côté nord de la rade. Ses vaisseaux, comme ceux de la flotte française, étaient accouplés à des steamers. Le *Queen* au *Vesuvius*, *Vengeance* à *Highflyer*, *Albion* au *Firebrand*, *Britannia* au *Furious*, *London* au *Niger*, *Arethusa* au *Triton*, *Bellérophon* au *Cyclops*, *Rodney* au *Spiteful*, *Trafalgar* à *Retribution*. L'*Agamemnon*, le *sans Pareil*, le *Terrible*, le *Sampson* et la canonnière le *Sphynx* avaient été laissés en service détaché. L'escadre anglaise avait à battre le fort et la batterie Constantin, la batterie Wasp, la batterie du Télégraphe, qui leur opposaient cent quatre-vingt-quatre bouches à feu. L'action dura jusqu'à la nuit, et ce fut un spectacle magique que de voir un calme profond succéder au bruit terrible du combat, les étoiles scintiller dans un ciel sans nuages et se refléter dans une mer calme, sur laquelle filaient, comme d'autres étoiles errantes, les feux allumés aux grands mâts des vaisseaux.

On calcule que dans cette chaude affaire les flottes et les batteries échangèrent près de cent mille projectiles. Le vaisseau anglais l'*Albion* envoya seul 873 boulets et 925 bombes. Il reçut 93 boulets dans sa coque, ses mâts furent entièrement brisés, et il ne dut son salut qu'au dévouement du capitaine et de l'équipage du *Spiteful*.

Les Anglais eurent 44 hommes tués et 260 blessés. La perte de l'escadre française fut de 30 morts et de 180 blessés.

M. le vice-amiral Hamelin, dans son rapport au ministre de la marine, se tait modestement sur les dangers qu'il courut ; mais *la Ville de Paris*, qu'il montait, reçut 50 boulets dans sa muraille, dont 3 au-dessous de la flottaison ; 100 boulets dans le gréement et 3 boulets rouges qui allumèrent un incendie heureusement éteint presque aussitôt. Le vice-amiral Hamelin était sur le pont avec son état-major, à une heure trente-cinq minutes, lorsque deux boulets arrivèrent coup sur coup, et qu'une bombe éclatant dans la chambre du capitaine, fit sauter le pont de la dunette. Un officier d'ordonnance, M. Sommerville, fut coupé en deux et lancé à la mer ; les deux aides de camp de l'amiral furent blessés. L'un, M. Zédé, eut les deux jambes fracassées par des éclats de bois. L'amiral fut soulevé par l'explosion sur son banc de quart, mais il ne fut pas atteint, non plus que son fils aîné, Emmanuel, jeune enseigne à bord du *Primauguet*, qu'il avait appelé auprès de lui, et qui se montra digne de son père par son courage et son sang-froid.

Nous trouvons, sur les suites de la blessure de M. Zédé, des détails dans une lettre de son père, ancien préfet et membre du conseil de l'amirauté :

« Nous avons reçu de mon fils une lettre datée de Thérapia, le 28 octobre. A cette époque, onze jours après sa blessure, il avait encore ses deux jambes. C'est une sorte de garantie qu'il ne sera pas nécessaire de procéder à l'amputation. Si le travail de la blessure continue à être aussi favorable qu'il l'a été jusqu'à présent, ce que permet de supposer la force morale et physique du malade, nous avons tout lieu d'espérer.

» Le chirurgien-major de *la Ville de Paris*, qui a donné les premiers soins à mon cher enfant, et qui l'a accompagné à Constantinople, m'écrit qu'il répond de la jambe droite, et qu'il ne *désespère* pas de conserver la jambe gauche. Cette assertion d'un homme éminent est de nature à nous rassurer. »

A bord du *Montebello*, un enseigne eut les deux jambes brisées ; et un aspirant de marine, M. de la Bourdonnaye, eut la tête emportée par un boulet.

Au nombre des blessés du *Henri IV* se trouvait un aspirant de 1re classe, M. Michel, élève distingué de l'école préparatoire de M. Loriol, et sorti le premier de l'école navale de Brest en 1852. Ce jeune homme, descendu à terre sur sa demande, était attaché à une batterie de siége. Un boulet lui emporte une jambe, et il crie à ceux qui viennent le relever : Bah ! ce n'est rien, mes amis, vive la France !

Les rapports de lord Raglan portent les pertes des Anglais à cent hommes ; celle des Français fut du double, par suite des explosions. Dans la batterie voisine du magasin qui sauta, le capitaine Petitpied fut tué ; les lieutenants Bergère et Joubert furent blessés, et cinquante-sept hommes tués ou blessés.

Les Russes, animés par la présence du prince Menschikoff, qui était entré le matin dans la place, soutinrent énergiquement la lutte. On lit dans un article du *Times* reproduit par le *Moniteur* : « Il est impossible de ne pas rendre justice au courage, à la persévérance et à l'habileté de nos adversaires, qui jusqu'ici n'ont négligé aucun moyen de résistance, et paraissent se relever de chaque désastre avec de nouvelles forces. C'est à quoi l'on devait s'attendre, car nul ne doute du courage du soldat russe ou du loyal dévouement de ses officiers. Nous espérons seulement, pour le bonheur de l'humanité, que ces qualités n'iront pas jusqu'à un sauvage dédain de la vie, quand elles se trouvent désormais impuissantes à défendre la ville. » C'est rehausser la victoire que de juger aussi honorablement ses ennemis.

Dans leurs rapports, les Russes avouent une perte de cinq cents hommes. Le vice-amiral Nakimoff et le capitaine de vaisseau Yergomyscheff furent blessés. L'aide de camp général vice-amiral Korniloff, chef d'état-major de la flotte et des ports de la mer Noire, eut la jambe droite enlevée par un boulet, au moment où il quittait le péristyle du théâtre, sous lequel il venait d'écrire un ordre qu'il voulait remettre à un aide de camp : il expira au bout de quelques minutes. Il avait reçu la veille, par un envoyé de Saint-Pétersbourg, une lettre du czar, qui lui recommandait de se ménager autant que possible. Nicolas écrivit à la veuve :

« Elisabeth Vassilievna,

» La mort glorieuse de votre époux a privé notre flotte d'un de ses amiraux les plus distingués et moi d'un de mes collaborateurs les plus aimés que je destinais à continuer les habiles travaux de Michel Petrovitch Lazareff. Sympathisant profondément à la douleur de toute la flotte et à votre affliction, je ne saurais mieux honorer la mémoire du défunt qu'en répétant avec vénération ses dernières paroles. Il disait : « Je suis heureux de mourir pour la patrie. » La Russie n'oubliera point ces paroles, et vos enfants héritent d'un nom respecté dans les annales de la flotte russe.

» Je demeure à jamais votre affectionné,

» Signé Nicolas. »

Du côté de la terre, le feu des assiégeants fit sauter le magasin à poudre d'une grande batterie dite du redan, et démonta les pièces qui garnissaient une grosse tour ronde appelée la tour du Kourgane ou monticule Malakhoff. Les flottes endommagèrent les batteries Alexandre et de la Quarantaine, firent sauter une poudrière dans le fort Constantin, et allumèrent plusieurs incendies dans le faubourg de la Marine. Cependant il faut reconnaître que ni d'un côté ni de l'autre les dégâts ne répondirent à l'immensité des moyens de destruction.

Le lendemain de l'ouverture du feu, le général Canrobert adressa cette lettre à l'amiral Hamelin :

« Devant Sébastopol, le 18 octobre 1854.

« Mon cher amiral, en rentrant à mon bivouac, je m'empresse de vous adresser les remercîments de l'armée et le mien tout particulièrement, pour le vigoureux concours que vos vaisseaux lui ont prêté hier. Il ajoute à la dette que nous avons, d'ancienne date, contractée avec la flotte, et soyez sûr que, le cas échéant, tous s'empresseraient de l'acquitter.

» J'ai appris avec de vifs regrets que vous aviez perdu deux officiers de votre état-major, et qu'entre tous les vaisseaux qui ont fait des pertes, la Ville de Paris est celui qui a le plus souffert. C'est un honneur qui appartenait au vaisseau amiral, et je ne crains pas d'en féliciter vos officiers et votre équipage.

» Je ne terminerai pas cette lettre sans vous dire combien je suis satisfait de l'énergique conduite de vos marins à terre et de l'excellent esprit qui les anime.

» Recevez, etc. Signé Canrobert. »

CHAPITRE LI.

Du 18 au 25 octobre. — La 5e division. — Première tentative des Russes contre l'armée anglaise. — Canons Lancastre. — Progrès des Russes en artillerie. — Compagnies des francs-tireurs. — Tentative nocturne. — Le lieutenant Troësky. — Rapport du général Canrobert. — État sanitaire de l'armée. — Lettre d'un soldat. — Ordre du jour du 24 octobre.

Des renforts continuels d'hommes, de chevaux, de munitions de guerre et de bouche, ne cessaient d'être envoyés aux assiégeants tantôt de Constantinople ou des ports de la Moldo-Valachie, tantôt de France ou d'Angleterre. Le lendemain du bombardement l'arrivée du dernier bataillon du 1er régiment de la légion étrangère compléta la division Levaillant, qui fut attachée au corps de siége, et campée en seconde ligne derrière la 4e division. La 6e était ainsi composée :

1re brigade, général de la Motte-Rouge ; 21e de ligne, 42e de ligne ;
2e brigade, général Couston ; 5e léger, 40e de ligne ;
3e brigade, général Bazaine : 1er régiment de la légion étrangère, 2e régiment de la légion étrangère.

Par suite de cette adjonction, la 1re division vint s'établir sur deux lignes, à la droite de la cavalerie et du grand quartier général, dans une position intermédiaire entre le corps d'observation et le corps de siége.

L'artillerie française s'occupa, pendant la journée du 18 octobre, de remettre en état les batteries qui avaient souffert et de construire

sur un plateau, devant l'ouvrage russe appelé le bastion du Mât, le masque d'une batterie de douze pièces. En même temps l'artillerie anglaise battait la tour du monticule Malakhoff, dont les pièces avaient été remplacées pendant la nuit. Le ciel avait perdu sa sérénité ; un brouillard compacte entourait la ville et les camps ; un corps de cavalerie et deux bataillons d'infanterie russes tentèrent d'en profiter pour surprendre les avant-postes anglais ; lord Raglan, son état major et des détachements de la division Bosquet se portèrent à la rencontre de l'ennemi. Les Turcs préposés à la garde des redoutes qui dominaient la route de Balaklava lui envoyèrent quelques boulets, et il renonça à ses projets dès qu'il les vit déjoués.

Le 19 l'artillerie française fut en état de se joindre à celle des Anglais, et toutes deux engagèrent avec les Russes une canonnade qui dura depuis six heures du matin jusqu'à trois heures de l'après-midi ; les Français y perdirent deux jeunes capitaines d'artillerie, MM. Masset et Vassert ; ce dernier, indifférent au danger, fut surpris par la mort au milieu d'un éclat de rire, et sa figure inanimée conservait encore une douce empreinte d'hilarité.

Les batteries anglaises étaient à une grande distance de la place, mille et onze cents mètres ; mais elles rachetaient cet éloignement par la grosseur de leurs calibres. Leurs pièces dites Lancastre produisirent surtout beaucoup d'effet. Ces canons d'invention nouvelle sont aux bouches à feu ordinaires ce que les carabines cylindro-coniques sont au fusil de munition. Le boulet de ces nouvelles pièces pèse cent livres ; il est elliptique, et une hélice qui sillonne intérieurement l'âme du canon donne à son redoutable projectile une direction dans le sens du grand axe de l'ellipse : la portée atteint à quatre mille mètres.

Les Russes prodiguaient leurs munitions. On calculait qu'ils avaient, depuis l'ouverture du feu, brûlé 800,000 kilogrammes de poudre, et envoyé dans les tranchées 2,400,000 kilogrammes de fonte. La perte totale des alliés atteignant à peine le chiffre de huit cents hommes, chaque ennemi hors de combat coûtait à nos prodigues adversaires 1,000 kilogrammes de poudre et 4,000 kilogrammes de fonte. Ils commençaient toutefois à mieux régler leur tir : leurs boulets entraient souvent dans nos embrasures. Comme preuve de leur adresse de fraîche date, un officier cite ce fait : « Un boulet frappe une pièce à la volée ; on la change ; un second coup loge cette fois le projectile dans la gueule même du canon. Mais, étant trop gros, il n'y pénètre que d'un tiers et y reste. On l'a porté comme curiosité à la tente du général. »

On leur opposa deux compagnies de francs tireurs de cent cinquante hommes chacune, recrutées parmi les zouaves et les chasseurs de Vincennes. Dans la journée du 18 comme dans les suivantes, ils secondèrent puissamment les assiégeants en décimant les artilleurs russes. Ils creusaient des trous en avant des tranchées, s'y installaient, et y restaient en embuscade avec la patience d'un héros de Cooper. Dès qu'une tête, une épaule, un bras se montrait dans l'embrasure d'une redoute, c'était un but qu'ils manquaient rarement d'atteindre. Un seul chasseur tua neuf canonniers en un jour. « Ils en ont tellement descendu, écrivait quelques jours après un officier, que les Russes ferment maintenant leurs embrasures avec des sortes de portes à deux battants à l'épreuve de la balle. Mais il faut bien ouvrir la porte pour braquer la pièce et faire feu. Elle n'est pas cu-trebûlée que vingt balles y sifflent. Ces malheureux Russes étaient parfois saisis de désespoir... Ils soulevaient les affûts par derrière et lâchaient des bordées de mitraille à ces incommodes voisins qui ont réussi à éteindre toute la première ligne de leurs batteries. Je dis première ligne, parce que bien d'autres s'échelonnent en arrière. La face de la ville qui nous regarde est un plan incliné, et les batteries en terre montent comme on y a élevées en sont comme les gradins. »

Dans la nuit du 19 au 20, la première parallèle fut terminée.

Le 20, le génie français pousse ses travaux à la sape volante, sur la droite, jusqu'au ravin qui, descendant dans le port de Sébastopol, séparait nos lignes de celles des Anglais. Le canon de la place fut dirigé sur ces travaux de dix heures du matin à une heure, et de deux à trois heures de l'après-midi. Quelques trouées furent faites sur les points faibles de la parallèle, et un magasin à poudre fit explosion, sans blesser personne, dans la batterie no 2 dressée par la marine française.

Dans la nuit du 20 au 21, un détachement de volontaires déterminés sortit de Sébastopol. Les soldats de garde aux avant-postes, accablés de fatigue, étaient plongés dans une sorte de somnolence. Vers deux heures et demie du matin, une colonne ennemie de deux cents hommes, guidée par le lieutenant Troisky et le garde-marine prince Pontiatine, s'approcha de la batterie de marine située à l'extrême gauche de la première parallèle. Afin de mieux dissimuler leur marche, ils avaient retiré leurs chaussures. Soixante pénétrèrent dans la batterie, dont ils commencèrent à enclouer les mortiers et les canons ; mais le bruit du marteau attira l'attention du lieutenant d'artillerie Clarin, qui cria : Qui vive ? On lui répondit en français, avec l'accent le plus irréprochable : « Ne tirez pas, nous sommes Anglais ! » La supercherie ne pouvait abuser personne, et la garde de tranchée, les canonniers, la 1re compagnie de voltigeurs du 74e se levèrent pour recevoir les aventureux visiteurs.

Le prince Poutiatine et une douzaine de soldats se firent tuer sur les pièces qu'ils avaient enclouées; d'autres furent faits prisonniers, et le reste de la colonne battit précipitamment en retraite. Le lieutenant Troisky avait reçu sept coups de baïonnette, il respirait encore, et, pour rendre hommage à sa valeur, le général Canrobert envoya le lendemain demander de ses nouvelles, mais le blessé avait succombé.

Le 22 octobre, le général Canrobert annonça au ministre de la guerre que le siége avançait, malgré les difficultés qui résultaient de la nature du sol et du grand nombre des pièces d'artillerie de l'ennemi.

Une lettre écrite également le 22 octobre peint avec verve la vie du soldat occupé à protéger les travailleurs.

« ..... Nous avons toujours été et sommes encore en observation. Exempts ainsi des travaux de siége, nous ne sommes point exposés à nous faire tuer ou blesser; mais nous n'en avons pas moins un service assez pénible. On a d'abord fortifié notre position par des redoutes élevées de distance en distance, et reliées entre elles par un fossé assez profond pour qu'un homme puisse s'y cacher presque entièrement en faisant le coup de feu.

» Depuis quelques jours, un corps d'armée russe, dont la force est évaluée à vingt mille hommes, mais presque tout en cavalerie, se tient du côté du nord de la ville, le seul qui ne soit pas complétement investi. Il campe généralement à la Belbeck, tantôt à droite, tantôt à gauche. Dès qu'il s'approche de nos avant-postes, crac! on nous fait prendre les armes; puis, au bout d'une demi-heure, quand on sait qu'il n'y a plus rien à craindre, on nous renvoie dans nos tentes. Cela n'arrive pas toutes les nuits, mais, en revanche, cela nous est arrivé deux fois dans la même nuit.

» Ce voisinage importun a fait établir un service d'embuscade exclusivement fait par les zouaves et les chasseurs à pied. Tous les soirs à six heures quatre compagnies vont s'embusquer dans un ravin, qui paraît être le seul point par lequel les Russes pourraient tenter une surprise nocturne. On reste là jusqu'au lendemain matin, et vous comprenez facilement que l'on y dort peu. Le tiers des hommes doit rester debout pendant que les autres se reposent; mais chacun est trop intéressé à veiller ou tout au moins à écouter, pour que l'on puisse s'endormir : d'autant plus que l'on n'a que son capuchon pour se garantir de l'humidité de la nuit. Nous attrapons ce fourbi-là une nuit sur cinq.

» Dans tout cela, ce qui m'ennuie le plus, c'est que nous sommes obligés de rester continuellement habillés, jour et nuit. Le peu de temps dont on peut disposer et l'éloignement de l'eau nous empêchent de laver les chemises aussi souvent qu'on le voudrait.

» Campés à près de deux lieues de la ville, nous ne pouvons suivre les travaux du siége. Les nouvelles qui nous arrivent sont presque toujours démenties au bout d'une heure ou deux. La canonnade a commencé le 17. Elle continue encore aujourd'hui 22. Voilà donc six jours que l'on bat en brèche cette ville, que certaine dépêche télégraphique nous avait fait prendre avant que nous y soyons arrivés. En somme, il paraît que l'on a gagné du terrain. Les forts sont démolis ou à peu près, mais l'ennemi avait établi, avant notre arrivée, des batteries casematées dont on a, il paraît, bien de la peine à venir à bout. La canonnade commence le matin au jour et ne cesse qu'à la nuit. Pendant l'obscurité, on se contente d'envoyer de temps en temps des bombes sur la ville. Les Russes font des sorties pour tâcher de venir enclouer nos pièces, nous en faisons autant; de sorte que la canonnade se trouve, pendant la nuit, remplacée par la fusillade. Vous voyez quel joli tintamarre tout cela doit faire.....

» Voici les prix des marchandises qui nous arrivent de temps en temps de Varna : cognac, rhum et absinthe, de 6 à 8 fr. le litre; vin, suivant qu'il y en a plus ou moins, 2 fr. 25 et 2 fr. 50 à 3 fr.; tabac, 4 fr. le kilog.; saucisson et jambon, 8 fr. le kilog.; pommes de terre, 1 fr. 25 et 1 fr. 50 le kilog. C'est à peu près tout ce que l'on peut se procurer.

» Voilà justement que l'on nous commande pour l'embuscade de ce soir. Dans la crainte que le courrier ne parte demain matin avant notre retour, je me hâte de fermer ma lettre. »

Le 23 octobre, on acheva de tracer et d'ouvrir la deuxième parallèle; et le commandant en chef, après avoir parcouru les travaux, témoignait sa satisfaction par un ordre du jour dans lequel il louait à la fois les armées de terre et de mer.

CHAPITRE LII.

Du 24 au 26 octobre. — Situation de la place. — Lettre du czar au prince Menschikoff. — Renforts russes. — Allocution du général Annenkoff. — Entreprise sur Balaklava. — Attaque des redoutes du mont Canrobert. — Les highlanders. — Les gris et les enniskillen. — Charge brillante de la cavalerie légère anglaise. — Sortie du 26. — Affaire du 5 novembre. — Conclusion.

Malgré le feu uniforme des Russes et leurs fréquentes sorties, les opérations du siége marchaient avec régularité. Le 24, on continua l'exécution du tracé et de l'épaulement de la deuxième parallèle. On enleva un grand nombre de blocs de rocher qui rendaient la circulation difficile, et l'on établit devant le ravin des gradins de franchissement.

Plusieurs bastions russes avaient été fortement endommagés suivant les récits des déserteurs polonais, les provisions s'épuisaient dans Sébastopol. Comme la saison des pluies n'était pas encore venue, la plupart des citernes étaient à sec ; et on assurait qu'un verre d'eau claire se payait un rouble, bien que le général Canrobert eût permis aux femmes de venir puiser de l'eau aux fontaines en dehors de l'enceinte. Les batteries anglo-françaises allumaient de fréquents incendies. Il importait d'entraver par un coup d'éclat les progrès lents mais constants du siége. Le prince Menschikoff en avait reçu l'ordre, et dans une lettre autographe que lui avait remise l'aide de camp Albédinsky le czar lui disait : « Il faut que les ennemis soient battus à tout prix, et j'espère que votre plus prochain courrier m'apportera de telles nouvelles. »

L'armée de secours des Russes était cantonnée au milieu des gorges et des ravins qui forment au nord de Balaklava les derniers anneaux de la chaîne de Tschakir-Dagh. Maîtresse du cours du Belbeck, des routes de Simféropol et d'Inkermann, elle avait ses communications assurées avec Sébastopol, et gardait les défilés par lesquels elle pouvait se porter d'un moment à l'autre sur Balaklava : l'arrivée des renforts qu'elle attendait fut retardée par la nature du pays. Ayant à traverser des steppes arides, où les puits sont rares et insuffisants, ils ne pouvaient s'avancer que par petits détachements. Cependant vers le milieu d'octobre le général Liprandi réussit à amener plusieurs régiments d'infanterie, les chasseurs d'Odessa, des lanciers, des hussards, les Cosaques du Don, de l'Oural et de Popoff. L'enthousiasme, le fanatisme de ces troupes avaient été surexcités par toute espèce de moyens ; aussi le départ de deux régiments d'infanterie d'Odessa avait été solennisé par une cérémonie religieuse. L'archevêque Innocent avait aspergé les soldats d'eau bénite, et le général Annenkoff, entouré d'officiers supérieurs, leur avait dit d'un ton emphatique :

« Guerriers qui aimez le Christ, guerriers victorieux ! victorieux parce que vous aimez le Christ ! il ne vous a pas été donné de vous reposer longtemps de vos peines et de vos hauts faits sur le Danube. La voix de notre empereur vous appelle dans la presqu'île de Crimée pour châtier et battre nos superbes ennemis, qui, aveuglés par la méchanceté et l'orgueil, ont osé passer la mer et envahir le territoire qui est le berceau du christianisme répandu dans toute la Russie et le lieu où a été baptisé le grand-duc Wladimir. Dieu sera présent dans vos rangs, et les anges combattront avec vous invisiblement.

» L'ennemi, qui est arrivé par un seul chemin, fuira sur dix, mais sans échapper à nos glaives ; car, sachez-le, il est entouré de toutes parts. Il voudrait fuir et s'en retourner chez lui sur les ailes du vent: mais, surpris par nos braves bataillons, il ne l'ose. Il n'y a plus qu'à lui porter le dernier coup et à le jeter à la mer comme un cadavre. C'est à vous et à votre courage que cet honneur est accordé. Allez donc en hâte afin de profiter de cette rare occasion pour la joie de la Russie et la gloire de votre souverain chéri, » etc.

Après avoir reçu ces renforts, le prince Menschikoff résolut de pousser une pointe hardie sur Balaklava afin d'intercepter les communications des assiégeants avec leur centre d'approvisionnements. Il comptait sur la connivence des habitants grecs de cette ville; mais, par un acte de rigueur nécessaire, lord Raglan les expulsa, en leur permettant toutefois d'emporter ce qu'ils avaient de plus précieux.

Vingt-deux mille hommes aux ordres du général Liprandi, avec quarante pièces de canon, s'engagèrent dans les montagnes de la chaîne taurique d'où descend la Tchernaïa, et débouchèrent à l'improviste le 25 octobre par la vallée de Kadikoï. Nous avons parlé précédemment des quatre redoutes construites pour défendre les approches de Balaklava; elles étaient établies au-dessus de cette vallée, au point où la route qui mène à Simféropol et dans l'intérieur de la Crimée rejoint celle de Sébastopol à Balaklava. Ces redoutes occupaient quatre monticules étagés dont le plus élevé avait été nommé le mont Canrobert, parce que c'était là que le général français joignit le général anglais après l'occupation de Balaklava. La garde de ces monticules, faute d'autres troupes disponibles, avait été confiée à cinq ou six cents Tunisiens ; les redoutes n'étaient garnies que de sept gros canons en fer empruntés aux vaisseaux anglais.

Guidé par le général-major Sémiakine, le régiment d'infanterie d'Azoff monte sur la redoute du mont Canrobert. Saisis d'une étrange panique, les Tunisiens tirent quelques coups de fusil, puis ils prennent honteusement la fuite, et pourtant ils ont pu voir en face d'eux, de l'autre côté de la gorge de Balaklava, les généraux Canrobert et Raglan accourir à toute bride et organiser la résistance.

Déjà la division du général Cathcart; la division Cambridge, composée des gardes cold-stream, des fusiliers écossais et des Ecossais gris; le 93e régiment des highlanders, commandé par le major général sir Colin Campbell, se déploient dans la plaine de Balaklava. La brigade de grosse cavalerie, sous les ordres du lieutenant général comte Lucan, se range le long des jardins qui bordent la ville; la cavalerie légère de lord Cardigan se met en mouvement. Pour appuyer la gauche des Anglais et la relier à la droite française, le général Canrobert place sur les versants la brigade Vinoy (2e de la

1re division), et fait garder la route de Balaklava par la brigade Espinasse. Il ordonne au général Morris d'aller soutenir dans la plaine la cavalerie anglaise avec le 4e régiment de chasseurs d'Afrique.

Les trois autres redoutes sont enlevées comme la première ; les Tunisiens se sauvent en désordre, et ne s'arrêtent que lorsqu'ils sont sous la protection des highlanders. Derrière les fuyards galopent un régiment de Cosaques de l'Oural, trois sotnias de Cosaques du Don, une brigade de hussards, deux régiments des dragons de la garde russe. Au commandement de leur chef, le lieutenant général Ryjoff, la plus grande partie des escadrons est dirigée vers la grosse cavalerie anglaise, tandis que le reste marche contre les highlanders.

Du haut des plateaux d'où ils dirigent les mouvements, les généraux, entourés de groupes d'officiers, attendent avec une muette anxiété le résultat d'une lutte inégale. La cavalerie russe est trois fois plus nombreuse ; le brigadier général Scarlett ne la laisse pas arriver : il lance en avant les Écossais gris et les dragons d'Enniskillen. « Tournant un peu à gauche, dit le correspondant du *Times*, pour défoncer la droite des Russes, les gris se précipitent en poussant un cri qui fait frissonner tous les cœurs, et au même instant y répond le cris des enniskillen. Comme la foudre traverse le nuage, ainsi ils passent à travers les masses noires des Russes. Le choc ne dura qu'un instant. Il y eut un bruit d'acier et un miroitement de lames dans l'air, puis les gris et les rouges disparaissent au milieu des colonnes défoncées. Aussitôt nous les voyons sortir de l'autre côté, un peu diminué et rompus, et fondant sur la seconde ligne, qui s'avance contre eux. Ce fut un moment terrible. On cria : « Dieu les protège ! ils sont perdus ! » Avec un indomptable élan, les nobles cœurs fondirent sur l'ennemi : c'était une bataille de héros. La première ligne des Russes, qui s'était ralliée, revenait sur eux pour les envelopper. Déjà les chevaux gris et les habits rouges apparaissaient de l'autre côté après avoir encore traversé la seconde ligne, lorsque, avec une force irrésistible, les dragons à leur tour fondent sur la première ligne, la traversent comme du carton, tombent sur la seconde ligne déjà rompue et la mettent en pleine déroute. Une acclamation d'enthousiasme jaillit de toutes les bouches, officiers et soldats ôtent leurs chapeaux et les agitent en l'air, et sur tout l'amphithéâtre éclatent des salves répétées d'applaudissements. Lord Raglan envoie sur-le-champ féliciter le brigadier général Scarlett ; le vaillant vieil officier était radieux de joie en recevant ce message, et il dit à l'aide de camp : « Veuillez faire tous mes remercîments à Sa Seigneurie. »

Les highlanders ne sont pas moins heureux. A six cents mètres ils font une décharge de leurs carabines Minié sur le détachement qui les menace ; mais la distance est trop grande, et l'élan des Russes n'est pas arrêté. A cent cinquante mètres, le colonel Ainslie commande le feu ! et les Russes tournent bride aux applaudissements des spectateurs, qui crient du haut du plateau : « Bravo ! highlanders, bravo ! »

Voyant l'ennemi battre en retraite, lord Raglan envoie à la cavalerie légère, soutenue par la division du lieutenant général Cathcart, l'ordre d'avancer, de profiter de toute espèce d'occasion pour reprendre les hauteurs et empêcher l'ennemi d'emporter les canons anglais dont ils se sont emparés. La cavalerie russe avait eu le temps de se renforcer ; elle était soutenue par une nombreuse infanterie massée sur les collines, et le général-major Jabokritsky venait de faire mettre en batterie seize pièces que défendaient trois bataillons d'infanterie du régiment de Wladimir.

Le capitaine Nolan du 15e de hussards, de la part du brigadier Avrey, quartier-maître de l'armée anglaise, apporte à lord Lucan l'ordre d'avancer. « Avancer, jusqu'où ? demande lord Lucan. — Milord, répond Nolan, voilà l'ennemi, voilà les canons qui le protégent, c'est à vous de les enlever et de frayer la route au reste de l'armée. » Lord Lucan considère l'ordre comme absolu, et, quoiqu'à regret, le transmet à lord Cardigan. Le noble et brave officier ne se dissimule pas que c'est l'ordre de marcher à une mort presque certaine, mais il n'hésite pas un seul instant ; il range sa troupe en deux lignes, et la lance sur les batteries russes.

Alors les nombreux spectateurs que le bruit de l'action avait attirés sur les hauteurs voisines du camp voient avec effroi une poignée de cavaliers — toute la brigade présentait à peine l'effectif ordinaire d'un de nos régiments en Europe — charger une armée entière dans une position excellente sans être soutenue elle-même par aucune autre force soit d'infanterie, soit de cavalerie. Nul n'en peut croire ses yeux. Ils s'avancent sans hésitation. A leur approche les pièces d'artillerie russes vomissent un flot de flamme, de fumée et de fer ; les rangs sont décimés, les hommes tombent, les chevaux s'échappent. Mais les Anglais ne s'arrêtent pas, et dans un élan irrésistible ils arrivent jusque sur les pièces et sabrent tous les artilleurs. Au moment où, décimés et dispersés, ils faisaient leur retraite, ils sont pris en flanc par un régiment de lanciers, puis se trouvent au milieu d'un corps d'infanterie qui tire sur eux à bout portant. A peine se sont-ils fait un passage qu'ils sont salués par le feu plus meurtrier encore des batteries.

Quand la brigade de cavalerie de la garde rentra dans les lignes anglaises après avoir traversé deux fois les bataillons ennemis, de six cents hommes il n'en restait plus que cent quatre-vingt-cinq. « Comment il échappa un seul de nous, dit un des héros de ce drame, c'est

ce qui est incompréhensible. Avant de partir nous voyions clairement que c'était un coup désespéré ; ce fut pire encore que nous ne pensions. En face de nous étaient de la cavalerie et neuf canons ; pour y arriver il nous fallait traverser la vallée ; des deux côtés l'ennemi avait placé de l'artillerie et de l'infanterie avec des carabines Minié. Toutefois il n'y eut pas d'hésitation ; nos hommes partirent au galop, avec le feu devant eux et le feu sur leurs deux flancs qui renversait hommes et chevaux par douzaines. Pas un ne broncha. Nous allâmes tout droit ; nous sabrâmes sur leurs pièces les artilleurs, qui avaient fait feu jusqu'à ce que nous fussions à sept ou huit mètres d'eux ; puis nous continuâmes à travers une seconde ligne de cavalerie que nous rejetâmes sur la troisième ligne. Mais là il nous fallut faire halte, les Russes se formèrent sur quatre de profondeur ; nos hommes et nos chevaux brisés ne purent les entamer, d'autant plus que de la cavalerie toute fraîche venait nous prendre par derrière. Il nous fallut la traverser pour retourner à nos lignes, criblés en même temps par l'artillerie et la mousqueterie. Ce fut un cruel moment quand après avoir pris les canons et culbuté la cavalerie je me retournai et vis que nous n'avions que pour soutien que notre pauvre petite brigade presque anéantie. Et quand les Russes se formèrent sur une quatrième ligne je vis que c'était fini, et je criai à nos hommes de se rallier..... »

Les chasseurs d'Afrique, conduits par le général d'Allonville, vengèrent ces glorieuses victimes. Ils tournèrent le flanc gauche de la batterie du général-major Jabokritsky et sabrèrent jusque sur leurs carrés les fantassins ennemis.

La nuit mit fin au combat ; les Russes regagnèrent le sommet des coteaux, et se maintinrent en possession de deux des redoutes qu'ils avaient prises. Les généraux alliés ne crurent pas devoir les y inquiéter, par des considérations que lord Raglan expose ainsi dans son rapport : « Comme les moyens de défendre la position étendue qu'avaient occupée, le matin, les troupes turques, s'étaient trouvés complétement insuffisants, je jugeai, de concert avec le général Canrobert, qu'il était nécessaire de nous retirer de la chaîne moins élevée des hauteurs, et de concentrer notre force, qui s'augmentera d'un corps considérable de marins qu'on débarquera des vaisseaux et sous l'autorité de l'amiral Dundas, immédiatement en face de l'étroite vallée qui mène à Balaklava ; et sur les hauteurs escarpées qui sont à notre droite, ce qui procurera ainsi une plus étroite ligne de défense. »

Peut-être s'étonnera-t-on qu'il n'y ait pas eu plus de troupes anglo-françaises engagées dans cette affaire, nous ferons remarquer qu'elles occupaient des crêtes presque inexpugnables. Le but des Russes, échelonnés eux-mêmes sur les versants, était de décider l'armée alliée à quitter son excellente position et à prendre témérairement l'offensive ; mais leur projet fut deviné, et, au lieu d'engager une bataille dans des conditions désavantageuses, on aima mieux laisser l'ennemi maître de redoutes qui ne pouvaient lui servir à couper les communications de l'armée de siége avec Balaklava.

Le prince Menschikoff s'attribua la victoire dans une proclamation pompeuse, qui fut suivie d'un *Te Deum*. Il fit promener triomphalement dans Sébastopol les canons abandonnés par les Turcs. Son but était d'animer les troupes, car il méditait pour le lendemain une sortie, dans l'espoir de prendre les assiégeants entre deux feux, puisque la division Liprandi était restée en possession de la vallée et des hauteurs de Kadikoï. L'énergie et la promptitude d'action des alliés firent échouer ses plans. Le 26 il sortit de Sébastopol avec des corps d'infanterie, d'artillerie et de cavalerie, dont l'ensemble montait à sept mille hommes, et attaqua la gauche de la seconde division anglaise, commandée par le lieutenant général sir de Lacy-Evans. Les canons furent simplement mis en position ; et une grêle de boulets accueillit les Russes, qui s'avançaient résolument. La brigade des gardes, division détachée du duc de Cambridge, arriva au premier bruit de la canonnade ; le général Bosquet amena au pas de course cinq bataillons français, et les Russes se retirèrent en désordre, laissant trois cents des leurs sur la place.

Rien d'important ne se passa dans les derniers jours d'octobre ; cependant les extraits suivants d'un journal du siége nous paraissent dignes d'être reproduits :

« 27 octobre.

» On pousse la tranchée en avant de la deuxième parallèle, opération qui ne s'exécute d'ordinaire qu'après que l'artillerie de la deuxième parallèle a éteint en grande partie le feu de la place. Mais nos tirailleurs suppléent, en quelque sorte, à l'action de l'artillerie. Embusqués dans des trous-de-loup ou derrière des créneaux établis au moyen de sacs à terre sur les crêtes des parapets de tranchée, ils tirent sur tout ce qui se présente et ralentissent considérablement le feu de la place. On a réuni en deux compagnies franches les meilleurs tireurs des corps, munis d'armes de précision, chasseurs et zouaves ; et l'adresse de ces hommes d'élite fait souvent taire le feu des batteries russes. Cependant, ils en sont encore à *décrocher*, comme ils disent, *le monsieur au paletot blanc*.

Voici ce que c'est que ce monsieur : c'est un amateur, un ancien militaire, si vous voulez, qui, tous les jours, à des heures indéterminées, s'avance en avant de l'enceinte avec une pièce de canon traînée à bras, la fait placer en batterie par ses gens, en se donnant le plaisir d'y mettre lui-même le feu. Il plante ordinairement sa tente non loin de sa pièce, et après chaque coup il rentre dix minutes dans cette tente, probablement pour fumer un cigare et prendre un petit verre, puis, la pièce rechargée, il vient tirer un nouveau coup. Ce manége dure une heure ou deux et se renouvelle tous les jours. Il n'est pas de plaisanteries que nos francs-tireurs ne fassent sur ce paletot blanc. Il paraît qu'il possède un nombreux domestique; car on lui a déjà tué une cinquantaine de servants, et il en présente toujours de nouveaux. Des zouaves prétendent que le plus grand nombre de ces servants sont des mannequins que le monsieur fait tomber avec une ficelle quand ils tirent. Mais on le *pincera*. »

« 28 octobre.

» Les travaux du génie sont poussés jusqu'à 260 mètres du bastion du Mât. »

« 29 octobre.

» Le temps change subitement : une pluie froide, accompagnée de petits grêlons, tombe une partie de la journée. Le vent du nord souffle avec violence; mais les travaux ne se ressentent point de ce brusque changement de température : on pioche avec une ardeur extrême pour se réchauffer.

» Les batteries de la 2ᵉ parallèle s'avancent. Dans quelques jours elles seront en état de faire feu. Une sortie des Russes est repoussée dans la nuit. Nous avons une sentinelle percée d'un coup de baïonnette. »

« 30 octobre.

» Le ciel se découvre, le soleil reparaît, mais le vent du nord souffle toujours. L'artillerie russe abandonne l'enceinte, où elle est remplacée par des tirailleurs.

» Les assiégés construisent en arrière de nouvelles défenses, qu'ils hérissent de canons. Ces batteries, qui nous sont entièrement dérobées, paraissent suivre une ligne de boulevards intérieurs. Ces batteries ne sont pas encore démasquées, aussi n'entend-on dans la journée que de rares coups de canon. En revanche l'air est sillonné de balles coniques dont le sifflement aigu et plaintif nous fait regretter le ronflement plus franc de cette bonne grosse artillerie à laquelle nous étions si bien accoutumés. Évidemment nous entrons dans une nouvelle phase du siége. Le canon s'est fait entendre dans la nuit du côté de Balaklava, mais on n'a encore aucun détail sur cette nouvelle affaire. »

« Du 31 octobre.

» On pousse activement la construction des batteries de la 2ᵉ parallèle, et demain elles entreront en action. Nous aurons alors onze batteries en feu concentrées sur les deux points d'attaque, le bastion du Mât à droite, et le bastion central à gauche. Du succès de cette canonnade dépendra quelque grande détermination.

» Au moment où je ferme cette lettre, sept heures un quart, une vive canonnade s'est fait entendre. C'est l'artillerie de campagne des Russes qui tire sur nos travailleurs. Il y a deux jours que ça ne leur était arrivé. Il fait un magnifique clair de lune. »

La situation des assiégeants, au 1ᵉʳ novembre, est exposée dans un rapport du général Canrobert. Il y dit que les attaques sont parvenues à 140 mètres du bastion du Mât; que l'armée russe occupe toujours la vallée de Balaklava, et que le génie a réalisé presque l'impossible en arrivant en quatorze jours à la troisième parallèle.

Un officier de l'armée française écrit le même jour :

« Notre temps continue à se passer tantôt au feu, tantôt à l'observatoire; car il faut que vous sachiez qu'un jour sur quatre nous avons chacun ce genre de service, qui en vaut bien un autre. L'œil dans une longue-vue, du matin au soir nous étudions l'effet de nos canons sur la ville, le travail que l'ennemi prépare pour nous recevoir, et, certes bien des gens payeraient, je crois, bien cher la place en plein vent qui nous sert d'observatoire au sommet de la colline. Le spectacle y est là d'un tout autre genre que dans nos tranchées. Dans celles-ci c'est une dissonance continuelle et des plus désagréables de projectiles de tout genre et de toutes dimensions, dont les uns éclatent en projetant de la mitraille, et les autres se contentent de passer fiers de leur vitesse et de leur masse.

» A l'observatoire, au contraire, on voit avec calme et tranquillité l'effet des uns et des autres, et le bruit en est très-supportable. En un mot on juge des coups sans trop risquer d'en recevoir, ce qui est beaucoup aux yeux de beaucoup de gentlemen. Cependant il y arrive quelquefois des boulets de 40 kilogr. que la place réserve tout exprès pour les gens à longue-vue, à cause de la distance à laquelle ils se placent.

» Eh bien ! aujourd'hui voici où en est la position. Nous avons ouvert hier le feu de six nouvelles batteries, nous fournissant soixante pièces de plus tirant toutes sur le point d'attaque; elles nous donnent une grande supériorité sur les feux de la place, dont nous avons démoli le couvert.

» Aussi cette nuit les Russes, un peu vexés de nous voir avancer autant dans nos travaux et craignant un assaut pour aujourd'hui, se sont avisés à quatre heures du matin de faire une sortie avec des pièces de campagne, et sont venus exécuter une canonnade de tous les diables qui aurait pu faire croire à la fin du monde, et qui n'a cependant pas dérangé un seul gabion. Après une heure de ce feu formidable, dont le résultat fut néant pour nous, mais qui a dû leur coûter cher, ils sont rentrés chez eux persuadés que la journée se passerait bien. Malheureusement pour eux, notre feu de la journée a été aussi brillant que celui d'hier; et nous avons achevé notre œuvre commencée de démolition.

» Nous serons maîtres de la première enceinte quand nous voudrons; mais, en hommes prudents, les Russes en construisent une seconde. L'assaut sera terrible, surtout si on veut tourner la deuxième enceinte à la baïonnette; ce qui peut se faire et se fera sans doute, vu la saison qui s'avance.

» Le vent du nord, qui souffle avec force, nous semble un peu frais : il nous avait amené la pluie le premier jour, une pluie de glace et de grêle; mais, depuis, le soleil est revenu plus brillant que jamais, ainsi que la lune.

» Les jours sont très-doux, mais les nuits peu agréables sous la toile qui nous sert de tente. Enfin le lit est encore assez bon, grâce à la peau de mouton; comme on est bien fatigué et qu'on a passablement dîné, on peut encore dormir. Quant à nos chevaux, ils en ont assez; les courses sont longues et répétées, et leur logement en plein air jour et nuit commence à leur sembler dur. Dans quelques jours nous aurons une solution. Du reste, l'ardeur du soldat est toujours la même. »

Ainsi nous savons que dans le commencement de novembre les assiégés résistaient avec la plus infatigable opiniâtreté; que les attaques touchaient pour ainsi dire aux remparts de la place, et que l'armée russe d'observation restait échelonnée sur les versants de Kadkoi. Elle fut grossie par des renforts russes du Danube et par des réserves réunies dans les provinces méridionales. Pour attester l'importance qu'il attachait à la défense de la Crimée, le czar y envoya deux de ses fils, le grand-duc Nicolas, jeune homme de vingt-trois ans, inspecteur général du génie, et le grand-duc Michel, âgé de vingt-deux ans, quartier-maître général de l'artillerie. Ils furent accueillis avec enthousiasme dans la ville et dans l'armée, et le lendemain de leur arrivée le prince Menschikoff tenta un nouvel effort pour prendre les assiégeants entre deux feux.

Dans l'après-midi du 5 novembre, neuf bataillons sortent de Sébastopol et s'avancent vers les tranchées françaises. La division Forey les reçoit avec vigueur, toutefois ils parviennent à s'emparer d'une redoute et à enclouer quinze canons sur le flanc droit des travaux. Les Français redoublent d'énergie, repoussent les Russes et les poursuivent jusqu'au pied des remparts.

Vingt-deux mille hommes de l'armée du général Liprandi attaquent simultanément la droite de la position anglaise devant la place. La 2ᵉ division et la brigade des gardes de la 1ʳᵉ division soutiennent d'abord seules le choc; mais bientôt la division légère, la 4ᵉ division et une partie de la 3ᵉ accourent sur le terrain. Le général Canrobert vient trouver lord Raglan et fait appuyer les Anglais par la division Bosquet. La lutte se prolonge pendant toute la journée; et ce n'est qu'à la nuit tombante que l'ennemi bat en retraite, laissant le champ de bataille couvert de ses morts. La perte fut considérable de part et d'autre. Dans son rapport le général Canrobert ne fixe pas le chiffre de celle des alliés, mais il évalue celle des Russes à 8 ou 9,000 hommes. Les généraux anglais George Brown, Bentinck, Adams, Buller et Forrens furent blessés, et le général russe Soimonoff fut tué.

A l'heure où nous écrivons, on n'a encore que des renseignements sommaires et incomplets sur cette brillante affaire. Nous y reviendrons dans la publication que nous nous proposons de consacrer à la suite des événements de la guerre d'Orient.

Quant au présent ouvrage, nous avouons que nous l'avions commencé dans l'intention de le terminer à la prise de Sébastopol. Le bruit mensonger de sa chute nous avait fait croire à la possibilité d'un hardi coup de main. Nous pensions aussi que les rigueurs de l'hiver mettraient inévitablement un terme à la campagne de 1854, et que nous pourrions nous arrêter à l'époque où les opérations militaires seraient suspendues; mais l'hiver n'a point ralenti les mouvements des nations belligérantes, et, suivant l'expression du général Canrobert, « le siége de Sébastopol fera époque parmi les plus laborieux. »

Loin de finir, la campagne commence. Les Russes, enhardis par l'accroissement de leur nombre, ont quitté leur attitude défensive; ils deviennent entreprenants et attaquent à leur tour. Tout en bombardant Sébastopol, l'armée anglo-française se retranche dans ses lignes. La prise de Sébastopol ne sera point le terme de ses glorieux travaux : il lui faudra encore tenir tête aux milliers d'ennemis qui essayeront de l'envelopper, et qui l'assiégeront peut-être dans l'enceinte démantelée de la ville conquise.

C'est en Crimée que va se décider le sort de l'Europe et de la civilisation.

Aussi, dans la prévision d'une grande guerre, les puissances occidentales envoient-elles de nombreux renforts devant Sébastopol. L'effectif de l'armée française, qui n'était que de vingt-cinq mille hommes au jour du débarquement, a été porté à trente-six, puis à soixante mille, et chaque jour des détachements s'embarquent à Toulon et à Marseille. Mille zouaves sont partis d'Oran et de Philippeville; la brigade du général Mayran a quitté Athènes pour aller en Crimée; les 7ᵉ et 8ᵉ divisions d'infanterie, commandées par les généraux Dulac et de Salles, le 18ᵉ léger, le 47ᵉ, le 52ᵉ et le 73ᵉ de ligne vont prendre part aux périls et à la gloire de l'expédition.

Au sujet de ces renforts, dont l'augmentation est assurée par l'appel de la classe de 1854, le *Moniteur* du 19 novembre a publié une note ainsi conçue :

« Le public doit comprendre par quel motif de prudence le gouvernement s'abstient de faire connaître exactement la quantité de troupes qu'il envoie en Orient.

» Pour juger de la force de l'armée française devant Sébastopol, il suffit de savoir qu'au moment du débarquement en Crimée cette armée, qui, avec l'armée anglaise a gagné la bataille de l'Alma, se composait de quatre divisions; qu'elle a été successivement augmentée de deux divisions, et que deux autres sont actuellement en route. Ainsi, sans compter les renforts envoyés chaque jour pour combler les vides à mesure qu'ils se produisent dans les corps, l'armée française se trouvera très-prochainement doublée.

» L'armée anglaise reçoit également des renforts considérables. Il en est de même des troupes turques, qui s'augmentent d'envois de Tunis, d'Egypte et de Constantinople.

» Les subsistances de l'armée française sont complétement assurées. L'administration a réuni dans ses magasins, en Crimée, pour cent vingt jours de vivres et de provisions de toute espèce.

» Aux efforts de nos troupes viennent se joindre ceux de la marine impériale, qui, outre les flottes de nos alliés, ne compte pas moins de soixante-dix bâtiments de guerre dans la mer Noire. Ces bâtiments sont employés à bloquer le port de Sébastopol, menacer les autres port russes, et à assurer, avec le concours de treize bâtiments à vapeur de fort tonnage nolisés à cet effet, le ravitaillement de l'armée et le transport des troupes entre Constantinople et le théâtre de la guerre. »

L'armée anglaise, qui, suivant *le Times*, était réduite de vingt-sept mille hommes à quinze mille, non par les balles russes, mais par le choléra ou autres maladies, a reçu sept mille hommes de renfort. On se propose d'y adjoindre un bataillon des grenadiers de la garde, le 34ᵉ régiment d'infanterie, le 71ᵉ (highlanders) actuellement en garnison à Corfou, le 90ᵉ d'infanterie légère, qui est à Dublin, et le 62ᵉ, qui va partir de Malte. Quoique la conscription ne soit pas établie en Angleterre et qu'en temps ordinaire le recrutement soit parfois difficile, les enrôlements volontaires s'y élèvent aujourd'hui à plus de mille par semaine : tant est populaire la guerre contre la Russie.

L'esprit public de la Grande-Bretagne se reflète dans cette déclaration du *Morning Post* (18 novembre) : « La partie est engagée, et il la faut gagner coûte que coûte, c'est-à-dire qu'il faut prendre Sébastopol, détruire la puissance de la Russie en Orient, niveler ses remparts, couler bas et brûler sa flotte, et réduire à une masse sans nom ou convertir en une possession des puissances alliées toute la force militaire, toute la masse de matériel considérable entassées par le czar dans Sébastopol. Parce que nous trouvons le Russe fort chez lui, ce n'est pas pour nous une raison de ralentir nos efforts; au contraire, Sébastopol doit être certainement à nous tôt ou tard. Oui, Sébastopol ou les ruines de Sébastopol doivent être à nous; mais nous avons besoin de renforts considérables pour garder ce que nous gagnerons ou pour expulser les Russes de la Crimée. L'Angleterre ne doit pas reculer, elle ne reculera pas devant la grande tâche qu'elle a entreprise; elle se lancera dans cette affaire de tout cœur et de toute âme; elle donnera volontiers des hommes, de l'argent; elle ne restera pas en arrière de son alliée et cordiale amie la France. »

Nous aurons de grandes choses à raconter dans notre quatrième série. Celle-ci est complète et nous croyons n'y avoir rien omis d'essentiel. Nous avons dépouillé avec soin tous les journaux français ou étrangers, interrogé des témoins oculaires, cherché des lettres particulières dans les archives des familles; nous avons recueilli une masse énorme de documents que nous avons essayé ensuite de trier, de coordonner et de fondre dans une narration dont le principal mérite à nos yeux devait être la clarté.

Il y a bon nombre d'honnêtes gens qui chaque matin en s'éveillant s'attendent à recevoir la nouvelle de la prise de Sébastopol. En parcourant les pages que nous leur soumettons ils comprendront par quels sacrifices il faut acheter la victoire. Quant à ceux qui ont passé de l'impatience au découragement, peut-être auront-ils plus de confiance dans l'issue définitive de l'expédition quand ils sauront mieux ce que nos soldats ont déjà si vaillamment accompli.

Les Grecs quittent Balaklava.

FIN DE SÉBASTOPOL.

Paris. Typographie Plon frères, rue Garancière, 8.

www.ingramcontent.com/pod-product-compliance
Ingram Content Group UK Ltd.
Pitfield, Milton Keynes, MK11 3LW, UK
UKHW020649120726
13658UKWH00006B/1131